MIGUEL DE CERVANTES SAAVEDRA

DON QUIJOTE

MIGUEL DE CERVANTES SAAVEDRA

DON QUIJOTE

Die denkwürdigen Abenteuer
des tapferen Ritters
von der traurigen Gestalt

Illustrationen von Gerhard Gossmann

VERLAG WERNER DAUSIEN · HANAU

ERSTES KAPITEL

Wie Don Quijote lebte, bevor er in den Ritterstand eintrat

In einem Dorfe der spanischen Landschaft La Mancha lebte einst ein Edler, der eine Lanze und einen alten Schild besaß, einen dürren Klepper und einen Jagdhund. Eine Suppe, mehr von Rind- als von Hammelfleisch, die meisten Abende kalte Küche, des Sonnabends ärmliche Reste und freitags Linsen, sonntags aber einige gebratene Tauben zur Zugabe, verzehrten dreiviertel seiner Einkünfte. Das übrige ging auf für ein schönes Wams, Hosen aus Samt mit dazu passenden Pantoffeln, während er sich wochentags in Tuch kleidete – aber vom feinsten!

Bei ihm lebten eine Haushälterin, die die Vierzig verlassen, eine Nichte, die die Zwanzig noch nicht erreicht hatte, und ein Bursche für die Feld- und Hausarbeit, der den Klepper sattelte und auch die Axt zu führen wußte. Unsern Edlen hatte die Zeit mit fünfzig Jahren beschenkt. Er war von kräftiger Gesundheit, hager, mit dürrem Gesicht, großer Frühaufsteher und ein Freund der Jagd. Es gibt einige, die sagen, er habe den Zunamen Quijada oder Quesada geführt.

Nun muß man wissen, daß dieser Edle in seinen müßigen Stunden – und die machten den größten Teil des Jahres aus – mit solcher Liebe und Hingabe Bücher von Rittertaten las, daß er darüber nicht nur die Ausübung der Jagd, sondern auch die Verwaltung seines Vermögens vergaß. Ja, seine Begier, solche abenteuerlichen Geschichten zu lesen, ging so weit, daß er viele seiner Ackerstücke verkaufte, um immer neue Ritterbücher anzuschaffen; auf diese Weise brachte er alle, deren er nur habhaft werden konnte, in sein Haus.

Derart vergrub er sich in seine Bücher, daß er die Nächte zubrachte, sie weiter und weiter, und die Tage, sich tiefer und tiefer hineinzulesen. Und so kam es von dem wenigen Schlafen und dem vielen Lesen, daß sein Gehirn austrocknete und er allmählich den Verstand verlor. Seine Phantasie erfüllte sich nun mit all dem, was er in den Büchern fand: mit Verzauberungen und Schlachten, Herausforderungen, Wunden, höfischen Reden, Liebesabenteuern, Qualen und anderm dummen Zeug. Dabei glaubte er fest, all die erträumten Hirngespinste, die er las, wären wahr und daß es für ihn keine zuverlässigeren Geschichten gäbe.

GOSS-
MANN
58

Als er mit seinem Verstande gänzlich am Ende war, verfiel er auf den seltsamsten Gedanken, den je ein Narr hätte aushecken können. Denn plötzlich schien es ihm für seine eigene Ehre, aber auch zum Besten seines Landes nützlich und nötig, ein fahrender Ritter zu werden und gewappnet zu Pferde durch die ganze Welt zu ziehen, um Abenteuer zu suchen und all das auszuüben, was er von den fahrenden Rittern gelesen hatte: das Unrecht aufzuheben und sich in Gefahren zu begeben, deren Überwindung seinen Namen mit ewigem Ruhm schmücken würde. Der Unglückliche stellte sich vor, daß er zum Lohn mindestens als Kaiser von Trapezunt würde gekrönt werden, und dieser schöne Gedanke feuerte ihn so an, daß er nichts anderes mehr dachte, als wie er seinen Plan recht bald in die Tat setzen könne.

Als erstes suchte er ein paar Waffenstücke zusammen, die er von seinen Urgroßvätern geerbt hatte und die, gänzlich mit Rost und Staub bedeckt, vergessen in einem Winkel standen. Er putzte sie, so gut er konnte, wobei er gleich einen großen Mangel bemerkte, daß der Helm nämlich nicht vollständig war, sondern nur eine einfache Sturmhaube. Aber seine Erfindsamkeit half dem ab: Er verfertigte aus Pappe die untere Hälfte und verband sie mit der Haube, die so den Anschein eines vollständigen Helmes erhielt. Um zu erproben, ob er auch stark genug sei, einen Kampf auszuhalten, zog er sein Schwert und gab ihm zwei Hiebe, aber schon mit dem ersten hatte er das wieder vernichtet, was er in einer Woche geschaffen. Ihn beunruhigte die Leichtigkeit, mit der sich sein Werk hatte zerstören lassen; darum fügte er, als er von neuem die Arbeit begann, inwendig einige Eisenstäbe ein. Diesmal verzichtete er auf die Kraftprobe; denn er war ohnedies überzeugt, daß sein Helm nunmehr ein treffliches Rüststück sei.

Hierauf ging er seinen Klepper besuchen, und obgleich der auf allen vier Beinen hinkte, schien er ihm doch ein prächtiges, tüchtiges Roß. Drei Tage lang sann er, welchen Namen er ihm beilegen solle, denn, so sagte er zu sich selber, das Pferd eines berühmten Ritters müsse einen Namen haben, der es ziere und sich für Amt und Lebensweise eines Streitrosses gezieme. Und er verfiel, nachdem er viele Namen neu gebildet, wieder verworfen,

umgearbeitet und halb angenommen hatte, endlich auf Rosinante, einen seiner Meinung nach erhabenen, volltönenden und bedeutungsvollen Namen.

Da ihm der Name für sein Pferd so gut nach Geschmack gelungen war, suchte er auch einen andern für sich selbst. Darüber verstrichen wieder acht Tage, und dann geschah es endlich, daß er sich Don Quijote nannte. Weil er aber meinte, ein wackerer Ritter müsse den Namen seines Landes hinzufügen, nannte er sich Don Quijote von der Mancha.

Die Rüstung war gesäubert, die Haube zum Helm gemacht, dem Klepper ein Name gegeben, sein eigner festgesetzt. Er sah ein, daß nichts mehr fehle als eine Dame, in die er verliebt sein müsse, denn ein fahrender Ritter ohne Liebe ist ein Baum ohne Laub und Frucht, ein Körper ohne Seele.

Nun lebte in einem benachbarten Dorfe ein hübsches Bauernmädchen, in das er einmal verliebt gewesen war, was sie aber nie erfahren hat. Sie hieß Aldonza Lorenzo und schien ihm tauglich, die Herrin seiner Gedanken abzugeben. Als er für sie einen Namen suchte – einen, der dem seinigen entspräche und auch nach einer Prinzessin und Herrscherin klänge –, entschied er sich für Dulcinea von Toboso, denn sie war in Toboso geboren. Auch dieser Name schien ihm musikalisch, fremdtönend und bezeichnend wie alle übrigen, die er zu seinem Unternehmen erfunden hatte.

ZWEITES KAPITEL

Der erste Auszug. Rast in einer Schenke, die Don Quijote für eine Burg hielt

Da alle diese Vorbereitungen getroffen waren, wollte er sein Vorhaben keineswegs länger aufschieben, denn er fürchtete, es erwüchse der Welt Nachteil aus weiterem Zögern. Ohne also irgend jemandem seine Absicht mitzuteilen und ohne daß ihn einer bemerkte, rüstete er sich des Morgens früh an einem der heißesten Julitage mit allen Waffenstücken, bestieg Rosinante, setzte den schlecht geflickten Helm auf, faßte den Schild, ergriff die Lanze und zog durch eine kleine Tür des Hinterhofes aufs Feld hinaus.

Er war zufrieden und vergnügt, daß sein gutes Werk einen so leichten Anfang nahm; kaum aber sah er sich auf dem Felde, als ihn ein furchtbarer Gedanke mit solcher Gewalt befiel, daß er beinah das eben begonnene Unternehmen gänzlich aufgegeben hätte. Es kam ihm nämlich ins Gedächtnis, daß er noch nicht zum Ritter geschlagen sei und daß er also nach den Gesetzen der Ritterschaft mit keinem Ritter einen Waffengang halten dürfe, wie er auch als neuer Ritter eine weiße Rüstung tragen müsse, ohne Sinnbild auf dem Schilde, bis sein edler Mut ihm eins gewänne.

Diese Vorstellungen erschütterten ihn heftig; da aber seine Narrheit mächtiger als jede Einsicht war, kam er bald zu dem Beschluß, er wolle den ersten besten, auf den er träfe, bitten, ihn zum Ritter zu schlagen. Was die weiße Rüstung anging, so gedachte er sie im nächsten Ort so hell zu putzen, daß sie den frisch gefallenen Schnee überglänzte. Also konnte er beruhigt ausreiten, wobei er die Wahl des Weges seinem Pferde überließ; denn er meinte, dies sei die rechte Kunst, Abenteuer zu beginnen.

Er zog den ganzen Tag fort, ohne daß er auf etwas stieß, was der Erzählung würdig gewesen wäre. Darüber wollte er schier verzweifeln, wünschte er doch nichts sehnlicher, als sogleich die Tapferkeit seines starken Armes zu erproben.

Als der Abend nahte, waren sein Roß und er selber vor Hunger beinah gestorben. Nun raffte er sich auf, schaute nach allen Seiten um, ob sich nicht eine Burg fände oder eine Schäferhütte, wo er sich erquicken und ein wenig ausruhen könnte.

Endlich erblickte er nicht weit vom Wege eine Schenke, vor deren Tür von ungefähr zwei junge Mägde standen. Da aber unserem Abenteurer alles, was er dachte oder sah, gleich so erschien, wie er es in seinen Büchern gelesen hatte, bildete er sich ein, die Schenke sei eine Burg mit vier Türmen, mit Gesimsen von glänzendem Silber, mit Zugbrücke und allem übrigen Zubehör, mit dem dergleichen Burgen geschildert werden. Er zog Rosinante am Zügel und wartete, daß ein Zwerg auf den Zinnen erscheine, um seine Ankunft zu künden. Als man jedoch damit zögerte, Rosinante auch begierig nach dem Stalle war, ritt er langsam auf das Schenkentor zu, wo immer noch die zwei Mägde standen, die ihm schöne und anmutige Damen deuchten und sich vor der Burg ergingen.

Es traf sich indes, daß ein Schweinehirt seine Herde von den Stoppelfeldern versammeln wollte und also in sein Horn stieß. Da glaubte Don Quijote, der Zwerg habe endlich das Zeichen seiner Ankunft gegeben, und mit großer Zufriedenheit ritt er nun ganz an die Schenke heran, hielt vor

den beiden Damen, die, als sie plötzlich einen kriegerisch bewaffneten Mann vor sich erblickten, aus Furcht davonlaufen wollten.

Don Quijote aber hob sein Visier, zeigte sein mageres, verschmitztes Gesicht und sagte mit sanfter Stimme: „Fliehen Eure Gnaden nicht und fürchten keinen Unglimpf, denn es duldet der Orden der Ritterschaft, dem ich diene, keinen Raub oder Gewalttat an irgend jemandem, geschweige an so hohen Jungfrauen, wie Ihr es seid.“

Als die Mädchen ihn derart seltsame Worte sprechen hörten, war ihre Furcht davon, und sie konnten das Lachen nicht zurückhalten. Ja, sie lachten so laut, daß sich Don Quijote entrüstete, und sein Zorn wäre wohl noch weiter gediehen, wenn nicht der Schenkwirt hinzugekommen wäre.

Der Wirt war ein sehr beleibter und überaus friedliebender Mann. Er sah die scheußlich gerüstete Gestalt – und es fehlte wenig, daß er in die Fröhlichkeit der beiden Mädchen eingestimmt hätte. Dennoch fürchtete er den waffenbewehrten Mann, weshalb er sich entschloß, ihn höflich anzureden, und sagte: „Wenn Eure Gnaden Herr Ritter Ruhe suchen, so findet Ihr außer einem Bett in der Schenke alle Bequemlichkeit in großem Überfluß.“ Darauf hielt er Don Quijote den Steigbügel, und der Ritter stieg mit vieler Mühe ab wie einer, der den ganzen Tag keinen Bissen über die Lippen gebracht hat.

Sogleich bat Don Quijote den Wirt, er möchte das Pferd sehr sorgfältig behandeln, denn es sei das schönste Tier, das auf der Welt sein Futter fresse. Der Wirt betrachtete es, aber es schien ihm nicht so trefflich, wie es Don Quijote beschrieb, ja nicht einmal auf die Hälfte so gut. Dennoch führte er es behutsam in den Stall und kam alsbald zurück, zu sehen, was sein Gast weiter befähle.

Die beiden Mägde, mit denen Don Quijote wieder versöhnt war, hatten ihm bereits den Brustpanzer und den Rückenharnisch abgelöst, doch trotz aller Anstrengungen gelang es ihnen nicht, den Helm abzunehmen – sie hätten denn die grünen Bänder, die ihn unter dem Kinn festhielten, zerschneiden müssen. Das aber wollte Don Quijote keineswegs zulassen, lieber behielt er den ganzen Abend seinen Helm auf, was so komisch aussah, wie man es sich nur vorstellen kann.

Nun war es gerade Freitag und in der ganzen Schenke keine andere Speise als etwas Stockfisch, den die Leute in dieser Gegend Föhr nannten. Man fragte ihn also, ob es vielleicht beliebe, Föhrchen zu essen.

Don Quijote, der an Forellen dachte, antwortete: „Wenn es viele Forellchen sind, werden sie so gut sein wie eine große. Es ist auch möglich, daß es sich mit den Forellchen verhält wie mit dem jungen Kalb, das wir dem Rind vorziehen, wie auch das Zicklein zarter ist als der Bock.“

Sie setzten ihm den Tisch vor die Tür in die frische Luft, und der Wirt trug ein Stück von dem schlecht geweichten und noch schlechter gekochten Stockfisch auf, dazu etwas Brot, das schwarz und schmutzig war wie die Waffen des Don Quijote. Es war ungemein erheiternd, ihn essen zu sehen, denn da ihn Helm und Visier behinderten, konnte er mit seinen Händen nicht zum Munde finden. So steckte ihm eine der Mägde die Bissen hinein. Ihm zu trinken zu reichen, war jedoch unmöglich, und es wäre unmöglich geblieben, wenn der Wirt nicht ein Rohr ausgehöhlt, ihm das eine Ende in den Mund gesteckt und durch das andere den Wein gegossen hätte. Doch alles Ungemach ertrug der Ritter geduldig, damit nur nicht die Bänder seines Helmes zerschnitten würden.

Eines aber machte ihm Sorge: nämlich daß er noch nicht zum Ritter geschlagen war und sich also in kein Abenteuer einlassen durfte.

DRITTES KAPITEL

In dem erzählt wird, auf welch spaßhafte Weise Don Quijote den Ritterschlag erhielt

Von diesem Gedanken aufs heftigste beunruhigt, ließ er seine magre Abendmahlzeit nicht lange währen. Kaum hatte er sie beendet, rief er den Wirt, schloß sich mit ihm im Stalle ein, kniete nieder und sprach: „Nicht eher werde ich mich von hier erheben, tapferer Ritter, bis Eure Güte mir eine Gabe bewilligt hat, um die ich flehe und die Euch zum Ruhme und der ganzen Menschheit zum Nutzen gereichen wird."

Der Wirt betrachtete seinen Gast mit Verwunderung und wußte nicht, was er tun oder sagen solle. Er bat ihn, aufzustehen, jedoch ohne Erfolg – bis er endlich die Gabe zusagte.

„Ich erwarte nichts andres, mein gnädiger Herr", antwortete Don Quijote, „und die Gabe, um die ich flehe und die Ihr mir gewährt habt, darin besteht, daß Ihr mich vor Tage zum Ritter schlagt und daß ich diese Nacht in der Kapelle Eurer Burg die Waffenwacht halten darf. Mit der Frühe wird dann mein sehnlichster Wunsch erfüllt, damit ich, wie es das Amt der fahrenden Ritter ist, in alle vier Teile der Welt ziehen kann, Abenteuer aufzusuchen zum Nutzen aller, die der Hilfe bedürfen."

Der Wirt, der ein Schelm war und wohl schon einigen Verdacht über die Verstandesabwesenheit seines Gastes haben mochte, nahm sich vor, dessen Laune zu folgen, die ihm überdies einen Spaß für die Nacht versprach.

So sagte er denn, daß er dies Begehren sehr gut verstehe und es ihm für einen so trefflichen Ritter auch natürlich und schicklich scheine. Er habe in seinen Jugendjahren gleichfalls verschiedene Teile der Welt durchzogen, um *seine* Abenteuer zu erleben, sei in den Herbergen von Malaga heimisch gewesen, auf dem Pferdebrunnenplatz von Cordoba, in den Schenken von Toledo und noch anderen Gegenden, wo er die Gewandtheit seiner Füße und die Geschicklichkeit seiner Hände erproben konnte – kurz, tausend Menschen und viele vornehme Gerichtshöfe in ganz Spanien hätten ihn kennengelernt. Letztlich aber habe er sich entschlossen, in diese seine Burg zurückzukehren, wo er mit seinem eigenen und fremdem Vermögen alle fahrenden Ritter aufnehme, von welcher Art sie auch seien, und das aus keinem andern Grunde als seiner großen Liebe zu ihnen, und seine Habe teile er mit ihnen, um ihre guten Absichten zu belohnen.

Er fuhr fort, daß er jedoch leider in seiner Burg keine Kapelle habe, wo man Waffen bewachen könne; sie sei niedergerissen worden, damit eine neue gebaut werde. Aber er wisse, daß man die Wacht im Falle der Not an jedem beliebigen Ort halten dürfe, und deshalb könne der Herr Ritter sie in einem Hofe der Burg verrichten. Dann wolle er in der Frühe die nötigen Zeremonien vornehmen und ihm auf eine Weise den Ritterschlag geben, wie ihn noch keiner erhalten habe.

Der Wirt fragte ferner, ob der Herr Ritter Geld bei sich habe. Don Quijote antwortete, er habe nicht einen Heller bei sich, weil in keinem seiner Bücher stehe, daß irgendein Ritter mit Geld versehen gewesen sei.

Darauf entgegnete der Schenkwirt, er müsse sich irren, und wenn es in den Büchern nicht stehe, so habe es den Autoren sicher geschienen, daß nicht nötig sei, von so unentbehrlichen Dingen wie Geld und reinen Hemden zu schreiben. Er wisse zuverlässig, daß alle fahrenden Ritter für den Fall der Not eine gute Börse bei sich hätten, ebenso Hemden und eine kleine Büchse mit Salben. Denn in den Wüsten, wo sie kämpften und die Wunden empfingen, war nicht immer jemand, der sie heilte, wenn sie nicht zufällig einen weisen Zauberer zum Freunde hatten, der durch die Luft in einer Wolke eine Jungfrau oder einen Zwerg mit einem köstlichen Balsam schickte, von dem man nur einen Tropfen zu kosten brauchte, um von allen Schmerzen und Wunden zu genesen, so als habe man niemals eine Unpäßlichkeit empfunden.

Diejenigen aber, die solche Freunde nicht besaßen, fuhr der Wirt fort, und das sei ja bei den meisten fahrenden Rittern der Fall, waren von ihren Schildknappen begleitet, die für Geld und das andere Lebensnotwendige sorgten. Deshalb und weil ihm der Herr Ritter schon so lieb sei wie ein angenommener Sohn, riet er noch einmal, solle Don Quijote keinesfalls ohne Geld und die Vorräte, von denen er gesprochen habe, reisen; er werde sehen, von welchem Nutzen sie seien, wenn er am wenigsten darauf gefaßt wäre.

Don Quijote versprach, den Rat aufs pünktlichste zu befolgen. Gleich danach wurde ausgemacht, daß er die Waffen in einem Seitenhof der Schenke bewachen solle.

Don Quijote nahm alle Rüststücke und legte sie auf einen Trog, der neben einem Brunnen stand. Dann faßte er seinen Schild, ergriff die Lanze und begann mit edlem Anstand vor dem Trog auf und ab zu gehen.

Der Wirt aber kehrte in die Schenke zurück und erzählte allen, die dort waren, von der seltsamen Narrheit seines Gastes, wie er die Waffen bewache und Hoffnung hege, zum Ritter geschlagen zu werden. Die es hörten, verwunderten sich sehr und beobachteten den Edlen von weitem, der mit friedlichen Gebärden einmal vorüberging, zurückschritt, sich auf die Lanze stützte und seine Augen nicht von den Waffen lassen wollte, sich auch niemals zu weit von ihnen entfernte. Es war jetzt völlig Nacht, aber so heller Mondschein, daß alles, was der neue Ritter vornahm, deutlich gesehen wurde.

Nun fiel es einem von den Gästen, einem Maultiertreiber, ein, seinen Tieren noch Wasser zu geben, und dazu mußte er notwendig die Waffen von dem Troge nehmen. Aber als Don Quijote den Maultiertreiber kommen sah, rief er mit lauter Stimme: „O du, wer du auch seist, übermütiger Ritter, der du dich nahst, die Waffen des allertapfersten Abenteurers anzurühren, sieh wohl zu, was du tust, berühre sie nicht, wenn dein Leben dir lieb ist!“

Der Maultiertreiber kümmerte sich um diese Reden nicht – wiewohl es für sein Befinden besser gewesen wäre –, sondern schob die Waffen zusammen und warf sie ein gut Stück von sich fort.

Als Don Quijote das erblickte, erhob er die Augen zum Himmel, richtete darauf die Gedanken an seine Dulcinea und sprach: „Helft mir, Gebieterin, in dieser ersten Gefahr, entzieht mir nicht Eure Gunst und Hilfe.“ Indem er noch redete, ließ er den Schild fallen, packte mit beiden Händen die Lanze und gab dem Maultiertreiber einen gewaltigen Schlag auf den Kopf. Davon ging der Mann so behende zu Boden, daß, wäre noch ein zweiter Schlag gefolgt, er keines Wundarztes zu seiner Heilung bedurft hätte.

Nachdem dies getan war, sammelte Don Quijote seine Waffen wieder auf und setzte mit derselben Gemütsruhe wie zuvor seinen Spaziergang fort.

Es dauerte nicht lange, da kam ein anderer Maultiertreiber, der nicht wußte, was sich zugetragen hatte; denn der erste lag noch bewußtlos am Boden. Er kam in der gleichen Absicht, seinen Tieren Wasser zu geben; auch er machte Anstalt, die Waffen hinabzuwerfen.

Don Quijote, jetzt ohne ein Wort zu sprechen, ließ zum zweiten Male den Schild fallen, ergriff zum zweiten Male die Lanze und schlug den Maultiertreiber mehr als dreimal über den Kopf.

Auf das Geschrei liefen sämtliche Gäste aus der Schenke zusammen, unter ihnen auch der Wirt. Don Quijote, der sie sah, legte die Hand an sein Schwert und sprach: „O Herrin der Schönheit! Kraft und Stärke meines schwachen Herzens! Wende die Augen auf deinen Ritter, dem ein furchtbares Abenteuer bevorsteht!" Diese Worte stärkten sein Gemüt derart, daß er nicht einen Fußbreit gewichen wäre, wenn ihn auch alle Maultiertreiber der Welt angegriffen hätten.

Als die Gefährten der Verwundeten das sahen, fingen sie an, aus der Ferne mit Steinen nach ihm zu werfen, wogegen sich Don Quijote, so gut es ging, mit seinem Schilde schützte. Der Schenkwirt suchte die Angreifer zu ernüchtern. Don Quijote aber schrie lauter, nannte sie alle Verräter und Nichtswürdige. „Ihr gemeines Gesindel, auf das ich gar nicht achte, werft, kommt näher, kommt ganz nahe und beleidigt mich, soviel ihr könnt! Ihr sollt den Lohn empfangen, der eurer Frechheit gebührt." Er sprach mit solcher Kühnheit, daß die, die ihn angriffen, von Furcht befallen wurden. So kam es, daß ihre Furcht und die Überredung des Schenkwirts sie schließlich bewogen, das Werfen einzustellen. Don Quijote aber erlaubte den Verwundeten, sich zurückzuziehen, und kehrte wieder friedlich zu seinen Waffen zurück.

Dem Wirt wollten die Streiche seines Gastes gar nicht gefallen; deshalb beschloß er, ihm lieber gleich den verwünschten Ritterorden zu erteilen, ehe noch mehr Unheil daraus erwüchse. Er ging also zu ihm, entschuldigte sich und sagte, er habe die pöbelhaften Menschen, die ihn ganz ohne sein Mitwissen angegriffen hätten, wegen ihres Übermutes gehörig bestraft. Darauf wiederholte er, daß seine Burg keine Kapelle habe, daß sie aber auch zu dem, was noch zu tun bleibe, nicht nötig sei. Denn die Zeremonien, um die Ritterwürde zu erlangen, bestünden, soviel er davon wisse, hauptsächlich in einem Nackenschlag mit der Hand und in einem Schulterschlage mit dem Schwert, und das könne auf dem freien Felde vollbracht werden. Mehr als genug habe der Herr Ritter in der Bewachung der Waffen getan, zu der zwei Stunden hinreichten, und mittlerweile seien es vier geworden.

Don Quijote glaubte ihm alles und antwortete, er sei bereit zu gehorchen, man möge sich nur beeilen. Denn wenn man ihn wieder angriffe und er schon zum Ritter geschlagen sei, gedächte er keine Person in der ganzen Burg lebendig zu lassen, diejenigen ausgenommen, die er aus Achtung gegen den Burgvogt – wie er den Wirt nannte – verschonen wolle.

Da nahm der gewitzte, vorsorgliche Wirt sogleich das Buch, in dem er immer den Häcksel und die Gerste anschrieb, die die Maultiertreiber verbrauchten, rief einem Jungen, der ein Endchen Licht trug, und ging mit ihm und den beiden wohlbekannten Jungfrauen zu Don Quijote hin. Er gebot ihm, sich auf die Knie niederzulassen. Und indem er über seinem

Buche murmelte, als sage er ein andächtiges Gebet, hob er die Hand und gab Don Quijote einen derben Schlag an den Nacken und danach mit dem Schwert einen auf den Rücken.

Dann befahl er der einen Magd, Don Quijote das Schwert zu gürten, was sie auch sehr zierlich tat, obgleich sie große Mühe hatte, nicht wieder in ihr erstes Lachen zu verfallen; doch hielt die Erinnerung an die Tapferkeiten, die sie Don Quijote hatte verrichten sehen, ihre Lachlust in Schranken. Sie nahm sich also zusammen und sprach: „Gott mache Euer Gnaden zu einem glücklichen Ritter und gebe Euch glückliche Kämpfe." Nun befestigte ihm das zweite Mädchen die Sporen, und damit war es getan: Don Quijote war Ritter.

Die unerhörten Zeremonien waren vollendet – Don Quijote konnte es kaum erwarten, sich zu Pferde zu sehen, um endlich seine Abenteuer zu beginnen. Er rief nach Rosinante, setzte sich auf ihr zurecht, umarmte den Wirt und dankte ihm mit so überschwenglichen Worten, daß es sich nicht wiederholen und erzählen läßt. Der Wirt antwortete, um ihn nur bald aus der Schenke zu wissen, ebenso wortgewandt, aber kürzer, und ließ ihn, ohne die Zehrung zu verlangen, auf gut Glück fortziehen.

VIERTES KAPITEL

Die ersten Rittertaten des Don Quijote

Der Tag brach eben an, als Don Quijote die Schenke verließ, so vergnügt, sich als Ritter zu sehen, daß er vor Freude fast den Sattelgurt seines Pferdes zerriß. Aber gleich fiel ihm der Rat des Wirtes ein, Geld, Hemden und auch Salben mitzunehmen, weshalb er fürs erste beschloß, nach Hause zurückzukehren. Dort wollte er sich außerdem mit einem Schildknappen versorgen, wozu er einen Bauern, seinen Nachbarn, bestimmte, der arm war und Kinder hatte und ihm zu diesem Dienst durchaus tauglich schien.

Don Quijote war noch nicht weit geritten, als er rechts aus einem Gebüsch die schwache Stimme eines Menschen vernahm, der Klagen führte. Kaum hatte er sie vernommen, lenkte er, den Pflichten seines Standes gemäß, Rosinante in das Gebüsch. Und in kurzem sah er eine Stute an einer Eiche, an einen anderen Eichbaum gebunden aber einen Jungen, der von den Schultern bis zu den Hüften nackt war. Der Junge mochte ungefähr fünfzehn Jahr alt sein und war eben der, dessen Klagen Don Quijote gehört hatte.

Der Junge klagte nicht ohne Grund, denn ein Bauer von großer, kräftiger Gestalt schlug mit einem ledernen Riemen auf ihn ein und begleitete jeden Streich mit einer Warnung und einem Rate, wie: „Die Zunge soll stille stehn, aber die Augen müssen munter sein." Worauf der Junge antwortete: „Ich werd es nicht wieder tun, lieber Herr, um der Barmherzigkeit willen, ich werd es nicht wieder tun, ich verspreche, künftig auf das Vieh besser achtzugeben."

Als Don Quijote sah, was vorging, rief er mit gewaltiger Stimme: „Zuchtloser Ritter! Schlecht ziemt es sich, diejenigen zu bekämpfen, die sich nicht verteidigen können! Besteigt schnell Euer Roß und ergreift Eure Lanze, damit ich Euch die Schande vergelte."

Der Bauer, überrascht, so plötzlich eine geharnischte Gestalt vor sich zu erblicken, die ihm mit Waffen vor dem Gesicht herumfuchtelte, hielt sich schon für tot und antwortete ängstlich, mit bittender Stimme: „Herr Ritter, der Junge, den ich hier strafe, ist mein Knecht, der eine Herde Schafe hüten soll. Er ist unachtsam, jeden Tag fehlt mir ein Stück, und jetzt zahle ich ihm seine Liederlichkeit heim und seine Bosheit; denn er sagt, ich tue es aus Geiz, um ihm den Lohn nicht zu geben, den ich ihm schuldig bin. Aber, bei Gott und meiner Seele, er lügt!"

„Lügen! In meiner Gegenwart, du gemeiner Kerl!" rief Don Quijote. „Bei der Sonne, die uns bescheint, ich renne dich durch mit dieser Lanze, wenn du ihm nicht ohne Widerspruch den Lohn zahlst, den er verlangt, ich mache dich augenblicklich zunichte! Sogleich binde ihn los!"

Der Bauer ließ den Kopf hängen und nahm ohne ein Wort weiter seinem Knecht die Fesseln ab.

Nun fragte Don Quijote den Jungen, wieviel sein Herr ihm schulde, worauf der antwortete: „Neun Monate, und jeden Monat sieben Realen."

Don Quijote rechnete es zusammen und fand, daß die Summe dreiundsechzig Realen betrug. Er befahl hierauf dem Bauern, sie auf der Stelle auszuzahlen, falls er nicht ums Leben kommen wolle.

Doch der Bauer antwortete: So gewiß er da stehe und geschworen habe – obwohl er ja gar nicht geschworen hatte – es betrage nicht soviel, denn man müsse die Kosten für drei Paar Schuhe abrechnen, die der Bursche von ihm bekommen habe, ebenso einen Real für zwei Aderlässe, den er ausgelegt habe.

„Das mag sein", antwortete Don Quijote, „aber was die Schuhe und die Aderlässe betrifft, so sollst du sie für die Streiche rechnen, die du ihm gegeben hast. Hat er das Leder deiner Schuhe zerrissen, so hast du dafür das seines Körpers zerrissen. Hat der Barbier ihm Blut abgezapft, als er krank war, so hast du es ihm in seiner Gesundheit abgezapft. Er schuldet dir also nichts."

„Das Unglück, Herr Ritter, ist nur, daß ich kein Geld bei mir habe. Will aber Andres mit mir nach Hause kommen, so werde ich ihm einen Real auf den andern bezahlen."

„Mit ihm gehen", rief der Junge, „schönen Dank! Nein, Herr, daran ist nicht zu denken, denn wenn er mich allein hätte, würde er mich noch mehr schinden."

„Fürchte nichts", antwortete Don Quijote. „Er soll mir bei seiner Ehrfurcht gegen mich und bei dem Orden seiner Ritterschaft schwören, dich freizulassen und dir deinen Lohn zu bezahlen."

„Bedenkt wohl, gnädiger Herr, was Ihr sprecht", antwortete der Bursche, „denn mein Herr ist kein Ritter, sondern der reiche Juan Haldudo aus Quintanar."

„Ich verweigere dir nichts, Freund Andres", sagte jetzt der Bauer. „Kommst du nur mit mir, das schwör ich bei allen Orden der Ritterschaft in der Welt, ich will's dir bezahlen, wie ich gesagt habe, einen Real auf den andern, und obendrein mit Zinseszinsen."

„Auf den Zinsen bestehe ich nicht", erwiderte Don Quijote. „Wenn Ihr ihm nur Realen gebt, so bin ich zufrieden. Seht aber, daß Ihr wirklich vollführt, was Ihr geschworen habt, sonst schwöre ich bei dem gleichen Eide, daß ich Euch aufsuche und züchtige und daß ich Euch finden werde, hieltet Ihr Euch auch besser verborgen als eine Eidechse. Denn ich bin der tapfere Don Quijote von der Mancha, der Vernichter jeglicher Ungebühr, und somit Gott befohlen. Vergeßt nicht, was Ihr versprochen und geschworen habt!" Mit diesen Worten gab er Rosinante die Sporen.

Der Bauer folgte Don Quijote mit den Augen, und als er nicht mehr zu sehen war, wandte er sich zu seinem Knecht Andres und sagte: „Nun komm, mein Sohn, daß ich dir bezahle, was ich dir schuldig bin, wie es mir der Vernichter aller Ungebühr geboten hat."

„Ich beschwöre Euch", sagte Andres, „tut Ihr nicht, was der gnädige Herr, der wackere Ritter, befohlen hat, beim Sankt Rochus schwör ich Euch, bezahlt Ihr nicht, so geh ich und sage es ihm, damit er tut, was er gesagt hat."

„Und ich schwöre dir", sagte der Bauer, „daß ich das Gute, das ich dir wünsche, noch zu vergrößern gedenke, damit auch die Bezahlung größer wird." Und er nahm ihn beim Arm, band ihn wieder an die Eiche und zählte ihm so viele Hiebe auf, bis der Knecht halbtot in den Stricken hing.

„Nun, Freund Andres", rief er dabei, „hol doch den Vernichter jeglicher Ungebühr! Ich habe fast Lust, dir das Fell abzuziehen!"

Als er ihn endlich losband, gab er ihm die Erlaubnis, seinen Richter aufzusuchen, daß der sein Urteil vollstrecke.

Andres ging erbost hinweg und schwor, den tapferen Don Quijote von der Mancha aufzusuchen – aber er ging weinend, und sein Herr lachte.

Don Quijote glaubte indes, seine Ritterschaft auf die schönste und edelste Weise angetreten zu haben, und sehr zufrieden mit seiner Tat, setzte er die Reise nach seinem Dorfe fort. Bald kam er an einen Ort, wo sich der Weg in vier andre teilte. An solchen Kreuzwegen pflegten die fahrenden Ritter innezuhalten, um zu überlegen, welche Straße sie nehmen sollten. So hielt auch Don Quijote gedankenvoll still, und nachdem er genug gesonnen, gestattete er Rosinante, wieder dem Stalle zuzustreben.

Sie waren zwei Meilen weit gekommen, als Don Quijote eine Anzahl Menschen erblickte, Kaufleute aus Toledo, die sich aufgemacht hatten, Seide einzukaufen. Es waren sechs Männer, die mit Sonnenschirmen reisten; ihnen folgten vier Bediente, ebenfalls beritten, und drei Burschen zu Fuß für die Maultiere.

Kaum hatte Don Quijote sie entdeckt, da hielt er dies auch schon für ein neues Abenteuer. Er setzte sich also in den Steigbügeln fest, faßte die Lanze, bedeckte die Brust mit dem Schilde und stellte sich in die Mitte des Weges, wo die fahrenden Ritter vorbeikommen mußten; denn daß sie fahrende Ritter seien, daran zweifelte er nicht.

Als sie so nahe waren, daß sie ihn sehen und hören konnten, erhob Don Quijote die Stimme und rief: „Alle Welt sei hier angehalten, wenn nicht alle Welt bekennt, daß in aller Welt keine schönere Dame lebt als die Kaiserin von der Mancha, die unvergleichliche Dulcinea von Toboso."

Die Kaufleute hielten, um die seltsame Gestalt zu beschauen und zu hören, was sie sagte. Und sie merkten gleich, daß es ein Narr war. Sie wollten aber gern erfahren, warum ihnen ein solches Geständnis abgefordert wurde, und einer, der gern spottete, sagte: „Herr Ritter, wir kennen die gute Dame nicht; darum zeigt sie uns. Und ist sie so schön, wie Ihr behauptet, dann wollen wir freiwillig die Wahrheit bekennen, die Ihr fordert."

„Wenn ich sie Euch zeigte", antwortete Don Quijote, „was hättet Ihr dann getan, als eine ausgemachte Wahrheit zu gestehen? Ihr sollt es glauben, behaupten, beschwören und dafür kämpfen, ohne sie zu sehen. Wenn Ihr es aber nicht tut, Ihr Stolzen und Ungebildeten, so will ich Euch einen nach dem anderen strafen, wie es nach den Rittergesetzen Brauch ist."

„Herr Ritter", antwortete der Kaufmann, „ich flehe Euch an im Namen all dieser Prinzen, daß Ihr nicht verlangt, wir sollten eine Sache beschwören, die wir nie sahen, von der wir nie hörten und die sehr zum Nachteil der anderen Kaiserinnen und Königinnen sein kann. Zeigt uns ein Bildnis der Dame, und wäre es nur wie ein Weizenkorn groß, dann wollen wir Euch Genüge tun. Denn ich glaube, wir alle sind schon so für sie eingenommen, daß wir Euch zu Gefallen alles zu ihren Gunsten sagen werden, was Ihr nur verlangt, selbst wenn sich herausstellen sollte, daß das eine Auge schief ist und ihr aus dem anderen Zinnober und Schwefel triefen."

„Nichts trieft, du niederträchtiges Scheusal", rief Don Quijote zornig, „nichts fließt, sag ich dir, außer der Seide, in der sie geht! Nichts ist schief und bucklig, sie ist gerader als eine Spindel! Aber Ihr sollt die schreckliche Lästerung bezahlen, die Ihr gegen die Schönheit meiner Dame ausgesprochen habt!"

Ohne Zögern legte er die Lanze ein und rannte mit solcher Wildheit und Wut los, daß es dem übermütigen Kaufmann sehr übel ergangen wäre, hätte Don Quijote seinen Vorsatz ausführen können. Aber mitten im Wege, zu des Kaufmanns Glück, stolperte Rosinante, stürzte, und ihr Herr rollte eine gute Strecke ins Feld hinein. Wohl gab er sich Mühe, aufzustehen. aber er vermochte es nicht – so hinderten ihn die Lanze, der Schild, die Sporen, der Helm und das schwere Gewicht der alten Rüstung. Indem er sich aufzurappeln suchte, rief er unausgesetzt: „Flieht nicht, feiges Gesindel! Nicht durch meine Schuld, sondern durch die Schuld meines Pferdes liege ich hier."

Als einer der Maultierjungen die Schmähungen hörte, ging er zu ihm hin, ergriff die Lanze, zerbrach sie in mehrere Stücke und fing an, Don Quijote damit so zu verprügeln, daß er ihn trotz der Rüstung windelweich schlug. Die Herren riefen dem Jungen zu, es sei genug, er solle ablassen; aber der war einmal im Zuge und wollte das Spiel nicht aufgeben, ohne all sein Können erprobt zu haben. So nahm er endlich auch das letzte Stück der Lanze und zerschlug es auf dem armen Niedergestürzten, der jedoch während des Ungewitters von Schlägen keineswegs den Mund hielt, sondern gegen den Himmel, die Erde und die Straßenräuber, wie er die Kaufleute jetzt nannte, schreckliche Drohungen ausstieß.

Der Junge wurde müde, und die Kaufleute setzten ihren Weg fort. Als Don Quijote sich allein sah, versuchte er von neuem, sich aufzurichten. Aber da dies unmöglich gewesen, als er noch gesund und gut beisammen war, wie hätte es ihm jetzt gelingen sollen? Dennoch pries er sich glücklich; denn er hielt die erlittene Tortur für ein Ungemach, das nur fahrenden Rittern zustoßen konnte, und im übrigen schob er alle Schuld auf das Pferd. Aber, wie gesagt, erheben konnte er sich trotzdem nicht, denn er war am ganzen Körper zerschlagen.

FÜNFTES KAPITEL

Kläglicher Ausgang des ersten Waffenritts.
Der zweite Auszug des Don Quijote mit seinem Schildknappen Sancho Panza

Es traf sich, daß eine Weile drauf ein Bauer vorüberging, ein Nachbar von Don Quijote, der einen Sack Korn zur Mühle gebracht hatte. Als der einen Mann am Boden liegen sah, trat er hinzu und fragte, wer er sei und was ihm fehle.

Doch Don Quijote, der den Bauern für einen Grafen halten mochte, antwortete nichts weiter, als daß er Verse hersagte, in denen er sein Unglück beklagte.

Der Bauer stand verwundert; schließlich nahm er ihm das zerhauene Visier ab und reinigte das staubbedeckte Gesicht. Kaum hatte er es gesäubert, als er ihn erkannte und ausrief: „Ei, Herr Quijada! Wer hat Euer Gnaden derart zugerichtet?“

Don Quijote aber fuhr fort, auf alle Fragen mit seinen Versen zu antworten.

Da machte ihm der Mann Brustpanzer und Rückenharnisch los und setzte ihn mit vieler Mühe auf seinen Esel. Die Waffen suchte er bis auf die Stücke der Lanze zusammen, band alles auf Rosinante fest, faßte den Gaul beim Zügel, den Esel am Strick und wanderte seinem Dorfe zu, wobei er immerfort über den Unsinn, den er Don Quijote sagen hörte, nachsann.

Gegen Abend kamen sie an das Dorf; doch der Bauer wartete, bis es vollends finster würde, damit keiner den zerschlagenen Edlen in dieser jämmerlichen Verfassung sähe. Als ihm dann die Zeit günstig schien, zog er ins

Dorf und nach Don Quijotes Wohnung, wo er die größte Verwirrung vorfand. Der Pfarrer und der Barbier des Ortes, die Don Quijotes gute Freunde waren, hatten sich eingestellt, und eben sagte die Haushälterin mit lauter Stimme: „Was meint Ihr, Herr Pfarrer, zu meines Herrn Unglück? Seit sechs Tagen ist er nicht zu sehen, nicht sein Pferd, nicht die Lanze, nicht die Rüstung! Ich will gleich des Todes sein, wenn mir nicht schwant, daß ihm seine verfluchten Ritterbücher, die er immer las, den Verstand verdreht haben! Ich erinnere mich, daß er oft für sich sprach, er möchte ein fahrender Ritter werden, um in der ganzen Welt Abenteuer zu suchen. Hol doch der Satan all diese Bücher! denn sie haben den feinsten Kopf der ganzen Mancha um den Verstand gebracht."

Die Nichte sagte das gleiche und setzte hinzu: „Wenn mein Oheim in den Unglücksbüchern zwei Tage und zwei Nächte hintereinander gelesen hatte, so ist es oft geschehen, daß er das Buch wegwarf, sein Schwert nahm und auf die Wand einhieb. War er dann müde, sagte er, er habe vier Riesen umgebracht, wie Türme so groß, und der Schweiß, den er vergoß, sei Blut aus den Wunden, die er in der Schlacht empfangen habe."

Dies und noch mehr hörten der Bauer und Don Quijote mit an. Dabei begriff der Bauer vollends, was seinem Nachbarn fehlte, und alsbald rief er: „Macht auf, Ihr Herren."

Nun liefen alle hinaus, und wie sie Don Quijote erkannten, wollten sie ihn umarmen. Er aber sagte: „Bleibt zurück, denn ich komme durch Schuld meines Pferdes schwerverwundet an. Bringt mich zu Bett und ruft die weise Urganda, damit sie meine Wunden untersuche und heile."

Sie bestürmten Don Quijote mit tausend Fragen, aber er antwortete nichts weiter, als daß sie ihm zu essen geben möchten und ihn schlafen lassen.

So blieb er vierzehn Tage ruhig in seinem Hause, ohne erkennen zu lassen, daß er seinen ersten Auszug wiederholen wolle. Er führte sehr lustige Gespräche mit seinen beiden Freunden, dem Pfarrer und dem Barbier, worin er behauptete, daß, was der Welt am meisten not tue, fahrende Ritter seien.

Insgeheim verhandelte Don Quijote mit einem Bauern, seinem Nachbarn, einem wackeren Manne, der aber keinen sonderlichen Witz im Kopf hatte. Er drang in ihn, redete ihm zu und versprach ihm so viel, bis sich der Brave entschloß, mit ihm auszuziehen und als sein Schildknappe zu dienen. Unter anderm sagte ihm Don Quijote, es werde für ihn dabei der größte Gewinn herausspringen, denn leicht könnten sie auf ein Abenteuer stoßen, in dem statt der Spreu, die er jetzt verließe, eine Insel gewonnen würde, über die er ihn zum Statthalter einsetzen wolle.

Auf diese und ähnliche Versprechungen hin verließ Sancho Panza, denn so hieß der Bauer, seine Frau und Kinder und wurde der Schildknappe des Don Quijote.

Don Quijote sorgte ferner für Geld, verkaufte ein Stück Land, verpfändete ein andres, alles in eiliger Unordnung, und brachte eine ansehnliche Summe zusammen. Er versah sich auch mit einem Schilde, stellte seinen zerschlagenen Helm wieder her und bestimmte als letztes seinem Schildknappen Sancho Tag und Stunde, wann er sich auf den Weg machen wolle. Vor allem befahl er ihm, dem Rate des Schenkwirts gemäß, einen Schnappsack mitzunehmen für die Hemden, Salben und andern Notwendigkeiten.

Sancho versprach, den Schnappsack nicht zu vergessen, und für sich selber, sagte er, wolle er einen tüchtigen Esel aussuchen, denn er besitze nicht die Gabe, viel zu Fuß zu laufen.

Das mit dem Esel verstimmte Don Quijote ein wenig, denn er konnte sich keines fahrenden Ritters entsinnen, der einen Schildknappen eselweise beritten bei sich gehabt hätte. Dennoch bewilligte er ihm den Esel, wobei er sich vornahm, seinen Schildknappen bald würdiger beritten zu machen; denn er hatte ja die Möglichkeit, von dem ersten unhöflichen Ritter, auf den er stieße, das Pferd zu erbeuten.

Als nun alles vorbereitet war, zogen sie in einer Nacht, ohne daß Sancho von Frau und Kindern oder Don Quijote von Haushälterin und Nichte Abschied genommen hätte, aus dem Dorfe. Kein Auge bemerkte sie, und sie reisten so eilig, daß sie mit Tagesanbruch sicher sein konnten, nicht eingeholt zu werden, falls man sie verfolgte. Sancho Panza zog auf seinem Esel mit Schnappsack und Weinschlauch wie ein Herr einher, denn in Gedanken sah er sich schon als den Statthalter der Insel, die ihm Don Quijote versprochen hatte.

Don Quijote war bemüht, dieselben Wege einzuschlagen, die er auf seiner ersten Reise genommen hatte. Und da es diesmal noch früher am Morgen war, trafen ihn die Sonnenstrahlen nur von der Seite und ermüdeten ihn nicht so sehr.

Es dauerte nicht lange, da begann Sancho Panza folgendes Gespräch mit seinem Herrn: „Schaut auch, Herr fahrender Ritter, wohl zu, daß Ihr das nicht vergeßt, was Ihr mir wegen der Insel versprochen habt. Ich will sie gewiß statthaltern, und wäre sie noch so groß."

Hierauf antwortete Don Quijote: „Du mußt verstehen, Sancho Panza, daß es eine sehr gewöhnliche Sitte der alten fahrenden Ritter war, ihre Schildknappen zu Statthaltern von Inseln oder Reichen zu machen, die sie gewannen. Und ich bin fest entschlossen, daß durch mich dieser edle Brauch nicht erlöschen soll. Lieber will ich ihn verbessern; denn oft, ja vielleicht in den meisten Fällen, warteten die Ritter damit, bis ihre Schildknappen alt waren und der bösen Tage und noch bösern Nächte überdrüssig. Dann gaben sie ihnen die Würde eines Herzogs oder zumindest eines Markgrafen von irgendeiner Mark oder einer Provinz.

Aber wenn du lebst und ich leben bleibe, kann es wohl geschehn, daß ich innerhalb acht Tagen ein Reich gewinne, zu dem noch andere Nebenländer gehören. So mag es denn zutreffen, daß du in meinem Reiche zum König gekrönt wirst."

„Auf die Art", antwortete Sancho Panza, „wenn ich durch ein solches Wunderwerk, wie Euer Gnaden sagen, König würde, so würde meine Frau, die Theresa, Königin, und meine Kinder würden Infanten?"

„Wer zweifelt daran?" sagte Don Quijote.

„Ich zweifle daran", sagte Sancho Panza. „Denn wie es mir vorkommt, auch wenn Gott Königreiche auf die Erde herunterregnen ließe, so paßte doch keins auf den Kopf meiner Alten. Nein, Herr, um keinen Preis paßt sie zur Königin, Gräfin mag eher gehen, und auch das nur mit Gottes Beistand."

SECHSTES KAPITEL

Das seltsame Abenteuer mit den Windmühlen

Indem sahen sie dreißig bis vierzig Windmühlen auf dem Felde stehen, und sowie Don Quijote sie erblickte, sagte er zu seinem Schildknappen: „Das Glück führt unsre Sache besser, als wir es wünschen können. Denn siehe, Freund Sancho, da zeigen sich dreißig oder noch mehr ungeheure Riesen, mit denen ich eine Schlacht zu halten gesonnen bin, um ihnen allen das Leben zu nehmen. Mit der Beute wollen wir den Anfang unseres Reichtums machen, denn es wird ein trefflicher Krieg und nebenbei noch ein Gottesdienst, die Brut vom Angesicht der Erde zu vertilgen."

„Was für Riesen?" fragte Sancho Panza.

GOSSMANN

„Die du dort siehst“, antwortete sein Herr, „die mit den gewaltigen Armen, die zuweilen wohl zwei Meilen lang sind.“

„Schaut genau hin, gnädiger Herr“, sagte Sancho. „Das, was da steht, sind keine Riesen, sondern Windmühlen. Und was Ihr für die Arme haltet, sind ihre Flügel, die der Wind umdreht, wodurch der Mühlstein in Gang gebracht wird.“

„Es scheint“, antwortete Don Quijote, „daß du in Abenteuern nicht sonderlich bewandert bist. Es sind Riesen, und wenn du dich fürchtest, geh beiseite und ergib dich dem Gebet, indes ich die schreckliche und ungleiche Schlacht beginne.“

Ohne weiter auf Sancho zu achten, der ihm viele Male nachrief, daß es ganz gewiß Windmühlen seien und nicht Riesen, was er angreifen wolle, gab er Rosinante die Sporen, bis er den Ort erreicht hatte. Dort rief er mit lauter Stimme: „Entflieht nicht, feigherzige und niederträchtige Kreaturen! Ein einziger Ritter bietet euch die Stirn.“

Zugleich erhob sich ein kleiner Wind, der die großen Flügel in Bewegung setzte.

Als Don Quijote dies gewahrte, fuhr er fort: „Und strecktet Ihr noch mehr Arme aus, so sollt ihr es dennoch bezahlen!“

Gut von seinem Schilde bedeckt, in der Rechten die Lanze, sprengte er in vollem Galopp auf die vorderste Windmühle los und gab ihr einen Stich in den Flügel, der vom Winde so heftig weitergetrieben wurde, daß die Lanze in Stücke sprang und Pferd und Reiter eine große Strecke über das Feld wegflogen.

Sancho Panza trabte mit der größten Eilfertigkeit seines Esels herbei, und als er ankam, fand er, daß Don Quijote sich nicht rühren konnte.

„Barmherziger Himmel!“ rief Sancho, „hab ich's Euer Gnaden nicht gesagt, daß Ihr zusehn möchtet, was Ihr tut, und daß es Windmühlen sind, die ja jeder kennen muß, wenn er nicht selber welche im Kopf hat!“

„Gib dich zur Ruhe, Freund Sancho“, antwortete Don Quijote. „Das ist Kriegsglück und mehr als alle andern Dinge einem ewigen Wechsel unterworfen. Glaube mir, Sancho, es war der weise Freston, der die Riesen in Mühlen verwandelt hat, um mir den Siegesruhm zu entreißen. So groß ist die Feindschaft, die er gegen mich hegt! Aber dennoch wird er mit all seinen bösen Künsten nicht gegen die Tapferkeit meines Schwertes aufkommen!“

„Gott mag es so fügen“, antwortete Sancho Panza, stützte seinen Herrn hoch, setzte ihn wieder auf Rosinante, der alle Glieder ausgerenkt waren, und dann trabten sie weiter auf ihrem Wege, dem Gebirgspaß Lapice zu.

SIEBENTES KAPITEL

Der entsetzliche Kampf mit dem wackeren Biscayer

Die Nacht mußten sie unter einigen Bäumen verbringen. Don Quijote, den der Verlust seiner Lanze in arge Verlegenheit gebracht hatte, hieb von dem einen Baum einen trockenen Zweig, befestigte daran das Stück, das ihm von der Waffe geblieben war, und so erhielt er eine Vorrichtung, die ihm fürs erste die Lanze ersetzen konnte.

Don Quijote tat die ganze Nacht kein Auge zu, sondern dachte nach Ritterart an seine Gebieterin Dulcinea. Sancho Panza jedoch, der ein gutes Nachtmahl zu sich genommen hatte, schlief fest und tief – nicht die Strahlen der Sonne, nicht der Gesang der Vögel, die von allen Zweigen jubelnd den neuen Tag feierten, vermochten ihn aufzuwecken, selbst seinen Herrn kostete es einige Mühe.

Nach einem schmalen Frühstück ritten sie weiter auf der Straße nach dem Passe Lapice, den sie auch drei Stunden nach Sonnenaufgang entdeckten.

„Hier“, rief Don Quijote freudig, „können die Hände bis an die Ellenbogen hinauf in das tauchen, was man Abenteuer nennt. Doch höre, Bruder Sancho, selbst wenn du mich in der höchsten Gefahr erblicken solltest, du darfst nicht die Hand ans Schwert legen, außer daß ich von gemeinem Volke beleidigt würde. Denn es ist dir nach den Gesetzen der Ritterschaft keineswegs erlaubt, mir zu helfen, bis du nicht selbst zum Ritter geschlagen bist.“

„Daran halte ich mich, Euer Gnaden, seid es versichert“, antwortete Sancho. „Vollends, da ich friedliebend bin und mich nicht gern in Schlägereien einmenge. Aber freilich, wenn man meine eigne Person angreifen sollte, würde ich nach Euern Gesetzen nicht fragen.“

Während sie noch redeten, zeigten sich auf dem Wege zwei Brüder vom Orden des heiligen Benedikt, die trugen Reisebrillen und Sonnenschirme. Ihnen folgte eine Kutsche, von vier oder fünf zu Pferde und zwei Maultierjungen zu Fuß begleitet.

In der Kutsche reiste, wie man nachher erfuhr, eine biscayische Dame, die von Sevilla mit ihrem Gemahl nach Indien gehen wollte. Die Mönche reisten nicht mit ihr, obgleich sie dieselbe Straße zogen; aber kaum hatte Don Quijote sie gesehen, da sagte er zu seinem Schildknappen: „Wenn ich mich nicht täusche, so ist dies das berühmteste Abenteuer, das jemals gesehen wurde. Denn die schwarzen Dinger, die dort kommen, sind gewiß zwei Zauberer, und in der Kutsche wollen sie eine geraubte Prinzessin fortführen. Es ist also nötig, diesem Frevel mit all meiner Kraft zu steuern.“

„Das wird noch schlimmer gehen als mit den Windmühlen“, mahnte Sancho. „Bedenkt, was ich sage, daß Euch der Teufel nicht wieder verblendet.“

„Ich habe dir, Sancho, gesagt“, antwortete Don Quijote, „daß du von Abenteuern wenig verstehst. Mich täuscht man nicht, wie du sogleich gewahr werden sollst.“

Er setzte sich in Trab und ritt in die Mitte des Weges, den die Mönche kamen. Und als er nahe heran war, rief er: „Teuflisches und heidnisches Gesindel, gebt die erhabenen Prinzessinnen frei, die ihr mit Gewalt in der Kutsche fortführt! Tut ihr es nicht, so seid gefaßt, plötzlich den Tod als gerechte Strafe zu empfangen.“

Die Mönche hielten an und wunderten sich über Don Quijotes Aussehen nicht weniger als über seine Worte. Deshalb antworteten sie: „Herr Ritter, wir sind weder teuflisch noch heidnisch, sondern zwei Mönche des heiligen Benedikt, die ihre Straße ziehen und nicht wissen, ob in der Kutsche Prinzessinnen sind oder nicht.“

„Ich gebe nichts auf eure falschen Worte, ihr seid mir wohlbekannt.“ Und ohne weitere Antwort abzuwarten, spornte er Rosinante und rannte mit der Lanze so hart gegen den ersten Mönch, daß der, hätte er sich nicht behende von seinem Maultier fallen lassen, wohl übel zugerichtet, schwerverwundet oder gar tot heruntergestürzt wäre. Der zweite Mönch, als er gewahr wurde, wie man seinen Gefährten behandelte, stieß seinem trefflichen Maultier die Beine in den Leib und entfloh leichter als der Wind über das Feld.

Sancho Panza sah den Mönch fallen. Sogleich stieg er behende von seinem Esel, machte sich über ihn und fing an, ihm die Kleider auszuziehen. Doch auch die Begleiter der beiden Mönche kamen herbei und fragten, warum er ihn auskleide. Es stehe ihm rechtmäßig zu, antwortete Sancho Panza, denn sein Herr Don Quijote habe die Schlacht gewonnen. Die Jungen, die keinen Spaß verstanden, auch Don Quijote, der mit den Insassen der Kutsche sprach, weitab erblickten, packten Sancho, zerrten ihn zu Boden, rissen ihm die Haare aus dem Bart und richteten ihn mit Fußtritten so übel zu, daß er besinnungslos liegenblieb.

Augenblicklich stieg der zitternde Mönch, ganz blaß im Gesicht, wieder auf sein Maultier und trabte seinem Gefährten nach, der ihn in sicherer Entfernung erwartete. Schleunigst setzten sie ihren Weg fort und schlugen so viele Kreuze, als wenn ihnen der Teufel auf den Schultern säße.

Don Quijote war also, wie schon gesagt, an die Kutsche herangetreten und sprach zu der Dame: „Meine Gebieterin mag nun wieder nach ihrem Wohlgefallen schalten, denn der Räuber liegt auf den Boden gestreckt, bezähmt durch die Stärke meines Armes. Wollt Ihr aber den Namen Eures Befreiers erfahren, so wißt, daß ich Don Quijote von der Mancha bin, fahrender Ritter und Diener der unvergleichbaren Dame Dulcinea von Toboso. Zum Lohn meiner Tat begehre ich nichts weiter, als daß Ihr nach Toboso geht, Euch dieser Dame präsentiert und ihr sagt, was ich zu Eurer Befreiung getan habe."

All dies hörte ein Bursche, der die Kutsche begleitete und ein Biscayer war. Da er sah, daß Don Quijote sie nicht vorbeilassen wollte, machte er sich an ihn heran, hob die Lanze und sagte in seinem schlechten Castilianisch und noch schlechteren Biscayisch: „Weg, Ritter! Bei Gott, an den ich bete, laßt du nicht Kutsche, ich dich umbringen, so wahr ich Biscayer!"

Don Quijote verstand ihn recht gut und antwortete ungemein ruhig: „Wärest du Ritter, ich hätte dich für deine Frechheit längst gezüchtigt!"

„Ich kein Ritter?" entgegnete der Biscayer hitzig. „Schwör zu Gott, du lügst wie ein Christ! Schmeiß Lanz weg, greif Säbel und sollst gleich sehn, wie Maus frißt auf die Katz!"

„Du wirst es plötzlich sehen!" rief Don Quijote, zog das Schwert, legte den Schild vor und rannte gegen den Biscayer an mit dem Vorsatz, ihm das Leben zu nehmen.

Der Biscayer wollte von seinem Maultier steigen, weil es ein schlechtes, gemietetes war, auf das er sich nicht verlassen konnte. Aber es blieb ihm nur die Zeit, ebenfalls das Schwert zu ergreifen. Es fügte sich gut für ihn, daß die Kutsche nahe war; er langte ein Kissen heraus, das ihm zum Schilde dienen konnte, und dann rasten die beiden gegeneinander, als wären sie Todfeinde.

Wer den ersten Streich führte, war der feurige Biscayer. Er holte so kräftig und wütend aus, daß dieser einzige Hieb hingereicht hätte, dem Mute und allen künftigen Abenteuern Don Quijotes vor der Zeit ein Ende zu machen. Aber das Glück, das unsern Ritter wichtigeren Dingen aufsparte, wendete das Schwert seines Gegners im Niederfallen, so daß es Don Quijote zwar auf die linke Schulter schlug, ihm aber weiter keinen Schaden zufügte, als diese Seite völlig zu entblößen. Ein großes Stück vom Helm, die halbe Rüstung, ein gut Teil des Ohres: alles endete in einem furchtbaren Trümmerhaufen.

Wer wäre wohl imstande, jetzt geziemend die Wut zu beschreiben, die das Herz des Don Quijote erfaßte, als er sich so zugerichtet fand! Ich will nur soviel sagen: sie war von der Art, daß er sich aufs neue in den Bügeln erhob, das Schwert mit beiden Händen kräftiger packte und so ungestüm auf den Biscayer loshieb, daß der Schlag trotz des herrlichen Kissens wie ein Berg auf ihn herabfiel. Dem Biscayer schoß das Blut aus Nase, Mund und Ohren, und er wäre gewiß von seinem Maultier gestürzt, wenn er nicht noch in letzter Minute hätte dessen Hals umfassen können. Aber die Füße verloren die Steigbügel, das Maultier scheute, lief übers Feld und warf seinen Herrn nach wenigen Sprüngen zu Boden.

Don Quijote verfolgte den seltsamen Ritt in Ruhe; aber sowie er den Feind liegen sah, sprang er vom Pferd, trat hinzu und setzte ihm das Schwert ins Gesicht, forderte, er solle sich schleunigst ergeben, falls er nicht den Kopf verlieren wolle. Der Biscayer lag ohne Bewußtsein und konnte kein Wort sprechen – aber Don Quijote war blind, und es wäre dem Biscayer übel ergangen, wenn nicht die Damen aus der Kutsche sehr artig gebeten hätten, ihnen zuliebe dem Manne das Leben zu schenken.

Don Quijote erwiderte mit sehr ernster und feierlicher Stimme: „Unendlich, schöne Damen, bin ich erfreut, Euer Begehr zu erfüllen. Aber die Bedingung besteht darin, daß dieser Ritter mir verspricht, nach dem Dorfe Toboso zu gehen und sich der unvergleichlichen Dame Dulcinea zu stellen, damit sie nach ihrem Willen mit ihm verfahren möge."

Die erschrockenen Damen ließen sich nicht in langwierige Erörterungen ein, erkundigten sich auch nicht weiter nach der Dulcinea, sondern versprachen, daß der Biscayer, der ihr Stallmeister war, alles vollbringen werde. Im Vertrauen auf das Versprechen gab Don Quijote ihn frei und ließ sie in Frieden ziehen.

ACHTES KAPITEL

Einige lustige Gespräche, die zwischen Don Quijote und seinem Schildknappen Sancho Panza vorfielen

Indessen hatte sich Sancho Panza von den Prügeln etwas erholt; er hatte der Schlacht seines Herrn aufmerksam zugeschaut und herzlich zu Gott gebetet, daß er ihm den Sieg verleihen und ihn eine Insel gewinnen lassen möge.

Als er nun merkte, daß der Kampf entschieden war und sein Herr wieder auf die Rosinante steigen wollte, eilte er herbei, ihm den Steigbügel zu

halten. Doch ehe Don Quijote richtig aufgestiegen war, warf Sancho sich vor ihm nieder, ergriff seine Hand, küßte sie und sagte: „Erinnert Euch nun, mein gnädiger Herr, mir die Regierung der Insel zu schenken. Sei sie auch noch so groß, ich fühle Tüchtigkeit in mir, sie zu regieren."

„Wisse, Bruder Sancho", antwortete Don Quijote, „daß Abenteuer wie diese keine Insel-, sondern Kreuzwegsabenteuer sind, in denen man nichts gewinnt als zerschlagene Köpfe und abgehauene Ohren. Fasse Geduld, es werden sich Abenteuer einstellen, die dir wohl noch mehr als eine Statthalterschaft eintragen sollen."

Sancho war sehr erfreut und küßte wieder seinem Herrn die Hand, worauf sie sich eilig in ein nahes Gehölz wandten. Hier zügelte Sancho seinen Esel und sagte: „Es wäre gut, Euer Gnaden, wenn wir uns in eine Kirche flüchteten; denn da der so böse zugerichtet ist, mit dem Ihr Euch geschlagen habt, mag er wohl imstande sein, alles der Heiligen Bruderschaft zu klagen, damit sie uns fangen. Haben die uns aber einmal festgesetzt, so kann wahrhaftig der Himmel darüber einfallen, ehe sie uns aus dem Gefängnis wieder herauslassen."

„Sei ohne Sorge, Freund Sancho“, antwortete Don Quijote, „daß ich dich aus den Händen der Bruderschaft erretten wollte. Aber sage mir aufrichtig, hast du je einen so tapferen Ritter wie mich auf der ganzen Erde gesehn? Hast du in den Historien von einem gelesen, der größere Kühnheit in Angriffen, mehr Geschicklichkeit im Verwunden und größere Behendigkeit im Niederwerfen bewiesen hat?“

„Die Wahrheit ist“, sagte Sancho, „daß ich niemals keine Historie gelesen habe; denn ich kann nicht lesen und nicht schreiben. Aber das will ich behaupten, daß ich einem so verwegnen Herrn in meinem ganzen Leben noch nicht gedient habe. Doch seht nun, daß Ihr Euch endlich verbindet, denn aus Eurem Ohr läuft viel Blut. Ich habe Scharpie und weiße Salbe im Schnappsack.“

„Alles wäre besser“, sagte Don Quijote, „wenn ich daran gedacht hätte, mir eine Flasche von dem Balsam Fierabras zu machen, denn mit einem einzigen Tropfen davon könnten wir Zeit und Medizin sparen.“

„Was für eine Flasche und was für ein Balsam ist das?“ fragte Sancho Panza.

„Mit diesem Balsam“, antwortete Don Quijote, „von dem ich das Rezept im Gedächtnis habe, braucht man den Tod nicht zu fürchten noch an irgendeiner Wunde zu sterben. Wenn ich ihn also herstelle und ihn dir übergebe und du mich in einer Schlacht mittendurch gehauen siehst, was ja oft zu geschehen pflegt, so hast du nichts weiter zu tun, als die Hälfte des Körpers, die auf den Boden gefallen ist, sauber aufzuheben, sie behende, ehe das Blut erkaltet, auf die andere Hälfte, die im Sattel sitzt, aufzupassen und sorgfältig anzufügen. Zugleich gibst du mir zwei Schluck von dem Balsam, und du wirst sehen, daß ich wieder so gesund bin wie ein Fisch.“

„Wenn das so ist“, sagte Sancho, „dann will ich auf die Regierung der Insel verzichten, und ich verlange zum Lohn meiner Dienste nichts andres, als daß Ihr mir das Rezept dieses erstaunlichen Getränkes gebt. Denn nach meiner Rechnung muß das was Schönes einbringen, und viel brauche ich ja nicht, um mein Leben ehrlich und lustig hinzubringen. Aber weshalb warten Euer Gnaden, ihn zu machen und es auch mich zu lehren?“

„Gedulde dich, Freund Sancho“, sagte Don Quijote, „noch größere Geheimnisse will ich dich lehren, noch größern Lohn sollst du empfangen. Aber jetzt wollen wir ans Verbinden denken, denn das Ohr schmerzt mehr, als ich es sage.“

Als Don Quijote jedoch seinen Helm abnahm und sah, was nach dem Kampf mit dem Biscayer davon übriggeblieben war, wollte er den Verstand aufgeben. Er legte die Hand an das Schwert und rief: „Ich schwöre beim Schöpfer aller Dinge und bei den heiligen vier Evangelien, wo sie am umständlichsten geschrieben sind, eben das Leben zu führen, das der große

Markgraf von Mantua führte, als er schwor, den Tod seines Neffen Balduin zu rächen: von keinem Tischtuch zu essen, mit der Familie mich nicht zu ergötzen nebst andern Dingen, deren ich mich nicht erinnere – bis ich vollständige Rache an dem genommen, der mir diesen Schimpf getan hat!"

Als Sancho das hörte, wurde ihm angst, und er sagte: „Bedenkt, mein gnädiger Herr Don Quijote, daß, wenn der Ritter tut, was Ihr ihm befohlen habt, er nämlich hingeht und sich der Dame Dulcinea von Toboso stellt, daß er dann alles getan hat, was ihm zukommt, wenn er kein neues Verbrechen begeht."

„Da hast du recht", antwortete Don Quijote. „Ich erkläre also den Eid für nichtig, was die neue Rache angeht. Aber ich wiederhole und bestätige aufs neue, das genannte Leben zu führen, bis ich einen so trefflichen Helm erobert habe, wie es der meine war. Und denke nur nicht, Sancho, daß ich es vom Zaune breche, denn buchstäblich dasselbe trug sich um den kostbaren Helm des Mambrin zu."

„Laßt doch, gnädiger Herr, den Teufel all diese Schwüre holen", entgegnete Sancho aufgebracht, „denn sie gereichen der Seligkeit zum Schaden und dem Gewissen zur Last! Bedenkt doch nur, wie viele Tage vergehen können, ehe wir einem Menschen begegnen, der einen Helm trägt! Was sollen wir solange machen? Immer nur den Schwur erfüllen, der so viele Unbequemlichkeiten bringt: in den Kleidern schlafen, in keiner Herberge einkehren und tausend andere Kasteiungen, die in dem Schwure des unsinnigen alten Kerls, des Markgrafen von Mantua, vorkommen, den Ihr wieder in Kraft setzen wollt? Bedenkt auch, gnädiger Herr, daß hier in der Gegend nicht ein geharnischter Mann reist, sondern nur Maultiertreiber."

„Hierin irrst du", sagte Don Quijote, „denn in zwei Stunden werden wir auf diesen Kreuzwegen mehr Geharnischte treffen als nach Albraca kamen, um Angelica die Schöne zu erringen."

„Gut, mag's so sein", sagte Sancho. „Ich bitte Gott, daß es Euch gelinge und bald die Zeit komme, die Insel zu gewinnen, die mir so teuer ist; dann will ich sterben."

„Ich sage dir, Sancho, wenn uns auch eine Insel fehlen sollte, so bleibt uns jedenfalls das Königreich Dänemark oder das von Sobradisa, die sich dir wie ein Paar Handschuh anpassen werden und die dir noch angenehmer sein müssen, da sie auf dem festen Lande liegen. Aber das wollen wir der Zeit überlassen. Sieh jetzt zu, ob du etwas Eßbares im Schnappsack hast. Dann wollen wir eine Burg aufsuchen, wo wir die Nacht verbringen und den Balsam machen können; denn ich schwöre, das Ohr schmerzt mich sehr."

Sancho zog eine Zwiebel und etwas Käse hervor, nebst etlichen Stückchen Brot, und sagte: „Das sind aber keine Gerichte, die sich für tapfere Ritter schicken."

„Schlecht verstehst du das", antwortete Don Quijote. „Wissen mußt du, Sancho, daß die Ehre der fahrenden Ritter darin besteht, einen Monat lang nicht zu essen, und selbst wenn sie essen, so nur das, was ihnen in die Hände fällt. Ja, eigentlich habe ich nirgendwo gelesen, daß die fahrenden Ritter gegessen hätten, wenn es sich nicht etwa traf, daß man ihnen ein prächtiges Bankett anrichtete. An den übrigen Tagen begnügten sie sich mit der Entbehrung und den Kräutern, die sie fanden. Also, Freund Sancho, sorge nicht, mir etwas Schmackhaftes zu geben, wenn du nicht die Welt neu schaffen und die Ritterschaft aus ihren Angeln heben willst."

„Nehmt's nicht übel, gnädiger Herr", sagte Sancho, „denn wie Ihr wißt, versteh ich mich nicht auf die Regeln vom Handwerk der Ritterei. Ich will aber künftig den Schnappsack mit aller Art trockner Frucht versorgen für Euch, der Ihr ein Ritter seid, für mich aber, der ich es nicht bin, will ich ihn mit andern Sachen füllen, die kerniger und gewichtiger sind."

Hierauf teilten sie, was sie bei sich hatten, und beeilten sich sehr, ihre dürftige und trockene Mahlzeit zu Ende zu bringen. Dann stiegen sie zu Pferde, um noch vor der Nacht eine Ortschaft zu erreichen. Aber die Sonne ging unter so wie die Hoffnung, daß ihr Wunsch sich erfülle, als sie am Wege die Hütten einiger Ziegenhirten entdeckten. Deshalb beschlossen sie, hier zu übernachten. Sancho verdroß es sehr, daß er keine Herberge erreicht hatte, aber sein Herr war es zufrieden, unter freiem Himmel zu schlafen; denn so hatten es die Ritter von je gehalten.

NEUNTES KAPITEL

Das unglückliche Abenteuer mit den Yanguesern

Die Ziegenhirten nahmen sie bereitwillig auf, und nachdem Sancho für Rosinante und den Esel gesorgt hatte, folgte er dem Geruch einiger Stücke Ziegenfleisch, die in einem Kessel kochten. Die Hirten nahmen das Fleisch vom Feuer, breiteten auf der Erde einige Schaffelle aus und luden die beiden freundlich ein, mitzuhalten beim Verzehren der Vorräte.

Ihrer sechs, lagerten sich die Hirten auf die Felle, nachdem sie Don Quijote mit ungeschickten Komplimenten genötigt hatten, sich auf einem Troge niederzulassen. Don Quijote setzte sich, Sancho aber blieb stehen, um den Hornbecher herumzureichen. Sie aßen mit gutem Appetit, und nach dem Gang von Fleisch schütteten die Hirten eine große Menge Eicheln auf die Felle und setzten einen halben Käse dazu, der so hart war, als hätten sie

ihn aus Kalk bereitet. Das Trinkhorn war nicht müßig; es ging oftmals herum, bald voll, bald ausgeleert, so daß der erste der beiden Weinschläuche zusehends in sich zusammenfiel.

Am andern Morgen, nachdem sie von ihren freundlichen Wirten Abschied genommen hatten, ritten Don Quijote und Sancho Panza wohl länger als zwei Stunden, bis sie an eine Wiese kamen, die saftiges Gras bedeckte. Dort floß ein Bach vorbei, so angenehm und frisch, als wolle er sie einladen, hier die heißen Mittagsstunden zuzubringen.

Sie stiegen ab und ließen den Esel und Rosinante von dem schönen Grase fressen; für sich selber aber öffneten sie den neu gefüllten Schnappsack.

Sancho hatte dem Gaul nicht die Füße zusammengebunden, sondern ihn frei gehen lassen; denn der war sanft und allen Ausschweifungen abgeneigt. Das Schicksal und der Teufel, der nimmer schläft, fügten es jedoch, daß zur Stunde ein Zug Füllen von Yangueser Hirten durch das Tal getrieben wurde, die mittags gern an Orten rasteten, wo sie Gras und Wasser fanden. Die Wiese also, auf der sich Don Quijote niedergelassen hatte, war auch den Yanguesern willkommen.

Nun schickte es sich, daß in Rosinante der Wunsch aufstieg, sich mit den Pferden zu ergötzen; sie hatte sie kaum gewittert, da setzte sie sich in einen kleinen muntern Trab. Die Füllen aber, denen offenbar mehr an der Weide gelegen war, empfingen sie mit Hufen und Zähnen, so daß sie ihr bald den Gurt zersprengten und sie ohne Sattel dastand. Aber es kam noch schlimmer: Als die Treiber sahen, daß Rosinante ihre Pferde stören wollte, griffen sie nach ihren Knütteln und prügelten derb auf sie ein, bis sie zu Boden stürzte.

Nun liefen auch Don Quijote und Sancho herbei, und Don Quijote sagte zu Sancho: „Wie ich sehe, Freund Sancho, sind die dort keine Ritter, sondern gemeine Menschen und schlechtes Volk. Deshalb darfst du mir beistehen, wenn ich jetzt Rosinantes Schmach räche."

„Was Teufel können wir für Rache nehmen?" antwortete Sancho. „Sie sind über zwanzig Mann, und wir sind zwei, ja vielleicht nur anderthalb."

„Ich bin für hundert!" versetzte Don Quijote, zog sein Schwert und griff die Yangueser an; ebenso tat Sancho Panza, vom Beispiel seines Herrn gereizt und angefeuert.

Sogleich gab Don Quijote dem einen Yangueser einen starken Hieb, der das lederne Koller zerschnitt und in die Schulter drang. Da kamen nun alle mit ihren Knütteln heran, trieben beide, den Herrn und seinen Diener, in ihren Kreis und schlugen wuchtig mit Fleiß von allen Seiten zu.

Schon beim zweiten Hieb lag Sancho am Boden, und genauso erging es Don Quijote, den keine Geschicklichkeit und kein Mut retten konnten. Er sank zu Füßen seiner Rosinante nieder, die sich noch nicht hatte erheben können – woraus man ersehen mag, wie gewaltig die Wirkung von Knüppeln in den Händen erzürnter Bauern ist.

Als die Yangueser glaubten, genug und zuviel getan zu haben, trieben sie in Eile ihre Koppeln zusammen und ließen die beiden Abenteurer in üblem Zustande und noch üblerer Stimmung liegen.

Der erste, der sich besann, war Sancho Panza, der mit schwacher und kläglicher Stimme sagte: „Herr Don Quijote! Ach, Herr Don Quijote!"

„Was wünschest du, Bruder Sancho?" fragte Don Quijote ebenso schwach und kläglich.

„Ich wünschte", antwortete Sancho Panza, „daß Euer Gnaden mir nur zwei Schluck von dem Tranke Fieberfras reichten, denn vielleicht ist er gegen zerschlagene Knochen nicht minder nützlich als gegen Wunden."

„Wenn ich Unglückseliger den Trank besäße, was ginge uns dann ab?" sagte Don Quijote. „Aber ich schwöre dir, Sancho Panza, nicht zwei Tage sollen verrinnen, und ich will ihn besitzen oder nicht gesund vor dir stehen."

„Aber wie viele Tage wird es nach Eurer Meinung denn dauern, bis wir wieder gehen und stehen können?"

„Was mich betrifft, so muß ich bekennen", sagte Don Quijote, „daß ich die Zahl dieser Tage nicht genau anzugeben weiß. Und ich messe mir selber alle Schuld bei, weil ich nicht gegen Menschen das Schwert hätte ziehen sollen, die keine Ritter sind; nur deshalb wird der Gott der Schlachten meine Niederlage zugegeben haben."

„Ich will jetzt nur sagen, daß ein Pflaster heilsamer wäre als alles Reden", entgegnete Sancho Panza. „Versucht doch, gnädiger Herr, ob Ihr stehen könnt. Dann wollen wir auch Rosinante auf die Beine helfen, die es freilich nicht verdient, weil sie doch die Ursache der Prügelei ist. Das hätte ich von ihr nie geglaubt, ich hielt sie für einen ordentlichen Kerl. Aber es ist wohl wahr, man braucht lange Zeit, um die Leute kennenzulernen, und kein Ding ist im Leben gewiß. Ich wundere mich nur, daß der Esel frei und ohne Handgeld davongekommen ist, während wir für alles zahlen mußten."

„Das Glück läßt bei Unfällen immer eine Tür offen, durch die man sich retten kann", antwortete Don Quijote. „Hiermit meine ich, daß dein Eselchen uns nunmehr wird Rosinante ersetzen müssen, damit ich eine Burg aufsuchen kann, wo ich von meinen Wunden genese. Erhebe dich also, Freund Sancho, so gut du es vermagst und ehe dem Esel etwas Ähnliches zustößt wie Rosinante. Leg mich über deinen Esel, damit wir aus diesem einsamen Walde kommen, ehe die Nacht beginnt."

Mit dreißig Seufzern, sechzig Jammerrufen und hundertzwanzig Flüchen über den, der ihn hierhergeführt, rappelte Sancho sich auf. Sie schleppten sich zu Rosinante, die, hätte sie klagen können, darin gewiß nicht hinter Sancho oder seinem Herrn zurückgeblieben wäre. Kurz, Sancho packte Don Quijote über den Esel, an dessen Schweif er Rosinante festband. Dann nahm er den Esel beim Stricke, und so trat er den Marsch nach der Gegend an, wo er die große Straße vermutete.

Das Schicksal, das ihn aus dem Guten ins Bessere führte, ließ ihn auch bald den richtigen Weg und die ersehnte Schenke finden, die natürlich nach Don Quijotes Einbildung wieder eine Burg sein mußte.

ZEHNTES KAPITEL

Wie es Don Quijote und Sancho Panza erging,
als sie den Wunderbalsam probierten

Ohne weitere Umstände hielt Sancho mit seinem Gefolge den Einzug durch das große Tor. Sogleich kam der Wirt herbei, und als er Don Quijote über dem Esel hängen sah, fragte er, was ihm fehle. Doch Sancho antwortete, ihm fehle gar nichts, nur sei er von einem Felsen heruntergestürzt, wobei seine Rippen ein wenig gelitten hätten.

Der Schenkwirt hatte eine Frau, die nicht so wie die meisten ihres Standes dachten; denn sie war von Natur mitleidig, und es dauerte sie das Unglück

ihres Nächsten. Sie erbot sich also, Don Quijote zu verbinden. Auch ihre Tochter, ein junges Mädchen von hübschem Aussehen, kam herbei, um zu helfen, und der wiederum wollte die Magd Maritorne beistehen.

In einem Schuppen, in dem, wie man an deutlichen Spuren sah, seit vielen Jahren nur Stroh aufbewahrt wurde, bereitete die Magd dem kranken Gast ein Lager: Über zwei ungleiche Bänke legte sie vier rauhe Bretter, darauf eine alte Matratze, die nicht dicker als eine Decke war und so uneben, daß man hätte meinen können, sie sei mit Kieseln gepolstert. Als Zudecke diente ein Tuch, dessen Fäden leicht wären zu zählen gewesen, hätte man sich die Mühe machen wollen.

In dieses vermaledeite Bett mußte sich Don Quijote niederlegen, damit die Wirtin und ihre Tochter ihr barmherziges Werk verrichten konnten, wozu Maritorne ihnen leuchtete. Die Wirtin untersuchte Don Quijote am ganzen Leibe, und allenthalben fand sie Wunden, die ihr eher Spuren von Schlägen als von einem Fall zu sein schienen.

„Der Felsen hatte viele Spitzen und Ecken", erklärte Sancho Panza. „Aber habt die Güte, liebe Frau, und behaltet einige Lappen zurück, weil auch mich der Buckel ziemlich schmerzt."

„So habt auch Ihr einen Fall getan?"

„Das nicht", sagte Sancho Panza, „sondern von dem Schrecken, als ich meinen Herrn hinunterstürzen sah, tut mir der ganze Körper so weh, als wenn ich tausend Prügel bekommen hätte."

„Das ist wohl möglich", sagte die Tochter, „denn mir träumt oft, daß ich von einem Turme herunterfiele und gar nicht auf die Erde kommen könnte. Und wenn ich dann aus meinem Traum erwache, bin ich genauso müde und zerschlagen, als wäre ich wirklich heruntergefallen."

„Da liegt der Hund begraben“, antwortete Sancho, „daß ich, ohne zu träumen, ebenso braun und blau wurde wie mein Herr Don Quijote.“

„Wie heißt der Ritter?“ fragte die Magd Maritorne.

„Don Quijote von der Mancha“, antwortete Sancho Panza. „Er ist ein abenteuernder Ritter und der beste und kräftigste, den man wohl hier herum in der Welt gesehen hat.“

„Was ist ein abenteuernder Ritter?“ fragte die Magd.

„Seid Ihr so neu in der Welt, daß Ihr das nicht wißt?“ versetzte Sancho Panza. „Hört denn, mein Kind, daß ein abenteuernder Ritter ein Mann ist, der in einem Augenblick verprügelt wird und im andern als Kaiser regiert. Heute ist er die unglückseligste und jämmerlichste Kreatur auf Erden, und morgen hat er zwei oder drei Kronen von Königreichen zu verschenken, die er seinem Schildknappen geben kann.“

Don Quijote hatte den Gesprächen aufmerksam gelauscht. Als ihn nun die Wirtin von oben bis unten bepflastert hatte, stützte er sich mühsam auf, nahm die Hand der Frau und sagte: „Glaubt mir, schöne Dame, daß Ihr Euch glücklich preisen könnt, in dieser Eurer Burg meine Person zu beherbergen. Mein Schildknappe hat Euch erzählt, wer ich bin. Nur dies will ich sagen, daß der Dienst, den Ihr mir erwiesen habt, nicht aus meinem Gedächtnis verlöschen wird, solange ich lebe.“

Verwirrt standen die Wirtin, die Tochter und die Magd, die von den Redensarten des fahrenden Ritters sowenig verstanden, als wenn er Griechisch gesprochen hätte. Nur das hatten sie herausgehört, daß sie wohl als höflicher Dank gemeint waren. Deshalb beantworteten sie seine Schmeicheleien mit Wirtshausworten, und allein die Magd Maritorne blieb noch ein wenig, um Sancho zu pflegen; denn der bedurfte es ebenso wie sein Herr.

Mitten in der Nacht erwachten die beiden, von Schmerzen gepeinigt. Und da geschah es, daß sich Sancho des Balsams erinnerte, von dem sein Herr gesprochen hatte.

„Es ist gut, mein Freund“, antwortete ihm Don Quijote, „ich will alsbald den köstlichen Balsam verfertigen, der uns im Umsehen ganz gesund machen soll. Darum geh, Sancho, zum Kommandanten dieser Burg und verschaffe dir Öl, Wein, Salz und Rosmarin, denn das ist, was ich für den heilsamen Balsam brauche. Er wird auch mir guttun, denn mir scheint, aus meinen Wunden fließt viel Blut.“

Unter Schmerzen erhob sich Sancho und ging hinaus in den finsteren Hof, wo er einem Manne begegnete, zu dem er sagte: „Wer Ihr auch sein mögt, Herr, seid so gut und gebt mir ein wenig Rosmarin, Öl, Salz und Wein, damit einer der besten fahrenden Ritter auf der ganzen Erde gesund werde, der schwerverwundet im Bette liegt.“

Der Mann wußte mit diesen Worten nichts anzufangen; da es aber schon gegen Morgen war, öffnete er die Schenkentür, rief den Wirt und teilte ihm die Bitte mit. Der Wirt gab das Verlangte sogleich heraus und folgte Sancho heimlich in den Schuppen.

Don Quijote war nicht so schwach, wie es den Anschein hatte; denn was er für Blut hielt, war nur Schweiß. So konnte er sich unverzüglich der Herstellung seines Balsams widmen. Er rührte alles zusammen und ließ es eine gute Zeit kochen, bis ihm der Trank kräftig genug schien. Dann goß er ihn in eine Ölkanne aus Blech, die ihm der Wirt freiwillig zum Geschenk machte. Hierauf betete er über die Kanne wohl achtzig Pater Noster, ebenso viele Ave Marias, Salves und Credos, und bei jedem Wort schlug er ein Kreuz.

Als es vollbracht war, wollte er gleich die Trefflichkeit seines köstlichen Balsams erproben; er trank also ein gut Teil des Rückstandes, der nicht in die Kanne gepaßt hatte. Kaum aber hatte er ihn hinunter, als ihn so heftiges Erbrechen befiel, daß er nichts im Magen behielt, und durch diese Anstrengung geriet er in starken Schweiß. Da befahl er, man solle ihn zudecken und allein lassen.

Don Quijote schlief über drei Stunden, worauf er erwachte und sich so gekräftigt fühlte und seine Schmerzen so gelindert, daß er sich für ganz gesund hielt und wirklich glaubte, er besitze nun den Balsam Fierabras, mit dem er künftig ohne Furcht alle Kämpfe, Schlachten und Händel bestehen könne.

Sancho Panza, der die Stärkung seines Herrn ebenfalls für ein Wunder ansah, bat ihn um das, was noch im Topf zurückgeblieben war, und es war nicht wenig. Voller Vertrauen setzte er den Topf an und leerte ihn. Der Magen des armen Sancho jedoch mochte von schwächerer Reizbarkeit sein als der seines Herrn. Jedenfalls hatte er vor dem Erbrechen entsetzliche Ängste auszustehen: Er quälte sich und quälte sich und glaubte, seine letzte Stunde sei gekommen. Er verfluchte den Balsam, er verfluchte den, der ihn ihm gegeben hatte.

Doch Don Quijote sagte: „Ich glaube, Sancho, dein Ungemach rührt daher, weil du nicht zum Ritter geschlagen bist. Denn ich bin der Meinung, daß niemand, der nicht Ritter ist, sich des Balsams bedienen darf."

„Wenn Ihr das wußtet", rief Sancho, „warum in Satans Namen habt Ihr ihn mich dann kosten lassen?" Aber da begann der Trank zu wirken, zwei Stunden lang, und danach fand Sancho sich so zerschlagen und vernichtet, daß er sich nicht auf den Beinen halten konnte.

Don Quijote aber fühlte sich, wie gesagt, gesund und kräftig und wünschte sogleich abzureisen. Also sattelte er Rosinante selbst, zäumte auch das Tier seines Schildknappen auf, half Sancho beim Anlegen seiner Kleider und trug ihn endlich zum Esel hin. Dann stieg er zu Pferde und ergriff einen Bauernspieß, der in einem Winkel des Hofes lehnte.

Über zwanzig Menschen sahen zu, wie der wunderliche Zug die Schenke verließ.

ELFTES KAPITEL

Der berühmte Kampf gegen zwei große Heere,
die Sancho Panza für Hammelherden hielt

Sie mochten einige Stunden geritten sein, als Don Quijote auf dem Wege vor ihnen eine große dichte Staubwolke bemerkte, und sowie er sie bemerkt hatte, wandte er sich zu seinem Schildknappen und sagte: „Dies ist der Tag, o mein Sancho, an dem sich zeigen wird, was mir das Schicksal aufbewahrt hat! Dies ist der Tag, sag ich dir, an dem sich mehr als an irgendeinem anderen die Tapferkeit meines Armes erweisen wird, weil ich gesonnen bin, Taten zu tun, die in den Büchern des Ruhmes für alle künftigen Jahrhunderte eingeschrieben werden sollen. Siehst du die Staubwolke, Sancho, die sich dort erhebt? Ein riesiges Heer aus verschiedenen und zahlreichen Völkern ist es, die sie erregt."

„Dann müssen es zwei sein", sagte Sancho, „denn von der andern Seite steigt ebensoviel Staub auf."

Don Quijote drehte sich um, und als er sah, daß es wahr sei, freute er sich sehr. Denn nun war er überzeugt, daß hier zwei Armeen zusammenkämen, um sich in der Mitte der großen Ebene eine Schlacht zu liefern. In Wirklichkeit jedoch rührten die Staubwolken von zwei großen Schaf- und Hammelherden her, die auf ein und demselben Wege, aber von verschiedenen Seiten kamen und vom Staub so völlig bedeckt waren, daß man sie nicht sehen konnte. Don Quijote aber behauptete kräftig, es seien Armeen, bis Sancho sie ebenfalls zu sehen glaubte und nur fragte: „Doch was sollen wir dabei tun, gnädiger Herr?"

„Was wir tun sollen?" rief Don Quijote, „den Unterdrückten und Hilfsbedürftigen Beistand leisten! Du mußt wissen, Sancho, daß diejenigen, die uns entgegenziehen, unter Kommando des großen Kaisers Alifanfaron stehen, des Herrn der Insel Taprobana. Und der, der hinter mir kommt, ist sein Feind, der König der Garamanten, Pentapolin mit dem aufgekrempelten Ärmel genannt, weil er mit entblößtem Arm in die Schlachten zu ziehn gewohnt ist."

„Warum sind sich die Herren denn böse?" fragte Sancho.

„Sie sind sich deshalb böse", antwortete Don Quijote, „weil der Alifanfaron ein verstockter Heide, dabei aber in die Tochter des Pentapolin verliebt ist, eine schöne und überaus liebenswürdige Dame und Christin. Aber ihr Vater will sie dem Heidenkönig nicht geben, wenn er nicht vorher dem Glauben seines falschen Propheten Mahomed entsagt und den unsrigen annimmt."

„Bei meinem Bart“, sagte Sancho, „Pentapolin tut recht, und deshalb will ich ihm helfen, soviel in meinen Kräften steht.“

„So handelst du, wie du mußt, Sancho“, sagte Don Quijote, „und um an dergleichen Schlachten teilzunehmen, braucht man auch kein Ritter zu sein.“

„Das trifft sich ja gut“, antwortete Sancho. „Aber wo lassen wir den Esel solange, daß wir ihn wiederfinden, wenn die Schlägerei aus ist? Denn auf einem Esel in die Schlacht zu ziehen, ist wohl bisher noch nicht gebräuchlich gewesen?“

„So ist es“, sagte Don Quijote. „Laß ihn auf gut Glück laufen. Er mag verlorengehen oder nicht – sobald wir nur die Überwinder sind, werden wir eine solche Menge Pferde erbeuten, daß vielleicht selbst Rosinante Gefahr läuft, gegen ein anderes Roß vertauscht zu werden. Doch nun hör mir aufmerksam zu, jetzt will ich dir die vornehmsten Ritter der beiden Heere kenntlich machen. Aber es wird besser sein, wenn wir uns dazu auf die Anhöhe begeben.“

Sie stellten sich auf einen kleinen Hügel, von wo die beiden Herden, die für Don Quijote Armeen waren, gut zu sehen gewesen wären, wenn die Staubwolken sie nicht verdeckt hätten. Doch seine Phantasie ließ Don Quijote wieder all das sehen, was er nicht wirklich sehen konnte, und bald fing er mit erhobener Stimme also an: „Der Ritter dort, der in gelber Rüstung einherzieht und in seinem Schilde einen gekrönten Löwen zu Füßen einer Jungfrau führt, ist der tapfre Laurcalco, der Herr von der silbernen Brücke. Und der Riese, der ihm zur Rechten steht, ist der nie genug gepriesene Brandarbaran von Boliche, Herr von den drei Arabien, der mit einer Drachenhaut bedeckt ist und als Schild eine Tür von dem Tempel trägt, den einst Simson einriß.

Nun wende aber die Augen auf die andre Seite und bemerke in der Vorhut jenes Heeres den stets siegenden und niemals besiegten Timonel von Carcajona, dessen Rüstung in vier verschiedenen Farben prangt, in Blau, Grün, Weiß und Gelb, und der in seinem Schilde eine goldene Katze führt mit einem einzigen Worte zur Unterschrift, nämlich Miau. Man sagt, das seien die Anfangsbuchstaben des Namens seiner Dame, die Miaulina heißt und eine Tochter des Herzogs Marzipano von Algarbien ist.

Jener dort, der die eisernen Fersen in die Seiten seines bunten und gewandten Zebras stößt und ganz blaue Waffen trägt, ist der ansehnliche Herzog Espartafilardo vom Walde, der als Sinnbild auf seinem Schild eine Spargelstaude führt mit der Inschrift: Folge der Spur meines Glückes.“

So nannte er noch viele Ritter, von der einen wie von der andern Heerschar, gab ihnen aus dem Stegreif ihre Waffen, Farben, Sinnbilder und Inschriften.

Sancho Panza drehte nur von Zeit zu Zeit den Kopf hin und her, ob er nicht auch die Ritter und Riesen erblicken könne; da er aber durchaus keinen entdeckte, sagte er: „Gnädiger Herr, hol mich der Teufel, wenn hier wirklich ein Riese oder Ritter ist von den allen, die Ihr nennt! Wenigstens ich kann sie nicht sehen, und so muß es wohl eine Verzauberung sein."

„Hörst du nicht das Wiehern der Rosse, der Trompeten Schmettern, das Gelärm der Trommeln?" entgegnete Don Quijote.

„Ich höre nichts", antwortete Sancho, „als vielfaches Blöken von Schafen und Hammeln." Und das war es auch, denn die beiden Herden waren inzwischen ziemlich nahe gekommen.

„Deine Furchtsamkeit", sagte Don Quijote, „macht, Sancho, daß du weder richtig siehst noch hörst; denn Angst verwirrt die Sinne und läßt die Dinge anders erscheinen, als sie in der Tat sind. Ist dir aber so bange, dann geh beiseite. Ich allein genüge, der Partei den Sieg zu verschaffen, zu der ich mich schlage."

Mit diesen Worten gab er Rosinante die Sporen, packte den Spieß, und wie ein Blitzstrahl so schnell schoß er von dem Hügel hinunter.

Sancho schrie laut: „Haltet doch, mein gnädiger Herr Don Quijote, ich schwör's zu Gott, Hammel und Schafe sind es, was Ihr angreifen wollt! Haltet! O ich armseliger, unglücklicher Kerl, was sind das für Tollheiten! Was, um Himmels willen, habt Ihr vor? Das ist ja um des Teufels zu werden!"

Aber Don Quijote hielt deshalb nicht inne, sondern rief mit donnernder Stimme: „Auf, Ihr Ritter, die Ihr unter den Fahnen des tapfern Kaisers Pentapolin mit dem aufgekrempelten Ärmel streitet! Folgt mir alle, und ihr sollt sehen, wie leicht wir ihn an seinem Feind Alifanfaron von Taprobana rächen werden!" Und dann stürzte er mitten in die Schafherde hinein und begann so verwegen und wütig draufloszustechen, als hätte er wirklich gegen Todfeinde zu kämpfen.

Die überraschten Hirten versuchten ihn durch Drohungen abzuhalten. Da sie aber sahen, daß sie nichts ausrichteten, griffen sie zu ihren Schleudern und redeten weiterhin seine Ohren mit Steinen an, die so groß wie Fäuste waren.

Don Quijote achtete der Steine nicht, drang nur tiefer ins Gewühl und sagte: „Wo bist du, stolzer Alifanfaron, hierher zu mir, damit ich Mann gegen Mann deine Kräfte erprobe und dir das Leben nehme als Vergeltung für die Schmach, die du dem tapfern Pentapolin angetan."

Doch da traf ihn ein Stein in die Seite und schlug zwei Rippen durch. Sogleich hielt Don Quijote sich für tot oder schwerverwundet, tastete nach der Kanne mit dem Balsam und setzte sie an den Mund. Aber er hatte noch nicht genug hinuntergeschüttet, als ein zweiter Stein ihm die Kanne aus der Hand warf und auf dem Wege gleich drei oder vier Zähne mitnahm und zwei Finger grausam zerquetschte.

So heftig war der erste Wurf und so heftig der zweite, daß der arme Ritter nicht anders konnte, als zu Boden zu stürzen. Die Schäfer kamen herbei; und weil sie meinten, sie hätten ihn umgebracht, trieben sie hastig die Herde zusammen, luden die ermordeten Tiere auf und entfernten sich, ohne Weiteres abzuwarten.

Die ganze Zeit hatte Sancho von dem Hügel aus die Tollheiten seines Herrn beobachtet. Da er nun sah, daß Don Quijote auf der Erde lag und die Hirten sich fortmachten, stieg er hinunter und ging zu ihm.

„Sagte ich's Euch nicht, mein Herr Don Quijote, daß Ihr Euch besinnen möchtet und das, was ihr angreifen wolltet, keine Soldaten, sondern eine Herde Hammel war?"

„So hat also der Bösewicht, der mir feindliche Weise, der mir meinen Ruhm neidet, sie entstellt und umgewandelt! Du mußt wissen, Sancho, daß es dergleichen Wesen leicht ist, alles so erscheinen zu lassen, wie sie es wollen. Glaubst du es nicht, Sancho, dann besteige deinen Esel, reite ihnen nach, und du wirst gewahr werden, daß sie ihre erste Gestalt wieder annahmen, keine Hammel mehr sind, sondern Menschen, wie ich sie dir beschrieben habe. Doch vorher bedarf ich deiner Hilfe und Liebe; komm her und sieh, wie viele Backen- und Vorderzähne mir fehlen, denn mir ist, als hätte ich keinen einzigen im Munde behalten."

Sancho lief nach seinem Esel, um den Schnappsack zu holen, damit er seinen Herrn verbinden konnte. Doch als er bei seinem Esel den Schnappsack nicht fand, wollte er gleich den Verstand verlieren. Er verfluchte sich und nahm sich im Herzen vor, seinen Herrn zu verlassen und nach Hause zu gehen, selbst wenn er dadurch die Regierung über die versprochene Insel verlieren sollte.

Inzwischen erhob sich Don Quijote. Er steckte die linke Hand in den Mund, um zu verhindern, daß ihm die Zähne völlig ausfielen. Mit der andern faßte er Rosinantes Zügel, und so schleppte er sich zu seinem Schildknappen. Der lehnte an seinem Esel und hielt die Backen zwischen beiden Händen wie ein Mensch, der in tiefe Gedanken versunken ist.

Als Don Quijote diese Zeichen einer gewaltigen Schwermut bemerkte, sagte er: „Wisse, Sancho, daß ein Mensch nicht mehr ist als ein anderer, wenn er nicht mehr tut als ein anderer. All die Stürme, die uns verfolgen, können nur Beweise sein, daß sich das Wetter bald aufheitern muß. Darum sei nicht länger betrübt ob der Widerwärtigkeiten, die mir zustoßen, sie betreffen ja dich nicht mit."

„Betreffen mich nicht?" entgegnete Sancho. „Und der Schnappsack, der jetzt mit all meinen Habseligkeiten weg ist, der gehört wohl einem anderen als mir?"

„Der Schnappsack ist weg?"

„Freilich ist er weg", antwortete Sancho.

„Auf die Weise haben wir heute nichts zu essen", sagte Don Quijote.

„Das würde stimmen", versetzte Sancho, „wenn hier von den Wiesen auch alle Kräuter weg wären, mit denen sich die vom Unglück verfolgten fahrenden Ritter, wie Euer Gnaden sind, behelfen."

„Trotzdem wäre mir jetzt ein Laib Brot oder ein Stückchen Hering unendlich lieber als alle Kräuter", antwortete Don Quijote. „Darum steige auf dein Tier, Sancho, mein Getreuer, und folge mir; denn Gott, der für alle sorgt, wird auch uns nicht vergessen."

„Euer Gnaden", sagte Sancho, „taugen besser zum Prediger als zum fahrenden Ritter."

„Die fahrenden Ritter, Sancho, verstehen alles und müssen alles verstehen", antwortete Don Quijote.

„Tun wir, wie Euer Gnaden gesagt haben", meinte Sancho, „wir wollen weiter und für die Nacht ein Unterkommen suchen. Nur wünsche ich sehr, wir möchten einen Ort finden, wo es keine Gespenster gibt, sonst soll der Teufel vollends Sack und Pack holen."

„Laß gut sein, mein Sohn", sagte Don Quijote, „und wähle du den Weg. Vorher aber gib mir die Hand und fühle mit dem Finger, wie viele Vorder- und Backenzähne mir rechts in der oberen Kinnlade fehlen, denn dort spüre ich den Schmerz."

Sancho steckte die Finger hinein, fühlte aufmerksam und fragte: „Wie viele Backenzähne hatten Euer Gnaden auf dieser Seite?"

„Vier", antwortete Don Quijote, „außer dem Weisheitszahn, und alle ganz und gesund."

„Bedenkt wohl, was Ihr sagt, mein gnädiger Herr", erwiderte Sancho.

„Vier sage ich, oder gar fünf", antwortete Don Quijote, „denn weder Vorder- noch Backenzähne habe ich je in meinem Leben ausziehen lassen, auch ist mir keiner durch Krankheit ausgefallen."

„Auf der untern Kinnlade", sagte Sancho, „habt Ihr zwei Backenzähne und einen halben, in der obern aber keinen halben und keinen ganzen; da ist alles platt wie meine flache Hand."

„O ich Elender!" rief Don Quijote, „lieber hätte ich einen Arm hingegeben, wenn auch nicht den, der das Schwert regiert! Denn du mußt wissen, Sancho, ein Mund ohne Backenzähne ist wie eine Mühle ohne Stein, und ein Zahn ist viel höher als ein Diamant zu achten. Aber nun steig auf, mein Freund, und ich will dem Wege folgen, den du aussuchst."

Sancho tat es und richtete sich dahin, wo er eine Herberge erwartete. Sie zogen langsam fort, denn der Schmerz der Kinnbacken erlaubte Don Quijote nicht zu eilen. Währenddes bemühte sich Sancho, seinem Herrn einige Unterhaltung zu verschaffen.

ZWÖLFTES KAPITEL

Das furchtbare Abenteuer mit einer Leiche

„Ich glaube, gnädiger Herr, daß alles Unglück, was uns in diesen Tagen begegnet ist, gewiß eine Strafe vorstellt, weil Ihr Euren Schwur nicht erfüllt habt, von keinem Tuche zu essen nebst dem übrigen Zubehör, was Ihr, gnädiger Herr, zu tun geschworen, bis Ihr die Blechhaube von dem Schandriem, oder wie der Mohr heißen mag, erobert habt."

„Sehr hast du recht, Sancho", antwortete Don Quijote, „aber, um die Wahrheit zu sagen, es war meinem Gedächtnis entfallen. Und ebenfalls kannst du versichert sein, daß dir der Schnappsack verlorengegangen ist zur Strafe dafür, weil du mich nicht zeitig genug erinnert hast. Aber ich will es wiedergutmachen, denn im Orden der Ritterschaft gibt es für alles ein Mittel."

„Wenn die Sachen so stehen", sagte Sancho, „trachtet ja, gnädiger Herr, daß Ihr diese Mittel nicht ebenso wie den Schwur vergeßt, sonst kriegen die Zauberer wohl von neuem Lust, sich mit uns Spaß zu machen."

Unter diesem Gespräch überfiel sie die Nacht, ohne daß sie einen Ort entdeckten, wo sie einkehren konnten. Das schlimmste aber war, daß sie vor Hunger fast starben, denn mit dem Schnappsack war ihnen auch der Vorrat an Lebensmitteln verschwunden. Und um ihr Unglück vollständig zu machen, ereignete sich ein Abenteuer, das in der Tat und ohne künstliche Nachhilfe eines war.

Die Nacht war finster; in der Hoffnung, binnen zwei oder drei Stunden eine Schenke zu finden, setzten sie den Weg fort. Plötzlich sahen sie eine Menge Lichter, die Sterne zu sein schienen und ihnen entgegenkamen. Sancho erschrak, und auch Don Quijote war es nicht ganz wohl zumute. Sancho nahm den Esel beim Strick, sein Herr zügelte das Pferd, und so standen sie beide und schauten aufmerksam hin, was sich ergeben würde.

Die Lichter kamen näher und wurden immer größer, je näher sie kamen. Sancho zitterte wie Espenlaub, und dem Don Quijote richteten sich die Haare in die Höhe; er ermannte sich aber und sagte: „Ohne Zweifel, Sancho, ist dies das allergrößte und furchtbarste Abenteuer, in dem es nötig sein wird, alle meine Gewalt und Kraft aufzubieten."

„Ach, ich Unglücksmensch!" klagte Sancho, „ein Abenteuer, das aus Gespenstern besteht! Und wenn sie nun Euer Schwert verzaubern?"

„Komme, was will", entgegnete Don Quijote. „Vor allem aber bitte ich dich, Sancho, guten Mut zu fassen."

Sie begaben sich an den Rand des Weges, um von neuem aufmerksam hinzusehn, was es mit den wandernden Lichtern auf sich habe. Nach und nach unterschieden sie viele Gestalten in weißen Gewändern, bei deren fürchterlichem Anblick Sancho Panza vollends den Mut verlor. Die Zähne klapperten ihm wie im Fieber, und sein Zittern und Zähneklappern nahm zu in dem Maße, wie sie die Gestalten genauer erkennen konnten.

Sie sahen wohl zwanzig Wesen in weißen Hemden, alle beritten, mit brennenden Fackeln in den Händen. Dahinter eine schwarzbehangene Trage, der sechs andre Gestalten folgten, deren schwarze Flöre bis auf die Füße ihrer Maultiere hinabhingen. Die in den weißen Hemden murmelten mit dumpfer und kläglicher Stimme vor sich hin.

Die ganze wunderbare Erscheinung, zu dieser Stunde und an diesem einsamen Ort, war gewiß dazu angetan, Sanchos Herz mit Furcht zu erfüllen, und auch das seines Gebieters war nicht frei davon. Don Quijote aber ermunterte sich bald, indem er sich einbildete, dies sei ein Abenteuer ähnlich denen, die er in seinen Büchern gelesen hatte. So wurde ihm im Nu die Trage zur Bahre eines schwerverwundeten oder gar toten Ritters, den zu rächen ihm allein vorbehalten sei.

Ohne weiteres Bedenken ergriff er die Lanze, setzte sich im Sattel fest, ritt in die Mitte des Weges, wo die weißen Gestalten vorbei mußten, und redete sie folgendermaßen an: „Haltet, Ihr Ritter, um mir Rechenschaft zu geben, wer Ihr seid, woher Ihr kommt, wohin Ihr geht und wer derjenige ist, den Ihr auf der Bahre mit Euch führt. Denn dem Anschein nach habt Ihr Unrecht entweder verübt oder erlitten."

„Wir sind in Eile", antwortete einer von den Weißen, „und die Schenke ist weit. Deshalb können wir uns nicht aufhalten, um die Rechenschaft zu geben, die Ihr verlangt." Darauf trieb er sein Maultier an und wollte weiter.

Die Antwort war aber gar nicht nach Don Quijotes Sinn.

„Steht stille und seid höflicher", entgegnete er und faßte entschlossen das Maultier des Weißen am Zügel. „Gebt mir die Rechenschaft, die ich verlange, oder ich muß Euch alle bekämpfen."

Das Maultier war scheu und erschrak so sehr, daß es sich bäumte und seinen Reiter rücklings abwarf. Im Zorn rannte Don Quijote nun gegen einen der Schwarzbeflorten und legte ihn verwundet zu Boden. Danach machte er sich an die übrigen, und es war eine Freude, zu sehen, wie gewandt und schnell er alle angriff und auf sie einhieb.

Die in den Hemden waren furchtsame und unbewaffnete Leute; deshalb flüchteten sie sogleich ohne Widerstand mit den brennenden Fackeln über das Feld weg, daß es nicht anders aussah, als ob sie eine Maskerade in einer lustigen, schwärmerischen Nacht aufführten. Auf die Schwarzbeflorten jedoch, die von ihren Schleppen und Unterkleidern behindert waren, konnte Don Quijote nach Herzenslust losprügeln, um so mehr, da sie ihn nicht für einen Menschen hielten, sondern für den Teufel, der gekommen sei, den Leichnam abzuholen, den sie auf der Bahre mit sich führten.

Sancho beobachtete mit Verwunderung die große Kühnheit seines Gebieters und sagte bei sich selber: Ganz gewiß ist mein Herr so tapfer und gewaltig, wie er immer sagt.

Nun geschah es, daß Don Quijote durch den Schein einer Fackel wieder auf den aufmerksam wurde, der zuerst vom Maultier gefallen war. Er ging zu ihm hin, setzte ihm die Lanzenspitze aufs Gesicht und verlangte, er solle sich unterwerfen, sonst brächte er ihn um.

Worauf der am Boden antwortete: „Ich kann mich nicht rühren, ich habe ein Bein gebrochen. Ich bitte Euch, gnädiger Herr, sofern Ihr ein christlicher Ritter seid, tötet mich nicht. Ihr würdet damit eine Sünde gegen die Kirche begehen, denn ich bin ein Priester."

„Welcher Teufel führt Euch denn hierher", fragte Don Quijote, „wenn Ihr ein Mann der Kirche seid?"

„Ich will es Euer Gnaden in wenigen Worten sagen", erwiderte der Priester. „Ich bin aus Alcobendas und komme mit den elf andern Priestern, die mit ihren Fackeln entflohen sind, von Baeza. Wir wollen nach der Stadt Segovia und begleiten einen Leichnam, einen Ritter, der in Baeza starb, wo er beigesetzt wurde, und dessen Gebeine wir, wie gesagt, nun nach Segovia bringen, wo er geboren ist."

„Und wer hat ihn umgebracht?" fragte Don Quijote.

„Gott, vermittels eines tödlichen Fiebers", antwortete der Priester.

„So hat mich also", sagte Don Quijote, „der Herr des Himmels der Mühe enthoben, seinen Tod zu rächen, und ich kann nichts tun als schweigen und die Achseln zucken, wie ich auch tun müßte, wenn er mich schlüge. Nun sollt Ihr, ehrwürdiger Herr, nur noch erfahren, daß ich ein Ritter aus der Mancha bin, Don Quijote genannt, dessen Amt es ist, die Welt zu durchziehen, um Ungeradheiten geradezumachen und allen Beschwerden abzuhelfen."

„Ich weiß nicht, was Ihr damit meint: Ungeradheiten geradezumachen. Denn was mir gerade war, habt Ihr krumm gemacht, und das Bein wird vielleicht zeit meines Lebens nicht wieder gerade."

„Wir reden bereits eine Stunde miteinander", antwortete Don Quijote, „warum wartet Ihr so lange, mir zu sagen, daß Ihr Schmerzen leidet?" Und sogleich rief er Sancho Panza; doch dem eilte es nicht mit dem Herbeikommen, weil er sich gerade mühte, einen Küchenesel abzupacken, auf dem die wackeren Herren Geistlichen ihre üppigen Eßwaren mitführten. Sancho hatte aus seinem Mantel einen Sack gemacht; in den stopfte er, soviel er nur mochte und konnte, hinein und lud ihn auf sein Tier. Dann erst begab er sich zu seinem Herrn, half dem Priester unter dem Maultier hervor, setzte ihn auf und reichte ihm die Fackel. Bevor der Priester sich anschickte, seinen Gefährten nachzureiten, sagte Sancho: „Wenn die Herren vielleicht wissen wollen, wer der tapfere Mann gewesen ist, der ihnen zugesetzt hat, so sagen Euer Ehrwürden dreist, es sei der berühmte Don Quijote von der Mancha, mit einem anderen Namen der Ritter von der traurigen Gestalt genannt."

Hiermit entfernte sich der Priester, und Don Quijote fragte Sancho, was ihn bewogen habe, ihn plötzlich den Ritter von der traurigen Gestalt zu nennen.

„Ich will es Euch sagen", antwortete Sancho. „Ich habe Euch eine Weile beim Schein der Fackel des armen Mannes betrachtet, und da wirkten Euer

Gnaden wahrhaftig wie die jämmerlichste Gestalt, die ich je in meinem Leben gesehen habe. Ob das nun davon kam, daß Euch der Streit so mitgenommen hat oder weil Euch die Vorder- und Backenzähne fehlen, weiß ich nicht zu sagen."

„Keines von beiden wird's sein", antwortete Don Quijote, „sondern der Weise, dem es aufbehalten ist, die Geschichte meiner Taten zu schreiben, wird gemeint haben, daß es gut sei, wenn ich mir einen Beinamen zulege, wie es alle Ritter der Vorzeit getan haben. Deshalb, sage ich dir, hat der Weise es deiner Zunge eingegeben, mich den Ritter von der traurigen Gestalt zu nennen, wie ich auch von jetzt an in Zukunft heißen will. Und damit der Name noch besser für mich paßt, werde ich bei nächster Gelegenheit eine überaus klägliche Gestalt auf meinen Schild malen lassen."

Don Quijote wollte nun nachsehen, ob der Leichnam auf der Bahre wirklich nur aus Gebeinen bestände, aber Sancho gab es nicht zu, sondern sagte: „Gnädiger Herr, Ihr habt dieses gefährliche Abenteuer von allen, die ich mit angesehn habe, am allerschönsten beendet. Aber die Leute, die jetzt überwunden und geschlagen sind, könnten darauf kommen, daß sie vor einem einzigen Mann flohen; sie könnten aufgebracht und beschämt zurückkehren, um auch uns das Nötige beizubringen. Der Esel ist, wie er sein muß, das Gebirge nahe, der Hunger groß – das beste wäre also, wir zögen uns ganz sanft und leutselig zurück. Und so gehe denn, wie man sagt, der Tote nach dem Grabmal, der Lebendige nach dem Brotschrank."

Mit diesen Worten trieb er seinen Esel voran und bat seinen Herrn, ihm zu folgen. Dem schien es auch, daß Sancho nicht unrecht habe, und ritt ihm also ohne Widerspruch nach.

DREIZEHNTES KAPITEL

Ein unerhörtes, nie gesehenes Abenteuer in einem abgelegenen Tale

Sie waren nicht lange zwischen zwei Hügeln fortgeritten, als sie sich in einem weiten Tal befanden. Hier hielten sie, und Sancho lud seinen Esel ab. Sie lagerten sich ins Gras und verzehrten mit der Würze des Hungers ihr Frühstück, Mittagsmahl, Vesper und Abendbrot zugleich von den Gerichten, die Sancho aus den Vorräten der Herren Geistlichen mitgenommen hatte.

Es ergab sich aber eine neue Widerwärtigkeit, die Sancho für die schlimmste von allen hielt; denn sie hatten keinen Wein zu trinken, ja nicht einmal soviel Wasser, um den Mund anzufeuchten. Vom Durst gepeinigt, sagte Sancho, da er den Lagerplatz mit kurzem, frischem Gras bedeckt sah: „Es ist nicht anders möglich, gnädiger Herr, und die Kräuter, die hier wachsen, geben ein aufrichtiges Zeugnis davon, daß hierherum eine Quelle oder ein Strom sein muß. Darum wäre es wohl dienlich, wenn wir etwas weiter gingen, denn der schreckliche Durst quält wahrhaftig noch mehr als der Hunger."

Der Rat gefiel Don Quijote. Er nahm also Rosinante beim Zügel und tappte hinter Sancho her durch die Finsternis der Nacht, in der sie nichts sehen noch unterscheiden konnten. Sie hatten keine zweihundert Schritte gemacht, als sie das gewaltige Brausen eines Wassers hörten, wie wenn es sich von hohen und steilen Felsen herunterstürzte. Das Brausen erfreute sie sehr, und sie hielten still, um festzustellen, von welcher Seite das Geräusch komme. Da aber hörten sie noch ein anderes Rauschen, das ihnen die Freude über das Wasser wieder zu Wasser machte, dem Sancho besonders, der von Natur furchtsam und kleinmütig war. Sie hörten nämlich, wie taktmäßig gewisse Schläge ertönten, zugleich mit einem Gerassel von Eisen und Ketten.

Die Nacht war, wie gesagt, dunkel, und sie standen unter hohen Bäumen, deren Blätter, vom sanften Winde erregt, leis und schauerlich rauschten. Die Einsamkeit des Ortes, die Dunkelheit, das Geräusch des Wassers und das Flüstern der Blätter mußten Angst und Grausen erwecken, um so mehr, als die Schläge nicht aufhörten, der Wind sich nicht legte noch der Morgen anbrach. Doch Don Quijote bestieg furchtlosen Herzens Rosinante, nahm den Schild, faßte den Bauernspieß und sprach: „Freund Sancho, wissen mußt du, daß ich durch Gunst des Himmels geboren bin. Ich bin es, dem Gefahren und große Taten aufbewahrt sind. Du merkst, getreuer Diener, wohl die Finsternis der Nacht, die wundersame Einsamkeit, das dumpfe, verwirrende Wispern der Bäume, das fürchterliche Rauschen des Wassers, das herniederzustürzen scheint von den hohen Mondgebirgen. Aber all das entzündet nur meinen Mut, mich in dieses Abenteuer einzulassen, sei es auch gleich mit den furchtbarsten Schwierigkeiten verbunden. Darum zieh Rosinante den Sattelgurt ein wenig zusammen und leb wohl. Warte auf mich hier drei Tage und nicht länger. Kehre ich nicht zurück, so magst du nach unsrer Heimat gehen und dich von dort mir zuliebe nach Toboso wenden, um der unvergleichlichen Herrin, meiner Dulcinea, zu künden, daß ihr ergebener Ritter umgekommen sei in Taten, die ihn würdig gemacht hätten, sich den ihrigen zu nennen."

Als Sancho seinen Herrn so reden hörte, fing er überaus kläglich zu weinen an und sagte: „Gnädiger Herr, ich weiß gar nicht, warum Ihr Euch in so ein gräßliches Abenteuer einlassen wollt! Es ist Nacht, kein Mensch sieht uns hier, wir könnten schnell umlenken und der Gefahr aus dem Wege gehen, wenn wir auch in drei Tagen nichts trinken sollten; und da uns kein Mensch hier sieht, so kann uns auch keiner für feige Leute ausgeben. Überdies habe ich den Pfarrer in unserm Dorfe, den Ihr ja kennt, predigen hören, daß, wer sich mutwillig in Gefahr begibt, darin umkommen soll. Es ist nicht gut, Gott in Versuchung zu führen und ein gräßliches Wesen anzugreifen, dem man nicht anders als durch ein Wunder entrinnen kann. Rührt und bewegt dies alles jedoch nicht Euer hartes Herz, so sage ich Euch: Ich habe Heimat, Weib und Kinder verlassen, weil ich mich zu verbessern, nicht aber zu verschlimmern trachtete. Doch jetzt sehe ich, daß Ihr mich statt allen Lohnes an einem wüsten Orte fallenlassen wollt, den kein menschlicher Fuß je betrat. Wenn Ihr aber durchaus auf Eurem Vorsatz besteht, so wartet wenigstens bis zum Morgen. Denn soweit ich es mit meiner Kunst begreife, die ich als Schäfer gelernt habe, muß binnen drei Stunden Tagesanbruch sein, da der Kopf des kleinen Bären ganz gerade über uns steht, und Mitternacht ist, wenn er sich unter der Linie linker Hand befindet."

„Wie kannst du, Sancho", antwortete Don Quijote, „diese Linie oder einen Kopf sehen, wo kein einziger Stern am Himmel scheint?"

„Freilich ist kein Stern da", sagte Sancho, „aber die Furcht hat so viele Augen, daß sie die Dinge unter der Erde sehen kann, geschweige die am Himmel. Auch läßt es sich mit dem puren Verstand begreifen, daß es nicht mehr weit vom Tage sein kann."

„Dem sei, wie ihm wolle", antwortete Don Quijote. „Man soll jetzt und nie von mir sagen, daß Tränen und Bitten mich abgehalten hätten zu tun, was ich meiner Ritterschaft schuldig bin. Ich bitte dich also, sei ruhig, denn der Gott, der mich zu dieser Tat bestimmt hat, wird gewiß für mein Wohlergehen sorgen und dich in deiner Traurigkeit trösten. Darum mach Rosinante den Sattelgurt fest und warte hier; denn ich kehre bald, lebendig oder tot, zurück."

Als Sancho sah, wie unerschütterlich sein Herr war und wie wenig über ihn seine Tränen, Ratschläge und Bitten vermochten, da beschloß er, sich einer List zu bedienen. Er zog also dem Pferd den Sattelgurt fest, band ihm aber außerdem behutsam die Beine zusammen, so daß Don Quijote, als er losreiten wollte, es nicht konnte, weil sich das Pferd nur in Sprüngen bewegte.

„Seht, gnädiger Herr, der Himmel hat meine Tränen erhört und gemacht, daß Rosinante nicht laufen kann", sagte nun Sancho. „Wenn Ihr aber dennoch Euer Roß spornt und anreizt, so werdet Ihr das Glück böse machen und, wie man sich auszudrücken pflegt, gegen den Stachel löcken."

Don Quijote wollte schier verzweifeln, denn je mehr er dem Pferde die Sporen gab, desto weniger gehorchte es. So mußte er endlich einsehen, daß es das beste sei, sich ruhig zu verhalten, bis der Tag anbräche oder Rosinante rühriger würde.

„Ich will Euch Zeitvertreib genug schaffen“, tröstete Sancho, „vielleicht Geschichten erzählen, wenn Ihr nicht etwa absteigen und auf dem frischen Grase schlafen wollt, damit Ihr bei Tage gut ausgeruht das entsetzliche Abenteuer beginnen könnt.“ Doch dabei drängte er sich dicht an seinen Herrn, umfaßte dessen linken Schenkel und wagte nicht, sich einen Finger breit zu entfernen, solche Furcht flößten ihm die Schläge ein, die unbeirrt gleichmäßig herüberklangen.

VIERZEHNTES KAPITEL

Wie Don Quijote seinem Schildknappen Sancho Panza die gerechte Strafe für seinen Übermut erteilte

Auf derart unbequeme Weise verbrachten Herr und Diener die Nacht; als jedoch der Morgen heraufrückte, machte Sancho in aller Stille die Rosinante los. Sogleich erwachte das friedliche Tier zu neuem Leben, hob sogar die Vorderbeine bis an das Maul. Da war Don Quijote überglücklich und wollte keineswegs länger zögern, das furchtbare Abenteuer zu bestehen.

Indem zeigte sich auch das helle Morgenrot, und man konnte die näheren Gegenstände genau erkennen. Don Quijote sah, daß die hohen Bäume über ihnen Kastanien waren, die einen dichten Schatten warfen; doch er bemerkte nichts, was das fortwährende Stampfen verursachen könnte. Deshalb verabschiedete er sich wieder von Sancho und befahl ihm, drei Tage und nicht länger zu warten und dann all das zu tun, was er ihm bereits in der Nacht aufgetragen hatte.

Aufs neue fing Sancho zu weinen an, als er die traurigen Reden seines Herrn vernahm, und entschloß sich, ihn bis zur Vollendung dieses Abenteuers nicht zu verlassen.

Don Quijote richtete also sein Pferd auf das Geräusch des Wassers und das Stampfen. Sancho folgte ihm zu Fuß, den Esel am Strick. Nachdem sie eine ziemliche Strecke zwischen den Kastanien und finstern Bäumen zurückgelegt hatten, gelangten sie an eine kleine Wiese, die zwischen hohen Felsen lag, von denen ein reißender Wasserstrom niederstürzte. Am Fuße der Felsen standen ein paar schlecht gebaute, halbzerfallene Hütten, und von diesen Hütten gingen, wie sie bald feststellten, das lärmende Geräusch und die nimmermüden Schläge aus.

Rosinante scheute vor dem Gelärme des Wassers und der Schläge, aber Don Quijote beruhigte sie und ritt allgemach auf die Hütten zu, wobei er sich, wie jedesmal in ernster Gefahr, von ganzem Herzen seiner Dame Dulcinea empfahl. Auch jetzt blieb Sancho nicht zurück, sondern machte den Hals lang und schaute Rosinante zwischen den Beinen hindurch, um zu erfahren, was ihm so große Furcht und Angst eingejagt hatte.

Als sie weitere hundert Schritte zurückgelegt hatten und um die Ecke eines Felsens lenkten, entdeckte sich ihnen, und kein Zweifel blieb übrig, die wahre Ursache jenes entsetzlichen und furchtbaren Lärms, der sie die ganze Nacht in Schrecken gehalten hatte – es waren sechs Stämpfel einer Walkmühle, die mit ihren abwechselnden Schlägen jenen Lärm hervorbrachten.

Da Don Quijote es gewahr wurde, verstummte er und erschrak vom Kopf bis zu den Füßen. Sancho bemerkte, wie ihm das Haupt auf die Brust sank, ein Zeichen seiner Beschämung. Don Quijote sah den Sancho an, sah, wie der die Backen zusammenkniff und ihm die Lippen vor Lust zu lachen zitterten, und bei diesem Anblick schwand des Ritters Schwermut, um einem Lächeln Platz zu machen. Da nun sein Herr angefangen hatte, ließ auch Sancho allen Zwang fahren und prustete so gewaltig los, daß er sich die Seiten halten mußte, um nicht zu bersten. Viermal beruhigte er sich, und viermal kehrte er mit gleichem Ungestüm zu seinem Gelächter zurück, und um den Spaß zu vollenden, gab er zwischendurch mit abscheulichem Grinsen die Rede wieder, die ihm Don Quijote in der Nacht gehalten hatte: „Freund Sancho, wissen mußt du, daß ich durch Gunst des Himmels geboren bin. Ich bin es, dem Gefahren und große mächtige Taten aufbewahrt sind."

Wie aber Don Quijote hörte, daß Sancho sich über ihn lustig machte, wurde er zornig und erboste sich so sehr, daß er den Spieß hob und ihm zwei kräftige Schläge zuteilte – wären die Sancho auf den Kopf statt auf die Schultern gekommen, er hätte keinen Lohn mehr nötig gehabt.

So bösen Ernst hatte Sancho nicht erwartet; deshalb sagte er gleich mit äußerster Demut und weil er fürchtete, sein Herr möchte noch weitergehen: „Beruhigt Euch, Euer Gnaden, denn, bei Gott, ich mache nur Spaß."

„Gerade weil du Spaß machst, spaße ich keineswegs", antwortete Don Quijote. „Du glaubst wohl, Herr Lustig, ich hätte nicht den Mut gehabt, das gefährliche Aben-

teuer zu wagen, wenn es eins gewesen wäre? Bin ich, ein Ritter, etwa verpflichtet, alle Töne zu kennen und zu unterscheiden und zu wissen, welche von Walkstämpfeln herrühren und welche nicht? Zeit meines Lebens habe ich keine Walkstämpfel gesehen, während du als ein Bauer doch unter derlei Dingen geboren und aufgewachsen bist! Mach, daß sich die sechs Stämpfel in Waldriesen verwandeln, die mir einer nach dem andern oder alle zugleich entgegenspringen! Und wenn ich die nicht niederwerfe, daß sie die Hacken zum Himmel strecken, dann spaße über mich, soviel du willst! Eines aber laß dir gesagt sein, damit du dich für die Zukunft in Schranken hältst und nicht ohne Not Reden gegen mich führst: In keinem der Ritterbücher, die ich gelesen habe, hat jemals ein Schildknappe mit seinem Herrn so viel gesprochen wie du mit dem deinigen. So magst du folgern, Sancho, daß es nötig sei, einen Unterschied zwischen Herrn und Knecht, zwischen Ritter und Schildknappen zu machen."

FÜNFZEHNTES KAPITEL

Die ruhmreiche Eroberung von Mambrins Helm

Indem begann es ein wenig zu regnen, und Sancho schlug vor, in der Walkmühle Schutz zu suchen.

Aber Don Quijote hatte solchen Abscheu gegen sie gefaßt, daß er durchaus nicht einkehren wollte; sondern er ritt einen Weg rechts entlang, und so gerieten sie wieder auf eine Straße.

Es währte nicht lange, da erblickte Don Quijote einen Menschen, der ihnen entgegenkam und auf dem Kopf ein Ding trug, das wie Gold glänzte. Kaum hatte er ihn bemerkt, als er sich nach Sancho umwandte und sagte: „Ich bin der Meinung, Sancho, daß es kein Sprichwort gibt, welches nicht eine Wahrheit enthält, weil sie alle aus der Erfahrung, der Mutter der Wissenschaften, geschöpft sind. So auch jenes, das da heißt: Schließt sich dir eine Tür zu, tut sich dir eine andere auf. Wenn uns nämlich das Glück heut nacht die Tür verschloß und uns mit Walkmühlen täuschte, so schließt es uns jetzt ein schönes und unbezweifelbares Abenteuer auf. Denn falls ich nicht irre, kommt dort einer an, der auf seinem Kopf den Helm des Mambrin trägt, wegen dem ich einen Schwur getan habe, wie du ja weißt."

„Alles, was ich sehe und worin ich Euch beipflichten kann", antwortete Sancho, „ist ein Mensch, der auf einem grauen Esel reitet und der auf dem Kopfe ein Ding hat, das blitzert."

„Und das ist eben der Helm des Mambrin“, sagte Don Quijote. „Geh beiseite und laß mich allein mit ihm. Dann sollst du sehen, wie ich in kurzer Zeit das Abenteuer beendigen und mir den Helm verschaffen will, den ich von Herzen wünsche.“

Sancho sagte kein Wort mehr. Mit dem Helm und dem Ritter aber, den Don Quijote sah, verhielt es sich so: In jener Gegend lagen zwei Dörfer, von denen das eine sehr klein war und keinen Barbier hatte, das größere Nachbardorf jedoch war mit einem versorgt, und der bediente zugleich das kleinere mit. Nun hatte dort ein Kranker gerade einen Aderlaß nötig, und ein anderer wollte sich den Bart scheren lassen, weshalb der Barbier sein Bartbecken von Messing genommen hatte und losgeritten war. Das Schicksal ließ es, wie gesagt, um diese Zeit regnen, und da der Barbier seinen Hut, der wohl neu sein mochte, nicht gern verderben lassen wollte, setzte er das Becken auf, das, frisch poliert, eine halbe Meile weit schimmerte. Don Quijote aber schien der Esel des Barbiers ein Apfelschimmel und das Becken der ersehnte goldene Helm zu sein.

Als Don Quijote glaubte, der arme Ritter sei nahe genug heran, legte er, ohne ihn zu warnen, im vollen Trabe der Rosinante die Lanze ein, mit der Absicht, den Barbier durch und durch zu rennen. Der aber, wie er das Gespenst kommen sah, denn dafür hielt er Don Quijote, fand kein besseres Mittel der Rettung, als sich vom Esel fallen zu lassen. Und kaum hatte er die Erde berührt, erhob er sich leichter als eine Gemse und entwischte so behende über das Feld, daß ihn selbst der Wind nicht eingeholt hätte. Das Bartbecken ließ er auf der Erde liegen, womit sich Don Quijote zufriedengab.

Er befahl Sancho, den Helm aufzuheben; der nahm ihn in die Hand und sagte: „Bei Gott! ein schönes Bartbecken, unter Brüdern ist es seinen Taler wert.“ Dann reichte er es seinem Herrn, der es sich stracks auf den Kopf setzte und es rundherum drehte, um zu finden, was vorne sei. Da er es aber nicht finden konnte, sagte er: „Jener Heide, nach dessen Maß dieser berühmte Helm zuerst geschmiedet wurde, muß wahrlich ein gewaltiges Haupt gehabt haben, und, was noch schlimmer ist, so fehlt die eine Hälfte.“

Als Sancho das Bartbecken einen Helm nennen hörte, konnte er das Lachen nicht unterdrücken, aber sogleich fiel ihm ein, wie zornig sein Herr werden konnte, und er brach mittendrin ab.

„Worüber lachst du, Sancho?“ fragte Don Quijote.

„Ich lache nur“, gab der zur Antwort, „weil ich mir den gewaltigen Kopf des Heiden vorstelle, dem die Sturmhaube gehörte, die einem Barbierbecken so ähnlich sieht wie ein Ei dem andern.“

„Weißt du, was ich denke, Sancho? Dieses weltberühmte Rüststück, der verzauberte Helm, muß durch einen ganz außerordentlichen Zufall in die

Hände eines Menschen geraten sein, der seinen Wert nicht zu schätzen wußte. Und in seiner Unwissenheit hat er von dem feinen Golde die eine Hälfte abgebrochen, und dadurch sieht er nun, wie du recht bemerkst, einem Barbierbecken gleich. Scheine aber der Helm, was er wolle – für mich, der ich ihn kenne, ist die Verwandlung ohne Bedeutung. Überdies will ich ihn im ersten Ort beim Schmied fertigmachen, und zwar so, daß jener Helm ihn nicht übertrifft, den der Gott der Schmiede für den Gott der Schlachten arbeitete. Doch bis dahin werde ich ihn tragen, wie er ist; denn etwas ist besser als nichts, und wenigstens wird er mich gegen einen Steinregen schützen."

Hierauf frühstückten sie von den Resten des Mahles, das Sancho dem Küchenesel der Herren Geistlichen abgenommen hatte, und sie tranken Wasser aus dem Bach, der die Walkmühle trieb.

SECHZEHNTES KAPITEL

Von der Freiheit, die Don Quijote vielen Unglücklichen gab

Nachdem sie ihren Imbiß beendet und auch die Lähmung des Sattseins überwunden hatten, bestiegen sie wieder ihre Tiere und gerieten bald an eine große Straße. Sie ritten auf gut Glück, ohne bestimmte Absicht. Nicht lange, da kam ihnen ein merkwürdiges Bild vor Augen. Wohl zwölf Menschen zu Fuß zogen ihnen entgegen, wie die Perlen eines Rosenkranzes an einer großen eisernen Kette aufgereiht, die ihnen um die Hälse gelegt war, und an den Händen trugen alle Handschellen. Sie waren begleitet von zwei Leuten zu Pferde und zwei zu Fuß. Einer der Reiter war mit einer Flinte bewaffnet, die zu Fuß mit Spieß und Schwert. „Das sind Ruderknechte", sagte Sancho, „die der König zwingt, auf seinen Galeeren zu dienen."

„Wieso zwingt?" fragte Don Quijote, „wie kommt der König dazu, irgend jemanden zu zwingen?"

„Das habe ich nicht gesagt", antwortete Sancho, „sondern das sind Leute, die man wegen ihrer Verbrechen verurteilt hat und zwingt, auf den Galeeren Dienst zu tun."

„Also", erwiderte Don Quijote, „wenn ich dich recht verstehe, so gehen die Leute dort gezwungen und nicht aus eignem freien Willen."

„Wahrhaftig nicht", antwortete Sancho.

„Da dem so ist", sagte sein Herr, „fällt dies in meinen Bereich, Zwang aufzuheben und den Unglücklichen zu helfen."

„Bedenkt Euch wohl, gnädiger Herr“, sagte Sancho, „die Gerechtigkeit begeht kein Unrecht an Leuten, die sie wegen ihrer Verbrechen straft.“

Unterdessen war die Kette mit den Ruderknechten herangekommen, und Don Quijote bat diejenigen, die als Wache mitgingen, mit vieler Höflichkeit, ihm gefälligst mitzuteilen, warum sie die Leute auf solche Weise fortführten. Einer der berittenen Wächter antwortete, es seien Ruderknechte und Sklaven Seiner Majestät des Königs, die auf die Galeeren gebracht würden – mehr könne er nicht sagen, und mehr sei ihm auch nicht bekannt.

„Ich wünsche dennoch“, erwiderte Don Quijote, „von jedem einzelnen die Ursache seines Unglücks zu erfahren.“ Und er fügte so viele Bitten hinzu, daß der zu Pferde schließlich sagte: „Wir haben zwar das ganze Register und alle Urteilssprüche bei uns, aber jetzt ist keine Zeit, sie auszupacken und zu lesen.“ Und der Herr solle sie nur selber fragen; sie würden ihm gewiß auf alles Antwort geben, denn sie seien Menschen, die gern Nichtswürdigkeiten sprächen.

Mit dieser Erlaubnis, die Don Quijote sich zweifellos würde genommen haben, wenn man sie ihm nicht gegeben hätte, ging er zu der Kette und fragte den vordersten, um welcher Sünden willen er in so schlechtem Aufzuge gehe. Der antwortete, daß er als ein Verliebter so gehe.

„Und für nichts anderes?“ forschte Don Quijote. „Bringt man die Verliebten auf die Galeeren, so hätte ich schon lange dort rudern müssen.“

„Meine Liebe ist nicht von der Art, wie der Herr meint“, erwiderte der Ruderknecht. „Meine Leidenschaft war, daß ich einen Korb Wäsche mit so heftiger Zärtlichkeit liebte und ihn so kräftig umfaßte, daß ich ihn jetzt noch nicht aus den Armen lassen würde, wenn ihn mir die Justiz nicht mit Gewalt entrissen hätte. Ich war auf der Tat ertappt, eine lange Untersuchung war unnötig, die Sache machte sich bald; ich bekam zweihundert Streiche auf den Buckel, wurde zur Zugabe drei Sommer den Wasserenten gewidmet, und damit hat das Ding ein Ende.“

„Wasserenten?“ fragte Don Quijote.

„Wasserenten sind die Galeeren“, antwortete der Ruderknecht, ein Bursche von ungefähr vierundzwanzig Jahren.

Don Quijote tat dem zweiten dieselbe Frage; der aber antwortete nicht, sondern blieb still und schwermütig. Da sagte der erste für ihn: „Der, gnädiger Herr, geht mit uns, weil er ein Singvogel ist, ich meine ein Musikus und Sänger.“

„Wie das?“ fragte Don Quijote, „Musiker und Sänger werden auf die Galeeren geschickt?“

„Nicht anders“, antwortete der Ruderknecht. „Es ist kein böser Ding auf der Welt, als in der Not zu singen.“

„Ich habe vielmehr sagen hören“, sprach Don Quijote, „daß, wer singt, sein Unglück bezwingt.“

„Wie es gerade kommt“, sagte der Ruderknecht, „aber wer einmal singt, muß zeitlebens ächzen.“

„Das ist mir unverständlich“, sagte Don Quijote.

Einer von der Wache aber antwortete: „Herr Ritter, in der Not singen bedeutet unter diesen rechtlichen Leuten: auf der Tortur bekennen. Der Sünder bekam die Tortur und bekannte, daß er Vieh gestohlen hatte, und auf sein Geständnis wurde er zu sechs Jahren Galeere verurteilt, außer daß er zweihundert Hiebe über den Rücken bekommen hat. Nun ist er immer nachdenklich und traurig, denn die andern Spitzbuben behandeln ihn schlecht, verachten und verspotten ihn, weil er nicht das Herz gehabt hat, nein zu sagen, wo ein Nein nur zwei Buchstaben mehr hat als ein Ja. Und ganz haben sie meiner Meinung nach nicht unrecht.“

„So scheint es mir auch“, sagte Don Quijote, wandte sich zum dritten, den er wie die vorigen befragte und der bereitwillig antwortete: „Ich gehe auf fünf Jahre zu den allerliebsten Wasserenten, weil mir zehn Dukaten mangelten.“

„Zwanzig wollte ich herzlich gern geben“, sagte Don Quijote, „um Euch aus Eurem Unglück zu lösen.“

„Hätte ich die zwanzig Dukaten, die Ihr mir anbietet, zur rechten Zeit gehabt“, antwortete der Ruderknecht, „dann würde ich damit die Feder des Schreibers geschmiert und den Kopf meines Sachverwalters so aufgeklärt haben, daß ich mich heute mitten auf dem Markt von Toledo befände und nicht wie ein Hund angekoppelt zu laufen brauchte.“

Don Quijote ging weiter und fragte die folgenden nach ihren Vergehen, und sie antworteten ihm, oder sie antworteten nicht, wie's gerade kam.

Zuletzt ging ein Mann, der etwa dreißig Jahre war und von gutem Aussehen, nur daß das eine Auge ein wenig schielte. Dieser Mann war anders gefesselt als die übrigen: vom Fuß über den ganzen Leib hinauf trug er eine lange Kette, und um den Hals lagen ihm zwei Ringe. An dem einen Ring war die Kette befestigt, am andern aber ein sogenannter aufmerksamer Freund; der bestand aus zwei Eisenstäben, die bis zum Gürtel reichten, wo sie in zwei Handschellen endigten. So konnte der Gefangene weder die Hände zum Mund erheben, noch den Kopf zu den Händen beugen.

Don Quijote fragte, warum der Mann so viel mehr Eisen als die übrigen trage; und der Wächter antwortete, weil der allein mehr Verbrechen als alle zusammen begangen habe. Er sei so verwegen und listig, daß sie trotz der vielen Fesseln ständig seine Flucht befürchten müßten. „Man braucht nur zu wissen“, fuhr der Wächter fort, „daß dies der berüchtigte Gines von Pasamonte ist, sonst auch Ginesillo von Parapilla genannt.“

„Wenn Ihr uns, Herr Ritter“, rief der Gefangene, „etwas geben wollt, so gebt es schnell, und Gott befohlen; denn es wird langweilig, wie Ihr in den Lebensgewohnheiten anderer Leute herumsucht. Wollt Ihr aber von den meinigen etwas erfahren, so wißt, daß ich meinen Lebenslauf mit diesen Fingern niedergeschrieben habe.“

„Jetzt spricht er die Wahrheit“, sagte der Wächter. „Er hat seine Geschichte aufgeschrieben, so gut man es nur verlangen kann, und das Buch hat er im Gefängnis für zweihundert Realen als Pfand zurückgelassen.“

„Und wie ist der Titel des Buches?“ fragte Don Quijote.

„Das Leben des Gines von Pasamonte“, antwortete der Gefangene.

„Und es ist fertig?“ fragte Don Quijote.

„Wie kann es fertig sein“, antwortete Gines, „da mein Leben noch nicht fertig ist? Was ich geschrieben habe, hebt mit meiner Geburt an und schließt, wie ich jetzt wiederum auf die Galeeren geschickt werde.“

„Also seid Ihr schon einmal dort gewesen?“ fragte Don Quijote.

„Gott und meinem König zu dienen, war ich bereits vier Jahre da. Ich weiß, wie der Zwieback und die Karbatsche schmecken“, antwortete Gines, „aber ich gräme mich nicht sonderlich, wieder hinzukommen, denn dort werde ich Zeit haben, mein Buch fertigzumachen. Viel Zeit braucht's freilich nicht, denn ich weiß alles schon auswendig.“

„Du bist geschickt“, sagte Don Quijote.

„Und unglücklich“, antwortete Gines. „Das Unglück verfolgt immer die besten Geister.“

„Die Spitzbuben verfolgt es“, sagte der Wächter und hob den Stab, um Gines die frechen Reden auszutreiben.

Aber Don Quijote legte sich dazwischen und bat, ihn nicht zu schlagen; denn wenn einem die Hände festgebunden wären, sollte man wenigstens seiner Zunge ein wenig Freiheit lassen.

Darauf wandte er sich an alle, die an der Kette gingen, und sprach: „Aus dem, was ihr mir gesagt habt, meine vielgeliebten Brüder, habe ich soviel verstanden, daß, wenn ihr gleich für Vergehen gestraft werdet, ihr euch doch nur widerwillig unterwerft. Auch ist es möglich, daß ein schlechtes Urteil des Richters die Ursache zu eurem Unglück ist und ihr nicht die Gerechtigkeit gefunden habt, die euch eigentlich zukam. Da aber die Klugheit fordert, nicht im Bösen zu tun, was sich im Guten ausrichten läßt, so ergeht meine Bitte an die Herren Wächter und den Herrn Kommissar, euch gefälligst loszufesseln und in Frieden gehen zu lassen; denn es wird nicht an Leuten mangeln, die dem König auf bessere Weise dienen möchten. Überdies, meine Herren Wächter“, fuhr Don Quijote fort, „haben ja die Unglückseligen Euch nichts getan. Mag auch jeder seine eigenen Sünden verantworten; Gott im Himmel hat es sich vorbehalten, das Böse zu bestrafen und das Gute zu belohnen. Es ziemt sich nicht, daß ehrliche Männer die Henker anderer Leute sind, die ihnen nichts zuleide getan haben. Also bitte ich Euch in Ruhe und Freundlichkeit, sie loszulassen, falls Ihr es aber nicht tut, so wird meine Lanze Euch mit Gewalt zwingen.“

„Das ist doch zu toll!“ rief der Kommissar. „Ein hübscher Spaß nach all dem Geschwätz! Wir sollen die Sklaven des Königs freilassen! O geht, mein Herr, geht mit Gott, rückt Euch Euer Bartbecken zurecht und setzt Euch nicht in die Nesseln.“

„Ihr seid selber eine Nessel, eine Assel, ein Spitzbube!“ entgegnete Don Quijote. Und gesagt, getan, rannte er den Kommissar so wütend an, daß der sich nicht zur Wehr setzen konnte und schwerverwundet zu Boden stürzte, wobei es sich für Don Quijote glücklich traf, daß der Kommissar als einziger eine Flinte hatte. Die andern Wächter verhielten erschrocken über den unerwarteten Angriff; aber schnell besannen sie sich, zogen die

Schwerter, packten die Spieße und rückten gegen Don Quijote vor, der sie in aller Seelenruhe erwartete.

Ohne Zweifel wäre es ihm übel ergangen, wenn nicht die Ruderknechte die günstige Gelegenheit gesehen und genützt und sogleich die Kette zerbrochen hätten. Da entstand nun eine solche Verwirrung, daß die Wachen, weil sie bald zu den Ruderknechten laufen, bald Don Quijote angreifen mußten, nichts Vernünftiges ausrichten konnten. Sancho half dem Gines aus seinen Eisen, so daß der zuerst frei war und sich über den niedergestürzten Kommissar hermachen konnte, um ihm Schwert und Flinte abzunehmen. Gines legte auf diesen, dann auf jenen an, und obwohl er nicht losschoß, wagte bald keiner der Wächter mehr, das Feld zu behaupten. Sie flohen vor der Flinte des Pasamonte und vor dem Steinregen, den die andern Ruderknechte veranstalteten.

Die Flucht der Wächter jedoch betrübte Sancho sehr, denn er fürchtete, die Wächter würden das Geschehnis sogleich der Heiligen Bruderschaft anzeigen, die die Sturmglocken läuten möchte, um die Verbrecher einzufangen. Darum bat er seinen Herrn, sich schleunigst davonzumachen, damit sie sich in dem nah gelegenen Gebirge verstecken könnten.

„Wir werden es tun“, sagte Don Quijote, „aber erst muß ich das hier noch erledigen.“

Darauf rief er alle Ruderknechte zusammen, die inzwischen den Kommissar bis aufs Hemd ausgezogen hatten. Sie umringten ihn, zu sehen, was er wolle; er aber sagte: „Braven Leuten steht es an, für empfangene Wohltaten dankbar zu sein, denn Undankbarkeit ist eine der Sünden, die Gott am meisten erzürnen. Ihr, meine edlen Herren, seht deutlich, was ich für Euch getan habe. Zum Lohn dafür wünsche ich nun, daß Ihr die Kette wieder auf Euch nehmt, Euch gleich auf den Weg macht und nach der Stadt Toboso geht, um Euch dort der Dame Dulcinea von Toboso zu stellen. Sagt, daß ihr Ritter, der von der traurigen Gestalt, Euch schicke, worauf Ihr denn Punkt für Punkt alles erzählen sollt, was sich in diesem berühmten Abenteuer zu Eurer Befreiung zugetragen hat. Ist dies vollbracht, dann könnt Ihr in Gottes Namen gehen, wohin es Euch gefällt.“

Im Namen seiner Kumpane antwortete Gines Pasamonte: „Was Ihr uns auftragt, gnädiger Herr und unser Erretter, ist unmöglich. Denn wir können nicht in Gesellschaft auf den Straßen ziehn, sondern nur einzeln und getrennt; jeder muß für sich selber sorgen. Ja, es wäre gut, wenn wir uns in die Eingeweide der Erde verkriechen könnten, damit uns die Heilige Bruderschaft nicht findet, die gewiß sehr bald Jagd auf uns macht. Was Ihr tun könnt, ist, die Wanderschaft nach der Dame Dulcinea von Toboso in eine Anzahl Ave Marias zu verwandeln, die wir zu Euerm Besten abbeten sollen; denn das läßt sich bei Tag und bei Nacht, auf der Flucht und auf der Ruhe, in Krieg und Frieden leisten. Aber zu fordern, daß wir zu den Fleischtöpfen Ägyptens zurückkehren, ich meine, daß wir unsre Kette wieder aufnehmen sollen, das heißt Birnen vom Ulmbaum verlangen.“

„Und ich schwöre“, sagte Don Quijote ergrimmt, „Ihr Don Hans Gines Diebsfinger, oder wie Ihr heißen mögt, daß Ihr allein gehen sollt, alle Eure Eisen zwischen den Beinen und die große Kette über den Buckel gehängt.“

Pasamonte, der nicht gerade von geduldiger Gemütsart war, auch schon begriffen hatte, daß Don Quijote nicht gescheit sei, denn sonst hätte er ja nicht die Tollheit begangen, sie frei zu machen, gab kurz entschlossen seinen Gefährten einen Wink. Alsbald bildeten sie einen weiten Kreis um Don Quijote und bewarfen ihn so heftig mit Steinen, daß er nicht Hände genug hatte, sich mit dem Schilde zu schirmen. Sancho kroch hinter seinen Esel und war dort geborgen; doch Don Quijote bekam einige Kiesel so gewaltig auf den Leib, daß er umfiel. Er war kaum niedergefallen, als sich einer über ihn machte, ihm das Bartbecken vom Kopf nahm, ihm damit drei oder

vier Schläge auf den Rücken gab und danach das Becken so lange gegen die Erde schlug, bis es in Stücke brach. Überdies band er ihm die Schärpe von der Rüstung und hätte ihm ohne Zweifel selbst die Hosen ausgezogen, wenn Don Quijotes Beinharnisch das nicht verhindert hätte. Sancho raubten sie den Mantel und noch mehr, und nachdem sie die Beute untereinander geteilt hatten, machte sich jeder nach einer andern Gegend davon, eifriger besorgt, der furchtbaren Bruderschaft zu entwischen, als sich mit der Kette zu beladen und zu der Dame Dulcinea von Toboso zu wandern.

Der Esel und Rosinante, Sancho und Don Quijote blieben allein zurück – der Esel kopfhängend und nachdenklich, von Zeit zu Zeit die Ohren schüttelnd, wohl in der Meinung, der Steinregen habe noch nicht aufgehört; Rosinante, die ebenfalls ein Wurf umgestoßen hatte, neben ihrem Herrn hingestreckt; Sancho ohne Mantel und in Furcht vor der Heiligen Bruderschaft; Don Quijote äußerst verdrießlich, sich derart schlecht behandelt zu sehen von Leuten, denen er nur Gutes erwiesen hatte.

SIEBZEHNTES KAPITEL

Wie Sancho Panza im Schwarzen Gebirge der Esel gestohlen wurde

Wie Don Quijote sich so schlimm zugerichtet fand, sagte er zu seinem Schildknappen: „Immer, Sancho, habe ich sagen hören, den Gemeinen Gutes tun heiße Wasser ins Meer tragen. Hätte ich auf dich gehört, so wäre mir dieser Verdruß erspart geblieben. Aber es ist nun einmal geschehen, ich muß es erdulden, künftig werde ich klüger sein."

„Ihr werdet geradeso klüger sein", antwortete Sancho, „wie ich ein Türke bin. Da Ihr aber sagt, dieses Unglück hättet Ihr nicht erfahren, wenn Ihr auf mich gehört hättet, so glaubt mir auch jetzt, damit Ihr nicht noch größeres Unglück erlebt. Ihr müßt nämlich wissen, daß die Heilige Bruderschaft sich nichts um die Ritterei schert, und mir ist, als ob uns ihre Spieße schon um die Ohren brummten."

„Du bist die geborene Memme, Sancho", erwiderte Don Quijote. „Aber du sollst nicht sagen können, ich sei halsstarrig und befolge niemals deinen Rat. Deshalb will ich diesmal tun, was du rätst, und dem Unheil, das du fürchtest, aus dem Wege gehen – doch das keineswegs aus Furcht vor der Gefahr, sondern nur deinen Bitten zu Gefallen."

„Gnädiger Herr", antwortete Sancho, „sich zurückziehen ist ja nicht fliehen. Kluge Leute schonen sich heute für morgen und versuchen ihr ganzes Glück nicht an einem Tage. Darum laßt's Euch nicht gereuen, meinen guten Rat anzunehmen. Besteigt Rosinante, wenn Ihr könnt, wenn nicht, so will ich Euch helfen; denn es schwant mir, daß wir jetzt die Beine werden nötiger haben als die Fäuste."

Don Quijote kletterte auf den Gaul, ohne etwas zu erwidern, und Sancho ritt auf seinem Esel voran. So gelangten sie in das nahe Gebirge. Sancho beabsichtigte, es quer zu durchziehen und sich einige Tage in den wilden Berggegenden zu verstecken, damit die Heilige Bruderschaft sie nicht fände. In der Absicht bestärkte ihn die Entdeckung, daß der Schnappsack mit dem Mundvorrat aus der Schlacht mit den Ruderknechten gerettet war. was er für ein Wunder hielt, denn die Ruderknechte hatten auf alles heftige Jagd gemacht.

Gegen Abend gelangten sie in die Mitte des Schwarzen Gebirges, und Sancho schlug vor, die Nacht und noch etliche Tage dort zuzubringen, wenigstens so lange, wie ihre Speisekammer sie versorgte. Sie schlugen ihr Nachtlager zwischen zwei Felsen auf, in einer Gegend, wo viele Korkbäume standen.

Aber das Schicksal wollte, daß es dem Gines von Pasamonte, diesem berüchtigten Schelm und Räuber, ebenfalls einfiel, sich im Gebirge zu verstecken, und seine Furcht brachte ihn an die nämliche Stelle, die sich Don Quijote und Sancho Panza ausgesucht hatten.

Pasamonte traf die beiden, als sie eben eingeschlafen waren. Wie nun Bösewichter immer undankbar sind, die Not auch das Äußerste versucht und die gegenwärtige Hilfe der zukünftigen vorgezogen wird, so kam es dem Gines ein, Sancho Panza den Esel zu stehlen; Rosinante beachtete er gar nicht, die hielt er für ein gänzlich wertloses Stück, das man weder verpfänden noch verkaufen könne. Sancho Panza schlief, er stahl ihm das Tierlein, und ehe es noch tagte, war er so weit entfernt, daß er nicht eingeholt werden konnte.

Die Morgenröte ging auf, die Erde zu erfreuen und Sancho Panza zu betrüben; denn er traf seinen Grauen nicht mehr an. Wie er sich ohne ihn sah, begann er laut und heftig den allerkläglichsten Jammer, wovon Don Quijote erwachte und folgende Rede vernahm: „O du mein eingeborner Sohn, in meinem Hause aufgewachsen! Kleinod meiner Kinder, Trost meines Weibes, Neid meiner Nachbarn, Stütze meiner Arbeit und überhaupt Ernährer meiner halben Person; denn du verdientest mir sechsundzwanzig Maravedis, und das war mein halbes Auskommen."

Als ihn Don Quijote so klagen hörte und die Ursache erfuhr, suchte er Sancho zu trösten und versprach, ihm eine Verschreibung auszustellen, auf die er drei von den fünf Eseln erhalten solle, die in seinem Hause stünden. Hiermit gab Sancho sich zufrieden, trocknete seine Tränen, unterdrückte

sein Schluchzen und dankte Don Quijote von Herzen für die Wohltat, die er ihm erwiesen.

Don Quijote aber hatte gleich anfangs, wie er nur das Gebirge betreten hatte, das Herz höher geschlagen; denn diese Gegend schien ihm besonders für Abenteuer geeignet, wie er sie suchte. Ihm fielen all die wunderbaren Begebenheiten ein, die in dergleichen Einsamkeiten und wilden Gebirgen den fahrenden Rittern begegnet waren. Hingerissen von diesen Vorstellungen ritt er umher, während Sancho, seitdem er sich in einer sichern Gegend glaubte, keine andere Sorge mehr kannte, als seinen Magen mit den Eßwaren zu beruhigen, die ihm noch von den Geistlichen des Verstorbenen geblieben waren. So folgte er seinem Herrn, mit all dem beladen, was der Graue hätte tragen sollen, langte immer einmal in den Beutel, stopfte sich das Gute in seinen Wanst und hätte für ein neues Abenteuer nicht einen Heller gegeben.

ACHTZEHNTES KAPITEL

Erzählt von der seltsamen Buße, die sich Don Quijote im Schwarzen Gebirge auferlegte

Sie reisten mehrere Tage und gelangten in die rauhesten Gegenden des Gebirges. Don Quijote ritt langsam fort, in sein Sinnen und Trachten verstrickt, und so bemerkte er nicht, wie seinen Gefährten allmählich die Schwermut anwandelte. Sancho starb beinahe vor Lust, mit seinem Herrn zu sprechen, und da er das Stillschweigen nicht aushalten konnte, sagte er endlich: „Herr Don Quijote, gebt mir Euren Segen und die Erlaubnis, nach meinem Hause zurückzukehren, daß ich meine Frau und meine Kinder wiedersehe. Es ist zu hart, und keine Geduld reicht aus, zeit seines Lebens nach Abenteuern herumzusuchen und immer nur Prügel und Tritte und Faustschläge einzustecken. Ist denn das, so frage ich, gnädiger Herr, auch eins von den herrlichen Rittergesetzen, daß wir hier, ohne Weg und Steig, wie die Verrückten herumziehen? Leicht können wir auf einen treffen, der es darauf abgesehen hat, uns den Garaus zu machen, und der Euren Kopf und meine Rippen in Stücke brechen wird."

„Schweig, Sancho!" rief Don Quijote, „wenn ich dir sage, daß ich in ganz bestimmter Absicht dieses Gebirge durchschweife, daß ich nämlich eine Tat unternehmen will, durch die ich mir ewigen Ruhm auf der ganzen Erde zu erwerben gedenke. Die Tat soll so beschaffen sein, daß ich allem, was einen fahrenden Ritter vollkommen und berühmt machen kann, die Krone aufsetzen will."

„Und wie ist sie beschaffen, Eure Tat, ist sie sehr gefährlich?" fragte Sancho Panza.

„Nein", antwortete Don Quijote, „aber das hängt vor allem von deinem Eifer ab."

„Von meinem Eifer?"

„Ja", sagte Don Quijote. „Denn kehrst du schnell von dort zurück, wo ich dich hinschicken will, so wird alsbald auch meine Qual endigen und mein Ruhm zu leuchten beginnen. Und damit du nicht länger zu überlegen brauchst, wo meine Reden hinauswollen, so wisse, Sancho, daß Amadis von Gallia der vollkommenste unter den fahrenden Rittern war, der König von allen, die der Lauf der Zeiten hervorgebracht hat. Amadis ist den tapferen und verliebten Rittern zum Leitstern gesetzt, damit wir alle ihm nachtun, die wir zu den Fahnen der Liebe und Ritterschaft geschworen haben. Ein Ding aber, in dem dieser Ritter vorzüglich seine Klugheit, seine Würde, sein Dulden, seine Standhaftigkeit und Liebe bewies, war, wie er sich, von der Dame Orania verschmäht, zurückzog auf den Felsen Armut, um Buße zu tun. Ihn hierin nachzuahmen, wird mir viel leichter sein, als daß ich Riesen zerspalte, Drachen köpfe, Armeen vernichte und Verzauberungen löse. Dieses Gebirge schickt sich vorzüglich zu meinem Unternehmen, und ich will die Gelegenheit nicht aus den Händen lassen, die sich mir mit so großer Bequemlichkeit darbietet."

„Und, Herr", sagte Sancho, „was wollt Ihr hier in der Einsamkeit tun?"

„Du hast es ja schon erfahren", antwortete Don Quijote. „Ich will den Amadis nachahmen, einen Verzweifelten, einen von Sinnen gekommenen, Rasenden vorstellen."

„Es scheint doch", entgegnete Sancho, „daß die Ritter, die so etwas taten, dazu gereizt wurden, einen Rasenden zu spielen. Welche Dame hat Euch denn verschmäht? Habt Ihr vielleicht ein Zeichen gefunden, daß die Dame Dulcinea von Toboso Euch betrügt?"

„Da liegt's eben", antwortete Don Quijote. „Die Feinheit besteht darin, daß ich ohne alle Ursache rasend werde, um meiner Dame zu verstehen zu geben, wie sehr ich erst verzweifeln würde, wenn sie mich eines Tages verschmähte. Also, Sancho, vertu nicht die Zeit, mir ein so edles Vorhaben ausreden zu wollen: von Sinnen bin ich, und von Sinnen will ich bleiben, bis du mir die Antwort auf einen Brief bringst, mit dem ich dich an meine Dulcinea senden will."

Mittlerweile waren sie an den Fuß eines hohen Felsens gelangt. In der Nähe floß ein sanfter Bach und bewässerte eine grüne Wiese. Viele Waldbäume standen umher, und Blumen machten die Gegend angenehm. Diesen Ort erwählte Don Quijote als Bußstätte, und alsbald rief er mit lauter Stimme, als ob er wirklich von Sinnen wäre: „Hier, o Himmel, will ich mich niederlassen, mein Unglück zu beweinen, das mir das Schicksal bereitet. Die Tränen meiner Augen sollen die Wellen dieses Bächleins anschwellen, meine immerwährenden Seufzer das Laub der Bäume bewegen. O hört, ihr Himmel, die Klagen des unglücklich Liebenden über die Hartnäckigkeit der Undankbaren, die die Krone und Vollendung aller menschlichen Schönheit ist."

Als Sancho dies sah, sagte er: „Herr Ritter, wenn es mit meinem Abmarsch und Euren Narrheiten nun ernst werden soll, so wäre es wohl gut, da der Graue weg ist, mir die Rosinante aufzuzäumen. Sonst möchte die Zeit bis zu meinem Wiederkommen lange währen. Denn wenn ich den Weg zu Fuß gehen soll... um es kurz zu machen, ich bin ein schlechter Wandersmann."

„Richte es ein, wie du meinst", antwortete Don Quijote, „deine Absicht scheint nicht übel. Aber merke dir alles, was ich hier zu meiner Buße sage und tue, genau, damit du meiner Dulcinea, wenn du zu ihr kommst, Rede und Antwort stehst. Denn zeit ihres Lebens hat sie keinen Brief von mir gesehen, meine und ihre Liebe erstreckte sich auf nichts weiter als das Anblicken. Ich könnte wohl schwören, daß ich sie in den zwölf Jahren, seit ich sie mehr als das Licht meiner Augen liebe, nicht viermal gesehen habe. Und es kann wohl sein, daß ich ihr nicht ein einziges Mal aufgefallen bin, weil ihr Vater Lorenzo Corchuelo sie sehr genau erzogen hat."

„Sieh mal an!" sagte Sancho, „Aldonza Corchuelas Tochter ist also die Herrin Dulcinea von Toboso? Die kenne ich recht gut, und wahrhaftig, sie hebt Euch einen Sack auf wie der stärkste Knecht im Dorfe. So wahr Gott lebt, das ist ein ganzes Mensch, Haare auf den Zähnen, die zieht Euch den besten fahrenden Ritter aus dem Dreck, daß einem das Herz im Leibe lacht. Wie ist sie rasch und stark, und was hat sie für eine Stimme! Sie war einmal oben auf dem Kirchturm und rief etlichen Knechten ihres Vaters, die wohl eine halbe Meile weit weg auf dem Brachfeld arbeiteten. Und die hörten es, als hätten sie unten am Turm gestanden! Nun muß ich auch sagen, Herr Ritter, daß Ihr für die nicht nur Unsinnigkeiten vornehmen sollt, ja, Ihr könnt Euch aufhängen, und jeder, der es erfährt, wird meinen, daß es um sie nicht zuviel wäre, wenn Euch gar der Teufel holte. Aber ich gestehe, Euer Gnaden, daß ich bisher in einem Irrtum gelebt habe; denn ich meinte nicht anders, als daß die Dame Dulcinea irgendeine Prinzessin sei, die die reichen Präsente verdiente, die Ihr ihr zugeschickt habt. Denn, im Ernst gesprochen, schickt es sich, daß man sich vor der gnädigen Aldonza Lorenzo, will sagen, der gnädigen Dulcinea von Toboso auf die Knie schmeißt?"

„Ich habe dir schon gesagt, Sancho", antwortete Don Quijote, „daß du ein Schwätzer bist. Und so dumm du bist, willst du dich doch immer mit Spitzfindigkeiten befassen. Wozu ich die Dulcinea von Toboso will, gilt sie mir so viel wie die höchste Prinzessin auf Erden. Und wisse, Sancho, ebenso machen es die Dichter, wenn sie eine Dame unter irgendeinem Namen vergöttern. Im übrigen tut die Abkunft wenig, denn sie wird nie danach gefragt werden, um ein Stiftfräulein abzugeben."

„Ich sehe, gnädiger Herr, Ihr habt vollkommen recht", sagte Sancho, „und ich bin ein Esel."

„Dann präge dir also gut ein, wo ich mich befinde. Ich will mich gewiß nicht aus dieser Gegend entfernen. Wenn du nun fortreitest, so wird es das beste sein, du pflückst etwas von dem Ginster, der hier wächst, und streust ihn aus, bis du das offene Land gewinnst. Er kann dir als Wegweiser dienen, wenn du mit der Antwort meiner Dulcinea zurückkehrst."

„Das soll geschehen", antwortete Sancho Panza. Er nahm den Ginster, bat Don Quijote um seinen Segen, und unter Tränen nahm er Abschied. Er bestieg Rosinante, und so machte sich Sancho auf den Weg nach dem flachen Lande.

NEUNZEHNTES KAPITEL

Wie Sancho Panza mit einer Botschaft nach Toboso geschickt wurde und dem Pfarrer und dem Barbier begegnete

Als Sancho auf die große Straße gelangt war, begab er sich stracks auf den Weg nach Toboso und kam am folgenden Tage zu der Schenke, wo er sich mit dem Balsam Fierabras hatte kurieren wollen. Er verhielt vor der Tür, konnte sich aber nicht entschließen, hineinzugehen, obgleich es eine Stunde war, in der er es wohl gesollt hätte, denn es war um Mittag – die Erinnerung jedoch an die Leiden, die er hier ausgestanden, war zu frisch.

Indes Sancho noch zauderte, traten zwei Männer aus der Schenke, die ihn sogleich erkannten, und der eine sprach zum andern: „Herr Pfarrer, ist der da auf dem Pferde nicht Sancho Panza, von dem die Haushälterin gesagt hat, daß er als Schildknappe mitgezogen sei?"

„Er ist es", sagte der Pfarrer, „und das Pferd gehört unserem Don Quijote."

Die beiden kannten Sancho so gut, weil sie der Pfarrer und der Barbier aus seinem Dorfe waren, die nämlichen, die Don Quijotes gute Freunde waren. Sie liefen nun gleich zu ihm, begierig, Neuigkeiten über Don Quijote zu hören.

„Freund Sancho Panza, wo ist Euer Herr?" rief der Pfarrer ihn an.

Sancho Panza erkannte sie auch gleich und nahm sich vor, den Ort und was Don Quijote dort treibe, nicht zu verraten. Er antwortete also, sein Herr befände sich an einer gewissen Stelle und sei in einer überaus wichtigen Sache beschäftigt; mehr jedoch dürfe er nicht sagen.

„Nun", erwiderte der Barbier, „wenn Ihr uns nicht sagt, Sancho Panza, wo er geblieben ist, so werden wir glauben, daß Ihr ihn umgebracht und geplündert habt. Denn Ihr reitet auf seinem Pferde. Wahrhaftig, Ihr müßt uns den Herrn des Gaules schaffen, oder es ergeht Euch übel."

„Bei mir braucht's keine Drohungen, ich bin nicht der Mann, der einen plündert und umbringt – jeden bringt sein Schicksal um oder vielmehr Gott selbst. Mein Herr ist mitten im Gebirge, wo er nach Herzenslust Buße tut." Und dann erzählte er in einem ununterbrochenen Strom all ihre Abenteuer, und wie er jetzt den Auftrag habe, der Dame Dulcinea von Toboso, in die sein Herr bis über die Ohren verliebt sei, einen Brief zu bringen.

Die beiden standen voll Staunen über das, was Sancho Panza erzählte; denn ob sie gleich Don Quijotes Narrheit kannten und wußten, von welcher Art sie war, so verwunderten sie sich doch immer von neuem, sooft sie davon hörten.

Sie baten Sancho Panza, ihnen den Brief zu zeigen. Er aber sagte, der sei auf eine Tafel geschrieben, und sein Herr habe ihm befohlen, ihn im ersten Ort abschreiben zu lassen.

Da erbot sich der Pfarrer, ihn sehr schön abzuschreiben. Hierauf fuhr Sancho Panza mit der Hand ins Wams und suchte die Schreibtafel. Aber er fand sie nicht und hätte sie nicht gefunden, wenn er auch ewig gesucht hätte; denn er hatte vergessen, sie von Don Quijote zu fordern, wie der es vergessen hatte, sie ihm zu geben.

Als Sancho sah, daß er sie nicht fand, wurde er blaß im Gesicht; doch es dauerte nicht lange, und er tröstete sich wieder und sagte dem Pfarrer, er wisse ihn auswendig, so daß er niedergeschrieben werden könne, wo und wann sie es wollten. „Sagt ihn gleich her, Sancho“, bat der Barbier, „nachher schreiben wir ihn auf.“

Sancho Panza stand still, kratzte sich den Kopf, um den Inhalt des Briefes ins Gedächtnis zu locken, stellte sich bald auf den einen Fuß, bald auf den andern, schaute die Erde an und wieder den Himmel, und nachdem er sich eine halbe Fingerspitze abgebissen hatte – während die beiden aufs höchste gespannt warteten, den Brief zu vernehmen – sagte er endlich nach einer Riesenpause: „Bei meiner Seele, Herr Pfarrer, hol der Teufel, was ich noch von dem Brief weiß, außer, daß es am Anfang hieß: Erhabene Herrscherin! Mein Närrchen!“

„Es wird nicht“, sagte der Barbier, „mein Närrchen heißen, sondern vielleicht meine Königin oder Monarchin.“

„So ist es auch“, antwortete Sancho. „Und gleich danach, wenn ich mich recht erinnere, kam... wenn ich mich recht erinnere... der Geplagte und Schlaflose und der Verwundete küßt Eure gnädigen Hände, undankbare und vorzüglich verkannte Schöne. Und dann – ich weiß nicht was, von Gesundheit und Krankheit, die er schickte, und so ging's weiter, bis es am Ende hieß: ‚Der Eurige bis in den Tod, der Ritter von der traurigen Gestalt‘.“

Sancho Panzas gutes Gedächtnis machte den beiden nicht geringes Vergnügen, und sie lobten ihn sehr und baten ihn, den Brief noch einmal und noch einmal und wieder herzusagen, damit sie ihn auswendig lernen könnten. Sancho sagte ihn also noch zwei- oder dreimal her, und jedesmal sagte er tausend neue Tollheiten. Hierauf erzählte er, daß sein Herr, wenn er ihm von der Dame Dulcinea von Toboso gute Botschaft brächte, sich auf den Weg machen wolle und Kaiser werden, so sei es zwischen ihnen beiden ausgemacht. Und er, Sancho Panza, solle dann eine reiche und große Herrschaft erben.

Das alles sagte Sancho mit solcher Ruhe und Sicherheit und so ohne Verstand, indem er sich von Zeit zu Zeit die Nase wischte, daß die beiden einsahen, wie wenig Sinn es habe, ihm seine Dummheit auszureden. Überdies bereitete er ihnen, so wie er war, großes Vergnügen. Sie rieten ihm also, er solle nur fleißig für das Wohlergehen seines Herrn beten; denn es sei durchaus möglich und wahrscheinlich, daß er im Laufe der Zeit Kaiser würde, wenigstens aber Erzbischof.

Doch da antwortete Sancho: „Meine Herren, wenn das Schicksal die Sachen so einrichten sollte, daß es meinem Herrn einfiele, nicht Kaiser, sondern Erzbischof zu werden, dann möchte ich doch wissen, was die fahrenden Erzbischöfe ihren Schildknappen zu geben pflegen."

„Sie geben ihnen", antwortete der Pfarrer, „irgendeine Kirchenstelle oder einen Küsterdienst, der was Tüchtiges einträgt."

„Da würde es wohl nötig sein", sagte Sancho, „daß der Schildknappe nicht verheiratet ist, damit er wenigstens bei der Messe helfen kann. Aber ach, ich Unglücksmensch! Ich bin verheiratet und weiß nicht die ersten Buchstaben vom Abc. Was soll aus mir werden, wenn sich's mein Herr in den Kopf setzt, Erzbischof und nicht Kaiser zu werden, wie es bei den fahrenden Rittern Brauch und Herkommen ist?"

„Seid ohne Sorge, Freund Sancho", erwiderte der Barbier. „Wir wollen Euern Herrn bitten, ja es ihm zur Gewissenssache machen, Kaiser und nicht Erzbischof zu werden. Das wird ihm ja auch leichterfallen, wo er mehr ein Held ist als ein Gelehrter."

„Fürs erste aber", sagte jetzt der Pfarrer, „müssen wir herausfinden, wie wir Euern Herrn aus seiner unnützen Buße erlösen. Und damit wir besser nachdenken und auch etwas essen können, wollen wir in die Schenke gehen."

Sancho aber sträubte sich, mit hineinzugehen, lieber wollte er draußen warten. Er bat sie nur, sie möchten ihm etwas Warmes zu essen bringen und Hafer für Rosinante.

Drinnen beratschlagten der Pfarrer und der Barbier nun gründlich, wie sie ihren Vorsatz ausführen könnten. Und endlich kam der Pfarrer auf einen Gedanken, der sehr nach Don Quijotes Geschmack sein mußte und auch für ihren Zweck taugte. Er sagte nämlich, er wolle sich als Jungfrau verkleiden, während der Barbier sich als Stallmeister zurecht machen solle. So wollten sie zu Don Quijote gehen und tun, als sei der Pfarrer eine unglückliche und bedrängte Jungfrau, die um eine Gunst bitte, die er ihr als wackerer fahrender Ritter nicht werde abschlagen können. Die Gabe aber, die er von ihm erflehen wolle, sei, daß er mit ihr ziehen möchte, wohin sie ihn führe, um ein Unrecht wiedergutzumachen, das ein böser Ritter ihr angetan habe. So werde sich Don Quijote, wie der Pfarrer glaubte, auf alles einlassen, und dann wollten sie ihn aus dem Gebirge locken und in sein Dorf zurückbringen, wo man ja sehen würde, ob es nicht ein Heilmittel gegen seine seltsame Tollheit gäbe.

ZWANZIGSTES KAPITEL

Der Plan zu Don Quijotes Erlösung

Dem Barbier gefiel der Vorschlag des Pfarrers so gut, daß sie gleich die Vorbereitungen begannen. Sie ließen sich von der Wirtin ein Unterkleid und etliche Röcke geben, wofür der Pfarrer eine nagelneue Soutane zum Pfand setzte. Der Barbier machte sich einen Bart aus einem gelblichen Ochsenschwanz, an den der Wirt seine Kämme zu stecken pflegte.

Als die Wirtin sie fragte, was sie mit den Sachen anstellen wollten, erzählte der Pfarrer in Kürze von Don Quijotes Narrheit und daß die Verkleidung ihnen dienen solle, ihn aus dem Gebirge zu locken, wo er sich jetzt aufhalte. Da verfielen der Wirt und die Wirtin sogleich darauf, daß dieser Narr gewiß ihr Gast mit dem Balsam sein müsse, und die Frau machte sich ein Vergnügen daraus, den Pfarrer recht hübsch aufzuputzen. Sie zog ihm ein wollenes Kleid über, von dem breite schwarze Samtbänder herabhingen, und ein Leibchen aus grünem Samt, das mit weißen Schleifen besteckt war. Sie war auch gern bereit, ihm die Haare in Löckchen zu drehen, aber das litt der Pfarrer nicht, sondern er setzte sich ein baumwollenes Mützchen auf den Kopf, dasselbe, das er nachts im Bett trug. Um die Stirn legte er ein Strumpfband aus schwarzem Taft, und an einem zweiten Strumpfband befestigte er eine Art Schleier, mit dem er ziemlich gut Bart und Gesicht verdecken konnte. Dann drückte er sich den breitrandigen Hut tief ins Gesicht, nahm noch einen langen Mantel um und setzte sich nach Frauenart quer auf sein Maultier. Auch der Barbier bestieg seinen Esel, und nun waren die beiden bereit, mit den guten Wünschen der Wirtsleute die Schenke zu verlassen.

Kaum aber hatten sie die Straße betreten, als dem Pfarrer der Gedanke kam, er habe nicht recht gehandelt, sich so auszustaffieren. Er sagte es dem Barbier und bat ihn, die Verkleidungen zu tauschen; denn er wolle lieber der Stallmeister sein, wodurch er seiner Stellung weniger zu schaden hoffe. Der Barbier war einverstanden und versprach, die Rolle der Jungfrau so gut wie möglich zu spielen. Die Kleider aber packte er zusammen, die gedachte er erst anzulegen, wenn sie bei Don Quijote angelangt waren. Nun konnten sie sich endlich auf den Weg begeben, den Sancho Panza ihnen zeigte.

Am andern Tag trafen sie auf die Ginsterzweige, die Sancho als Wegweiser ausgestreut hatte. Jetzt sei es nicht mehr weit, erklärte Sancho seinen Begleiter, und sie sollten sich verkleiden, wenn das denn nötig sei, um seinen Herrn zu erlösen. Die beiden hatten ihm nämlich vorher gesagt, daß sie die Reise nur in Vermummung unternehmen könnten, anders sei Don Quijote nicht aus seinem derzeitigen Unglück zu befreien. Aber auch er müsse das Seine dazu tun, indem er seinem Herrn keinesfalls verraten dürfe, wer sie seien, oder auch nur, daß er sie kenne. Und wenn Don Quijote frage, was Dulcinea ihm aufgetragen, so müsse er antworten, sie befehle ihm bei Strafe ihrer Ungnade, augenblicklich zu ihr zu kommen. Nur

wenn alles so ausgeführt werde, schärften sie Sancho jetzt nochmals ein, wäre es möglich, Don Quijote zu einem bessern Leben zurückzubringen, damit er Kaiser werden könne.

Sancho hörte alles an und dankte ihnen für die guten Absichten. Er sagte auch, daß es das beste wäre, wenn er voranginge, seinen Herrn zu suchen und ihm die Antwort von der Dame zu sagen. Vielleicht genüge das auch schon, ihn von der Stelle zu bringen.

Dem Pfarrer und dem Barbier gefiel der Vorschlag, und so beschlossen sie, zurückzubleiben und zu warten, bis Sancho ihnen die Nachricht brächte, daß er seinen Herrn gefunden habe.

EINUNDZWANZIGSTES KAPITEL

Handelt von einem anmutigen Abenteuer,
das dem Pfarrer und dem Barbier im Schwarzen Gebirge begegnete

Sancho verließ die beiden an einem Platze, wo ein friedlicher Bach murmelte und einige Bäume frischen Schatten verbreiteten. Der Pfarrer und der Barbier streckten sich nieder, um in der Mittagshitze ein wenig zu ruhen. Aber sie lagen noch nicht lange, als sie eine Stimme vernahmen, so klagend, daß sie aufstanden, zu sehen, was es sei.

Sie waren keine zwanzig Schritte gegangen, da gewahrten sie hinter einem Felsen am Fuße einer Esche einen Jüngling; der war wie ein Bauer gekleidet und neigte das Gesicht gegen den Boden, denn er wusch sich im Bach die Füße. Sie waren so leise herangeschlichen, daß er sie nicht bemerkte und auch weiterhin auf nichts als auf seine Füße achtete. Mit diesen Füßen aber hatte es eine seltsame Bewandtnis. Sie waren schön und weiß und keineswegs gemacht, auf Kiesel zu treten oder hinter dem Pfluge zu schreiten.

Der Pfarrer, der voranging, gab dem Barbier ein Zeichen, sich ruhig zu verhalten, damit sie den Jüngling beobachten könnten. Der trug ein graues Wams, das um die Hüften von einem weißen Tuch zusammengehalten war. Die Hosen und Strümpfe bestanden ebenfalls aus grauem Stoff, und auf dem Kopf trug er eine Mütze von derselben grauen Farbe. Jetzt war er mit dem Waschen der schönen Füße fertig und trocknete sie sorgsam mit einem Lappen, den er unter der Mütze hervorzog. Endlich nahm er die Mütze ab, und sowie er den Kopf schüttelte, flossen rings lange strahlende Haarlocken herunter, und da blieb es nicht länger verborgen: Der Bauernknabe war ein Mädchen, und das zarteste und schönste, das je erblickt wurde, so daß sich in den Betrachtern der Wunsch regte, zu erfahren, wer die Schöne sei.

Deshalb beschlossen sie, sich zu zeigen. Aber kaum hatte das Mädchen sie bemerkt, als sie aufsprang und in großer Hast entfloh. Doch nach wenigen Schritten fiel sie nieder auf die steinige Erde, worauf der Pfarrer herbeieilte, ihr zu helfen, und er sagte: „Bleibt, Fräulein, wer Ihr auch sein mögt, denn wir haben nur die Absicht, Euch zu dienen. Begebt Euch deshalb nicht auf die Flucht, die Eure Füße so wenig aushalten können."

Sie vermochte nicht zu antworten, so erschrocken und verwirrt war sie. Nun trat auch der Barbier hinzu, und der Pfarrer nahm ihre Hand und fuhr fort: „Was Eure Kleidung, Fräulein, uns leugnen sollte, haben Eure Locken entdeckt. Keine geringen Ursachen werden Euch veranlaßt haben, Eure Schönheit zu entstellen und in einsame Wildnis zu gehen, wo Ihr zum Glück uns gefunden habt, die wir Euch wenigstens trösten, wenn nicht gar helfen können; denn kein Leid ist so drückend, daß es ein ganzes Leben währt. Also, Fräulein oder junger Mann oder was Ihr sonst sein wollt, erholt Euch von dem Schreck, den unser Anblick Euch bereitet hat, und erzählt uns Euer gutes oder schlimmes Geschick; denn Ihr werdet finden, daß wir Mitgefühl für Eure Leiden haben."

Während der Pfarrer sich mühte, sie zum Reden zu bringen, stand das schöne Mädchen wie versteinert; nur ihre Augen lebten, und sie betrachtete die beiden Männer, wie es wohl ein unerfahrener Bauer getan haben würde, dem plötzlich seltsame, nie gesehene Dinge zu Gesicht kommen. Als aber der Pfarrer wiederum zu sprechen anhob, da tat die Jungfrau einen tiefen Seufzer, brach ihr Schweigen und sagte: „Es ist, wie ich sehe, selbst nicht möglich, mich in der Einsamkeit dieser Gebirge zu verstecken, und meine aufgelösten Haare würden aufs neue jede Lüge verraten, die Ihr vielleicht mehr aus Höflichkeit als einem andern Grunde glauben würdet. Dies vorausgesetzt, sage ich Euch, meine Herren, Dank für Eure Freundlichkeiten, die mir jedoch die Pflicht auferlegen, Eure Bitte zu erfüllen. Aber ich weiß, daß Euer Mitleiden mir keine Hilfe schaffen kann und keinen Rat."

Wie nun die beiden erkannten, daß des Mädchens Verstand keineswegs hinter ihrer Schönheit zurückgeblieben war, boten sie ihr wiederum ihre Dienste an und baten, ihnen zu vertrauen. Da setzte sie sich endlich auf ein Felsenstück, steckte die Haare auf und legte die Schuhe an. Und, nachdem die zwei sich um sie gelagert hatten, begann sie mit sanfter Stimme die Geschichte ihres Lebens. So erfuhren die beiden, daß das Mädchen Dorothea hieß und die einzige Tochter wohlhabender Bauersleute sei. Und dann kam sie auf die Ursache ihres Unglücks und erzählte, wie sich durch eine lange Zeit der Gutsherr ihrer Eltern, ein gewisser Don Fernando, um sie bemüht habe, bis sie eines Tages spürte, daß auch sie ihn liebte. Und da habe sie sich keinen andern Rat gewußt, als in die Einsamkeit zu flüchten. An dieser Stelle brach das Mädchen in Tränen aus, und die beiden konnten ihren ganzen Kummer ermessen, denn es war sehr ungewöhnlich zu jener Zeit, daß ein reicher Herr ein Bauernmädchen heiratete.

Nun wußte auch der Pfarrer nicht, wie er Dorothea helfen könne; dennoch bat er sie inständig, das Gebirge, diesen gefährlichen Ort, ja bald zu verlassen. Und, so wiederholte er, kein Leid sei so schwer, daß es das ganze Leben anhalte. Aber wenn sie vorerst nicht nach Hause zurückkehren wolle, so solle sie mit ihm in sein Dorf gehen, wo er und der Barbier für sie sorgen wollten, bis sich ein guter Rat finde. Jetzt legte sich auch der Barbier ins Mittel, und ihren gemeinsamen Anstrengungen gelang es schließlich, daß Dorothea neuen Mut schöpfte und in den Vorschlag einwilligte.

Als sie so weit gekommen waren, meinte der Barbier für sich, es sei gut, das Mädchen auf andere Gedanken zu bringen, und er erzählte mit vielen vergnüglichen Einzelheiten, was sie hergeführt habe und wie sie nun auf Sancho Panza warteten, der ihnen Nachricht von Don Quijote bringen solle.

Indem hörten sie ein Geschrei: Es war Sancho Panza, der mit lauter Stimme nach dem Pfarrer und dem Barbier rief, weil er sie nicht an dem vereinbarten Platz gefunden hatte. Die drei erhoben sich sogleich und gingen ihm entgegen und fragten ihn nach Don Quijote. Sancho erzählte, er habe ihn halb nackt im Hemde angetroffen, dürr und gelb, fast vor Hunger gestorben. Er habe ihm gesagt, daß Dulcinea den Befehl sende, zu ihr nach Toboso zu kommen; er aber habe geantwortet, erst wolle er seine Buße vollenden, damit er ihrer würdig sei. Nun befürchtete Sancho zutiefst, diese starre Auffassung von Pflicht möchte seinen Herrn um die Kaiserschaft bringen, ja sogar der Erzbischof werde ihm entgehen, was doch das mindeste sei, worauf er rechnen könne. Deshalb bat er die Herren, sie möchten alles versuchen, damit Don Quijote sich aus dem Gebirge entferne.

Der Pfarrer beruhigte Sancho und sagte, er möchte ihnen vertrauen, sie würden Don Quijote gewiß aus seiner Qual erlösen. Dann erzählte er Dorothea, welches Mittel sie ausgedacht hatten, um Don Quijote wenigstens nach Hause zurückzubringen. Worauf Dorothea erklärte, sie werde die hilfsbedürftige Jungfrau wohl besser vorstellen als der Barbier, auch habe sie Kleider bei sich, mit denen sie es recht natürlich machen könne. Überdies kenne sie viele Ritterbücher und wisse also gut, wie die unglücklichen Jungfrauen redeten, wenn sie von fahrenden Rittern eine Gunst begehrten.

Sie nahm aus ihrem Beutel ein Kleid von sehr schönem Stoff, einen prächtigen grünen Mantel und aus einer Schachtel einen Halsschmuck nebst andern Kleinodien. Sie putzte sich damit, daß sie im Augenblick wie eine vornehme große Dame vor den andern stand.

Wer sich aber am meisten wunderte, war Sancho Panza, der glaubte, zeit seines ganzen Lebens keine so herrliche Erscheinung gesehen zu haben. Er bat den Pfarrer mit großem Eifer, ihm zu sagen, wer die schöne Dame sei und was sie in dieser Wüstenei zu suchen habe.

„Die schöne Dame, Freund Sancho", antwortete der Pfarrer, „ist, was man nicht alle Tage sieht: denn sie ist die rechtmäßige Erbin des großen Mikomikonischen Reiches, die hergekommen ist, Euren Herrn aufzusuchen, um eine Gunst von ihm zu begehren. Ein böser Riese hat ihr nämlich eine Kränkung angetan, und nun ist die Prinzessin auf den Ruhm eines gewaltigen Ritters, den Euer Herr auf dem ganzen Erdkreis genießt, von Guinea herbeigekommen, um ihn aufzusuchen."

„Das trifft sich ja herrlich", rief Sancho Panza, „besonders wenn mein Herr das Glück hat, die Kränkung zu ahnden, und den verdammten Riesen, von dem Ihr sprecht, umbringt. Auf die Weise kann er leicht zu seinem

Kaisertum und ich zum Ende all meiner Wünsche gelangen. Deshalb wollen wir die Sache nicht auf die lange Bank schieben; sagt mir nur, lieber Herr Pfarrer, wie die Dame heißt, damit ich sie bei ihrem Namen nennen kann."

„Sie heißt", antwortete der Pfarrer, „die Prinzessin von Mikomikona; denn wenn ihr Reich Mikomikon genannt wird, folgt daraus klar, daß sie so heißen muß."

Indessen hatte sich Dorothea auf das Maultier des Pfarrers gesetzt, der Barbier hatte sein Gesicht mit dem Ochsenschwanze geziert, und sie verlangten von Sancho, daß er sie zu Don Quijote führe. Der Pfarrer folgte ihnen zu Fuß mit gemächlichen Schritten, weil vorerst seine Gegenwart nicht nötig war.

Nach dreiviertel Meilen entdeckten sie Don Quijote zwischen mehreren wüsten Felsen; er hatte inzwischen seine Kleider angelegt, war aber noch nicht gewappnet. Sowie Dorothea ihn erblickte, trieb sie ihren Zelter mit der Gerte an; und als sie nah genug war, stieg sie sehr zierlich ab, warf sich Don Quijote zu Füßen und redete ihn auf folgende Weise an: „Nicht werde ich mich von hier aufheben, o tapferer, starkmutiger Ritter, bis Eure Güte und feine Sitte mir eine Gunst gewährt hat, die ebenso zu Ehre und Ruhm Eurer Person wie zum Wohle der trostlosesten und unglücklichsten Jungfrau gereichen wird, die je die Sonne beschien. Ich flehe Euch, steht der Unglücklichen bei, die aus fernen Landen kam, um Euch als den Retter in ihrem Elend aufzusuchen."

„Nicht werde ich Euch ein einziges Wort sagen, schöne Dame", antwortete Don Quijote, „noch Eure Geschichte weiter anhören, bevor Ihr Euch nicht vom Boden erhebt."

„Nicht werde ich mich erheben, Herr", antwortete die Jungfrau, „wenn mir nicht zuvor Eure Güte die Gabe bewilligt hat, um die ich flehe."

„So bewillige ich sie", antwortete Don Quijote, „wenn dadurch nicht meinem König Nachteil oder Schaden geschieht noch derjenigen, die zu meinem Herzen die Schlüssel bewahrt."

„Es wird denjenigen, die Ihr genannt habt, nicht zum Schaden oder Nachteil gereichen", antwortete die Jungfrau.

Zugleich näherte sich Sancho Panza dem Ohr seines Herrn und sagte ganz leise: „Ihr könnt, Euer Gnaden, frischweg die Gabe gewähren; es ist nämlich nichts weiter, als eine Riesenbestie umzubringen. Und die das fleht, ist die erhabenste Prinzessin Mikomikona, Königin des mächtigen Mikomikonischen Reiches in Äthiopien."

„Sei's, wer es sei", antwortete Don Quijote, „ich werde tun, was mir meine Pflicht gebietet und mein Gewissen mir befiehlt." Dann kehrte er sich zu der Jungfrau und sagte: „Euer Liebden, schöne Dame, erhebe sich nunmehr; denn gewährt ist die Gabe, die Ihr von mir verlangen werdet."

„Um was ich also bitte“, sagte die Jungfrau, „ist, daß Ihr sogleich mit mir zieht, wohin ich Euch führe, und daß Ihr mir versprecht, kein anderes Abenteuer zu beginnen, bis ich an dem Verräter gerächt bin, der mir mein Königreich entrissen hat.“

„Mit der Hilfe Gottes und meines starken Armes sollt Ihr alsbald wieder den Thron Eures alten und mächtigen Reiches in Besitz nehmen“, antwortete Don Quijote. „Flugs denn, Hand ans Werk, im Zögern, sagt man, liegt Gefahr.“

Darauf befahl er Sancho, Rosinante den Sattelgurt festzuschnallen und ihm selber die Rüstung anzulegen.

Sancho sammelte die Waffen ein, die wie Trophäen an einem Baum hingen, zog den Sattelgurt an und bewaffnete seinen Herrn in Eile, der, da er sich gewappnet sah, sprach: „So gehen wir denn, uns dieser großen Dame gefällig zu erweisen.“

Der Barbier lag noch auf den Knien und gab sich Mühe, sein Lachen zu verbergen und den Bart nicht fallen zu lassen, weil sonst vielleicht alle gute Absicht von vornherein gescheitert wäre; doch schließlich mußte auch er sich erheben. Er faßte seine Dame bei der Hand und half ihr auf den Maulesel; Don Quijote bestieg Rosinante; der Barbier setzte sich auf seinem Tier zurecht; nur Sancho, den aufs neue der Schmerz über den Verlust seines Grauen packte, blieb zu Fuß. Aber er trug den Schmerz frohen Mutes, denn er meinte, nun sei sein Herr auf dem geraden Wege und dicht daran, Kaiser zu werden.

Der Pfarrer hatte aus einiger Entfernung alles mit angesehen und, da er ein gescheiter Kopf war, bald herausgefunden, wie er sich der Gesellschaft anschließen könne. In diesen rauhen Gegenden gab es allenthalben Abgründe, die es denen, die beritten reisten, nicht erlaubten, so schnell fortzukommen wie ihm, der zu Fuß war. So erreichte er als erster die Ebene vor dem Gebirge, wo er auf Don Quijote und sein Geleit wartete. Da sie heranzogen, betrachtete der Pfarrer Don Quijote ein Weilchen, machte dann Zeichen des allmählichen Erkennens, und nachdem er lange genug gezaudert hatte, ging er mit ausgestreckten Armen auf ihn zu und rief: „Vielmals gegrüßt sei mir die Blume der Ritterschaft, mein wackerer Landsmann Don Quijote von der Mancha, die Hilfe und Stütze aller Bedürftigen!“

Don Quijote betrachtete ihn ebenfalls mit Staunen, bis er endlich sah, wer es war. Da gab er sich sogleich die größte Mühe, vom Pferd zu steigen, um es seinem Freunde, dem Pfarrer, anzubieten.

„Keinesfalls werde ich das zugeben“, sagte der Pfarrer, „denn zu Pferde werden die größten Taten und Abenteuer in unserem Jahrhundert vollbracht. Was mich unwürdigen Priester betrifft, ich wäre es zufrieden, könnte ich hinten auf dem Maultier des Herrn sitzen, der mit Euch reist.“

Auf ein Wort der Prinzessin Dorothea stieg der Barbier ab und half dem Pfarrer, der sich nicht lange nötigen ließ, in den Sattel. Aber es fügte sich unglücklicherweise, daß das Maultier, als sich auch der Barbier wieder aufschwingen wollte, die Hinterbeine hob und zweimal hoch in die Luft ausschlug. Der Barbier kam zwar mit dem Schreck davon, aber in dem Augenblick konnte er wenig an seinen Bart denken – der fiel zur Erde, und der Barbier wußte sich nicht anders zu helfen, als daß er mit beiden Händen sein Gesicht bedeckte und laut jammerte, die Kinnbacken seien ihm zerschmettert.

Don Quijote sah die große Masse Bart, die ohne Kinnbacken und Blut weit vom Gesicht des Niedergestürzten lag, und überrascht rief er: „Bei Gott, das ist ein großes Wunder! Der Bart ist ihm so rein herunter, als wäre er mit Fleiß abgenommen!"

Der Pfarrer merkte sogleich, in welcher Gefahr sich ihr Plan befand. Schnell sprang er nach dem Bart und ging damit zu Meister Niklas, der noch immer lag und klagte. Geschwind drückte er sich den Kopf des Barbiers gegen die Brust, setzte ihm den Bart an, murmelte einige Worte darüber, von denen er sagte, sie seien ein trefflicher Spruch, Bärte festzumachen, wie man gleich sehen werde. Und als er fertig war, fanden alle den Barbier so bärtig und gesund, wie er zuvor gewesen, worüber sich Don Quijote höchlich verwunderte und den Pfarrer bat, ihn bei Gelegenheit diesen Spruch zu lehren; denn vielleicht könne er noch mehr als Bärte festmachen.

Nach diesem Geschehnis hielt man es für das beste, daß der Pfarrer und der Barbier abwechselnd auf dem Maultier ritten, bis sie die Schenke erreichten, die nur zwei Meilen entfernt war.

Als endlich der Zug geordnet war, sprach Don Quijote zu der Jungfrau: „Führe Eure durchlauchtige Hoheit mich nunmehr hin, wo es Euch gefällt." Doch noch ehe sie antworten konnte, fragte der Pfarrer: „Nach welchem Reiche will Eure Hoheit? Vielleicht nach dem Mikomikonischen? Ja, so muß es sein, oder ich verstehe wenig von Königreichen."

Dorothea, die sich in alles zu schicken wußte, merkte wohl, daß sie es bejahen müsse, und antwortete: „Ja, mein Herr, nach diesem Königreich ist mein Weg gerichtet."

„Dann müssen wir also", sagte der Pfarrer, „gerade durch unser Dorf reisen. Und von dort nehmt Ihr den Weg nach Cartagena, wo Ihr Euch mit günstiger Gelegenheit einschiffen könnt. Wenn Ihr dann guten Wind und ruhige Fahrt habt, so werdet Ihr in ungefähr neun Jahren am Eingang des Kaspischen Meeres sein, der nicht über hundert Tagereisen von dem Reiche Eurer Hoheit entfernt liegt."

„Hierin irrt Ihr, mein werter Herr", entgegnete Dorothea. „Es ist nicht zwei Jahre her, seit ich abreiste. Dabei habe ich in Wahrheit nicht immer gutes Wetter gehabt, und dennoch bin ich schon in Gegenwart dessen, den ich so sehr zu sehen wünschte, nämlich des zu verehrenden Don Quijote von der Mancha."

„Nicht weiter", unterbrach Don Quijote die Prinzessin, „denn ich bin ein Feind jeglicher Schmeichelei. Ich bitte vielmehr Euch, Herr Pfarrer, erzählt mir, was Euch in diese einsame Gegend geführt hat, ohne Diener und so leicht gekleidet, daß ich mich darüber wundern muß."

„Ich will mit Wenigem darauf antworten", sagte der Pfarrer. „Ihr müßt wissen, mein gnädiger Herr Don Quijote, daß ich und Meister Niklas, der Barbier, unser Freund, nach Sevilla gingen, um eine Summe Geldes abzuholen, die mir ein Verwandter, der seit vielen Jahren in Indien lebt, geschickt hatte. Es war keine Kleinigkeit, es waren zweitausend Taler in gutem Silber. Wie wir nun gestern hier durchzogen, überfielen uns vier Straßenräuber, die uns rein bis auf die Bärte ausplünderten. Ja, dem Barbier ist es so übel bekommen, daß er sich genötigt sieht, jetzt einen falschen Bart zu tragen. Was aber das sonderbarste ist, so geht ein Gerücht, daß diejenigen, die uns geplündert haben, Ruderknechte seien, die ein einziger Mann frei gemacht haben soll, trotz der Wächter, die mit ihnen gingen. Aber dieser Mann muß ohne Zweifel bar jeder Vernunft sein oder ein ebenso großer Schurke wie die Verbrecher, ein Mensch ohne Gefühl und Gewissen, weil er die Wölfe unter die Schafe gesandt hat, den Fuchs unter die Hühner. Er stört die Gerechtigkeit, widersetzt sich seinem König und Gebieter, denn er streitet gegen dessen gerechteste Gesetze, bringt obendrein die Heilige Bruderschaft in Aufruhr, die seit manchem Jahre ruhen konnte."

Der Pfarrer hatte von Sancho das Abenteuer mit den Ruderknechten gehört; deshalb nahm er jetzt die Gelegenheit wahr, Don Quijote den Text zu lesen, um zu sehen, was er tun oder sagen werde. Der aber wurde bei jedem Worte blasser und hatte nicht das Herz, einzugestehen, daß er der Befreier jener Leute sei.

„Ruderknechte also", schloß der Pfarrer, „waren es, die uns beraubten. Und Gott möge in seiner Barmherzigkeit dem verzeihen, der es verhinderte, daß sie zu ihrer verdienten Strafe abgeführt wurden."

ZWEIUNDZWANZIGSTES KAPITEL

Die phantastische Geschichte der Prinzessin Mikomikona

Doch der Pfarrer hatte kaum ausgeredet, als Sancho sagte: „Bei Gott, Herr Pfarrer, der diese Tat unternommen hat, war kein anderer als mein Herr. Ich mochte sagen, was ich wollte, und ihn warnen, daß er sich bedenken möchte und wie es Sünde sei, die Spitzbuben frei zu machen."

„Flegel!" rief nun Don Quijote. „Fahrende Ritter kümmert es nie und darf es nicht kümmern, weshalb die Betrübten und Unterdrückten, die ihnen auf ihren Reisen begegnen, gefesselt aufziehen und ob das ihrer Verbrechen oder ihrer Verdienste wegen geschieht. Ich traf die höchst betrübten und unglückseligen Menschen und tat ihnen das, was meine Religion mir befiehlt, und damit gut! Wem das etwas Übles dünkt, die Würde des Herrn Pfarrers ausgenommen, dem sage ich, daß er wenig vom Ritterwesen versteht!" Dabei setzte er sich in den Steigbügeln zurecht und drückte das Blechbecken fest auf den Kopf.

Dorothea, der der Spaß gefiel, den alle mit Don Quijote trieben, wollte auch nicht zurückbleiben und sagte: „Herr Ritter, wollet Euch der Gunst erinnern, die Eure Gnade mir versprochen hat. Darum beruhigt Euer tapfres Herz; denn hätte der Herr Pfarrer gewußt, daß durch Euren Arm die Ruderknechte befreit wurden, so hätte er sich wohl lieber dreimal auf den Mund geschlagen, ja dreimal auf die Zunge gebissen, ehe er ein Wort gesprochen, das Euren Unwillen erwecken mußte."

„Das beschwöre ich", sagte der Pfarrer, „ja, ich hätte mir eher den Bart ausgerauft."

„Ich will mich also beruhigen, meine Gebieterin", sprach Don Quijote, „und ruhig und friedlich weiterziehen. Doch zum Lohn bitte ich Euch demütig, mir zu sagen, was Ihr von mir wünscht und an wie vielen Personen ich Rache zu nehmen habe."

„Das will ich gern tun", antwortete Dorothea, „wenn es Euch nicht verdrießt, traurige Begebenheiten und Unglück zu hören."

Der Barbier rückte ihr zur Seite, denn er war neugierig, wie die kluge Dorothea ihre Geschichte ersinnen würde; sie aber, nachdem sie sich im Sattel zurechtgesetzt, zur Vorbereitung gehustet und andere Bewegungen gemacht hatte, fing sehr zierlich ihren Vortrag an: „Ihr müßt, geehrte Herren, zuvor wissen, daß ich genannt werde . . ." Hier stockte sie ein wenig; sie hatte den Namen, den der Pfarrer ihr beigelegt, vergessen.

Der aber erriet sogleich die Ursache der Pause und kam ihr zu Hilfe: „Es ist nicht zu verwundern, hohe Dame, wenn Ihr in Verwirrung und Verlegenheit geratet; denn oft sind die Leiden so groß, daß sie das Gedächtnis trüben und man sich selbst des eigenen Namens nicht erinnern kann, wie es Euer Durchlauchtigkeit widerfahren, die wohl vergessen hat, daß sie die Prinzessin Mikomikona ist, die rechtmäßige Thronerbin des großen Mikomikonischen Reiches. Mit dieser kleinen Erinnerung könnt Ihr nun leicht alles ins Gedächtnis zurückrufen, was Ihr habt berichten wollen."

„So ist es", antwortete Dorothea, „ich glaube, daß ich jetzt meine wahrhaftige Geschichte werde in Worte kleiden können. Mein Vater nämlich, der Tinacrio der Wissende hieß, war ungemein in der Kunst der Magie bewandert. So erfuhr er, daß meine Mutter, die Königin Xamarilla, früher sterben werde als er, daß aber auch er bald das Leben verlassen müsse und ich als Waise zurückbleiben würde. Doch den größten Kummer bereitete ihm ein ungefüger Riese, der Beherrscher einer großen benachbarten Insel, der Pandalifando mit dem schiefen Blicke genannt wurde. Und zu Recht wird er so genannt, denn es ist wahr, ihm stehen die Augen zwar gerade und gut, aber immer schielt er in die Quere, und nur aus Bosheit, damit alle, die ihn ansehen, in Furcht und Schrecken geraten.

Mein Vater wußte also, daß dieser Riese, kaum daß ich verwaist wäre, mit einer großen Macht mein Reich überziehen und es mir ganz entreißen würde, ohne mir den geringsten Flecken übrigzulassen; und diesem Unglück sollte ich nur entweichen können, wenn ich mich bequemte, ihn zu heiraten.

Aber mein Vater wußte auch recht gut, daß mir die Vermählung mit so einem Ungeheuer niemals in den Sinn kommen würde. Deshalb sagte mir mein Vater alles und riet mir, mich nicht zu verteidigen, wenn ich nicht über mich und meine braven und getreuen Untertanen Tod und Verderben bringen wolle; denn der Riese Pandalifando besitzt Teufelskräfte. Vielmehr sollte ich gleich nach seinem Tode mit einigem Gefolge nach Spanien gehen – nur dort, sagte er, werde ich Hilfe antreffen. Ich würde nämlich einen fahrenden Ritter finden, dessen Ruhm sich um diese Zeit durch das ganze Land verbreitet hätte und der, wenn ich mich recht erinnere, Don Glühpfote oder Don Kühschoote heißen sollte."

„Don Quijote wird er gesagt haben", fiel Sancho Panza ein, „oder den zweiten Namen: der Ritter von der traurigen Gestalt."

„So ist es", antwortete Dorothea. „Er sagte mir ferner, der Ritter sei von großer Gestalt, er habe ein dürres Antlitz, und auf seiner rechten Seite unter der linken Schulter befände sich ein braunes Mal mit einigen Borstenhaaren."

Als Don Quijote dies vernahm, sagte er zu seinem Schildknappen: „Schnell, Freund Sancho, hilf mir aus den Kleidern, damit ich sehe, ob ich der Ritter bin, von dem der weise König prophezeit hat."

„Es ist nicht nötig, Euer Gnaden", erwiderte Sancho, „denn ich weiß, daß Ihr mitten auf dem Rücken so ein Mal habt, das einen tapfern Menschen bezeichnet."

„Unter Freunden", sprach Dorothea, „soll man nicht auf Kleinigkeiten achten. Ob nun auf der Schulter oder auf dem Rücken – alles ist doch ein Fleisch. Außerdem sind all die andern Weissagungen eingetroffen. Als ich nämlich bei Osuna ans Land stieg, habe ich so viel von Don Quijotes Taten erzählen hören, daß mir mein Verstand augenblicklich eingab, der und kein anderer sei, den ich aufsuchen müsse.

Ich habe den gnädigen Herrn Don Quijote gefunden, und also bleibt nicht mehr viel zu erzählen", sagte Dorothea. „Seine Höflichkeit hat es versprochen, mir vor die Augen des Pandalifando mit dem schiefen Blick zu folgen, damit er ihn umbringe, und ich sehe mich schon wieder als die Beherrscherin meines Reiches, das mir gegen alles Recht entrissen wurde. So wird es auch eintreffen, denn Tinacrio der Wissende, mein edler Vater, hat es prophezeit und mir zugleich hinterlassen, daß ich mich dem prophezeiten Ritter vermählen soll, sowie er den Riesen enthauptet hat, damit ich ihm mein Königreich übergeben kann."

„Nun, was sagst du, Freund Sancho?" sprach Don Quijote. „Vernimmst du, was vorgeht? Sieh doch, ob mir ein Königreich zur Herrschaft mangelt!"

„Beim Himmel", rief Sancho, „ein Dummkopf, wer sich nicht gleich vermählt, wenn dem Herrn Pandalifando das Gurgelchen abgeschnitten ist! Denn diese Königin ist schön, so wahr ich lebe!" In seiner Freude faßte er Dorotheas Maultier beim Zügel, hielt es an, kniete vor ihr nieder und bat sie, ihm die Hand zum Kuß zu reichen, damit er ihr, seiner Königin und Gebieterin, huldige. Und Dorothea reichte ihm gnädig die Hand und versprach, ihn zu einem großen Herrn zu machen, sobald sie ihr Reich wieder in Ruhe besitze.

„Dies, meine Herren", fuhr Dorothea fort, „ist also meine Geschichte. Es bleibt noch zu sagen, daß mir von allen Leuten, die ich aus dem Königreich mitnahm, bloß der großbärtige Diener hier geblieben ist. Die übrigen ertranken bei einem heftigen Sturm, der uns angesichts des Hafens ergriff; er und ich aber kamen auf zwei Brettern wie durch Wunderwerk ans Land, wie denn mein ganzes Leben voll Wunder und Geheimnis ist. Bin ich nun beim Erzählen in dem einen oder andern nicht ausführlich genug oder zu umständlich gewesen, so denkt daran, daß immerwährende und ungeheure Leiden leicht das Gedächtnis verwirren, wie auch der Herr Pfarrer am Anfang gesagt hat."

„Mir soll es sich nicht verwirren, o erhabene Dame!" rief Don Quijote, „und sollte ich noch so viele große und unerhörte Leiden in Eurem Dienst erdulden müssen. Ich schwöre, bis an das Ende der Welt zu gehen, um

Euren stolzen Feind zu erblicken und ihm das übermütige Haupt herunterzuschlagen. Hab ich es heruntergeschlagen und Euch zum Besitz Eures Landes verholfen, so könnt Ihr wieder tun, was Euch gefällt. Meine Gedanken aber, mein Wille und mein Verstand sind dahin für jene... Ich breche hier ab, jedoch unmöglich ist es mir, auch nur einen einzigen Gedanken an eine Vermählung mit Euch zu haben."

Sancho gefielen die letzten Worte seines Herrn, daß er sich nicht verheiraten wolle, so wenig, daß er im größten Zorne rief: „Bei meiner Seligkeit, Euer Gnaden, mein Herr Don Quijote hat nicht mal Verstand wie ein Pferd! Ist es möglich, daß Ihr Euch auch nur besinnen könnt, ob Ihr die erhabene Prinzessin heiraten sollt? Meint Ihr, das Schicksal läßt Euch hinter jedem Zaun so ein Glück finden, wie es Euch hier von selbst in die Hände läuft? Ist Dulcinea etwa schöner? Ja, hat sich was! Weit davon! Wahrhaftig, sie verdient nicht mal, der da die Schuhriemen aufzulösen! So werde ich wohl meine Grafschaft am Jüngsten Tage erhalten, wenn Ihr immer Bratwürste aus dem Wasser angeln wollt!"

Don Quijote erwiderte kein Wort; in übermäßiger Wut hob er die Lanze und gab Sancho ohne Warnung zwei so gewaltige Schläge, daß der Arme sogleich niederfiel. Ja, gewiß würde Don Quijote Sancho heute umgebracht haben, wenn nicht Dorothea gewesen wäre und für ihn gebeten hätte.

„Denkst du", rief Don Quijote endlich, „du gemeiner Schlingel, daß ich stets die Hände in den Schoß lege, daß es immer deine Rolle sein soll, mich zu beleidigen, wie die meinige, dir zu verzeihen? Denke das ja nicht, feiger Geselle! Weißt du nicht, Dummkopf, Spitzbube, daß, wenn Dulcinea meinem Arm nicht Stärke verliehe, seine Kraft niemals hinreichte, einen Floh zu erschlagen? Wer hat denn, du natternzungiger Flegel, dieses Königreich gewonnen, dem Riesen das Haupt abgeschlagen, dich zum Herrn eingesetzt – und das alles ist ja so gut wie getan, weil es bei mir heißt: ein Wort, ein Mann. Wer also hat es vollbracht, wenn nicht Dulcinea? Sie kämpft in mir, sie siegt in mir! Aber du, Bösewicht, kennst ja keine Dankbarkeit, lohnst es ihr mit Schmähungen!"

Sancho war nicht so betäubt, daß er nicht alle Worte seines Herrn gehört hätte. Mühsam erhob er sich, verkroch sich mit einiger Behendigkeit hinter Dorotheas Maultier, und von dort sprach er zu seinem Herrn: „Sagt doch, Euer Gnaden, wie wollt Ihr denn, wenn Ihr die Königin nicht heiratet, mir meinen Lohn zukommen lassen? Ihr bringt Euch und mich ums Glück! Das ist es, worüber ich mich beklage. Ich sage, verheiratet Euch erst einmal mit der Königin, die wir hier haben, dann können wir weitersehen. Die Schönheit geht mich ja nichts an, und wenn ich die Wahrheit sagen soll, so kommen sie mir beide hübsch vor; denn die Dame Dulcinea habe ich mein Lebtag nicht gesehen."

„Wie, nicht gesehen, Verräter?“ rief Don Quijote. „Hast du mir nicht einen Befehl von ihr überbracht?“

„Ich sage nur, daß ich sie nicht so nahe gesehen habe“, antwortete Sancho, „um ihre Schönheiten genau und Stück für Stück schätzen zu können. Aber in Bausch und Bogen kam sie mir hübsch vor.“

„Nun will ich dir verzeihen“, sprach Don Quijote. „Vergib du mir ebenfalls die Kränkung und denke, daß kein Mensch die ersten Regungen in seiner Gewalt hat.“

„Ja, das sehe ich“, antwortete Sancho. „Bei mir ist die Lust zu reden immer eine erste Regung, und nie kann ich unterlassen, das auszusprechen, was mir in den Mund läuft.“

„Trotzdem“, sprach Don Quijote, „mußt du, mein Sancho, überlegen, was du sprichst. Denn der Krug geht so lange zu Wasser... mehr will ich nicht sagen.“

„Gut, gut“, antwortete Sancho, „es lebt ein Gott im Himmel, der wird entscheiden, wer von uns beiden Böseres tut – ich, wenn ich nicht geziemend spreche, oder Ihr, wenn Ihr unziemlich handelt.“

„Nicht weiter!“ sagte Dorothea. „Geht, Sancho, bittet Euren Herrn um Verzeihung und seid künftig im Loben wie im Tadeln vorsichtiger. Sprecht auch nicht wieder schlecht über diese Dame Toboso und vertraut auf Gott, der Euch gewiß in eine Lage setzen wird, in der Ihr wie ein Prinz leben könnt.“

Sancho schlich mit hängendem Kopf zu seinem Herrn und bat ihn um seinen Segen, und sie waren wieder versöhnt. Darauf sagte Don Quijote, sie beide wollten etwas weiter gehen, weil er Sancho manches zu fragen habe und mit ihm Sachen von der äußersten Wichtigkeit besprechen müsse.

Als sie allein waren, begann Don Quijote: „Seit du zurückgekehrt bist, ist es mir nicht möglich gewesen, dich über einige besondere Umstände deiner Gesandtschaft nach Toboso zu befragen. Versage mir nun nicht länger die Freude, die du mir mit deinen guten Nachrichten schenken kannst.“

„Fragt, Euer Gnaden, was Ihr wollt“, antwortete Sancho. „Aber um eines bitte ich, mein lieber Herr, daß Ihr künftig nicht so rachsüchtig seid.“

„Warum sagst du das, Sancho?“ fragte Don Quijote.

„Ich sage das“, antwortete der, „weil Ihr wissen sollt, daß ich die Dame Dulcinea liebe und verehre wie eine Heilige, wenn auch nicht so sehr ihretwegen wie Euch zu Gefallen.“

„Fang nicht wieder mit solchen Reden an, Sancho“, warnte Don Quijote, „denn sie machen mich böse. Einmal habe ich dir vergeben, aber du kennst das Sprichwort: Auf neue Verbrechen gehören neue Strafen.“

Indem sie dies redeten, bemerkten sie auf einem Esel einen Menschen heranziehen, der, als er näher kam, ein Zigeuner zu sein schien. Sancho

aber, dem die Augen und das Herz aufgingen, wenn er nur einen Esel sah, hatte den Menschen kaum erblickt, als er auch schon den Gines von Pasamonte in ihm erkannte. Und da er sich in dem Zigeuner so wenig verrechnet hatte, kam als zweites Ergebnis seiner Betrachtungen heraus, daß der Graue, auf dem Pasamonte ritt, der seine, Sanchos Esel war.

Ohne sich weiter zu bedenken, lief Sancho los und schrie, so laut er konnte: „Spitzbube! Gineselle, gib meinen Schatz, mein Leben her! Alles hat ein Ende, laß ab von dem Esel, her mit ihm! Lauf, Bösewicht, gib raus, was nicht dir gehört!"

Aber so viele Worte und Schimpfreden waren nicht vonnöten; gleich beim ersten sprang Gines ab und fing so heftig an zu traben, daß er Don Quijote und Sancho im Augenblick aus dem Gesichtskreis entschwunden war.

Sancho ging zu seinem Esel, umarmte ihn und sagte: „Wie ist es dir ergangen, mein Grauer, mein Kamerad?" Und er küßte ihn und liebkoste ihn, als wäre der ein Mensch.

Nach geraumer Zeit, als Sancho über sein großes Glück ein wenig zur Ruhe gekommen war, nahm Don Quijote seinen Schildknappen wieder beiseite, und in der Absicht, endlich zu seinem Gespräch zu kommen, sagte er: „Wir wollen, Freund Sancho, all die Kleinigkeiten unseres Streits dem Winde übergeben. Jetzt sage mir nur ohne Groll, wo, wie und wann fandest du Dulcinea? Was machte sie? Was sagtest du ihr? Was antwortete sie? Welche Miene machte sie, als sie meinen Brief las? Wer hat ihn dir abgeschrieben? Sage alles, was ich wissen muß, ohne etwas hinzuzusetzen, aber auch ohne etwas zu verschweigen."

„Euer Gnaden", antwortete Sancho, „die Wahrheit zu sagen, so hat kein Mensch den Brief abgeschrieben, denn ich hatte gar keinen Brief bei mir."

„Es ist, wie du sagst", sprach Don Quijote. „Die Tafel fand ich zwei Tage nach deiner Abreise. Ich war sehr bekümmert darüber, und immer glaubte ich, du würdest auf der Stelle umkehren, wenn du den Brief vermißtest."

„So wär's gekommen", antwortete Sancho, „wenn ich den Brief nicht im Kopf behalten hätte, wie Ihr ihn mir vorgelesen hattet. So sagte ich ihn aus meinem Gedächtnis Wort für Wort einem Küster, der ihn niederschrieb und mir sagte, daß er zeit seines Lebens, so viele Bannbriefe er auch gelesen, niemals einen so rührenden Brief wie den gesehen habe."

„Und weißt du ihn jetzt noch, Sancho?" fragte Don Quijote.

„Nein, Euer Gnaden", antwortete Sancho. „Da ich ihn hergebetet hatte und sah, daß ich ihn nicht mehr brauchte, übergab ich ihn der Vergessenheit. Auf was ich mich noch besinnen kann, ist das: Mein Närrchen, ich will sagen Monarchin, und zuletzt: der Eurige bis in den Tod, der Ritter von der traurigen Gestalt. Und zwischen den beiden Sachen steckten wohl etliche hundert Seelen, Leben und Schmerzen."

DREIUNDZWANZIGSTES KAPITEL

Enthält das treffliche Gespräch, in dem Sancho Panza seinem Herrn über die Reise zu Dulcinea von Toboso berichtet

„Bis hier bin ich mit dir zufrieden, fahre denn fort", sprach Don Quijote. „Du kamst an, und womit beschäftigte sich gerade die Königin der Schönheit? Gewiß fandest du sie, wie sie Perlen aufreihte oder mit Gold stickte."

„Ich fand sie", antwortete Sancho, „wie sie zwei Scheffel Getreide auf dem Hofe ihres Vaters reinigte."

„Aber du hast bemerkt", sprach Don Quijote, „daß die Körner, die ihre Hände berührten, gleich Perlen schimmerten. Und wenn du es genau beachtet hast, mein Freund, so war das Getreide der feinste Weizen."

„Es war Roggen", antwortete Sancho.

„Aber ich versichere dir", sprach Don Quijote, „daß von dem Roggen, den ihre Hände gesäubert haben, ganz gewiß das feinste Weizenbrot gebacken wird. Doch weiter – du gabst ihr meinen Brief. Machte sie irgendeine Gebärde, die so ein Brief verdient?"

„Als ich ihn ihr geben wollte", antwortete Sancho, „schüttelte sie gerade ein tüchtiges Maß Getreide, und sie sagte mir: ‚Mein Freund, legt den Brief auf den Sack, denn ich kann ihn nicht lesen, bis ich alles durchgesiebt habe.'"

„O verständige Dame", sprach Don Quijote. „Das sagte sie, weil sie ihn allein und für sich lesen wollte. Weiter, Sancho! Während sie in ihrer Beschäftigung fortfuhr, welche Gespräche pflog sie mit dir? Und welche Antworten gabst du? Sage alles, verschweige mir auch nicht das geringste."

„Sie fragte mich gar nichts", sprach Sancho. „Aber ich erzählte ihr, auf welche Weise Ihr Buße tätet zu ihrem Dienste, wie Ihr bis zum Gürtel nackt wie ein wildes Tier in der Wüstenei herumliefet, auf dem Boden schliefet, von keinem Tischtuche äßet, Euch den Bart nicht kämmet und Euer Schicksal verwünschtet."

„Daß ich mein Schicksal verwünschte, darin hast du nicht das Richtige getroffen", entgegnete Don Quijote. „Denn es ist mir erwünscht und wird mir zeit meines Lebens erwünscht bleiben, weil ich eine so hohe Dame lieben darf, wie es Dulcinea von Toboso ist."

„Sie ist hoch, das stimmt", antwortete Sancho, „wohl eine Spanne ist sie größer als ich."

„Aber wie, Sancho", sprach Don Quijote, „hast du dich mit ihr messen können?"

„Ich maß mich auf folgende Art mit ihr", antwortete Sancho. „Ich stand bei ihr und half ihr einen Kornsack auf einen Esel laden; dabei kamen wir uns so nahe, daß ich sehen konnte, wie sie über eine gute Handbreit höher war als ich."

„Eines, Sancho, wirst du nicht leugnen können", sagte nun Don Quijote. „Als du neben ihr standest, empfandest du da nicht einen lieblichen Duft, einen Strom von Wohlgeruch?"

„Was ich darauf antworten kann", sagte Sancho, „ist, daß ich ein Gerüchlein empfand, das von der Arbeit herrühren mochte; denn sie schwitzte."

„Das wird es nicht sein", meinte Don Quijote. „Du bist entweder verschnupft gewesen oder hast dich selbst gerochen. Denn ich kenne wohl den Geruch dieser Rose unter Dornen, dieser Lilie des Feldes. Aber gut", setzte Don Quijote fort. „Sie hat das Getreide gereinigt und zur Mühle geschickt. Was tat sie, als sie meinen Brief las?"

„Den Brief", sagte Sancho, „las sie nicht; denn sie kann weder lesen noch schreiben. Vielmehr riß sie ihn in ganz kleine Stückchen, daß ihn auch kein andrer lesen sollte und man im Dorfe nicht ihre Geheimnisse erführe. Es hat ihr genügt, was ich von Eurer Liebe erzählte und von der Buße, die Ihr ihretwegen getan habt. Am Ende sagte sie mir dann, ich solle Euer Gnaden bestellen, daß sie Euch die Hände küsse, daß sie Euch zu sehen wünsche und Ihr aus der Einsamkeit fortgehen solltet und im Augenblick nach Toboso reiten, wenn Euch nichts Wichtigeres dazwischenkäme."

„Es ist also gut gegangen", sprach Don Quijote. „Aber sage mir, welche Kostbarkeit hat sie dir für die guten Nachrichten von mir beim Abschied verehrt? Denn es ist ein alter Brauch unter den fahrenden Rittern und Damen, daß sie den Schildknappen, Jungfrauen oder Zwergen, die die Botschaften bringen, zum Lohn und Dank ein Kleinod schenken."

„Ich halte das auch für eine schöne Gewohnheit, aber so muß es wohl nur in früheren Zeiten gewesen sein, denn jetzt ist Brauch, ein Stück Brot und Käse zu verehren. Dies jedenfalls reichte mir die Dame Dulcinea über die Hofmauer, und, um es noch genauer zu sagen, es war Schafkäse."

„Sie ist fürstlich freigebig", sprach Don Quijote. „Wenn sie dir nicht ein goldenes Kleinod gab, so gewiß deshalb, weil sie gerade keins bei der Hand hatte. Aber auch nach dem Sonntag schmeckt der Braten gut – ich werde sie sehen, und alles wird in seine Ordnung kommen. Weißt du aber, Sancho, worüber ich mich wundere? Du mußt wohl durch die Luft hin- und zurückgekommen sein, denn deine Reise hat kaum drei Tage gedauert, obgleich es bis Toboso über dreißig Meilen sind. Ich denke mir, irgendein weiser Freund hat dich im Fluge davongeführt, ohne daß du es bemerkt hast."

„So wird's auch sein", sagte Sancho. „Denn wahrlich, Rosinante lief wie ein Zigeuneresel, der Quecksilber in den Ohren hat."

VIERUNDZWANZIGSTES KAPITEL

Wiedersehen mit einem Opfer der Rittertaten des Don Quijote

Zu Sanchos Erleichterung rief jetzt Meister Niklas, der Barbier, daß sie ein wenig anhalten möchten, weil er aus einem Bach trinken wollte, der in der Nähe floß. Don Quijote war damit zufrieden, noch mehr aber Sancho, der es schon müde war, so viel zu lügen, und immer befürchtete, sein Herr werde ihn ertappen. Denn wenn er auch wußte, daß Dulcinea eine Bäuerin in Toboso war, so hatte er sie doch nie gesehen.

Sie lagerten bei der Quelle und stillten ihren großen Hunger aus dem kleinen Vorrat, den der Pfarrer von der Schenke mitgenommen hatte. Als sie noch friedlich beisammensaßen, kam ein Bursche des Wegs, stand still und beschaute sie sehr aufmerksam.

Dann lief er auf Don Quijote zu, umfaßte seine Knie und begann von Herzen zu weinen und sagte: „Ach, gnädiger Herr! Kennt Ihr mich nicht mehr? Seht mich nur recht an, ich bin Andres, den Ihr von der Eiche losgemacht habt, wo ich festgebunden war."

Don Quijote erkannte ihn, nahm ihn bei der Hand, wandte sich zu den übrigen und sprach: „Nun seht Ihr, meine lieben Gefährten, wie nötig fahrende Ritter in der Welt sind, die das Unrecht, das schlechte und boshafte Menschen verüben, gutmachen. Als ich in vergangenen Tagen an einem Gebüsch vorüberzog, hörte ich ein Geschrei und eine klagende Stimme, wie von einem sehr betrübten und hilfsbedürftigen Menschen. Ich eilte hinzu und fand diesen Jüngling, den Ihr hier seht, an eine Eiche gebunden und bis zum Gürtel entkleidet. Und er mußte häufige Streiche von einem Bauern erdulden, der, wie ich nachher erfuhr, sein Herr war. Ich fragte den Bauern nach der Ursache seines schändlichen Verfahrens. Der Lümmel antwortete, daß er ihn geißele und das Recht dazu habe; denn der Junge sei sein Knecht und habe sich mehr aus Bosheit als Dummheit Unachtsamkeiten zuschulden kommen lassen. Aber dies Kind sprach: ‚Gnädiger Herr, er schlägt mich, weil ich meinen Lohn gefordert habe', worauf ich befahl, ihn loszubinden, und dem Bauern einen Eidschwur abnahm, daß er ihn mit sich nehmen und den Lohn bezahlen solle, Real auf Real, noch dazu mit Zins und Zinseszins."

„Was der gnädige Herr erzählt, ist wahr", antwortete der Bursche. „Aber dann kam es ganz anders."

„Wie anders?" fragte Don Quijote. „Bezahlte es dir der Bauer nicht augenblicklich?"

„Nicht nur, daß er nicht zahlte", antwortete der Bursche. „Sowie Ihr den Busch verlassen hattet und wir allein waren, band er mich wieder an die Eiche und prügelte mich so sehr, daß ich kaum mehr stehen konnte. Und bei jedem Streich, den er mir gab, machte er einen Witz über Euch, daß ich hätte lachen müssen, wenn er mir nicht gar so weh getan hätte. Kurz, er richtete mich derart zu, daß ich bis jetzt habe im Spital liegen müssen. Und an all dem habt Ihr die Schuld, denn wäret Ihr ruhig Eure Straße gezogen und nicht hingekommen, wo Euch keiner rief, hättet Euch nicht in fremde Angelegenheiten eingemischt, so hätte sich mein Herr mit ein oder zwei Dutzend Schlägen begnügt, mich dann losgemacht und bezahlt, was er schuldig war. Aber da Ihr ihn ohne Not so hart beschimpft hattet, wurde er böse. Und weil er seine Rache nicht an Euch auslassen konnte, brach das Unwetter über mich los, und zwar so gewaltig, daß ich es gewiß mein ganzes Leben lang nicht verwinden werde."

„Der Fehler liegt darin“, sagte Don Quijote, „daß ich fortging. Ich hätte nicht eher gehen sollen, als bis du deinen Lohn gehabt hast. Denn wieder sehe ich, daß ein gemeiner Mensch nie sein Wort hält, wenn er nicht sieht, daß es ihm Vorteil bringt. Aber du wirst dich erinnern, Andres, wie ich schwur, daß ich, falls er seinen Eid bräche, ihn suchen und finden wolle, selbst wenn er sich im Bauch eines Walfisches verborgen hielte.“

„Das ist wahr“, sagte Andres. „Aber was hilft es mir?“

„Du sollst sehen, ob's hilft“, sprach Don Quijote, stand alsbald auf und befahl Sancho, Rosinante aufzuzäumen, die weidete, indes sie aßen.

Da fragte ihn Dorothea, was er vorhabe. Er antwortete, daß er den Bauern aufsuchen wolle, um ihn zu züchtigen und Andres' Lohn zu holen. Doch sie bat ihn, sich seines Versprechens zu erinnern, daß er sich in kein neues Abenteuer einlassen wolle, bis er ihr Reich zurückgewonnen habe.

„So sei es“, antwortete Don Quijote. „Da muß Andres sich bis zu meiner Wiederkehr gedulden. Aber ich schwöre noch einmal, daß ich nicht eher rasten werde, bis er gerächt ist.“

„An die Schwüre glaube ich nicht“, sagte Andres. „Mir wäre jetzt auch eine kleine Gabe lieber, damit ich nach Sevilla komme. Wenn Ihr wollt, so gebt mir etwas zu essen und sonstein Geschenk, und dann mögt Ihr und alle fahrenden Ritter mit Gott gehen, und Euer Fahren mag Euch so bekommen, wie es mir bekommen ist."

Sancho nahm etwas Brot und ein Stück Käse aus dem Beutel und reichte es dem Jungen.

Andres ergriff das Brot und den Käse, und als er sah, daß man ihm nichts weiter geben wolle oder könne, ließ er den Kopf hängen und nahm, wie man sagt, den Weg zur Hand. Aber freilich, ehe er sich abwandte, richtete er noch folgende Worte an Don Quijote: „Ich bitte Euch um Himmels willen, Herr fahrender Ritter, wenn Ihr mich wieder einmal findet und man selbst dabei wäre, mich in Stücke zu hauen, so kommt mir ja nicht zu Hilfe, sondern überlaßt mich meinen Leiden. Denn die werden nie so groß sein, daß ich mit ihnen nicht besser führe als mit der vermaledeiten Hilfe von Euer Gnaden, den Gott verwünsche sowie alle fahrenden Ritter, die je auf der Welt gewesen sind."

Don Quijote wollte sich erheben und auf ihn losstürzen. Aber Andres lief so schnell über den Rasen fort, daß ihn keiner hätte einholen können. Don Quijote raste über das Benehmen des Jungen, und seine Begleiter mußten sich sehr in acht nehmen, nicht zu lachen, damit er nicht völlig von Sinnen käme.

FÜNFUNDZWANZIGSTES KAPITEL

Handelt von dem glorreichen Kampf, den Don Quijote mit einigen Schläuchen roten Weines ausfocht

Als sie nach dieser ungemütlichen Unterbrechung ihre Mahlzeit beendet hatten, stiegen sie wieder auf ihre Tiere. Ohne daß ihnen etwas der Erzählung Würdiges zustieß, erreichten sie am folgenden Tage die Schenke, in die Sancho Panza nun doch einkehren mußte, so ungern er es auch tat.

Der Wirt, die Wirtin, ihre Tochter und Maritorne, die Don Quijote und Sancho kommen sahen, gingen ihnen entgegen und begrüßten sie mit Späßen; der Ritter aber nahm den Gruß mit Ernst und Strenge an und bat, sie möchten ihm eine bessere Ruhestatt als jüngst bereiten. Die Wirtin antwortete nur, daß, wenn er besser als jüngst bezahle, sie ihn wie einen Fürsten betten wollten. Und sie machten ihm im selben Schuppen ein erträgliches Lager zurecht. Er legte sich sogleich nieder; denn er war sehr müde und matt am Verstande angelangt. Es dauerte nicht lange, da folgte Sancho ihm nach. Der übrige Teil der kleinen Gesellschaft blieb an diesem Tage mit den Wirtsleuten und anderen Gästen der Schenke noch lange beieinander.

Es ging schon auf den Abend, als Sancho Panza aus dem Schuppen, in dem Don Quijote schlief, mit großem Tumult herausstürzte und schrie: „Kommt, meine Herren, schnell, schnell, kommt Don Quijote zu Hilfe, der in der fürchterlichsten und gräßlichsten Schlacht begriffen ist, die meine Augen jemals gesehen haben! Er hat, bei Gott, dem Riesen einen Hieb gegeben, dem Feinde von unserer Mikomikonischen Prinzessin, daß dem der Kopf mir nichts, dir nichts wie eine Rübe heruntergerutscht ist."

„Was sagst du, Freund? Bist du denn bei Sinnen, Sancho?" erwiderte der Pfarrer. „Wie, zum Teufel, sollte das möglich sein, wo sich der Riese zweitausend Meilen von hier befindet?"

Doch zugleich hörten sie einen gewaltigen Lärm, und darüber die Stimme des Don Quijote: „Wehre dich, Mörder, Spitzbube, jetzt hab ich dich und werde dein Schwert nicht fürchten!" Und es klang, als schlüge er wuchtig gegen die Wände.

„Wir müssen hineingehen", flehte Sancho, „und den Kampf auseinanderbringen oder meinem Herrn beistehen, was aber wohl nicht nötig sein wird, denn der Riese ist gewiß schon tot. Ich habe nämlich das Blut über die Erde laufen sehen, und der Kopf hing herunter auf der einen Seite und war so erschrecklich wie ein großer Weinschlauch."

„Hol mich der Teufel!" rief augenblicklich der Wirt, „wenn Don Quijote oder Don Beelzebub nicht gegen die Weinschläuche prügelt, die ihm zu Köpfen stehn. Und der Wein ist gewiß das, was dieser Tölpel für Blut gehalten hat." Er lief sogleich in den Schuppen, und die übrigen folgten ihm, wo sie Don Quijote in dem allerwunderlichsten Aufzuge fanden.

Er stand in einem Hemd, das nicht einmal die Knie bedeckte, hinten aber noch um eine Handbreit kürzer war. Daraus staken die Beine hervor, lang und dürr, rauh mit Haaren bewachsen und nicht ganz rein. Auf dem Kopf trug er eine völlig verschmutzte Nachtmütze, die dem Wirte gehörte. Der linke Arm hatte sich in einem Bettuch verfangen, und in der Rechten hielt er das entblößte Schwert, mit dem er nach allen Seiten um sich hieb und dabei Worte sprach, als wäre er wahrhaftig in einem Kampf gegen Riesen. Das seltsamste aber war, daß er die Augen fest geschlossen hielt; denn er schlief und träumte, er sei bereits im Mikomikonischen Königreich, und angesichts seines Feindes schlug er unzählige Male auf die Schläuche ein, so daß bereits der ganze Schuppen mit Wein überschwemmt war.

Als der Wirt dies gewahr wurde, packte ihn eine unbeschreibliche Wut. Er rannte gegen Don Quijote und setzte ihm dermaßen mit derben Faustschlägen zu, daß der Pfarrer ihn zurückreißen mußte. Aber von all dem erwachte der arme Ritter doch noch nicht. Erst wie der Barbier ihm einen großen Kübel frischen Wassers über den Leib schüttete, kam er allmählich zu sich.

Indessen lief Sancho herum und suchte allenthalben den Kopf des Riesen, und da er ihn nicht fand, sagte er: „Dies Haus muß verzaubert sein, kann ich doch nirgends den Kopf finden, der vor meinen eigenen Augen heruntergeschlagen wurde, daß das Blut aus dem Körper wie ein Strom herauslief."

„Was für Blut und was für ein Strom!" rief der Wirt. „Siehst du Spitzbube denn nicht, daß Blut und Strom aus den durchlöcherten Schläuchen gekommen ist und daß der rote Wein in der Stube schwimmt, obgleich ich

lieber möchte, daß die Seele dessen in der Hölle schwimmt, der mir das angetan hat?"

„Ich begreif's nicht", antwortete Sancho, „nur das begreif ich, daß ich ein rechter Unglücksmensch bin. Denn wenn wir den Kopf nicht finden, so ist mir meine ganze Grafschaft verregnet."

So war Sancho im Wachen noch besessener als sein Herr im Schlafen: Derart hatten ihn die Versprechungen seines Herrn betört.

Der Wirt wollte toll werden, als er sah, wie kaltblütig Sancho über die Missetaten seines Gebieters dachte. Und er nahm sich vor, daß sie ihm selbst die Flicken vergüten sollten, die er würde auf die zerstochenen Schläuche setzen müssen.

Der Pfarrer hielt Don Quijote bei den Händen, der glaubte, daß er das Abenteuer beendet habe und sich vor der Mikomikonischen Prinzessin befände und daher niederkniete und zum Pfarrer sprach: „Nunmehr mag Eure Hoheit in Sicherheit leben, denn kein Übel vermag Euch die Kreatur hinfort zuzufügen; auch bin ich von Stund an meines Versprechens ledig. Es ist vollbracht."

„Hab ich's nicht gesagt?" rief nun Sancho. „Ich war doch nicht betrunken, mein Herr hat dem Riesen richtig eins gepfeffert, und mir ist die Grafschaft so sicher wie eine Bratwurst."

Wer hätte nicht über diese beiden Narren, den Diener und seinen Herrn, lachen müssen? Alle lachten auch, nur der Wirt nicht, der des Teufels werden wollte.

Endlich, unter großer Anstrengung, gelang es dem Barbier und dem Pfarrer, Don Quijote wieder ins Bett zu bringen, wo er auch äußerst erschöpft bald einschlief. Sie ließen ihn schlafen und gingen, um Sancho zu trösten, der den Verlust des Riesenkopfes nicht verwinden konnte. Aber sie hatten weit mehr zu tun, den Wirt zu besänftigen, der über die plötzliche Ermordung seiner Schläuche verzweifeln wollte, und die Wirtin heulte mit lauter Stimme: „Du verfluchte Unglücksstunde, in der dieser fahrende Ritter in unser Haus gekommen ist, o hätten ihn meine Augen niemals gesehen, da er mir so große Leiden macht! Kommt seinetwegen der Herr her, nimmt mir meinen Schwanz weg und bringt ihn mir nicht ein Viertel so gut wieder, denn er ist ganz zerpflückt und taugt zu nichts mehr. Dann werden meine Schläuche zerstochen und mein Wein verschüttet, o könnte ich dafür nur sein Blut verschüttet sehn! Aber bei den Gebeinen meines Vaters und dem Leichnam meiner Mutter, er soll mir alles bis auf den letzten Pfennig bezahlen, oder ich will meinen ehrlichen Namen verlieren!"

So klagte die Wirtin in höchstem Grimm, und die wackre Magd Maritorne stand ihr redlich bei. Die Tochter schwieg und lachte von Zeit zu Zeit heimlich für sich selber. Der Pfarrer versprach, allen Verlust zu ersetzen, soweit er dazu imstande sei, sowohl was die Weinschläuche angehe, besonders aber den verdorbenen Schwanz, von dem so viel gesprochen werde.

Dorothea redete Sancho Panza gut zu und sagte, wenn sein Herr wahrhaftig dem Riesen den Kopf heruntergehauen habe, dann wolle sie ihm die schönste Grafschaft geben, sobald nur wieder Frieden in ihrem Reiche sei.

Das tröstete Sancho endlich, und er erzählte ihr, er habe sich den Kopf genau angesehen. Da sei ein Bart dran, der bis zum Gürtel reiche. Und wenn man den Kopf jetzt nicht finden könne, so komme das daher, weil in diesem Hause alles durch Zauberei geschehe.

SECHSUNDZWANZIGSTES KAPITEL

Enthält die Fortsetzung
von der Geschichte der Prinzessin Mikomikona

Indem rief der Wirt, der in der Schenkentür stand: „Da kommt ein schöner Trupp gezogen. Wenn die hier einkehren wollen, werden wir wahrhaft vornehme Gesellschaft kriegen!“

„Was sind es für Leute?“ fragte der Barbier.

„Vier Männer“, antwortete der Wirt, „die reiten zu Pferde. Sie führen Lanze und Schild, und ihnen folgen zwei Burschen zu Fuß.“

„Sind sie nahe?“ fragte der Pfarrer.

„So nahe“, antwortete der Wirt, „daß sie bereits da sind.“

Da traten die vier auch schon herein, wie der Wirt sie beschrieben hatte: Reiter von sehr feinem Aussehen. Die Burschen brachten indes die Pferde in den Stall.

Der Pfarrer, der gern wissen wollte, was für Leute es seien, ging den Burschen nach und befragte einen von ihnen.

Der antwortete: „Bei meiner Seele, Herr, ich kann Euch nicht sagen, wer die Leute sind. Nur das weiß ich, daß sie von hohem Stande sind, besonders der eine. Die andern erweisen ihm nämlich große Achtung, und es geschieht auch alles nach seinen Befehlen.“

„Und habt Ihr den Namen von keinem gehört?“ fragte der Pfarrer weiter.

„Durchaus nicht“, antwortete der Bursche, „denn sie reisen in solcher Stille, daß es zum Erstaunen ist.“

Der Pfarrer dankte dem Burschen und begab sich wieder in die Gaststube. Dort fand er alles wie zuvor, zwischen den vier Reitern jedoch war ein heftiges Gespräch mit dem Wirt im Gange, von dem sie ein bequemes Nachtquartier forderten, was er aber, wie man weiß, nicht geben konnte.

Vom Klange der Stimmen angelockt, näherte sich Dorothea neugierig der Gruppe. Doch als sie das Gesicht desjenigen gewahrte, von dem der Bursche dem Pfarrer gesagt hatte, er sei der Vornehmste, erschrak sie zu Tode, und sie wäre wohl ohnmächtig niedergesunken, wenn der Barbier sie nicht in seinen Armen aufgefangen hätte. Denn der Herr war kein andrer als Don Fernando, ihr Geliebter, dem sie im gleichen Augenblick, wo sie ihn sah, alle ihre Leiden verzieh. Es dauerte jedoch nicht lange, da hatte sie sich wieder erholt. In ihrer Verzweiflung nahm sie all ihren Mut zusammen, trat zu Don Fernando und hob an zu sprechen: „Wenn du, mein Geliebter, mich liebst, wie ich dich liebe, so hast du schon gesehen, daß ich die unglückliche Dorothea bin, das arme Bauernmädchen. Du findest mich in dieser Schenke durch das Unglück, das deine Liebe über mich gebracht hat.“ Und nun erzählte sie Don Fernando, wie sie gelitten hatte, bis sie dem Pfarrer und seinem Freund im Walde begegnet war, die sie baten, mit ihnen zu gehen.

Don Fernando, dem die kluge Dorothea so schön wie nie erschien, nahm sie, von ihrer Treue überwältigt, bei den Händen und bat sie von Herzen, sie möchte mit ihm gehen und seine Gemahlin werden. Dann umarmte er sie, und so war das Glück der Dorothea vor allen Gästen der Schenke beschlossen.

Aus seinem stillen Winkel heraus hatte Sancho mit dem tiefsten Schmerze seiner Seele angehört, was vorging; er sah seine Hoffnungen auf eine Herrschaft schwinden und in den Brunnen fallen, sah, wie sich die treffliche Mikomikonische Prinzessin in eine Dorothea und der Riese in einen Don Fernando verwandelten. Und währenddessen schlief sein Herr, ohne an etwas Böses zu denken.

Dorothea konnte sich immer noch nicht versichern, ob ihr Glück nicht etwa nur ein Traum sei, und Don Fernando dankte für die Gnade, die ihn Dorothea hatte wiederfinden lassen. Kurz, alle, die in der Schenke waren, waren sehr zufrieden und über den glücklichen Ausgang vergnügt, den alle Leiden und Widerwärtigkeiten genommen hatten. Am meisten aber frohlockte die Wirtin, weil ihr der Pfarrer versprochen hatte, den Schaden, welchen sie um Don Quijotes willen erlitten, mit Zinsen zu ersetzen.

Nur Sancho war, wie gesagt, betrübt, mutlos und niedergeschlagen, und in seiner Schwermut trat er zu seinem Herrn, der eben aufgewacht war, und sagte: „Ihr könnt nun, gnädiger Herr traurige Gestalt, so lange schlafen, wie Ihr Lust habt, ohne Euch um einen Riesen zu kümmern oder um eine Prinzessin, die Ihr in ihr Reich einsetzen wolltet. Denn alles ist schon getan und vollbracht.“

„Das glaube ich wohl“, antwortete Don Quijote, „denn ich habe mit dem Riesen die schrecklichste Schlacht gehalten, die ich zeit meines Lebens zu halten gedachte. Mit einem Hiebe, schwapp! warf ich ihm den Kopf auf die Erde, daß das Blut wie Wasser wegströmte.“

„Daß es wie roter Wein strömte, solltet Ihr richtiger sagen“, antwortete Sancho. „Denn der umgebrachte Riese ist ein zerstochener Schlauch, das Blut war einhundert Kannen roter Wein, und alles zusammen mag der Satan holen!“

„Was spricht der Narr?“ erwiderte Don Quijote. „Bist du bei Sinnen?“

„Steht nur auf“, sagte Sancho, „so werdet Ihr die schöne Bescherung sehen, die Ihr angerichtet habt, und was wir alles zu bezahlen haben, und wie sich die Königin in eine gewöhnliche Dorothea verwandelt hat, nebst anderen Begebenheiten, die Euch in Erstaunen setzen sollen.“

„Nun wohlauf, Gott wird uns beistehen“, sagte Don Quijote. „Gib mir meine Kleider, und ich will alsbald hinaustreten und all die Begebenheiten und Verwandlungen ansehen, von denen du sprichst.“

Sancho half ihn ankleiden, und während dies geschah, erzählte der Pfarrer dem Don Fernando und den übrigen von den närrischen Einbildungen des Don Quijote und welche List sie gebraucht hätten, um ihn aus dem Gebirge zu locken. Aber da Dorothea nun verhindert sei, ihren Plan weiter durchzuführen, müsse man etwas Neues ersinnen, um Don Quijote in seine Heimat zurückzubringen.

Doch davon wollte Don Fernando nichts hören. „Ich will“, sagte er, „daß Dorothea ihre Rolle fortsetzt; denn wir haben es von hier nach dem Wohnort des guten Ritters nicht weit, und mir wird es ein Vergnügen sein, zu seinem Wohle beizutragen.“

„Seine Heimat ist nur zwei Tagereisen entfernt.“

„Wenn sie auch weiter entfernt läge, würde ich doch mit Freuden den Weg machen, um dies gute Werk zu vollbringen.“

Da trat Don Quijote herein, in voller Rüstung, mit dem zerschlagenen Helm des Mambrin auf dem Haupt, am Arm den Schild und die Lanze in der Hand. Don Fernando und die übrigen betrachteten verwundert sein höchst seltsames Aussehen: das Gesicht, das wohl eine halbe Meile lang und dürr und bleich war, die zusammengestoppelten Waffenstücke und sein gemessenes Betragen. Sie schwiegen, gespannt, was er sagen würde.

Don Quijote aber, die Augen unablässig auf die schöne Dorothea gerichtet, sagte in feierlichem Ernst: „Ich habe, schöne Dame, von meinem Schildknappen erfahren, daß Ihr Euer Königreich preisgegeben und Euch in eine gewöhnliche Jungfrau verwandelt habt. Ist das auf Befehl Eures weisen Vaters geschehen, weil er fürchtete, daß Ihr von mir nicht die nötige Hilfe erhalten könntet, so sage ich: Es ist nichts Besonderes, ein Rieslein

totzumachen, sei es auch noch so trotzig. Denn es ist gar nicht lange her, seit ich mit ihm etwas vorhatte und … Ich will schweigen, damit man mich nicht Lügen strafe; doch die Zeit, die Entdeckerin aller Dinge, wird es enthüllen, wenn man es am wenigsten denkt."

„Mit zwei Schläuchen hattet Ihr etwas vor", rief der Wirt dazwischen, aber Don Fernando gebot ihm Stillschweigen.

So fuhr Don Quijote fort: „Ich sage darum, erhabene Herrscherin, wenn Eure Verwandlung auf mangelndem Vertrauen Eures Vaters zu mir beruht, so sollt Ihr ihm keinen Glauben schenken. Denn es gibt keine Gefahr auf Erden, durch die mein Schwert nicht einen Weg bahnen könnte."

Ruhig erwartete Don Quijote die Antwort der Prinzessin. Und Dorothea, die Don Fernando die Freude machen wollte, sagte in dem gleichen feierlichen Ernst, in dem Don Quijote gesprochen hatte: „Wer immer, tapferer Ritter von der traurigen Gestalt, Euch dies hinterbracht hat, der hat nicht die Wahrheit berichtet; denn die ich gestern war, bin ich noch heute. Freilich hat sich eine gewisse Veränderung mit mir zugetragen, und ich habe etwas Besseres erlangt, als ich mir wünschen konnte. Doch, wie ich es vor Tagen beabsichtigte, will ich mich auch jetzt noch Eurer Kraft und Stärke bedienen. Erweist meinem Vater auch weiterhin die Ehre, ich bitte Euch, und haltet ihn für einen klugen und vorsichtigen Mann; denn durch seine Wissenschaft habt Ihr einen leichten und zuverlässigen Weg erfahren, wie

Ihr mich aus meinen Leiden erlösen könnt. Was wir nun tun müssen, ist, uns morgen auf den Weg zu machen, weil wir heute nicht mehr weit reisen könnten, und dann will ich mein Glück in Eure Hände geben."

Als Don Quijote dies vernommen hatte, wandte er sich im Zorn zu Sancho und redete heftig auf ihn ein: „Jetzt sag ich, Sanchobestie, du bist der größte Erzspitzbube, der in Spanien lebt! Hast du mir nicht erzählt, daß die Prinzessin in eine Dorothea verwandelt wäre, und andere Tollheiten, die mich in die größte Verwirrung gebracht haben, in der ich mich zeit meines Lebens befand? Ich schwöre, daß ich dir das Lügen austreiben will und Grütze in deinen Kopf bringen!"

„Beruhigt Euch doch, Euer Gnaden", antwortete Sancho, „es kann ja sein, daß mir mit der gnädigen Mikomikonischen Prinzessin ein Irrtum zugestoßen ist. Was aber den Kopf des Riesen ..."

„Laßt ab, Sancho", sagte Don Fernando, gerade rechtzeitig, um den neu aufflammenden Streit einzudämmen. „Sprecht nicht weiter. Und da die Prinzessin will, daß morgen gereist werde, soll es so geschehen. Wollen wir diese Nacht bis zum Tagesanbruch in guter Eintracht miteinander zubringen und dann Don Quijote begleiten, um Zeuge seiner tapfern und unerhörten Taten zu werden."

Mittlerweile war Essenszeit geworden, und der Wirt hatte auf Bitten Don Fernandos mit aller Sorgfalt einen breiten Wandtisch gedeckt, denn einen frei stehenden runden oder viereckigen Tisch gab es nicht in der Schenke. Der vornehmste Platz wurde, sosehr er sich auch weigerte, Don Quijote gegeben, der, da er ihr Beschützer sei, die Mikomikonische Fürstin an seiner Seite haben wollte. Dann folgten Don Fernando und die übrigen Ritter und schließlich der Pfarrer und der Barbier. Sie aßen sehr vergnügt und hörten lange nicht auf und saßen in munteren Gesprächen beisammen, bis sie gewahr wurden, daß die Nacht über die Hälfte verflossen war.

Da erbot sich Don Quijote, die Wacht vor der Schenke zu übernehmen, damit, wie er sagte, kein Riese einen Angriff wage, gierig nach den großen Schätzen, die in der Burg verschlossen seien. Die Gesellschaft kannte die seltsamen Vorstellungen des Don Quijote zur Genüge; so nahm sie mit Dank und Freuden an.

SIEBENUNDZWANZIGSTES KAPITEL

Wie es zuging, daß Don Quijote eine halbe Nacht verzaubert an einem Strick hing

Bald herrschte in der Schenke tiefes Schweigen. Nur die Tochter der Wirtin und die Magd Maritorne konnten nicht einschlafen. Und damit die Zeit schneller verliefe, nahmen sich die beiden vor, mit Don Quijote ihren Spaß zu treiben, der draußen vor der Schenke zu Pferde und in Rüstung Wache hielt.

Die Mädchen begaben sich zu einer Luke des Dachbodens, von wo sie Don Quijote beobachteten, der, auf seine Lanze gestützt, von Zeit zu Zeit so schmerzlich tiefe Seufzer ausstieß, als wollte ihm mit jedem die Seele entweichen. Und dann hörten sie, wie er mit feierlich-singender Stimme klagte: „O du meine Gebieterin Dulcinea von Toboso, du Krone aller Schönheit, allen Witzes und allen Verstandes. Du Inbegriff alles Schönen und Edlen, das in der Welt ist! Was beginnt jetzt deine Hoheit? O gib du mir Nachricht von dir."

So weit war Don Quijote gekommen, als die Tochter der Wirtin ihn leise anrief und ihn bat, heranzukommen.

Don Quijote wandte das Haupt, und beim Scheine des vollen Mondes sah er, wie man aus der Luke nach ihm winkte. Aber die Luke schien ihm ein Fenster zu sein, sogar eines mit vergoldetem Gitter, so wie es einer reichen Burg zukommt; denn daß auch diese Schenke eine Burg sei, daran zweifelte er in keiner Sekunde. So bildete er sich leicht ein, daß die, die dort winkte, die Tochter der Burgfrau und im Begriffe sei, ihm ihre Liebe zu gestehen.

Don Quijote wollte keinesfalls für unhöflich und undankbar gelten; deshalb lenkte er Rosinante zu der Luke, und sowie er die beiden Mädchen gewahrte, sprach er: „Ich bedaure Euch, schöne Dame, daß Ihr Eure verliebten Gedanken an mich wendet, der ich sie niemals erwidern kann; denn eine andere ist die Beherrscherin meiner Seele. Verzeiht mir, edle Dame, und begebt Euch in Euer Gemach zurück. Doch habt Ihr an mich einen andern Wunsch als den, daß ich Eure Liebe erwidere, so sagt ihn. Ich schwöre Euch, ich will ihn erfüllen, verlangtet Ihr selbst Strahlen der Sonne in einer Flasche."

„So was hat meine Dame nicht nötig", sagte Maritorne.

„Was hat Eure Dame dann nötig?" fragte Don Quijote.

„Nur eine von Euren schönen Händen", sagte Maritorne, „aber rasch. Wenn nämlich ihr Herr Vater sie hier bemerkte, würde er ihr wenigstens die Ohren abreißen."

G. GOSSMANN

„Davon soll er ja die Finger lassen“, sagte Don Quijote drohend, „wenn er nicht das allerschrecklichste Ende nehmen will, das je ein Vater auf der Welt genommen hat.“

In der Gewißheit, daß Don Quijote die verlangte Hand reichen werde, ging Maritorne in den Stall hinunter, langte sich einen Strick und war bereits wieder zur Stelle, als Don Quijote eben Rosinantes Sattel erklettert, die Hand hingereicht hatte und sagte: „Hier habt Ihr meine Hand, Fräulein, den Schrecken aller Bösewichter, damit Ihr ihre Sehnen betrachten könnt und die Festigkeit der Muskeln.“

„Das wollen wir gleich sehen“, sagte Maritorne, knüpfte eine Schlaufe in den Strick, warf ihm die ums Handgelenk, und als sie sich von der Luke entfernten, band sie das Ende des Strickes sehr fest an eine Tür. Als dies geschehen war, mußten die beiden Mädchen sich schleunigst davonmachen; denn nun konnten sie das Lachen nicht länger unterdrücken.

Don Quijote aber hatten sie in einer Weise zurückgelassen, daß er sich unmöglich befreien konnte. Er stand, wie gesagt, mit den Füßen auf Rosinante, den straff festgebundenen Arm nach der Luke hinaufgereckt. Als er nun merkte, daß die Mädchen gegangen waren, er jedoch seine Hand nicht ablösen konnte, verfiel er auf den Gedanken, den Sancho ihm eingegeben hatte: daß nämlich in dieser Burg ein Zauberer herrsche, der ihnen übel gesonnen sei und all ihre guten Taten und Absichten sofort zunichte mache. So stellte er sich denn vor, daß er selber jetzt verzaubert sei.

Er zog indes immer an seinem Arme, um zu sehen, ob er ihn nicht losmachen könne; aber er war gut befestigt, und alle Versuche blieben vergeblich. Er arbeitete mit der größten Behutsamkeit, damit Rosinante nicht in Bewegung käme und er vom Sattel abglitte. Doch soviel Mühe er sich auch gab, in eine halbwegs bequeme Lage zu kommen – er war gezwungen, auf den Füßen zu bleiben oder sich die Hand abzureißen. Jetzt war es Zeit, sich das Schwert des Amadis zu wünschen, gegen das kein Zauber Gewalt hatte; jetzt war es Zeit, sein Schicksal zu verfluchen; jetzt war es Zeit, nach seinem getreuen Schildknappen Sancho Panza zu rufen, der unbekümmert im tiefsten Schlafe neben seinem Esel lag.

Endlich kam der Morgen herauf, und er fand einen Don Quijote, der in Verzweiflung und Verwirrung wie ein Stier brüllte, weil er nicht glaubte, daß sein Ungemach mit dem Tage enden werde. Und als besonderer Beweis für seine Annahme galt ihm die Tatsache, daß Rosinante, seit das Unglück geschah, auch nicht den winzigsten Schritt getan hatte.

ACHTUNDZWANZIGSTES KAPITEL

In dem der Zweifel über Mambrins Helm aufgeklärt wird

Don Quijote schrie in der Tat so gewaltig, daß endlich der Wirt und alle Gäste erschrocken von ihrem Lager auffuhren und vor die Schenke traten, zu sehen, woher das gräßliche Brüllen komme. Maritorne, die ebenfalls wach geworden war, konnte sich die Ursache wohl denken. Deshalb lief sie gleich zur Luke, machte unbemerkt den Strick los, und alsbald fiel Don Quijote vor den Augen des Wirts und der Gäste auf die Erde nieder. Sie fragten ihn neugierig, weshalb er geschrien habe; er aber blickte sie nur an, streifte sich den Strick von der Hand und sagte kein Wort.

Sie hatten nicht lange so gestanden, als ein Barbier des Wegs kam und beschloß, in die Schenke einzukehren. Und der Teufel, der nie schläft, richtete es ein, daß dieser Barbier eben derjenige war, dem Don Quijote den Helm des Mambrin abgenommen hatte.

Der Barbier zog seinen Esel in den Stall und sah dort Sancho Panza, der als einziger, im Schutze seines Grauen, Don Quijotes Entzauberung verschlafen hatte.

Sowie der Barbier Sancho bemerkte und erkannte, geriet er in heftige Wut und griff ihn unverzüglich mit folgenden Worten an: „Ha! du Spitzbube! finde ich dich hier wieder? Her mit meinem Bartbecken, das ihr mir gestohlen habt!“

Sancho, der nicht gleich wußte, wer ihn beschimpfte und aus welchem Grunde, reichte dem Barbier für alle Fälle eine Maulschelle, daß dem der Mund mit Blut überschwemmt wurde.

Da begann der Barbier so laut zu schreien, daß alle herbeikamen, und rief: „Im Namen des Königs und der Gerechtigkeit! Ich möchte nur wiederhaben, was mir gehört, und dafür will mich dieser Mörder und Straßenräuber umbringen!“

„Du lügst“, antwortete Sancho, „ich bin kein Straßenräuber. Mein Herr Don Quijote hat das Stück in einem rechtmäßigen Kriege gewonnen.“

Don Quijote sah mit Vergnügen, wie gut sich sein Schildknappe im Verteidigen und Angreifen verhielt.

„Meine Herren“, rief der Barbier, „ich schwöre, sie haben mir mein Bartbecken gestohlen! Es war noch ganz neu, und ich hatte einen baren blanken Taler dafür bezahlen müssen.“

Da konnte sich Don Quijote nicht länger zurückhalten. Er stellte sich zwischen die beiden und sagte: „Damit Ihr, meine Herren, klar und deutlich den Irrtum einseht, in welchem sich dieser einfältige Mensch befindet, der ein Bartbecken nennt, was der Helm des Mambrin war, ist und sein wird, so sollt Ihr alle ihn sehen. Darum lauf, Freund Sancho, und hol den Helm."

„Wahrhaftig", sagte Sancho, „wenn wir keinen andern Beweis haben... Ich meine nur, daß das Ding ebensogut ein Helm sein kann wie ein Bartbecken."

„Tu, was ich dir gebiete", entgegnete Don Quijote. „Es wird sich ja nicht alles in dieser Burg mit Zauberei zutragen."

Also ging Sancho das Bartbecken holen und brachte es herbei. Als Don Quijote es sah, nahm er es in die Hand und sprach: „Beim Orden der Ritterschaft, zu dem ich mich bekenne, schwöre ich, daß dieser Helm der nämliche ist, den ich erbeutete, und ich habe nichts hinzu- und hinweggetan."

„Das stimmt", pflichtete Sancho ihm bei. „Seit mein Herr ihn eroberte, hat er ihn in einer einzigen Schlacht getragen, das war, als er die verfluchten Ruderknechte frei machte. Und wenn damals nicht dieser Barthelm gewesen wäre, so möchte es ihm wohl schlimm ergangen sein, denn es fielen Steine nieder im Überfluß."

„Na, meine Herren", sagte jetzt der Barbier, „was meint Ihr, warum diese trefflichen Leute immer noch behaupten, das sei kein Bartbecken, sondern ein Helm?"

„Wer das Gegenteil behauptet", erwiderte Don Quijote hitzig, „dem will ich es zeigen, wenn er ein Ritter ist. Ist er aber ein Knecht, so lügt er tausend und tausend Mal."

Der Barbier aus dem Heimatort Don Quijotes befand sich natürlich unter den Umstehenden, wie man ihn überall antraf, wo es einen Spaß gab. Aber dieser Spaß hier schien ihm nicht zu genügen; denn er wandte sich an den fremden Barbier und sprach: „Herr Barbier, wenn Ihr einer seid, so sage ich Euch, daß ich ebenfalls ein Mitglied der Barbierkunst bin, seit länger als zwanzig Jahren hab ich mein Examen. Ich bin ein Kenner aller Instrumente meines Gewerbes, aber eine Zeit meiner Jugend war ich auch Soldat und weiß daher recht gut, was ein Helm und was eine Sturmhaube ist. So kann ich nach meiner guten Kenntnis behaupten, daß das, was der edle Herr hier in seinen Händen hält, nicht nur kein Bartbecken ist, sondern so weit davon entfernt wie das Weiße vom Schwarzen und die Wahrheit von der Lüge. Aber ich behaupte auch, obwohl das Ding ein Helm ist, ist es doch kein vollkommener Helm."

„Wahrlich nicht", sagte Don Quijote, „es fehlt ihm die untere Hälfte."

„So ist es", stimmte der Pfarrer zu, der die Absicht seines Freundes, des Barbiers, gleich gemerkt hatte.

„Großer Gott!" rief nun entsetzt der betrogene Barbier, „wie ist es möglich, daß so viele angesehene Leute behaupten, dieses Bartbecken sei ein Helm? Das könnte doch eine ganze Universität in Erstaunen setzen! Ihr irrt, meine Herren, so gewiß ich auf meine Seligkeit hoffe, so gewiß ist dieser Helm kein Helm, sondern mein Bartbecken. Aber Gewalt geht vor Recht, mehr will ich nicht sagen. Ich bin doch nicht betrunken, und wenn ich betrunken bin, so mag mich der Satan gleich holen."

Alle mußten über die närrischen Reden des Barbiers und über die noch dümmeren des Don Quijote lachen, der nun, um den Streit abzuschließen, sagte: „Es ist also nichts weiter zu tun, als daß jeder das Seinige nehme. Und was Gott ihm gegeben, mag Sankt Peter ihm segnen."

Es waren aber von dem lauten Wortwechsel vier von ungefähr vorbeireitende Häscher angezogen worden. Und wie alle schon zur Ruhe kommen wollten, sagte einer von den vieren: „Das muß ein abgeredeter Spaß sein; denn ich kann unmöglich glauben, daß so verständige Leute, wie die hier es zu sein scheinen, das Becken für einen Helm halten. Da muß etwas dahinterstecken." Und nach einem kräftigen Fluch rief er laut: „Kein Mensch in der ganzen Welt kann mich davon abbringen, daß dies ein Bartbecken ist."

Und der zweite Häscher, der boshaft war, sagte: „Das Becken ist so gewiß ein Helm wie mein Vater einer wäre. Wer etwas anderes behauptet, der ist ein Dummkopf!"

„Nichtswürdiger, gemeiner Kerl“, antwortete Don Quijote und hob seine Lanze, die er niemals aus der Hand ließ. Und einen so gewaltigen Hieb zielte er nach dem Kopf des Häschers, daß es böse ausgegangen wäre, hätte der nicht flink beiseite springen können. Die Lanze jedoch zerschellte am Boden in viele Stücke.

Da die übrigen Häscher sahen, wie übel man ihrem Gefährten begegnete, begannen sie laut nach Hilfe zu schreien, worauf der Wirt, der ebenfalls ein Mitglied der Heiligen Bruderschaft war, mit Stab und Schwert herbeilief und sich ihnen zur Seite stellte. In dem Tumult ergriff der Barbier behende sein Becken; doch er hatte nicht mit Sancho gerechnet: der zog nach der andern Seite. Don Quijote nahm das Schwert und griff die Häscher an; der Pfarrer rief, sie sollten einhalten; die Wirtin heulte; die Tochter weinte; Maritorne klagte; Dorothea stand verwirrt. Der Barbier prügelte Sancho, Sancho drosch den Barbier; Don Fernando tanzte nach Herzenslust auf einem Häscher herum; der Wirt erhob die Stimme um Hilfe für die Heilige Bruderschaft – so war die Schenke nichts als Klagen, Rufen, Geschrei, Verwirrung, Entsetzen, Furcht, Unheil, Prügel, Maulschellen, Tritte, Blutvergießen.

Aber in diesem Chaos kam Don Quijote plötzlich der Gedanke, er sei mitten ins Streitgetümmel im Lager des Agramante versetzt. Deshalb schrie er so laut, daß es durch die ganze Schenke dröhnte: „Steht still, seid ruhig, hört mich an, wenn ihr das Leben behalten wollt!“ Und es klang so fürchterlich, daß alle im Nu erstarrten.

„Sagte ich es nicht, meine Herren“, fuhr Don Quijote auf, „diese Burg ist verzaubert und der Wohnsitz tausend böser Geister! Überzeugt Euch mit eigenen Augen, wie sich unter uns die Unordnung und die Zwietracht eingeschlichen hat. Hier streitet man um ein Schwert, dort um ein Pferd oder einen Helm, und wir alle wissen nicht, was wir wollen. Kommt also, Herr Pfarrer, und stellt den König Agramante vor, und schließen wir Frieden. Denn es ist eine Schande, wenn so viele treffliche Männer einander wegen Lappalien umbringen.“

Die Häscher, die Don Quijotes Sprache nicht recht verstanden, wollten keine Ruhe geben; der fremde Barbier aber wohl, denn sein Bart war im Kampfe zerrissen worden. Sancho, als guter Diener, gehorchte beim ersten Wink seines Herrn. Endlich legte sich der Lärm, das Barbierbecken blieb ein Helm bis zum Tage des Jüngsten Gerichts, und die Schenke blieb in Don Quijotes Einbildung eine Burg.

So zogen sich auch die Häscher zurück, bis auf einen; das war der, den Don Fernando geprügelt und getreten hatte. Der erinnerte sich, daß er unter anderen Verhaftsbefehlen auch einen gegen Don Quijote bei sich habe. Er wollte sich aber erst überzeugen, ob die angegebenen Merkmale auf Don Quijote zuträfen, zog also ein Pergament hervor und fand das, was er suchte.

Langsam fing er an zu lesen, denn das Lesen wurde ihm sauer. Bei jedem Wort, das er las, warf er einen Blick auf Don Quijote und erkannte, er sei derjenige, den der Haftbefehl beschrieb. Und kaum war er dessen gewiß, als er den Befehl in die linke Hand nahm, mit der Rechten den Don Quijote so kräftig beim Kragen packte, daß der kaum Atem holen konnte, und laut rief: „Im Namen der Heiligen Bruderschaft! Damit Ihr seht, daß ich im Recht bin, lest den Befehl, worin geboten wird, diesen Straßenräuber zu verhaften."

Der Pfarrer nahm den Befehl und sah, daß der Häscher die Wahrheit sagte, denn alle angegebenen Merkmale paßten auf Don Quijote. Der aber, als er sich von einem gemeinen Menschen so schlecht behandelt sah, geriet in die äußerste Wut. Er packte den Häscher bei der Gurgel, daß dessen Gefährten ihm eilig zu Hilfe kommen mußten; denn eher hätte Don Quijote das Leben hergegeben, als seine Beute fahrenzulassen. Der Wirt sprang ebenfalls hinzu, worauf die Wirtin, die befürchten mußte, daß ihr Mann wieder in Händel geriet, von neuem die Stimme erhob und Gott und die Umstehenden um Beistand anflehte.

Don Fernando trennte den Häscher und Don Quijote und machte ihnen zu beider Erleichterung die Hände los, die der eine im Koller und der andre in der Gurgel verkrallt hatte. Deshalb wollten aber die Häscher ihre Beute nicht lassen. Sie verlangten, man solle ihn binden und ausliefern, das sei man dem König schuldig.

Don Quijote lachte, als er diese Reden hörte, und sagte in großer Ruhe: „Kommt doch, ihr Räuber im Dienste der Heiligen Bruderschaft. Wer war denn der Dummkopf, der einen Verhaftsbefehl gegen einen Ritter wie mich ausfertigte? Wer wüßte nicht, daß die fahrenden Ritter von jedem Gerichtsverfahren befreit sind, daß ihr Schwert ihr Gesetz, ihre Stärke ihr Gericht, ihr Wille ihre Vorschrift ist?"

Indem Don Quijote noch sprach, suchte der Pfarrer den Häschern deutlich zu machen, daß Don Quijote nicht bei Verstande sei, wie sie aus seinen Taten und Worten ersähen. Und darum, redete er ihnen zu, sollten sie die Sache nicht weitertreiben; denn selbst wenn sie ihn gefangen fortführten, würden sie ihn als einen Unsinnigen doch wieder loslassen müssen. Kurz, der Pfarrer wußte so vieles vorzubringen und Don Quijote so viele Narrheiten anzustellen, daß sich die Häscher zufriedengaben.

Was aber den Helm des Mambrin betraf, so bezahlte der Pfarrer heimlich, ohne daß Don Quijote es merkte, für das Bartbecken acht Realen. Und der Barbier stellte ihm eine Quittung aus, in der er alle Rechte auf das Becken abtrat, und damit gut.

NEUNUNDZWANZIGSTES KAPITEL

Die zweite Verzauberung des Don Quijote

Zwei Tage befand sich die vornehme Gesellschaft schon in der Schenke; nun schien es allen Zeit zur Abreise zu sein, und man machte Anstalt dazu. Dorothea und Don Fernando wollten sich aber nicht weiter die Mühe geben, Don Quijote bis nach seinem Dorfe zu begleiten und die List mit der Mikomikonischen Prinzessin zu Ende zu führen.

Sie kamen also überein, mit dem Treiber eines Ochsenkarrens, der von ungefähr dort durchkam, einen Handel abzuschließen. Der sollte Don Quijote auf die folgende Weise mitnehmen: Sie machten aus hölzernen Stangen einen Käfig, der geräumig genug war, daß Don Quijote bequem darin liegen konnte; und diesen Käfig befestigten sie auf dem Karren. Danach, wiederum auf Betreiben und Vorschlag des Pfarrers, bedeckten und entstellten sämtliche Männer in der Schenke ihre Gesichter, einer auf diese, der andere auf jene Weise, so daß Don Quijote sie für ganz fremde Personen halten mußte.

Hierauf gingen sie in tiefstem Schweigen dahin, wo Don Quijote, von seinen Streitigkeiten ermüdet, schlief. Sie näherten sich ihm, banden ihn an Händen und Füßen, so daß er, aus dem Schlafe erwacht, sich nicht bewegen und nichts weiter tun konnte als sich wundern über die seltsamen Gesichter, die er erblickte. Er verfiel sogleich auf das, was seine verwirrte Phantasie ihm immer vorgaukelte, und so glaubte er, die Gestalten seien Gespenster, die in der verzauberten Burg umgingen, und er selber, weil er sich nicht bewegen konnte, sei ebenfalls verzaubert. Und das war, was der Pfarrer geplant hatte. Allein Sancho war in seiner ursprünglichen Gestalt geblieben. Er kannte auch all die verstellten Männer, wagte es indes nicht, den Mund aufzutun, sondern wollte abwarten, was aus dem Überfall und der Gefangennahme seines Herrn würde.

Don Quijote gab keinen Laut von sich; er bedachte das Ende seines Schicksals, das darin bestand, daß man den Käfig herbeibrachte, ihn hineinsteckte und die Bretter gut vernagelte. Die Männer nahmen ihn auf die Schultern, und sobald sie aus dem Gemach gingen, ließ sich eine Stimme hören, so schrecklich, wie sie nur Meister Niklas, der Barbier, hervorbringen konnte: „O Ritter von der traurigen Gestalt! Laß dich dein Gefängnis nicht betrüben; denn es muß sein, damit das große Abenteuer, in das dich deine gewaltige Kraft gebracht hat, rascher zu Ende gehe. Du aber, edelster und gehorsamster aller Schildknappen, die je ein Schwert im Gürtel, einen Bart im Gesicht und Geruch in der Nase hatten, sei nicht bange, die Blume der fahrenden Ritterschaft derart weggeführt zu sehen. Denn bald wirst du dich so hoch und glorreich befinden, daß du selber dich nicht erkennst, und alle Versprechungen, die dir dein großer Gebieter gemacht hat, werden in Erfüllung gehen. Nur mußt du, wie es die weise Lügneriniana befiehlt, den Fußtapfen deines verzauberten Herrn folgen; denn ihr sollt beisammen bleiben. Mehr ist mir nicht zu sagen vergönnt, so geleite Euch Gott; ich aber gehe an den Ort, den ich wohl kenne."

Gegen das Ende der Prophezeiung wurde die Stimme sehr laut und verhallte dann nach und nach in so leisen Tönen, daß selbst diejenigen, die um den Spaß wußten, in Versuchung kamen, ihn für Wahrheit zu halten. Don Quijote war durch die Prophezeiung getröstet, denn augenblicks erkannte er ihre ganze Bedeutung. Sancho verneigte sich sehr höflich vor seinem Herrn und küßte ihm beide Hände, denn eine konnte er nicht fassen, weil sie zusammengebunden waren. Dann hoben die Gespenster den Käfig auf die Schultern und setzten ihn alsbald auf den Ochsenkarren.

DREISSIGSTES KAPITEL

Wie Sancho Panza
seinen Herrn über die Verzauberung aufklären wollte

Als Don Quijote sich im Bauer und auf dem Karren sah, sprach er: „Viele und bedeutende Geschichten von fahrenden Rittern kenne ich. Aber niemals habe ich gelesen noch gehört, daß man verzauberte Ritter auf solche Weise davonführte und so gemach, wie man es von diesen faulen und zögernden Tieren erwarten kann. Sonst pflegen sie mit unbegreiflicher Schnelligkeit durch die Lüfte getragen zu werden, in einer dunklen Wolke oder auf einem feurigen Wagen oder auf irgendeinem Tier. Daß man aber mich in einem Ochsenkarren abholt, bei Gott, das verwundert mich! Was meinst du dazu, Freund Sancho?"

„Ich weiß nicht, was ich dazu meinen soll", antwortete Sancho, „weil ich nicht so belesen bin wie Euer Gnaden. Trotzdem möchte ich behaupten und

beschwören, daß die Gespenster, die mit uns gehen, auf keinen Fall gute Christen sind.“

„Gute Christen? Himmlischer Vater!“ rief Don Quijote. „Wie sollten sie gute Christen sein, da sie sämtlich Teufel sind! Wenn du dich von dieser Wahrheit überzeugen willst, brauchst du sie nur zu berühren. Und du wirst sehen, daß ihre Leiber aus Luft sind und nur zum Scheine bestehn.“

Dies Gespräch hörte Don Fernando, und er befürchtete, daß Sancho am Ende die ganze List entdecken werde, der er schon so nahe auf der Spur war. Sie beschlossen also, die Abreise zu beschleunigen. Sie riefen den Wirt beiseite und baten ihn, Rosinante zu satteln und Sanchos Esel aufzuzäumen, was der auch geschwind tat. Der Pfarrer war unterdessen mit den Häschern einig geworden, daß sie ihn bis nach seinem Dorfe begleiten sollten. An Rosinantes Sattelknopf hängten sie den Schild und das Bartbecken; dann befahlen sie Sancho, sich auf den Esel zu setzen und Rosinante beim Zügel zu fassen, während sich die Häscher zu seiten des Karrens postierten.

Der Pfarrer stieg zu Pferde, das gleiche tat sein Freund, der Barbier. Sie hatten Masken vorgenommen, damit Don Quijote sie nicht gleich erkenne, und so schlossen sie sich dem Karren an. Don Quijote fuhr in seinem Käfig, die Hände gebunden, die Beine ausgestreckt, still und geduldig an die Stangen gelehnt, daß er mehr ein Bild aus Stein als ein Mensch von Fleisch zu sein schien.

Derart gelassen und feierlich reisten sie wohl zwei Meilen, als sie an ein Tal kamen, wo es dem Ochsentreiber gut dünkte, auszuruhen und die Ochsen weiden zu lassen. Doch der Barbier wußte eine Stelle mit noch grünerem und saftigerem Grase, und sie kamen überein, die Rast bis dorthin aufzuschieben.

Sancho trottete bedrückt neben seinem schweigsamen Herrn her. Er hatte die Mikomikonische Prinzessin Abschied nehmen sehen, und nun plagten ihn tiefe Sorgen um seine Zukunft. Aus diesen Gedanken heraus machte er sich an den Pfarrer; er blickte ihn an und sprach: „Herr Pfarrer, ach, Herr Pfarrer! Meint Ihr, daß ich Euch nicht erkenne? Und meint Ihr, ich sehe und errate nicht, auf was Eure Verzauberungen hinauswollen? Ich kenne sie sehr gut und durchschaue Eure List, wie Ihr sie auch verbergen möchtet. Mit einem Wort also: Wo der Neid regiert, kann die Tugend nicht leben. Weh über den Teufel! Wenn Euer Gnaden nicht gewesen wären, so hätte mein Herr längst die Prinzessin Mikomikona geheiratet und mich wenigstens zum Grafen gemacht. Es tut mir nur leid um meine Frau und meine Kinder; denn obgleich sie erwarten können, daß ihr Vater als Statthalter durch die Tür hereintritt oder als König einer Insel, wird er zurückkommen als das, was er war: nämlich als Pferdeknecht."

„Ist es denn die Möglichkeit", unterbrach hier der Barbier, „daß Ihr, Sancho, ebenso verbohrt seid wie Euer Herr? Bei Gott, ich sehe Euch schon im Käfig neben ihm sitzen, verzaubert wie er. Sehr zur unrechten Zeit habt Ihr Euch den Wunsch nach einer Insel in den Kopf steigen lassen."

„Wenn ich auch arm bin", erwiderte Sancho, „bin ich doch niemandem nichts schuldig. Und wenn ich Inseln haben möchte, so möchten andre Leute noch was viel Schlimmeres. Ich sage nur: Wie man sich bettet, so schläft man."

Unter diesen Gesprächen erreichten sie ein schönes Tal und die Stelle, die ihnen der Barbier angezeigt hatte. Hier wollten sie ihre Mittagsruhe halten, hier fanden die Ochsen frische und reiche Weide. Während alle sich aufs bequemste einzurichten suchten, sah Sancho, daß er mit seinem Herrn reden konnte, ohne daß ihn der Pfarrer und der Barbier beobachteten. Er ging also zu dem Käfig, in dem sein Herr saß, und sagte: „Euer Gnaden, es liegt mir schwer auf dem Gewissen, ich möchte Euch nämlich sagen, wie es um Eure Verzauberung steht. Denn die, die mit verdeckten Gesichtern uns begleiten, sind der Pfarrer und der Barbier aus unserm Dorf, und ich glaube, sie wollen Euch einen Streich spielen. Sie wollen Euch wegbringen,

und das nur aus Neid, weil Ihr größere Taten verrichtet als sie. Wenn dies aber wahr ist, so seid Ihr gar nicht verzaubert, sondern übertölpelt und zum Narren gemacht. Zum Beweise will ich Euch nur ein Ding fragen, und wenn Ihr mir antwortet, wie ich denke, daß Ihr antworten müßt, dann werdet Ihr es mit Händen greifen, daß Ihr nicht verzaubert, sondern im Kopfe übergeschnappt seid."

„Frage, was du willst, Freund Sancho", antwortete Don Quijote, „ich will dir Antworten geben, so viele du haben möchtest. Wenn du aber sagst, daß die, die mit uns gehen, der Pfarrer und der Barbier sind, so werden sie dir wohl nur so erscheinen. Denn ich glaube vielmehr, und das sollst auch du glauben, wir haben es mit Zauberern zu tun, die ein meinen Freunden ähnliches Aussehen angenommen haben, um dich wankend zu machen. Nein, der Pfarrer und der Barbier können sie nicht sein, weil keine menschliche Kraft mich in diesen Käfig hätte hineinbringen können. Beruhige dich also, Sancho: Das, was du glaubst, sind diese Wesen ebensowenig, wie ich ein Türke bin. Trotzdem aber frage, sprich nur; ich will dir antworten, wenn du mich auch bis morgen fragtest."

„Heilige Mutter Gottes!" schrie Sancho. „Wie könnt Ihr so hartköpfig und so ganz ohne Gehirn sein, daß Ihr nicht die reine Wahrheit einseht! Geht Euch nicht ein, daß Euer Gefängnis mehr durch Bosheit als Verzauberung entstanden ist? Aber ich werde unumstößlich beweisen, daß Ihr nicht verzaubert seid!

Sagt mir also, ohne etwas hinzuzufügen oder abzuleugnen: Ist Euch niemals die Lust angekommen, seit Ihr in diesem Vogelbauer reist, habt Ihr niemals Lust verspürt, das zu tun, was alle Menschen, die großen und die kleinen, wollen?"

„Ich verstehe dich nicht, Sancho, erkläre dich deutlicher, wenn ich dir geradezu antworten soll."

„Nun denn", antwortete Sancho, „habt Ihr nicht Lust, etwas zu essen und zu trinken?"

„Jetzt endlich, endlich verstehe ich dich, Sancho! Ja, ich habe gewaltigen Hunger, eben wieder, erlöse mich aus dieser Qual!"

„Ha", rief Sancho, „gefangen! gefangen! Das ist, was ich am allerliebsten auf der ganzen Welt wissen wollte. Nun hört doch, Euer Gnaden: Könnt Ihr etwa leugnen, daß man von jemandem, der krank und elend ist, der nicht ißt, nicht trinkt, nicht schläft, auf nichts antwortet, was man ihn fragt – daß man sagt, solch ein Mensch sei verzaubert? Woraus man entnehmen kann, daß diejenigen, die nicht essen, nicht trinken und nicht schlafen, daß eben nur die verzaubert sind."

„Du sprichst wahr, Sancho", antwortete Don Quijote. „Aber du vergißt, daß es unterschiedliche Arten der Verzauberung gibt. Ich für meinen Teil glaube fest, daß ich verzaubert bin, und das genügt mir, um mein Gewissen zu beruhigen, das sich sonst sehr ängstigen würde. Denn wie könnte ich mich träge und feige von irgend jemandem in einem Käfig fortführen lassen, während viele Hilfsbedürftige und Notleidende auf meinen Beistand warten?"

EINUNDDREISSIGSTES KAPITEL

Das merkwürdige Abenteuer mit den Büßenden. Ende des zweiten Auszuges

Der eine sehr ermattet, der andere höchst verzagt, kamen Herr und Diener dort an, wo der Pfarrer und der Barbier auf sie warteten. Sogleich spannte der Treiber die Ochsen aus und ließ sie frei in dem grünen Grase weiden, dessen Frische auch diejenigen einlud, die nicht so verzaubert waren wie Don Quijote, sondern so aufgeklärt wie sein Schildknappe.

Da bat Sancho den Pfarrer, er möge gestatten, daß sein Herr einen Augenblick den Käfig verlasse, damit er sich die Beine vertreten könne.

Der Pfarrer verstand ihn und sagte, er würde die Bitte gern erfüllen. Aber er müsse befürchten, daß sein Herr, sowie er die Freiheit sähe, rückfällig werde und auf Nimmerwiedersehen verschwinde.

„Ich stehe dafür, daß er nicht wegläuft“, antwortete Sancho.

„Und ich gebe mein Wort“, sagte Don Quijote, der alles mit angehört hatte, „um so mehr, als ein Verzauberter wie ich doch nicht über seine Person verfügen kann, wie er möchte. Denn der, der mich verzaubert hat, kann mich für drei Jahrhunderte an einen Fleck bannen, und selbst wenn ich entwiche, würde er mich im Fluge zurückbringen.“

Bei dieser Rede des Don Quijote hatten seine Freunde, der Pfarrer und der Barbier, sich einmal mehr zu wundern, wie ein so vortrefflich begabter Mann doch immer wieder die Bügel verlor, sobald er auf seine eingebildete Ritterschaft zu sprechen kam.

Nun lagerten sie alle im kühlen Gras. Sie breiteten eine Tischdecke auf der Wiese aus, und im Schatten einiger Bäume aßen sie, was inzwischen aus einer nahen Schenke herangeholt war.

Indem sie noch aßen, vernahmen sie einen kläglichen Trompetenton, daß alle sich in die Richtung wandten, aus der er kam.

Don Quijote erhob sich und bemerkte alsbald eine Menge nach Büßerart weiß gekleideter Menschen, die einen Berghang herunterschritten.

Die Sache war die, daß die Wolken lange der Erde ihr Naß versagt hatten. Deshalb veranstalteten die Dörfer der Gegend Bittprozessionen, um den Himmel zu bewegen, ihnen Regen zu schicken. Und so zogen auch die Bewohner eines nahen Dorfes zu einer Einsiedelei.

Als Don Quijote die ungewöhnliche Tracht der Büßenden sah, erinnerte er sich keinesfalls, daß er derartige Prozessionen oft gesehen hatte, vielmehr er bildete sich sofort ein, dies sei das Abenteuer, das zu bestehen allein ihm als fahrendem Ritter zukomme. In dem trauerumflorten Bild, das der Pro-

zession vorangetragen wurde, glaubte er nämlich eine vornehme Dame zu erkennen, die Bösewichter und Unholde mit Gewalt entführten.

Kaum war ihm dies eingefallen, lief er eilig auf Rosinante zu, zäumte ihr im Handumdrehen auf, nahm den Schild, forderte von Sancho das Schwert, saß auf und rief: „Jetzt, edle Gesellschaft, jetzt werdet Ihr bei der Befreiung jener Dame sehen, wie fahrende Ritter zu achten sind."

Mit diesen Worten ritt er in kurzem Galopp auf die Büßenden los. Der Pfarrer wollte ihn zurückhalten, auch Sancho bemühte sich vergebens; sein Herr war so entschlossen, die trauernde Dame zu befreien, daß er kein Wort vernahm. Er erreichte also die Prozession, zügelte Rosinante und rief mit rauher Stimme: „Ihr da, die Ihr, vielleicht weil sie häßlich sind, die Gesichter bedeckt habt, bleibt stehen und hört, was ich Euch sagen werde."

Die ersten, die anhielten, waren die mit dem Bild und einer der vier Geistlichen, die die Litanei sangen.

Der Geistliche hatte sogleich bemerkt, wie dürr Rosinante war, und auch die andern lächerlichen Dinge an Don Quijote waren ihm nicht entgangen.

Deshalb antwortete er: „Lieber Mann, wenn Ihr etwas zu sagen habt, sagt es schnell. Die Leute zergeißeln sich die Haut, und so können wir vernünftigerweise lediglich anhören, was sich in zwei Worten sagen läßt."

„Ich sage nur eins", antwortete Don Quijote, „und zwar, daß Ihr auf der Stelle die schöne Dame freilaßt, deren Tränen und betrübte Haltung beweisen, daß Ihr sie gegen ihren Willen entführt. Ich aber bin auf die Welt gekommen, um Unrecht gutzumachen, und deshalb werde ich nicht dulden, daß Ihr einen Schritt weitergeht, ohne ihr die ersehnte Freiheit zu geben."

Diesen Reden entnahmen alle, daß Don Quijote ein Narr sein müsse, und sie begannen herzlich zu lachen. Das aber war Pulver für Don Quijotes Zorn, der ohne weiteres sein Schwert zog und auf die Trage losging.

Einer von den Trägern überließ die Last seinen Gefährten und stürzte Don Quijote mit hocherhobenem Knüppel entgegen. Don Quijote spaltete das Holz mit heftigem Streich in zwei Teile – mit dem Stumpf des Knüppels aber gab der Mann Don Quijote einen so gewaltigen Schlag auf die Schulter, daß der arme Ritter böse zugerichtet niedersank.

Sancho Panza war keuchend hinter seinem Herrn hergelaufen und schrie dem Prügelnden zu, er solle einhalten, Don Quijote sei ein verzauberter Ritter, der in seinem ganzen Leben keinem Menschen was zuleide getan habe. Aber das hielt den Bauern nicht zurück. Erst als er merkte, daß Don Quijote weder Hand noch Fuß regte, floh er wie eine Gemse querfeldein; denn er glaubte nicht anders, als daß er ihn umgebracht habe.

Jetzt kam auch die übrige Gesellschaft des Don Quijote herbei, und sie beugten sich über ihn, um festzustellen, ob der Ritter wirklich tot sei.

Doch Sanchos Klagen und Seufzer brachten Don Quijote allmählich zum Leben zurück, und das erste, was er sagte, war: „Derjenige, der fern von dir lebt, Dulcinea, ist großem Unglück unterworfen! Hilf mir, lieber Sancho, auf den verzauberten Karren, ich bin nicht imstande, mich im Sattel zu halten. Ich glaube, die ganze Schulter ist mir entzwei."

„Das will ich sehr gern tun, gnädiger Herr", antwortete Sancho. „Wir wollen in unser Dorf zurück, zusammen mit diesen Herren, die Euer Bestes wünschen. Dort werden wir einen neuen Auszug vorbereiten, der uns mehr Nutzen und Ruhm eintragen soll."

„Du sprichst gut, Sancho", sagte Don Quijote. „Es wird klug sein, den bösen Einfluß der Gestirne, die jetzt regieren, vorübergehen zu lassen."

Der Pfarrer und der Barbier trugen, vergnügt über Sanchos Einfalt, Don Quijote auf den Karren zurück. Die Prozession ordnete sich und zog weiter. Der Ochsentreiber spannte seine Ochsen wieder an, bettete Don Quijote auf ein Bündel Heu und setzte langsam den Weg fort, den ihm der Pfarrer wies.

Nach sechs Tagen, gerade um die Mittagszeit an einem Sonntag, erreichten sie Don Quijotes Dorf. Viele Leute standen an dem Wege, den der Karren nahm. Sie traten heran, und als sie ihren Landsmann erkannten, wunderten sie sich sehr. Ein Bursche lief sogleich zu der Haushälterin und der Nichte mit der Nachricht, ihr Herr und Oheim sei blaß und abgemagert auf einem Ochsenkarren angekommen. Auch Sancho Panzas Frau lief herbei, und ihre erste Frage war, ob der Esel auch gesund sei.

Die Haushälterin und die Nichte hatten Don Quijote in Empfang genommen und in sein Haus gebracht. Sie entkleideten ihn und legten ihn auf ein altes Bett. Er blickte sie verwirrt an und vermochte lange nicht zu begreifen, wo er war. Der Pfarrer trug der Nichte auf, ihn mit der größten Sorgsamkeit zu pflegen und darauf zu achten, daß er sich nicht noch einmal davonmache, wobei er ihr alles erzählte, was er hatte unternehmen müssen, um ihn nach Hause zu bringen.

Da erhoben die beiden Frauen neues Geschrei, und schließlich waren sie ganz durcheinander und befürchteten, sie müßten wieder allein bleiben, sowie sich sein Befinden gebessert haben würde.

ZWEIUNDDREISSIGSTES KAPITEL

Handelt von einem Krankenbesuch des Pfarrers und des Barbiers
und dem denkwürdigen Streit Sancho Panzas
mit der Nichte und der Haushälterin seines Herrn

Der Pfarrer und der Barbier besuchten Don Quijote einen Monat lang nicht, damit ihr Anblick ihm nicht wieder das Vergangene ins Gedächtnis riefe. Statt dessen gingen sie öfter zu der Nichte und der Haushälterin, um sich nach seinem Befinden zu erkundigen. Sie trugen ihnen auf, ihn aufmerksam zu warten und ihm Sachen zu essen zu geben, die geeignet seien, Herz und Hirn zu stärken. Die Frauen antworteten, das täten sie schon und würden auch gern darin fortfahren, weil sie bemerkt hätten, ihr Herr lasse in einzelnen Augenblicken deutlich erkennen, daß er sich durchaus bei Verstand befinde.

Darüber waren die beiden erfreut, aber dennoch hegten sie starke Zweifel, ob sich sein Zustand von Grund auf gebessert habe. Sie beschlossen, Don Quijote zu besuchen, und kamen überein, ihn keinesfalls auf die fahrende Ritterschaft zu bringen, damit nicht etwa frische Wunden wieder aufgerissen würden.

Sie gingen also und fanden ihn in einem Wams von grünem Flanell im Bett sitzen, auf dem Kopf eine bunte Mütze. Er war so mager und ausgetrocknet, daß er wie eine Mumie aussah. Die Haushälterin und die Nichte ließen den Pfarrer und Barbier mit ihm allein, und Don Quijote wußte das Gespräch derart verständig zu führen, daß seine beiden Prüfer zu der Überzeugung gelangten, er sei völlig geheilt und vernünftig. Mitten in der angenehmsten Unterhaltung jedoch hörten sie die Haushälterin und die Nichte laut im Hofe schreien. Der Pfarrer fand sie, wie sie Sancho Panza abzuwehren suchten, der mit Gewalt ins Haus hinein und zu Don Quijote wollte; doch sie wollten ihn nicht durchlassen.

„Was will der Landstreicher hier im Haus? Geht heim, denn kein andrer als Ihr hat meinen Herrn verführt und beschwatzt und in einsame Gegenden verschleppt."

„Haushälterin des Satans", rief Sancho dagegen, „der Verführte und Beschwatzte bin ich und nicht dein Herr! Er ist es, der mich durch die Welt schleppt und mich aus meinem Haus gelockt hat und eine Insel versprochen, auf die ich noch heute warte!"

Don Quijote, der befürchtete, Sancho möchte im Zorn einen Haufen Bosheit herauslassen und dabei Geschehnisse berühren, die ihm nicht zur Ehre gereichten, hieß die beiden Frauen schweigen und Sancho eintreten.

Sancho Panza kam; der Barbier und der Pfarrer verabschiedeten sich von Don Quijote. Darauf verschloß Don Quijote die Tür, und als er sich mit Sancho allein sah, sprach er: „Es ist nicht recht, Sancho, wenn du sagst, ich hätte dich aus deiner Hütte gelockt, wo du doch weißt, daß auch ich nicht zu Hause geblieben bin. Miteinander zogen wir aus, miteinander lebten wir, miteinander streiften wir umher. Gleiches Glück und gleiches Unglück wurden uns zuteil; wenn sie dich einmal geprellt haben, so haben sie mich hundertmal verprügelt—das ist alles, was ich dir voraus habe. Aber lassen wir das jetzt, Freund Sancho, und sage mir, was redet man hier im Orte über mich? Was meinen sie von meiner Tapferkeit, was von meinen Taten? Wie beurteilt man meine Ab-

sicht, den bereits vergessenen Ritterorden wieder zu beleben? Ich bitte dich, Sancho, berichte mir, was dir hierüber zu Ohren gekommen ist, teile mir die Wahrheit rein und unverfälscht mit."

„Das will ich gern tun, gnädiger Herr", antwortete Sancho, „aber Ihr dürft nicht böse werden. Das erste also ist, daß das Volk Euer Gnaden für einen ausgemachten Narren hält und mich für nicht weniger hirnverbrannt. Was nun die Tapferkeit betrifft, so gibt es darüber verschiedene Meinungen. Die einen sagen: ein Verrückter, aber liebenswürdig; andere: tapfer, aber ungeschickt; wieder andere: von gutem Benehmen, aber wichtigtuerisch, und darüber wird so viel geredet, daß weder an Euer Gnaden noch an mir ein gutes Haar bleibt."

„Denke daran, Sancho", sagte Don Quijote, „daß die Tugend, wo immer sie in hervorragendem Maße auftritt, verfolgt wird. Wenige oder keiner der berühmten Männer der Vorzeit sind der Verleumdung durch die Bosheit entgangen. Also können auch die Verleumdungen über mich hingehen, wenn es nichts weiter ist, als was du bis jetzt gesagt hast."

„Das ist es eben", unterbrach ihn Sancho.

„So gibt es noch mehr?" fragte Don Quijote.

„Das Bisherige sind nur Zuckergebäck und Honigkuchen", antwortete Sancho. „Aber wenn Euer Gnaden alles wissen wollen, kann ich gleich einen Mann bringen, der's berichten wird. Gestern abend nämlich ist der Sohn von Bartholomäus Carrasco angekommen, der in Salamanca studiert hat. Als ich hinging, ihn zu begrüßen, hat er mir erzählt, daß die Geschichte von Euer Gnaden bereits in Büchern umliefe unter dem Titel: ‚Der geniale Edle Don Quijote von der Mancha.' Simson Carrasco behauptet, daß auch ich darin vorkäme nebst der Dame Dulcinea von Toboso und andere Dinge, die wir ohne Zeugen erlebt haben."

„Ich versichere dir, Sancho", sagte Don Quijote, „daß der Verfasser dieser Historie ein Zauberer sein muß; denn denen bleibt nichts verborgen, was sie schreiben wollen."

„So wird es wohl sein", antwortete Sancho. „Aber wenn es Euer Gnaden recht ist, will ich den Simson flugs herholen."

„Da tätest du mir einen großen Gefallen", sagte Don Quijote, „denn was du mir bisher gesagt hast, macht mich neugierig. Es wird mir kein Bissen schmecken, ehe ich nicht alles weiß."

DREIUNDDREISSIGSTES KAPITEL

Die wissenswerten Mitteilungen des Simson Carrasco, die bewirkten, daß Don Quijote seinen dritten Auszug beschloß

Höchst nachdenklich blieb Don Quijote zurück und erwartete Simson Carrasco, von dem er Neuigkeiten über sich selbst zu hören hoffte, die, wie Sancho sagte, in einem Buche abgefaßt waren.

Es dauerte nicht lange, da erschien Sancho mit Simson Carrasco, der, obgleich von Statur recht klein und blaß, doch bei sehr gutem Verstande und ein großer Schalk war. Er mochte vierundzwanzig Jahre zählen, hatte ein rundes Gesicht, eine platte Nase und einen großen Mund – alles Zeichen eines boshaften und zu Scherzen aufgelegten Gemüts, was er auch gleich bewies, als er Don Quijotes ansichtig wurde.

Er warf sich vor ihm auf die Knie und sagte: „Reichen mir Eure Hoheit die Hand, denn Euer Gnaden sind einer der berühmtesten fahrenden Ritter, die es in der Welt gegeben hat und je geben wird. Gepriesen sei derjenige, der Eure großen Taten niederschrieb!"

Don Quijote hieß ihn aufstehen und sagte: „So ist es denn wahr, daß es eine Historie über mich gibt?"

„Das ist so sehr wahr, gnädiger Herr", antwortete Simson, „wie heutigentags bereits mehr als zwölftausend Exemplare davon gedruckt sind. Und es wird keine Nation und keine Sprache geben, in die man dieses Buch nicht übersetzt."

„Eins von den Dingen", sagte hierauf Don Quijote, „die einen tugendhaften und außerordentlichen Mann besonders vergnügen müssen, ist, sich noch bei Lebzeiten mit gutem Namen im Munde der Leute zu wissen. Ich sage aber: Mit einem guten Namen, denn das Gegenteil wäre schlimmer als der schlimmste Tod."

„Wenn es auf Ruf und Namen ankommt", antwortete Simson Carrasco, „darin laufen Euer Gnaden allen fahrenden Rittern den Rang ab."

„So sagt mir doch gefälligst, welche von meinen Taten werden in der Historie am meisten gewürdigt?"

„Darüber", antwortete Simson, „gibt es verschiedene Meinungen, wie ja der Geschmack verschieden ist. Einige halten sich an das Abenteuer mit den Windmühlen, die Euch Riesen schienen; andere ziehen das mit der Walkmühle vor. Diese ergötzen sich an den beiden Armeen, die sich als zwei Herden von Hammeln auswiesen; jene schwören auf das mit der Leiche. Wieder andre behaupten, die Befreiung der Ruderknechte übertreffe alles übrige."

„Und was wird von mir berichtet?“ fragte Sancho. „Man sagt ja, daß ich einer von den vorzüglichsten Karakkern bin.“

„Charakteren, nicht Karakkern, Freund Sancho“, sagte Simson. „Ja, es gibt welche, die Euch lieber reden hören, als daß sie die schönste Beschreibung läsen. Doch andere sagen, Ihr wäret gar zu leichtgläubig, was die Statthalterschaft jener Insel betrifft, die Euch Herr Don Quijote versprochen hat.“

„Noch ist nicht aller Tage Abend“, erwiderte Don Quijote. „Und wenn Sancho wird mehr in die Jahre gekommen sein, so wird die Erfahrung, die das Alter bringt, ihn für einen Statthalter geschickter machen, als er es jetzt ist.“

„Bei meiner Seligkeit, gnädiger Herr“, sagte Sancho, „die Insel, die ich jetzt nicht regieren kann, werd ich auch nicht mit Methusalems Jahren regieren können. Das Unglück ist, daß die Insel sich weiß Gott wo versteckt hält. Aber daran liegt's nicht, daß ich nicht Kopfs genug hätte, sie zu statthaltern.“

Über diesen Gesprächen war die Essenszeit herangekommen, und Don Quijote bat Simson Carrasco höflich, ihm bei seinem bescheidenen Mahl Gesellschaft zu leisten. Zu den gewöhnlichen Gerichten wurden noch ein paar Tauben aufgetragen.

Bei Tisch sprach man weiter von Rittersachen, und Carrasco ließ seiner Laune freien Lauf, so daß Don Quijote schließlich vollends überzeugt war, er sei ein weit und breit berühmter Ritter und sein Leben gehöre nicht ihm, sondern all denen, die in ihrem Unglück seiner bedürften.

So geschah es, daß Don Quijote an diesem Abend beschloß, in acht Tagen mit Sancho Panza wieder aufzubrechen. Er bat aber den Simson, es für sich zu behalten, besonders dem Pfarrer und dem Barbier, seiner Nichte und der Haushälterin nichts zu erzählen, damit sie nicht die Ausführung seines ehrenvollen und tapferen Entschlusses störten.

Carrasco versprach alles, und darauf verabschiedete er sich.

Auch Sancho machte sich fort, um die Reise vorzubereiten.

VIERUNDDREISSIGSTES KAPITEL

Von einem gescheiten Gespräch zwischen Sancho Panza und seiner Frau Theresa

Sancho kam so vergnügt nach Hause, daß seine Frau seine Munterkeit schon auf Armbrustschußweite bemerkte und nicht umhin konnte, ihn zu fragen: „Was ist geschehen, lieber Sancho, daß du so gar lustig bist?“

Worauf er antwortete: „Liebe Frau, ich würde mich, wenn es Gott gefiele, sehr freuen, wenn ich nicht so lustig wäre.“

„Ich verstehe dich nicht, Mann“, versetzte sie, „was soll das heißen: du würdest dich, wenn es Gott gefiele, sehr freuen, wenn du nicht so lustig wärst? Bin ich auch einfältig, so weiß ich doch, daß es keinen Menschen gibt, der sich nicht freut, wenn er Grund hat, vergnügt zu sein.“

„Sieh, Theresa“, antwortete Sancho, „ich bin lustig, weil mein Herr Don Quijote seinen dritten Auszug machen will, um Abenteuer zu suchen. Und ich will auch wieder mit ihm gehen, denn so erfordert es meine Armut, und die Hoffnung auf klingenden Lohn stimmt mich vergnügt. Dabei werde ich nur traurig, wenn ich denke, daß ich dich und die Kinder verlassen muß. Gäbe mir Gott ein ausreichendes Brot in meinem Hause, was ihn doch nicht viel Mühe kosten dürfte, so wäre meine Lustigkeit jedenfalls beständiger; jetzt ist sie mit der Traurigkeit vermischt, dich zu verlassen.

Also habe ich ganz recht, wenn ich sage, ich würde mich, wenn es Gott gefiele, sehr freuen, wenn ich nicht so lustig wäre."

„Wahrlich, Sancho", erwiderte Theresa, „seit du dich zum Mitglied der fahrenden Ritterschaft gemacht hast, sprichst du auf eine wunderliche Weise, die ich nicht verstehe."

„Wenn mich nur Gott versteht, Frau", antwortete Sancho, „denn der ist der Versteher von allen Dingen, und damit gut. Aber höre, du mußt in den nächsten Tagen für den Grauen gut sorgen, damit er mir wieder im Kriege dienen kann. Verdopple sein Futter, sieh nach dem Reitkissen und all den übrigen Dingen; denn wir ziehen nicht etwa auf eine Hochzeit, sondern wir streifen durch die ganze Welt, und da gibt es Streit mit Riesen, Drachen und Gespenstern, da hört man Zischen, Toben, Schreien und Brüllen. Dies aber sind doch nur Butterblumen, wenn man es mit Yanguesern und anderm Zauber vergleicht."

„Ich glaube wohl, Mann", sagte Theresa, „daß die fahrenden Schildknappen ihr Brot nicht umsonst essen. Darum will ich unsern Herrgott bitten, daß er dich bald aus diesem Elend erlöse."

„Ich sage dir, Frau“, antwortete Sancho, „wenn ich nicht Hoffnung hätte, binnen kurzem Statthalter einer Insel zu sein, so wollte ich gleich tot vor dir niederfallen.“

„Nicht doch, lieber Mann“, sagte Theresa, „mag die Henne leben bleiben, wenn sie auch den Pips hat. Ohne Statthalterei bist du von deiner Mutter gekommen, ohne Statthalterei hast du bisher gelebt, und ohne Statthalterei wirst du zu Grabe gehn oder getragen werden, wenn es Gott gefällt. Wie viele gibt es nicht in der Welt, die ohne Statthalterei leben? Und sie leben weiter und werden zu den ordentlichen Leuten gerechnet. Das beste Gewürz ist der Hunger; und da er den Armen niemals fehlt, so macht ihnen das Essen immer Vergnügen. Denke aber daran, Sancho, daß du, wenn du doch plötzlich in einer Statthalterei säßest, daß du dann nicht mich und deine Kinder vergißt. Überlege, Sanchico ist schon fünfzehn Jahre alt, und es ist hohe Zeit, daß er in die Schule geht, wenn ihn sein Oheim, der Abt, noch in die Kirche aufnehmen soll. Und Maria Sancha, deine Tochter, würde sich gewiß nicht zu Tode grämen, wenn wir sie verheirateten; denn es schwant mir, daß sie ebensogern einen Mann hätte wie du eine Statthalterei.“

„Wahrlich“, antwortete Sancho, „wenn Gott so gnädig ist und mir eine Statthalterei zukommen läßt, will ich dir, liebe Frau, Maria Sancha so vornehm verheiraten, daß sie nicht anders als gnädige Frau genannt werden soll.“

„Nein, Sancho“, antwortete Theresa, „verheirate sie mit ihresgleichen, das ist das beste. Wenn sie aus Holzschuhen in Pantoffeln und aus grauem Fries in Reifröcke und seidene Kleider käme, würde sie sich nicht zurechtfinden können. Bei jedem Schritt würde sie in tausend Fehler verfallen, aus denen man gar bald ihre Herkunft erraten würde.“

„Schweig, Närrin“, sagte Sancho, „alles kommt auf die Übung von zwei oder drei Jahren an, dann wird ihr die Damenschaft wie angegossen stehen. Und geschieht es nicht, was schadet es uns dann? Sie bleibt eine Dame, es mag gehn, wie es will.“

„Und ich sage, Sancho, bleib in deinem Stande“, antwortete Theresa, „versuche nicht, höherzusteigen. Das wär mir was, wenn wir unsre Marie mit so einem Reichsgrafen oder Ritterkerl verheirateten und er ihr dann, sooft es ihm einfiele, den Stuhl vor die Tür setzen und sie Bauernmensch und Lumpenpack schimpfen könnte. Nein, Mann, dazu hab ich mein Kind nicht großgezogen! Bring du nur Geld, Sancho, aber das Verheiraten laß meine Sorge sein.“

„Hör mal, du dummes Weib!“ versetzte Sancho, „was fällt dir ein, daß du mich mir nichts, dir nichts hindern willst, meine Tochter so zu verheiraten, daß meine Enkel lauter Exzellenzen werden? Es wäre doch unklug, jetzt, wo das Glück an unsre Tür klopft, sie zu verschließen! Nein, wir wollen uns von dem günstigen Winde mitnehmen lassen, der in unsre Segel bläst. Dann kommen wir endlich aus dem Dreck. Und wäre es nicht gut, wenn sie dich die gnädige Theresa Panza hießen, wenn du in der Kirche auf Polstern und gestickten Kissen säßest, dem ganzen Adel des Orts zum Verdruß und Ärger? Und Sanchica soll eine Gräfin werden, und wenn du noch soviel einzuwenden hättest."

„Was sind das für Reden, Mann?" antwortete Theresa. „Ich befürchte ja nur, daß die Gräflichkeit das Unglück meiner Tochter werden wird. Aber tu, was du willst; wir wollen jetzt nicht darüber streiten. Ich sage nur, wenn du darauf bestehst, die Statthalterei zu kriegen, so solltest du deinen Sohn Sancho gleich mitnehmen, damit er von dir das Statthaltern lernen kann. Denn es ist immer gut, wenn die Kinder das Handwerk ihrer Väter lernen und forttreiben."

„Wenn ich die Statthalterei habe", sagte Sancho, „will ich ihn mir mit der Post schicken lassen. Und du wirst Geld kriegen, was mir dann nicht fehlen kann; Statthalter bekommen nämlich sehr leicht was geliehen, wenn sie nichts haben."

„Schick du nur Geld", sagte Theresa.

„Und sind wir nun einig", fragte Sancho, „daß unsre Tochter eine Gräfin werden soll?"

„Ich sage dir noch einmal", antwortete Theresa, „du magst tun, wozu du Lust hast; wir Weiber haben die Last, unsern Männern zu gehorchen, wenn sie auch wahre Lümmel sind." Und hierauf fing sie heftig an zu weinen. Sancho tröstete sie mit der Versicherung, daß er alles so gut einrichten wolle, wie es nur irgend ginge. Damit endete das Gespräch, und Sancho brach auf, Don Quijote zu besuchen und seine Befehle entgegenzunehmen.

FÜNFUNDDREISSIGSTES KAPITEL

Der dritte Auszug

Don Quijote und sein Schildknappe versahen sich mit allem, was sie für ihre Reise nötig hatten. Sancho sollte unter anderm auch einen vollständigen Visierhelm auftreiben, worauf Don Quijote durchaus nicht verzichten wollte. Simson Carrasco bot ihm einen an, der war aber leider mehr schwarz von Rost und Staub als hell und blank, wie Don Quijote es wünschte.

Das Wehgeschrei der Nichte und der Haushälterin, denen die Vorbereitungen natürlich nicht verborgen blieben, fand kein Ende. Sie rauften

sich die Haare, zerkratzten sich die Gesichter und erhoben wie zünftige Klageweiber ein so jämmerliches Klagen, als wäre ihr Herr gestorben.

Eines Abends endlich brachen die beiden auf, nachdem Sancho seine Frau und Don Quijote seine Nichte und Haushälterin halbwegs besänftigt hatten. Don Quijote ritt auf seiner wackeren Rosinante, und Sancho folgte auf seinem alten Grauen, hinter sich den Schnappsack mit Mundvorrat und einem Beutel voll Geld, das ihm sein Herr für unvorhergesehene Fälle eingehändigt hatte. Plötzlich fing Rosinante an zu wiehern, und der Graue erging sich in tiefen Seufzern, was beide, Ritter wie Schildknappe, für ein gutes Zeichen und eine glückliche Vorbedeutung hielten.

Darum sprach Don Quijote zu Sancho Panza: „Lieber Sancho, die Nacht wird uns überfallen und mit mehr Dunkelheit, als uns recht sein kann, wenn wir bei Tagesanbruch Toboso erreichen wollen. Denn dorthin bin ich entschlossen zu gehen, ehe ich mich in ein anderes Abenteuer einlasse. Ich will mir den Segen der unvergleichlichen Dulcinea holen, auf daß ich jedes gefährliche Abenteuer glücklich bestehe; nichts im Leben macht fahrende Ritter so tapfer, wie wenn sie von ihren Damen begünstigt sind."

„Das glaube ich auch", antwortete Sancho. „Es wird für Euer Gnaden jedoch schwierig werden, sie zu sprechen – wenigstens an einem Orte, wo Ihr ihren Segen entgegennehmen könnt, falls sie ihn nicht von der Hofmauer herunter erteilen will, wo ich sie damals sah, als ich ihr den Brief überbrachte."

„Wir wollen trotzdem hingehen, Sancho", entgegnete Don Quijote. „Wenn ich sie nur erblicke, ist es mir einerlei, ob auf einer Mauer oder durchs Fenster."

Unter diesen und ähnlichen Gesprächen vergingen die Nacht und der folgende Tag, ohne daß ihnen etwas Erzählenswertes begegnet wäre. Spät am Abend endlich sahen Don Quijote und Sancho Toboso vor sich liegen.

SECHSUNDDREISSIGSTES KAPITEL

Erzählt, was man darin finden wird

Es war um Mitternacht, als Don Quijote und Sancho den letzten Hügel verließen und in Toboso Einzug hielten. Das Dorf war in Schweigen und Stille begraben; alle seine Einwohner schliefen oder ruhten mit ausgestreckten Beinen. Die Nacht war dämmrig, obgleich Sancho wünschte, daß sie ganz dunkel sein möchte, um in der Dunkelheit eine Entschuldigung seiner Unwissenheit zu finden. Sie hörten nichts als das Bellen der Hunde, das Don Quijote die Ohren betäubte und Sancho das Herz erschütterte. Von Zeit zu Zeit brüllte ein Esel, grunzten Schweine, miauten Katzen – Stimmen und Töne, die in der Einsamkeit der Nacht doppelt laut erklangen.

„Führe mich, Freund Sancho, zum Palast der Dulcinea", befahl Don Quijote, „vielleicht finden wir sie noch wach."

„Nach welchem Palast soll ich führen", antwortete Sancho, „wenn das, worin ich sie gesehen habe, nur ein ganz kleines Häuschen gewesen ist?"

„So muß sie sich damals", sagte Don Quijote, „in eine Abteilung ihrer Burg zurückgezogen haben, um sich mit ihren Jungfrauen zu unterhalten, wie es Sitte ist bei erhabenen Damen und Prinzessinnen."

„Gnädiger Herr", sagte Sancho, „wenn Ihr also mir zum Possen durchaus haben wollt, daß Dulcinea in einer Burg wohnt – meint Ihr denn, jetzt sei die Zeit, das Tor noch offen zu finden? Haltet Ihr es für gut, zu pochen und zu lärmen, auf daß wir das ganze Schloß in Verwirrung und Aufruhr bringen?"

„Laß uns erst vor der Burg angelangt sein", entgegnete Don Quijote, „dann sollst du erfahren, was ich tun werde. Aber höre, Sancho, entweder bin ich blind, oder jene finstere Masse vor uns sieht mir nach dem Palast der Dulcinea aus."

„Na, dann geht nur vornweg", antwortete Sancho, „möglich ist es ja. Aber glauben werde ich das ebensowenig, wie ich glaube, daß jetzt Tag ist, und sollte ich ihn auch mit Augen sehen und mit Händen greifen."

Don Quijote ritt voraus, und als er zweihundert Schritte getan hatte, stieß er auf die Masse, die soviel Finsternis verursacht hatte. Er sah nämlich einen großen Turm vor sich, und sogleich merkte er, daß dies Gebäude keine Burg, sondern die Kirche des Dorfes war, und sprach: „Wir sind auf die Kirche geraten, Sancho."

„Die Kirche, ja", antwortete Sancho, „und gebe Gott, daß wir hier nicht in unser Grab geraten; denn es ist nicht gut, sich zu solcher Zeit auf Kirchhöfen herumzutreiben. Überdies, wenn ich mich recht erinnere, habe ich Euer Gnaden wohl gesagt, daß das Haus in einem Sackgäßchen steht."

„Unverbesserlicher Dummkopf, du!" rief Don Quijote. „Wo hast du dergleichen gehört, daß Burgen und königliche Paläste in Gäßchen aufgebaut werden?"

„Gnädiger Herr", antwortete Sancho, „andre Länder, andre Sitten. Vielleicht ist es in Toboso der Brauch, daß Paläste und die großen Gebäude in Gäßchen stehen. Ich bitte Euch also, laßt mich in den Gassen oder Gäßchen, die ich hier treffe, herumsuchen; es kann geschehen, daß ich in irgendeinem Winkel diese Burg finde, von der ich wünsche, daß die Hunde sie fressen möchten, weil wir nach ihr so in die Kreuz und Quere spüren müssen."

„Sprich mit Achtung, Sancho, von allem, was meiner Gebieterin gehört", verwies ihn Don Quijote.

„Ich will's versuchen", antwortete Sancho. „Aber muß mir nicht die Geduld ausreißen, wenn Ihr verlangt, ich soll nach einem einzigen Mal das Haus unsrer Herrin zu jeder Zeit und in der Mitternacht wiederfinden? Ihr könnt es ja auch nicht, obwohl Ihr es doch tausendmal gesehen haben müßt."

„Du wirst mich zur Verzweiflung bringen, Sancho", entgegnete Don Quijote. „Hab ich dir nicht oft genug gesagt, daß ich nie in meinem Leben die unvergleichliche Dulcinea gesehen und nicht einmal die Schwelle ihres Palastes betreten habe? Daß ich mich bloß vom Hörensagen in sie verliebte, durch den großen Ruhm ihrer Schönheit und ihres Verstandes?"

„Und ich sage", antwortete Sancho, „da Ihr sie nicht gesehen habt, ist sie mir ebensowenig begegnet."

„Sancho, Sancho“, sprach Don Quijote, „es hat seine Zeit zu spaßen, es hat aber auch seine Zeit, wo ein Spaß übel aufgenommen wird. Weil ich die Gebieterin meiner Seele niemals gesehen und gesprochen habe, bist du noch nicht berechtigt, ebenfalls zu sagen, du habest sie nie gesprochen und gesehen – zumal das durchaus die Unwahrheit ist, wie du selber weißt.“

Indem kam ein Mann mit zwei Maultieren auf sie zu. Aus dem Geräusch, das der Pflug machte, der auf dem Boden nachschleifte, schlossen sie, daß es ein Bauer sein müsse, der vor Tage an seine Arbeit gehe. Und so war es in der Tat.

Der Bauer kam herbei und sang:

„Übel traft Ihr es, Franzosen,
in dem wilden Roncesvalles.“

„Ich will sterben, Sancho“, sagte Don Quijote, als er dies vernahm, „wenn uns diese Nacht glücklich vergeht. Hörst du nicht, was der Landmann dort singt?“

„Ich höre es“, antwortete Sancho. „Aber was hat die Jagd von Roncesvalles mit unserem Vorhaben zu tun?“

Als der Bauer heran war, fragte Don Quijote: „Könnt Ihr mir, guter Freund, sagen, wo die Paläste der unvergleichlichen Prinzessin Dulcinea von Toboso stehen?“

„Mein Herr“, antwortete der Knecht, „ich bin fremd hier und seit wenigen Tagen erst im Dorf. In dem Haus da drüben aber wohnen der Pfarrer und der Küster; wenigstens einer von ihnen wird Euch von dieser Frau Prinzessin Nachricht geben können. Denn sie haben die Liste von allen Einwohnern Tobosos, ob ich gleich nicht glauben kann, daß eine Prinzessin dabeisein sollte. Viele ansehnliche Frauen gibt es wohl, vielleicht jede in ihrem Haus eine Prinzessin.“

„Unter denen“, sagte Don Quijote, „muß sich, mein Freund, auch diejenige befinden, nach der ich gefragt habe.“

Da trieb der Knecht seine Maultiere an, ohne eine weitere Frage abzuwarten.

Sancho, der seinen Herrn in einer sehr verdrießlichen Verfassung erblickte, sagte zu ihm: „Gnädiger Herr, bald wird der Tag anbrechen, und es wäre nicht ratsam, daß uns die Sonne noch in dieser Gasse fände. Sollten wir uns nicht doch aus der Stadt entfernen? Ihr könntet Euch in einer nah gelegenen Wildnis verbergen, während ich am Tage zurückkehre und Schritt für Schritt im ganzen Ort nachfrage, bis ich das Haus, die Burg oder den Palast meiner Gebieterin gefunden habe. Und es müßte mit dem Teufel zugehen, wenn ich ihn nicht finden sollte! Dann will ich mit der Gnädigen sprechen und sagen, wo und wie Ihr auf ihre Befehle wartet, damit Ihr sie ohne Nachteil für ihre Ehre und ihren Namen sehen könnt.“

„Du hast, Sancho“, sagte Don Quijote, „in wenig Worten tausend vortreffliche Sachen gesprochen. Diesen Rat nehme ich mit der größten Bereitwilligkeit an. Komm, mein Sohn, damit ich mich verberge und du zurückgehst, um meine Dame zu suchen.“

Sancho hatte höchste Eile, seinen Herrn aus dem Dorf zu bringen, weil er fürchtete, Don Quijote werde die Lüge wegen der Antwort entdecken, die er ihm von der Dulcinea in das Schwarze Gebirge gebracht hatte. Er beschleunigte also den Abzug, und zwei Meilen vor dem Ort fanden sie einen Eichenwald, wo Don Quijote wartete, während sich mit Sancho, der nach dem Dorfe zurücktrabte, Dinge zutrugen, die neue Aufmerksamkeit und neuen Glauben verdienen.

SIEBENUNDDREISSIGSTES KAPITEL

Von der List, die Sancho erfand,
um die Dame Dulcinea zu verzaubern

Don Quijote war hoch zu Pferde zurückgeblieben, auf seine Lanze gestützt, voll trauriger und sehr verworrener Vorstellungen von dem bevorstehenden Zusammentreffen mit seiner Dame. Doch folgen wir Sancho Panza, der sich ebenso verwirrt und gedankenvoll auf dem Esel von seinem Herrn entfernte, und zwar verwirrt in solchem Grade, daß er, kaum lag der Wald hinter ihm und Don Quijote war nicht mehr zu sehen, von seinem Esel abstieg, sich am Fuße eines Baumes niedersetzte und anfing mit sich selber zu sprechen: „Nun, Freund Sancho, wo geht's denn hin mit Euer Gnaden? Gehst du etwa einen Esel suchen, der sich verlaufen hat? – Nein, wahrhaftig nicht. – Was willst du denn suchen? – Ich will, wie mir aufgetragen ist, eine Prinzessin suchen und in ihr zugleich die Sonne der Schönheit nebst den ganzen Himmelsherrlichkeiten. – Und wo gedenkst du dieses Ding zu finden, Sancho? – Wo? In der großen Stadt Toboso. – Weißt du denn aber das Haus, Sancho? – Mein Herr sagt, es wären etliche Paläste oder sehr prachtvolle Burgen. – Hast du sie schon einmal gesehen? – Weder ich noch mein Herr haben sie jemals mit Augen gesehen. – Und meinst du, daß es ein gutes Ende nähme, wenn die aus Toboso wüßten, daß ihr hier seid, ihnen ihre Prinzessinnen fortzuschleppen? Wenn sie nun kämen und euch die Rippen mit dürren Hölzern zerklopften, daß ihr keinen gesunden Knochen behieltet? Es ist ein dummes Geschäft, für eines andern Vergnügen eine dreibeinige Katze zu suchen, und vollends eine Dulcinea in Toboso!“

Dieses Gespräch also hielt Sancho mit sich selber, und zu welchem Ergebnis er kam, werden wir gleich sehen. „Frisch auf!" fuhr er fort, „gegen jedes Ding gibt es ein Mittel, außer gegen den Tod; dessen Knechte müssen wir alle werden, so schwer es uns auch ankommt am Ende unseres Lebens. Der, der mein Herr ist, hat in tausend Proben bewiesen, daß er zum Anbinden närrisch ist, und ich lasse mich darin auch nicht lumpen. Denn ich bin noch dümmer als er, weil ich ihm folge und ihm diene, wenn das Sprichwort nämlich recht hat: Sage mir, mit wem du umgehst, so will ich dir sagen, wer du bist.

Da er nun so närrisch ist, wie er es ist, und in seiner Tollheit oft ein Ding für das andre nimmt, weiß für schwarz hält und schwarz für weiß, wie es sich damals zeigte, als er sagte, die Windmühlen wären Riesen und die Herde Hammel eine Armee von Feinden, so wird es auch nicht schwerhalten, ihn glauben zu machen, ein Bauernmädchen, das erste beste, das ich finde, sei die Dame Dulcinea. Und glaubt er's nicht, so schwör ich; schwört er, so schwör ich von neuem. Besteht er auf seinem Nein, so bleibe ich noch mehr bei meinem Ja; ich werd es dreist durchfechten, mag daraus werden, was will. Vielleicht wird er sich auch vorstellen, daß ein böser Zauberer, einer von denen, die ihm immer Böses wollen, ihre Gestalt verwandelt habe, um ihm Schaden und Ärger zuzufügen."

Als Sancho Panza so weit gekommen war, zog Ruhe in seine Seele ein, und er hielt seine Gesandtschaft für beendet. Bis zum Nachmittag blieb er noch sitzen, damit Don Quijote denken konnte, er habe die Zeit gebraucht, um nach Toboso zu gehen und zurückzukommen. Alles schien Sancho nach Wunsch zu gelingen; denn als er endlich aufstand, um seinen Grauen zu erklettern, kamen von Toboso drei Bäuerinnen her, die auf drei jungen Eseln oder Eselinnen ritten.

Sowie Sancho die Bäuerinnen gewahr wurde, ritt er im Trab zu Don Quijote.

„Bringst du gute Nachricht?" fragte Don Quijote.

„So gute", antwortete Sancho, „daß Ihr weiter nichts zu tun habt, als Rosinante die Sporen zu geben und ins Freie zu reiten. Dann könnt Ihr die Dame Dulcinea von Toboso sehen, die mit zwei von ihren Jungfrauen kommt, Euer Gnaden zu besuchen."

„So gehen wir denn, Freund Sancho", antwortete Don Quijote. „Und zum Lohn dieser unverhofft schönen Nachricht verspreche ich dir alle Beute, die ich im ersten Abenteuer gewinne, auf das ich stoße. Wenn du aber damit nicht zufrieden bist, verspreche ich dir die Jungen, die meine drei Stuten in diesem Jahr werfen werden."

Als sie aus dem Wald kamen, sahen sie nahe bei sich die drei Bauernmädchen. Don Quijote richtete seine Augen auf den Weg nach Toboso, und da er nichts als die drei Bäuerinnen sah, fragte er Sancho verwirrt, ob er Dulcinea außerhalb der Stadt verlassen habe.

„Außerhalb der Stadt?“ antwortete Sancho. „Habt Ihr etwa die Augen hinten im Kopfe, daß Ihr die nicht seht, die daherkommt in vollem Strahlen wie die Sonne mitten am Tage?“

„Ich sehe nichts, Sancho“, sagte Don Quijote, „als drei Bäuerinnen auf Eseln.“

„Soll mich Gott vom Teufel erlösen!“ antwortete Sancho. „Ist es denn möglich, daß Ihr die drei Wallachen, oder wie die Dinger heißen, die weiß sind wie der gefallene Schnee, für Esel haltet?“

„Ich sage dir, Freund Sancho“, widersprach Don Quijote, „daß es so gewiß Esel oder Eselinnen sind, wie ich Don Quijote heiße und du Sancho Panza.“

„Schweigt doch, gnädiger Herr“, sagte Sancho, „und sprecht nicht solche Worte! Wischt Euch lieber die Augen aus und geht die Gebieterin Eurer Gedanken begrüßen.“ Und mit diesen Worten entfernte er sich, um den Bäuerinnen entgegen zu gehen. Er schwang sich vom Grauen herunter, faßte den Esel des einen Mädchens beim Zaum, ließ sich mit beiden Knien zur Erde nieder und sprach: „Königin und Prinzessin und Herzogin der Schönheit! Eure Hochmut habe die Gnade, die Dienste jenes Ritters anzunehmen, der dort wie ein Marmorstein steht, ganz verwirrt und leblos, weil er sich in Eurer prachtvollen Gegenwart befindet. Ich bin Sancho

Panza, sein Schildknappe; er aber ist der vielgereiste Don Quijote von der Mancha, der auch der Ritter von der traurigen Gestalt genannt wird."

Inzwischen hatte sich Don Quijote neben Sancho niedergekniet und betrachtete unverwandt diejenige, die Sancho Königin und Gebieterin nannte. Da er aber nichts als ein Bauernmädchen erblickte und nicht einmal ein hübsches, denn sie hatte ein kugelrundes Gesicht und eine Stumpfnase, so wunderte er sich und staunte und wagte nicht, den Mund aufzutun.

Die Bauernmädchen waren ebenfalls nicht wenig betroffen; doch da brach die Angehaltene mit barschen Worten das Schweigen. „Marsch da!" sagte sie, „aus dem Wege! Laßt uns gehen, wir haben keine Zeit!"

Worauf Sancho antwortete: „O Prinzessin und große Dame von Toboso, wird Euer Herz nicht gerührt, wenn die Säule und Stütze der fahrenden Ritterschaft vor Euch liegt?"

Als dies eine von den andern beiden hörte, sagte sie: „Was soll das Gerede, wollt Ihr uns zum Narren machen? Schert Euch weg und laßt uns in Frieden ziehen, das wird das beste sein."

„Erhebe dich, Sancho", fiel Don Quijote ein. „Ich sehe, daß dem Schicksal mein Leid noch nicht genügt und ihm alle Mittel recht sind, meine Seele zu betrüben. Und du, o meine Dulcinea, einziges Labsal meines kranken Herzens, das dich verehrt – so boshaft verfolgt mich der Zauberer, daß er deine unvergleichliche Schönheit in die Gestalt einer Bäuerin entstellt und verwandelt hat. Hat er mich vielleicht auch gegen ein Gespenst vertauscht, damit ich abscheulich vor deinen Augen erscheine? Sonst sieh zärtlich und liebevoll auf mich herab, der ich deine entstellte Schönheit vergöttere."

„Auch das noch!" antwortete das Bauernmädchen. „Diese Art Liebeserklärungen hab ich gern! Laßt mich los, allein dafür will ich Euch Dank sagen."

Nun gab Sancho sie frei, sehr zufrieden, daß sein Plan so gut geglückt war. Kaum sah die Bäuerin, die die Dulcinea vorgestellt hatte, daß Sancho zurücktrat, als sie ihren Esel spornte, der sogleich über die Wiese wegrannte. Da aber der Esel den Stachel schmerzhafter als gewöhnlich fühlte, verfiel er bald in hohe Sprünge und warf die Dame Dulcinea auf die Erde.

Don Quijote lief hinzu, sie aufzuheben, Sancho aber, um ihr das Reitkissen wieder festzuschnallen; denn es war dem Esel unter den Bauch gerutscht. Als das Reitkissen zurechtgemacht war und Don Quijote seiner verzauberten Schönen auf den Esel helfen wollte, verschmähte sie seine Hilfe. Ganz undamenhaft setzte sie sich in einen kleinen Galopp, stützte beide Hände auf die Kruppe des Esels und schwang sich leichter als ein Falke in den Sattel, wo sie wie ein Mann mit gespreizten Beinen sitzen blieb.

„Hol mich der Satan", rief Sancho begeistert, „unsre Beherrscherin fliegt dahin wie ein Vogel, die kann dem geschicktesten Mexikaner Unterricht geben! Mit einem einzigen Hops ist sie im Sattel, und nun läßt sie den Wallach ohne Sporen laufen, und ihre Jungfrauen geben ihr nichts nach, alle drei sausen sie wie der Wind.“

Und so war es in der Tat; denn als sich Dulcinea wieder beritten sah, eilten sie im schnellsten Laufe davon, ohne eine halbe Meile lang auch nur den Kopf zu wenden.

Don Quijote folgte ihnen mit den Augen, und sowie sie verschwunden waren, sagte er zu Sancho: „Was meinst du zu diesem Haß der Zauberer? Nicht einmal das Vergnügen gönnen sie mir, meine Gebieterin in ihrer natürlichen Gestalt zu erblicken. Wahrlich, ich bin geboren, das Muster eines Unglücklichen abzugeben, auf mich allein zielen die Bösen all ihre Unheilpfeile. Die gemeinste und häßlichste Gestalt mußten sie meiner Dulcinea geben, und zugleich nahmen sie ihr auch das, was die besondere Eigenschaft jeder vornehmen Dame ist, nämlich den schönen Geruch. Du mußt wissen, Sancho, daß mir von ihr ein solcher Knoblauchgestank entgegenkam, daß sich mir die Seele im Leibe umdrehte.“

„Lumpengesindel!“ heulte Sancho auf, „niederträchtige und schlechtdenkende Zauberer! Könnte ich euch doch alle zusammen am Galgen sehen, wie die Perlen an einen Rosenkranz geheftet sind! Es hätte ja wohl genügt, ihr Spitzbuben, ihre Perlenaugen in Galläpfel zu verwandeln, die Haare vom reinsten Golde in die Borsten eines minderwertigen Kuhschwanzes, kurz, alle ihre trefflichen Eigenschaften in schlechte zu verkehren; den Geruch hättet ihr ihr wenigstens lassen sollen, denn daraus hätten wir vielleicht ersehen können, was unter der häßlichen Rinde verborgen liegt. Allerdings, um die Wahrheit zu gestehen, habe ich nichts von ihrer Häßlichkeit bemerkt, sondern nur ihre Schönheit, an der das allerschönste ein Mal war, das sie auf der Lippe trug und an dem wie Strahlen von Gold sieben oder acht rötliche Haare hingen, so lang wie meine Hand.“

„Aber für ein Mal, wie du es beschrieben hast, sind die Haare ungemein lang“, sagte Don Quijote erstaunt.

„Doch muß ich Euch sagen“, antwortete Sancho, „sie nehmen sich so schön aus, wie man es sich gar nicht vorstellen kann.“

„Ich glaube dir, mein Freund“, sprach Don Quijote, „denn Dulcinea erhielt von der Natur nichts, das nicht vollkommen und durchaus vollendet wäre. Aber sage mir, Sancho, wie war das Reitkissen beschaffen, das du wieder zurechtgeschnallt hast?“

„Es war“, antwortete Sancho, „ein Sattel mit einer Schabracke darüber, die wohl die Hälfte eines Königreichs wert ist.“

„Und von allem habe ich nichts gesehen, Sancho!“ rief Don Quijote verzweifelt. „Ich sag es wieder und will es tausendmal sagen, daß ich der unglücklichste unter den Menschen bin.“

Es wurde dem Schelm Sancho sauer, sein Lachen zu verbergen, während er immerfort die Narrheiten seines Herrn hören mußte, den er auf so feine Art betrogen hatte.

Endlich aber, nachdem noch viele Worte hin- und hergegangen waren, stiegen die beiden wieder auf ihre Tiere und folgten dem Weg nach Saragossa, wo sie rechtzeitig zu einer Feierlichkeit einzutreffen gedachten, die alljährlich in dieser berühmten Stadt mit vieler Pracht begangen wurde.

ACHTUNDDREISSIGSTES KAPITEL

Das furchtbare Abenteuer mit dem Wagen des Todes

Gedankenvoll ritt Don Quijote dahin, indem er unablässig über den schlechten Spaß nachdenken mußte, den ihm der Zauberer mit Dulcinea gespielt hatte. Er betrachtete es von dieser Seite und von jener Seite, vermochte aber kein Mittel zu finden, wie er ihr aus der häßlichen Gestalt eines Bauernmädchens zu ihrem früheren Aussehen verhelfen könne.

Diese Gedanken nahmen ihn gänzlich in Anspruch, so daß er böse zusammenschrak, als unversehens ein Wagen seinen Weg kreuzte. Er war voll besetzt mit den mannigfaltigsten und seltsamsten Figuren, die man sich nur vorstellen mag. Der die Maultiere antrieb und zugleich den Fuhrmann abgab, war ein häßlicher Teufel; der Wagen war offen und ohne jede Plane oder Verdeck.

Die erste Figur, die sich Don Quijotes Augen zeigte, war der Tod persönlich, doch er hatte das Gesicht eines Menschen. Neben ihm saßen ein Engel mit großen bunten Flügeln und ein Kaiser, dessen Kopf mit einer goldschimmernden Krone geziert war. Auch ein Ritter war dabei, von Kopf bis Fuß bewehrt, nur daß er statt des Helmes oder der Sturmhaube einen Hut voll bunter Federn trug.

Noch manch andere Figur von sonderbarer Tracht und Aussehen fuhr mit auf dem Wagen. Zuerst wußte sich Don Quijote auf all dies keinen Reim zu machen, und Sanchos Herz wurde von Furcht ergriffen. Doch nicht lange, da wurde Don Quijote wieder fröhlich; denn er glaubte nun nichts anderes, als daß sich ihm hier ein neues furchtbares Abenteuer biete. Deshalb bedachte er sich nicht lange, stellte sich vor den Wagen und sprach mit lauter, drohender Stimme: „Fuhrmann, Kutscher oder Teufel, oder was du sein magst, säume nicht, mir zu antworten. Wer bist du, wohin gehst du, und wer sind die Leute auf deinem Gefährt?“

Worauf der Teufel, indem er den Wagen anhielt, gelassen sagte: „Mein Herr, wir sind Schauspieler. Wir haben heute früh in einem Ort hinter jenem Hügel das Spiel von der ‚Hofhaltung des Todes' aufgeführt, und heute abend wollen wir es in dem Dorfe, das vor uns liegt, geben. Weil es aber so nahe ist, haben wir uns nicht die Mühe gemacht, uns auszuziehen und dann wieder anzukleiden, sondern wir fahren in den Kleidern hin, die wir für die Vorstellung brauchen. Wollt Ihr noch mehr von uns wissen, dann fragt nur. Ich will auf alles mit der größten Genauigkeit antworten; denn da ich der Teufel bin, so weiß ich auch in allem Bescheid."

„Bei meiner Ehre eines fahrenden Ritters", antwortete Don Quijote, „als ich den Wagen gewahr wurde, glaubte ich, daß mir ein wichtiges Abenteuer

entgegenkäme. Um keiner Täuschung zu unterliegen, ist es aber, wie ich sehe, oftmals nötig, erst den Schein mit der Hand zu fassen. Geht mit Gott, gute Leute, und feiert euer Fest; doch wenn ihr mir etwas aufzutragen habt, wodurch ich euch nützlich sein kann, so sagt es nur, ich will es gern und mit Vergnügen ausrichten. Denn von Kindheit auf war ich dem Theater ergeben, und als Bursche verwandte ich kein Auge von den Schauspielern."

Während er noch sprach, wollte es das Schicksal, daß einer von der Gesellschaft hinzutrat, der in ein schellenbesetztes Gewand gekleidet war und an einem Stock drei luftgefüllte Rindsblasen mit sich führte. Als der Hanswurst Don Quijote nahe gekommen war, fing er an, den Stock zu schwenken und unter merkwürdigen Sprüngen und Schellengetön mit den Blasen auf die

Erde zu schlagen. Über dieses gefährliche Gebaren entsetzte sich Rosinante dermaßen, daß Don Quijote die Gewalt über sie verlor. Rosinante nahm den Zügel zwischen die Zähne und flog mit einer Leichtigkeit über das Feld hinweg, die niemand ihren alten Knochen zugetraut hätte.

Sancho sprang geschwind von seinem Grauen und lief in der größten Hast, seinem Herrn zu helfen. Als er ihn aber einholte, lag Don Quijote bereits auf der Erde und neben ihm Rosinante, die einen heftigen Sturz getan hatte – wie es übrigens jedesmal geschah, wenn sie sich besonders fröhlich und übermütig gebärdete.

Kaum aber hatte Sancho sich entfernt, um Don Quijote beizustehen, als sich der ausgelassene Narr auf den ledigen Grauen schwang und ihn mit den Blasen so bearbeitete, daß der mehr aus Furcht vor dem Lärm als vor den Schlägen eilig nach dem Dorfe rannte, wo die Gesellschaft ihr Spiel aufführen wollte. Sancho sah seinen Esel laufen und Don Quijote hilflos daliegen, und er wußte nicht, welchem der beiden Unglücklichen er zuerst beispringen solle.

Dennoch, als ein treuer Schildknappe und Diener entschied er sich zugunsten seines Herrn – obgleich es ihm jedesmal, wenn die Blasen in die Luft stiegen und auf die Lenden seines Esels niederfielen, einen Stich ins Herz gab.

In dieser wehmütigen Stimmung kam er dahin, wo Don Quijote lag, der einen härteren Fall getan hatte, als ihm dienlich gewesen wäre. Sancho half ihm hoch, setzte ihn auf Rosinante und sagte: „Gnädiger Herr, der Teufel hat den Grauen geholt."

„Der Teufel?" fragte Don Quijote.

„Der mit den Blasen", antwortete Sancho.

„Ich will dir den Grauen zurückerobern", schwor Don Quijote, „und wenn der Teufel sich mit ihm in den tiefsten Abgründen und den finstersten Schlünden der Hölle versteckt hielte. Folge mir, Sancho, der Wagen fährt langsam, und mit den Maultieren, die ihn ziehen, soll dir der Verlust des Grauen vorerst vergütet werden."

„Das wird nicht nötig sein, gnädiger Herr", antwortete Sancho, „besänftigt Euren Zorn. Denn soviel ich sehe, ist der Teufel vom Grauen wieder herunter, und da wird das Tierchen wohl von allein nach Hause kommen."

So war es in der Tat; denn der Teufel war mit dem Grauen gestürzt, ebenso wie Don Quijote mit Rosinante, und nun begab sich der Teufel zu Fuß nach dem Dorfe, während der Esel umkehrte und seinem Herrn entgegensprang.

„Trotzdem", sagte Don Quijote, „wird es gut sein, die Ungezogenheit des Teufels an irgendeinem auf dem Wagen zu bestrafen, wär's auch am Kaiser selbst."

„Laßt Euch diesen Gedanken vergehen", entgegnete Sancho, „und hört meinen Rat: Bindet niemals mit Komödianten an; denn dieses Volk kommt immer glatt davon. Ich habe mal einen gesehen, der saß wegen zwei Totschlägen gefangen und ist doch frei geworden, ohne etwas bezahlen zu müssen. Bedenkt, es ist ein lustiges Volk, und deshalb gefällt es allen; alle begünstigen es, alle helfen ihm, alle stehen ihm bei und achten es."

„Dennoch", antwortete Don Quijote, „soll mir der Komödiantenteufel nicht ohne Lohn ausgehen, wenn ihn auch das ganze Menschengeschlecht beschützte."

Nach diesen Worten begab er sich zum Wagen und rief mit lauter Stimme: „Haltet an und wartet, ihr lustigen Gesellen, damit ich euch zeige, wie man Esel und Getier behandelt, das den Schildknappen der fahrenden Ritter zum Reiten dient."

Don Quijote brüllte so laut, daß die im Wagen ihn hörten und seine Absicht verstanden. Augenblicks sprang der Tod aus dem Wagen, nach ihm der Kaiser, der Teufel, der Fuhrmann, der Engel und alle andern, und sie beluden sich mit Steinen, formierten sich in Schlachtordnung, um Don Quijote gebührend zu empfangen.

Don Quijote, der sie so tapfer sah, im Begriffe, gewaltig die Steine abzuschleudern, zügelte Rosinante und überlegte, wie er mit der wenigsten Gefahr für seine Person angreifen könne.

Indem er noch nachdachte, kam Sancho und sagte zu ihm: „Es wäre eine ziemliche Torheit, gnädiger Herr – bedenkt doch, daß es gegen einen tüchtigen Steinregen durchaus keine Verteidigung gibt, wenn man sich nicht unter einer ehernen Glocke verschanzen wollte. Es wäre auch mehr Verwegenheit als Tapferkeit, als einzelner Mann eine Armee anzugreifen, in der sich der Tod selber befindet, wo ein Kaiser mitstreitet und der die guten und die bösen Engel beistehen. Aber wenn dies noch nicht hinreicht, Euch zur Ruhe zu bewegen, so überzeugt Euch nur, daß unter allen, die dort stehen und die wie Könige, Prinzen und Kaiser aussehen, sich doch kein fahrender Ritter befindet."

„Jetzt hast du", sagte Don Quijote, „den Punkt getroffen, Sancho, der mein Vorhaben ändern kann und muß. Denn wie ich dir oft gesagt habe, darf ich das Schwert nicht ziehen gegen welche, die nicht zum Ritter geschlagen sind. Dich, Sancho, geht es an, ob du wegen der Kränkung, die deinem Grauen zugefügt wurde, Rache nehmen willst; ich werde dir dann mit meiner Stimme und mit heilsamem Rate beistehen."

„Ich habe", antwortete Sancho, „an niemandem keine Rache zu nehmen; denn gute Christen sollen Kränkungen nicht rächen. Ich werde mich auch mit meinem Esel einigen, der seine Beleidigung gewiß meinem Willen übergeben wird, der darin besteht, meine Tage in Frieden zu verbringen."

„Da dies dein Entschluß ist", sprach Don Quijote, „du guter Sancho, du verständiger Sancho, du christlicher Sancho, so wollen wir die Gespenster in Ruhe lassen und uns aufmachen, größere und wichtigere Abenteuer zu suchen. Denn ich sehe es dieser Gegend an, daß es hier nicht an vielen und wunderbaren Abenteuern fehlen kann." Gleich wandte er die Zügel; Sancho fing seinen Grauen ein. Der Tod und seine Gesellschaft aber begaben sich auf den Wagen und fuhren weiter. So erlangte das furchtbare Abenteuer mit dem Tode dank Sanchos Klugheit doch ein glückliches Ende.

NEUNUNDDREISSIGSTES KAPITEL

Nächtliche Begegnung mit dem unglücklichen Ritter vom Walde

Die Nacht, die diesem Tage folgte, brachten Don Quijote und sein Schildknappe unter einigen hohen, dichten Bäumen zu. Sancho schlief unter einem Korkbaum, sein Herr schlummerte unter einer starken Eiche. Aber es war nur kurze Zeit verflossen, als Don Quijote von einem Geräusch geweckt wurde, das er hinter sich vernahm.

Er fuhr auf, um zu hören und zu sehen, was das Geräusch verursache, worauf er gewahr wurde, daß es zwei Männer zu Pferde waren, von denen der eine sich aus dem Sattel hob und zu dem andern sagte: „Steig ab, mein Freund, und versorge die Pferde, denn wie mir scheint, ist an diesem Ort Gras für sie im Überfluß, für mich aber Einsamkeit und Stille, wie sie meine Gedanken brauchen." Dies sagen und sich auf die Erde werfen, geschah in einem Augenblick, und indem der Mann sich niederwarf, rasselten seine Waffen, woraus Don Quijote den Schluß zog, daß es ein fahrender Ritter sein müsse.

Don Quijote packte Sancho beim Arm und brachte ihn mit nicht geringer Mühe zur Besinnung. Dann sagte er ganz leise zu ihm: „Freund Sancho, wir haben ein Abenteuer."

„Gott gebe, daß es gut sei!" antwortete Sancho. „Aber wo, Euer Gnaden, steckt denn der Herr Abenteuer?"

„Wo, Sancho?" sprach Don Quijote. „Wende nur die Augen, so wirst du einen fahrenden Ritter liegen sehen, der, wie mir scheint, nicht über die Maßen fröhlich ist."

„Woher wißt Ihr aber", fragte Sancho, „daß es ein Abenteuer ist?"

„Ich will nicht behaupten", antwortete Don Quijote, „daß es bereits ein ausgemachtes Abenteuer ist, wohl aber der Anfang von einem; denn auf diese Weise fangen alle Abenteuer an. Horch, jetzt stimmt er eine Laute oder Zither, und aus seinem Räuspern zu schließen, hat er wohl die Absicht, etwas zu singen."

„Wahrhaftig", antwortete Sancho, „da wird der Ritter verliebt sein."

„Es gibt keinen fahrenden Ritter, der es nicht wäre", sprach Don Quijote. „Doch laß uns zuhören, vielleicht erraten wir aus seinem Gesang den Inhalt seiner Gedanken. Denn wes das Herz voll ist, des geht der Mund über."

Sancho wollte noch etwas erwidern, aber die Stimme des Ritters vom Walde, die nicht schlecht, aber auch nicht sonderlich gut war, hinderte ihn daran.

Was er sang, war tatsächlich ein zartes Liebeslied, und daran schloß sich ein langer Seufzer, der aus der Tiefe seines Herzens hervorzubrechen schien. Nach einer kleinen Pause sagte er dann mit klagender und matter Stimme: „O du schönste Frau auf dem Kreise der Erde, du schöne, hartherzige durchlauchtige Casildea von Vandalien! Genügt dir noch immer nicht, was ich vollbracht habe, daß die Ritter der ganzen Welt geschworen haben, du seist die Schönste? Ja, alle Ritter: die von Navarra, die Leoneser, die Tartesier, die Castilianer und endlich alle Ritter aus der Mancha."

„Das nicht!" entgegnete alsbald Don Quijote. „Ich bin aus der Mancha und habe es nicht geschworen, konnte und durfte es auch nicht bekennen, weil es der Schönheit meiner Dame zum Nachteil gereicht. Du siehst,

Sancho, hierin irrt dieser Ritter; aber wir wollen hören, vielleicht erklärt er sich deutlicher."

„Gewiß", antwortete Sancho, „er scheint es ja darauf angelegt zu haben, einen ganzen Monat fortzuklagen."

Dies geschah aber nicht; denn kaum hatte der Ritter vom Walde vernommen, daß in seiner Nähe gesprochen wurde, stand er auf und fragte laut und höflich: „Wer da? Was für Leute? Gehören sie zu den Vergnügten oder zu den Betrübten?"

„Zu den Betrübten", antwortete Don Quijote.

„Dann kommt heran", antwortete der vom Walde, „und seid versichert, daß Ihr Euch zur Traurigkeit und Betrübnis selbst begebt."

Don Quijote, der ihn so rührend antworten hörte, begab sich zu ihm und Sancho ebenfalls.

Der trauernde Ritter faßte Don Quijote beim Arm und sagte: „Setzt Euch, Herr Ritter; denn daß Ihr zur fahrenden Ritterschaft gehört, erkenne ich hinlänglich aus der Einsamkeit dieses Ortes, wo ich Euch treffe."

Worauf Don Quijote antwortete: „Ja, ich bin ein Ritter. Und obgleich meine Seele voll Traurigkeit und Unglück ist, wohnt doch auch das Mitleid darin, das fremder Schmerz verdient. Aus dem, was Ihr gesungen habt, schließe ich, daß Euer Leid von der Liebe herrührt, ich meine: von der Liebe zu der schönen Undankbaren, die Eure Klagen genannt haben."

Friedlich und einträchtig saßen sie auf der harten Erde nebeneinander, und nichts deutete darauf hin, daß sie sich mit dem jungen Tage würden die Köpfe einschlagen wollen.

„Vielleicht, Herr Ritter", fragte der vom Walde Don Quijote, „seid Ihr auch verliebt?"

„Zum Unglück bin ich es", antwortete Don Quijote, „obgleich die Leiden, die daraus entstehen, eher für Freuden als für Unglück zu rechnen sind."

„Das ist wahr", versetzte der vom Walde, „wenn uns die Verschmähungen nur nicht Verstand und Vernunft zerrütteten."

„Ich", entgegnete Don Quijote, „bin niemals von meiner Dame abgewiesen worden."

„Nein, wahrhaftig nicht", sagte Sancho. „Unsere Dame ist ein frommes Lämmchen, wie Butter so weich."

„Ist das Euer Schildknappe?" fragte der vom Walde.

„Ja", antwortete Don Quijote.

„Noch nie sah ich einen Schildknappen", versetzte der vom Walde, „der es gewagt hätte, sich in die Reden seines Herrn einzumischen."

„Bei meiner Seligkeit", sagte Sancho, „ich jedenfalls rede und kann wohl noch vor ganz anderen reden, wenn auch... Na, ich will lieber schweigen, sonst möchte es bloß noch schlimmer werden."

Der Schildknappe vom Walde nahm Sancho beim Arm und sagte zu ihm: „Gehen wir beiseite, wo wir schildknappisch reden dürfen, was wir wollen. Derweilen mögen sich unsere Herren in ihrer hohen Sprache die Geschichte ihrer Liebe erzählen, wobei sie gewiß der Tag überraschen wird, ohne daß sie zu Ende gekommen sind.“

„In Gottes Namen!“ sagte Sancho. „Ich will Euer Gnaden berichten, wer ich bin, damit Ihr seht, ob ich etwa einer von den gewöhnlichen geschwätzigen Schildknappen bin.“

Hiermit entfernten sich die beiden, und ihre Unterhaltung war ebenso lustig, wie die ihrer Herren ernsthaft und traurig war.

VIERZIGSTES KAPITEL

Das kluge und ergötzliche Gespräch zweier Schildknappen. Fortsetzung des Abenteuers mit dem geheimnisvollen Ritter vom Walde

Als sie sich genügend weit entfernt hatten, sagte der vom Walde zu Sancho: „Es ist ein mühseliges Leben, Euer Gnaden, das wir treiben und führen, die wir Schildknappen fahrender Ritter sind. Wahrlich, wir essen unser Brot im Schweiße unseres Angesichts.“

„Man könnte auch sagen“, fügte Sancho hinzu, „daß wir es im Froste unserer Leiber essen. Denn wer muß wohl mehr Hitze und Kälte ausstehen als die armen Schildknappen der fahrenden Ritterschaft? Und dies Unglück ginge noch an, wenn wir zu essen hätten, wie ja beim Brot jede Not geringer ist. Aber es trifft sich öfter, daß wir einen Tag oder zwei ohne Frühstück zubringen, den Wind nicht gerechnet, der in uns hineinbläst und den wir schlucken.“

„Doch all dies läßt sich tragen und ertragen“, sagte der vom Walde, „da wir die Hoffnung auf eine gute Belohnung haben. Denn wenn ein fahrender Ritter nicht über die Maßen unglücklich ist, so wird sein Schildknappe früher oder später zum Lohn die schöne Statthalterei einer Insel erhalten oder eine ansehnliche Grafschaft.“

„Ich“, versetzte Sancho, „habe meinem Herrn schon erklärt, daß ich mich mit der Statthalterei einer Insel begnüge; er ist auch edelmütig und freigebig und hat sie mir oft und zu verschiedenen Malen versprochen.“

„Ich“, sagte der vom Walde, „bin für meine Dienste mit einem Kanonikat belohnt, und mein Herr hat mir auch eins zugesagt. Aber manchmal glaube ich, wir täten besser, wenn wir diese verwünschte Dienstbarkeit aufgäben und uns nach Hause verfügten, um uns dort auf angenehmere Weise die Zeit mit Jagen oder Fischen zu vertreiben. Denn welcher Schildknappe wäre so arm, daß er nicht wenigstens einen Klepper, ein paar Jagdhunde und eine Angelrute besäße?“

„Von diesen Dingen fehlt mir nichts“, antwortete Sancho, „obwohl ich freilich keinen Klepper habe. Dafür aber steht mir mein Esel, der zweimal soviel wert ist wie das Pferd von meinem Herrn. Mein Herr glaubt vielleicht nicht an die Tüchtigkeit meines Grauen; denn grau ist die Farbe meines Esels. Jagdhunde könnte ich mir auch besorgen, davon gibt es in unserem Dorf mehr als genug, und überhaupt ist die Jagd am angenehmsten, wenn sie einen nichts kostet.“

„Das ist wahr gesprochen“, antwortete der vom Walde, „und deshalb bin ich fest entschlossen, die Narrenpossen von Ritterschaft aufzugeben, nach Hause zurückzugehen und meine drei Kinder zu erziehen.“

„Ich habe zwei“, sagte Sancho, „die könnte man selbst dem Papst vorstellen, besonders das Mädchen, das ich zur Gräfin ausbilden will, mag ihre Mutter auch noch so sehr dagegen sein.“

„Und wie alt ist diese Dame, die Gräfin?“ fragte der vom Walde.

„Fünfzehn Jahre, kann auch sein, zwei mehr oder weniger“, antwortete Sancho. „Aber sie ist lang und schlank wie eine Lanze und so frisch wie ein Aprilmorgen; dabei hat sie die Kräfte von einem Karrenschieber.“

„Das sind Gaben“, antwortete der vom Walde, „die für eine Gräfin beinah zu schade sind.“

„O ja, das ist wohl wahr“, bestätigte Sancho geschmeichelt. „Aber nun, mein Herr“, fuhr er fort, „sagt mir endlich, warum ist Euer Gebieter so bedrückt und zieht durch die Gegend mit Klageliedern auf den Lippen?“

„Wenn ich davon reden soll“, antwortete der vom Walde, „so muß ich gestehen, daß es keinen größeren Dummkopf auf der Welt gibt als meinen Herrn; er zieht umher und sucht etwas, das ihm, wenn er es gefunden hat, wohl viel Bauchgrimmen machen wird.“

„Dann ist er vielleicht verliebt?“

„Ja“, bestätigte der vom Walde, „in eine gewisse Casildea von Vandalien, die roheste und ausgekochteste von allen Damen, die es auf Erden nur geben kann. Doch ihre Roheit macht ihm weniger zu schaffen. Ihm knurrt der Magen noch nach ganz anderen Kinkerlitzchen, was er wohl auch binnen kurzem gestehen wird.“

„Es gibt keinen so ebenen Weg“, entgegnete Sancho, „auf dem man nicht stolpern könnte. Mir ist es ein Trost, daß ich in Euer Gnaden einen Gesellschafter gefunden habe, der mich versteht. Denn Ihr dient einem Herrn, der ebenso einfältig ist wie der meinige.“

„Er ist einfältig, aber tapfer", antwortete der vom Walde, „und wohl noch boshafter, als er einfältig und tapfer ist."

„Boshaft ist mein Herr nicht", antwortete Sancho, „meiner hat gar nichts Boshaftes an sich. Er hat eine Seele wie ein Lamm, er tut keinem Menschen was Böses, und Tücke ist ihm unbekannt. Ein Kind könnte ihm weismachen, daß der helle Tag dunkle Nacht sei, und wegen dieser Unschuld liebe ich ihn wie die Blutstropfen in meinem Herzen. Deshalb kann ich es auch nicht über mich bringen, von ihm zu gehen, und wenn er noch so viele Streiche anstellt."

„Nach alldem aber, mein Freund", entgegnete der vom Walde, „wenn der Blinde den Blinden führt, so laufen beide Gefahr, in den Graben zu fallen. Es ist besser, wir machen uns mit gesunden Gliedmaßen davon und gehen nach Hause; denn wer Abenteuer sucht, findet nicht immer das Angenehme."

Sancho mußte oft schlucken und schien überhaupt unter großer Dürre und Trockenheit zu leiden. Als dies der mitleidige Waldschildknappe bemerkte, sagte er: „Es scheint, daß uns vom Sprechen die Zunge fast am Gaumen kleben bleibt, ich habe aber etwas am Sattelknopf meines Pferdes hängen, das sie wieder lösen kann." Hiermit stand er auf und kam bald mit einem großen Schlauch Wein zurück nebst einer ungewöhnlich langen Pastete. Sie war von einem großen weißen Kaninchen gemacht, aber Sancho meinte, mindestens ein Bock müsse drin stecken, nicht einmal ein Zicklein.

Sancho speiste, ohne sich bitten zu lassen. Dazwischen sagte er: „Wahrlich, Euer Gnaden sind ein treuer und trefflicher Schildknappe, wie dieses Mahl mir beweist, das wie durch Zauberei hergekommen ist. Das ist was anderes als mit mir Elendem und Armem, der ich in meinem Schnappsack außer Zwiebeln und Eicheln nur ein bißchen Käse habe, so hart, daß man damit einem Riesen ein Loch in den Kopf schmeißen könnte. Das kommt davon, weil mein Herr überaus genau ist in seinem Glauben und in den Gesetzen, denen er folgt – die besagen nämlich, die fahrenden Ritter dürften sich nur von trockenen Früchten und den Kräutern des Feldes ernähren und erhalten."

„Bei meiner Seele, Freund", versetzte der vom Walde, „mein Magen ist zum Hungern nicht eingerichtet, der taugt nicht für Wurzeln und Kräuter! Mögen unsre Herren nach ihrem Glauben und ihren ritterlichen Gesetzen leben und essen, was ihnen vorgeschrieben ist. Ich habe immer Fleisch bei mir und diesen Schlauch, den ich über alles liebe und verehre." Und mit diesen Worten gab er ihn Sancho in die Hände. Der setzte ihn gleich an den Mund, schaute wohl gegen eine Viertelstunde die Sterne an, und als er genug getrunken hatte, ließ er den Kopf zur Seite fallen und sagte mit einem tiefen Seufzer: „O du Spitzbube! Wie ist der großartig!"

Die beiden wackern Schildknappen sprachen noch viel und tranken noch viel, bis der Schlaf ihre Zungen binden und ihren Durst lindern mußte; denn ihn ganz zu löschen, war unmöglich. So, den leeren Schlauch umfassend, den letzten Bissen halb gekaut im Munde, schlummerten sie endlich ein.

Unter vielen Reden, die zwischen den beiden Rittern gewechselt wurden, sagte währenddes der vom Walde zu Don Quijote: „Kurz, Herr Ritter, Ihr müßt wissen, daß es mein Schicksal ist, die unvergleichliche Casildea von Vandalien zu lieben. Jetzt hat sie mir aufgegeben, die Provinzen Spaniens zu durchziehen und alle fahrenden Ritter zu dem Bekenntnis zu zwingen, daß sie allein die vollkommenste Schönheit sei. Diesem Befehl zufolge bin ich kreuz und quer durch Spanien geritten und habe viele Ritter überwunden, die kühn genug waren, mir zu widersprechen. Wes ich mich aber am meisten rühme und preise, ist, daß ich im Zweikampf den berühmten Ritter Don Quijote von der Mancha überwunden und zu dem Geständnis gezwungen habe, daß meine Casildea schöner sei als seine Dulcinea."

Don Quijote war erstaunt, den Ritter vom Walde so reden zu hören, und tausendmal war er im Begriff, ihm zu sagen, er löge, ja er hatte es schon auf der Zunge. Doch er nahm sich zusammen und sprach, so ruhig er konnte: „Daß Euer Gnaden die meisten fahrenden Ritter Spaniens, ja der ganzen Welt überwunden haben wollen, dazu sage ich nichts; daß Ihr aber Don Quijote von der Mancha besiegt haben solltet, möchte ich bezweifeln. Es könnte einer gewesen sein, der ihm ähnlich sah, obgleich es wenige gibt, die ihm ähneln."

„Warum denn nicht?" versetzte der vom Walde. „Bei dem Himmel, der über uns ist, ich habe mit Don Quijote gekämpft und ihn überwunden! Er ist ein Mann von hoher Gestalt, mit hagerem Antlitz und langen dürren Gliedern; sein Haar ist ergraut, er hat eine gekrümmte Adlernase und einen langen schwarzen herabhängenden Schnurrbart. Er hat sich den Namen Ritter von der traurigen Gestalt beigelegt und ist von einem Schildknappen begleitet, einem Bauern, der Sancho Panza heißt. Und endlich ist die Gebieterin seiner Gedanken eine gewisse Dulcinea von Toboso. Doch reichen all diese Beweise nicht aus, meine Behauptung glaubwürdig zu machen, so ist hier mein Schwert, das mir bei der Ungläubigkeit selbst Glauben verschaffen soll."

„Beruhigt Euch, Herr Ritter", sagte Don Quijote, „und vernehmt, was ich Euch sagen will. Dieser Don Quijote, von dem Ihr sprecht, ist mein bester Freund. Nach der Beschreibung, die Ihr von ihm gegeben habt, kann ich nichts anderes denken, als daß er wirklich derjenige ist, den Ihr überwunden habt. Jedoch sehe ich mit Augen und greife mit Händen, daß er es unmöglich gewesen sein kann. Vielleicht aber hat einer seiner Feinde, ein

Zauberer, seine Gestalt angenommen und sich überwinden lassen, damit mein Freund den Ruhm einbüße, den ihm seine hohen Rittertaten auf der ganzen Erde erworben und errungen haben. Zur Bestätigung meiner Worte sollt Ihr wissen, daß dieser Zauberer, sein Widersacher, vor nicht länger als zwei Tagen die schöne Dulcinea von Toboso in eine schmutzige und gemeine Bäuerin verwandelt hat. Wenn aber all dies noch nicht hinreicht, Euch zu überzeugen, so steht hier vor Euch Don Quijote, um seine wahren Worte mit seinen Waffen, zu Fuß oder zu Pferde, auf welche Weise es Euch gefällt, zu erhärten."

Damit stand er auf, legte die Hand ans Schwert und wartete, welchen Entschluß der Ritter vom Walde fassen würde.

Der zögerte nicht lange und antwortete: „Da Ritter ihre Waffengänge nicht wie Landstreicher und Raufbolde im Finstern austragen, so laßt uns den Tag abwarten. Die Sonne sehe unsere Taten, wobei der Kampf darum gehen soll, daß sich der Besiegte dem Willen des Siegers unterwerfe."

„Mit dieser Bedingung bin ich mehr als einverstanden", antwortete Don Quijote.

Darauf begaben sie sich zu ihren Schildknappen, die sie in der gleichen Lage schnarchend fanden, in der sie der Schlaf überfallen hatte. Sie weckten sie und befahlen ihnen, nach den Pferden zu sehen; denn bei Sonnenaufgang wollten sie einen blutigen und ungewöhnlichen Zweikampf ausfechten.

Ohne Gegenworte gingen die Schildknappen zu den Pferden und dem Grauen, die einander berochen hatten und dicht beieinander standen.

Unterwegs sagte der vom Walde zu Sancho: „Ihr müßt wissen, Bruder, daß die Schildknappen aus Andalusien, woher ich stamme, nicht die Gewohnheit haben, mit verschränkten Händen müßig dazustehen, während ihr Herr sich im Zweikampf befindet. Ich sage dies, damit Ihr Euch auf eine Schlägerei mit mir gefaßt macht."

„Diese Gewohnheit, Herr Schildknappe", antwortete Sancho, „wird dort doch wohl nur bei dem gemeinen Volk gebräuchlich sein und nicht bei den Schildknappen der fahrenden Ritter. Was mir aber vor allem das Kämpfen unmöglich macht, ist, daß ich kein Schwert bei mir habe."

„Dagegen weiß ich ein gutes Mittel", sagte der vom Walde. „Ich habe hier zwei leinene Säcke, die gleich groß sind. Ihr nehmt den einen und ich den andern, und damit können wir aufeinander losgehen."

„Auf die Weise in Gottes Namen", antwortete Sancho, „denn ein solcher Kampf wird uns eher den Staub ausklopfen als eine Wunde beibringen."

„So ist es nicht gemeint", versetzte der andere. „In die Säcke müssen wir, damit sie nicht in der Luft herumflattern, ein halbes Dutzend runde glatte Steine legen."

„Beim Leben meines Vaters!“ rief Sancho, „und wenn Ihr Seidenwurmbälge hineintätet, mein Herr, nehmt zur Kenntnis, daß ich mit Euch durchaus nicht kämpfen werde. Mögen unsere Ritter es tun, lassen wir sie nur machen! Wir aber wollen trinken und fröhlich sein, die Zeit sorgt ohnehin dafür, daß wir einmal unser Leben aufgeben müssen. Wir sollten es nicht darauf anlegen, es vor dem gesetzten Ende und bevor es reif abfällt zu beschließen.“

„Trotzdem“, sagte der vom Walde, „müssen wir es ein halbes Stündchen gegeneinander aufnehmen.“

„Nimmermehr!“ antwortete Sancho. „Nie werde ich so unhöflich und undankbar sein, mit jemandem, mit dem ich gegessen und getrunken habe, einen noch so geringen Streit anzufangen. Ich bin auch gar nicht zornig oder ärgerlich; wer, Teufel, kann sich mir nichts, dir nichts herumprügeln?“

„Dagegen“, sagte der vom Walde, „weiß ich auch ein Mittel. Ehe wir nämlich den Kampf anfangen, will ich ganz sanftmütig auf Euer Gnaden zugehen und Euch drei, vier tüchtige Maulschellen geben, daß Ihr zu meinen Füßen niederfallt. Dann soll Euer Zorn wohl erwachen, wenn er auch fester als ein Murmeltier schliefe.“

„Und ich könnte mit einem Knüppel, bevor Euer Gnaden meinen Zorn aufweckten, den Eurigen so einschläfern, daß er sich erst in der andern Welt wieder regte; denn ich bin kein Mann, der sich für nichts auf der Nase herumspielen läßt. Wenn sich eine verfolgte, eingesperrte und bedrängte Katze in einen Löwen verwandeln kann, so weiß Gott, worein ich mich, der ich ein Mensch bin, verwandeln könnte! Deshalb mache ich Euer Gnaden gleich darauf aufmerksam, daß aller Schaden, der aus unserem Zwist entstehen könnte, allein auf Eure Rechnung kommen wird."

„Nun gut", schloß der vom Walde, „es wird sich schon finden."

Aber kaum war es hell genug, die Dinge zu unterscheiden, da war die Nase des Schildknappen vom Walde das erste, was sich Sancho Panzas Augen darbot. Und diese Nase war so groß, daß sie beinahe den ganzen Körper beschattete. Als Sancho sie sah, begann er an Händen und Füßen zu zittern wie ein fallsüchtiges Kind, und er beschloß in seinem Herzen, sich lieber zweihundert Maulschellen geben zu lassen, als mit diesem Ungeheuer zu kämpfen.

Auch Don Quijote betrachtete seinen Gegner; der hatte jedoch sein Visier bereits heruntergelassen. Über der Rüstung trug er ein Wams aus anscheinend feinstem Goldstoff, übersät mit vielen kleinen Monden aus blitzenden Spiegeln, die ihm ein überaus glänzendes und prächtiges Aussehen gaben. Auf seinem Helm wippten eine Menge grüne, gelbe und weiße Federn. Die Lanze, die er an einen Baum gelehnt hatte, war groß und gewichtig und hatte eine eiserne Spitze, die länger als eine Hand breit war.

Aus all dem schloß Don Quijote, dieser Ritter müsse von gewaltiger Stärke sein. Deshalb fürchtete er sich aber nicht wie Sancho; vielmehr sprach er mit edlem Anstand zu dem Ritter mit den Spiegeln: „Wenn die Lust auf den Kampf, Herr Ritter, nicht Eure Artigkeit hemmt, so bitte ich Euch, das Visier ein wenig aufzuheben, damit ich sehe, ob die Entschlossenheit Eures Antlitzes der Eures übrigen Wesens entspricht."

„Ihr mögt als Besiegter oder als Sieger aus diesem Kampfe hervorgehen, Herr Ritter", antwortete der mit den Spiegeln, „es wird Euch Zeit und Muße bleiben, mich zu sehen."

„Aber während wir zu Pferde steigen", sagte Don Quijote, „könntet Ihr mir sagen, ob ich jener Don Quijote bin, den überwunden zu haben Ihr behauptet."

„Darauf antworte ich Euch", sagte der mit den Spiegeln, „daß Ihr dem Ritter, den ich besiegt habe, so sehr ähnelt wie ein Ei dem andern."

Hiermit brachen sie das Gespräch ab und stiegen zu Pferde. Don Quijote wendete Rosinante, um genügend Raum zum Anlauf zu gewinnen, und das gleiche tat sein Gegner. Dabei bemerkte nun auch Don Quijote die ungeheure Nase des Schildknappen, über die er nicht weniger betroffen war als Sancho. Ja, sie verwunderte ihn so sehr, daß er den Schildknappen für irgendein Ungeheuer hielt oder für eine neue Art von Mensch, die es sonst in der Welt nicht gäbe.

Als Sancho sah, wie sein Herr sich anschickte, den Anlauf zu nehmen, wollte er mit dem Benasten nicht allein bleiben; denn er fürchtete, ein einziger Stüber jener Nase auf die seinige könnte all ihrem Streit ein Ende machen, indem er von der Wucht des Schlages oder aus Angst zu Boden gestreckt würde.

Er klammerte sich also an Rosinantes Steigbügel und lief Don Quijote nach. Und als er glaubte, der Augenblick zum Umlenken sei gekommen, sagte er: „Ich flehe Euer Gnaden an, helft mir auf diesen Korkbaum, von wo ich aus Herzenslust und besser als vom Boden zusehen könnte, wie tapfer Euer Gnaden gegen den Ritter kämpfen."

„Ich glaube eher, Sancho", sagte Don Quijote, „du möchtest auf ein Schaugerüst klettern, um wie beim Stiergefecht ungefährdet zuzusehen."

„Die Wahrheit zu sagen", antwortete Sancho, „erfüllt mich die Nase des Schildknappen mit so viel Furcht und Entsetzen, daß ich mich nicht traue, mit ihm allein zu bleiben."

„Sie ist allerdings von der Art", sagte Don Quijote, „daß, wäre ich nicht, der ich bin, sie mich auch erschrecken würde. Darum komm, ich will dich hinaufheben."

Indes Don Quijote Sancho auf den Korkbaum half, maß der mit den Spiegeln so viel Raum ab, als ihm nötig schien. Und weil er glaubte, Don Quijote habe das gleiche getan, wendete er, ohne ein Signal abzuwarten, sein Pferd – das übrigens weder behender war noch von besserem Aussehen als Rosinante – und sprengte in seines Rosses schnellster Gangart, die ein mäßiger Trott war, dem Feinde entgegen. Da er aber Don Quijote mit Sanchos Aufstieg beschäftigt sah, zog er die Zügel an und hielt mitten in der Bahn still, wofür ihm sein Pferd ungeheuer dankbar war; denn es hatte bereits all seine Kräfte ausgegeben.

Don Quijote jedoch, der glaubte, daß sein Feind bereits auf ihn zurenne, stieß Rosinante kräftig die Sporen in die eingefallenen Weichen, und so kam er mit unerwarteter Wucht vor dem mit den Spiegeln an. Da gab der seinem Pferde ebenfalls die Sporen, vermochte aber nicht, es auch nur einen Fingerbreit von jener Stelle zu bringen, an der es haltgemacht hatte.

In diesem günstigen Augenblick stieß Don Quijote auf seinen Gegner, der mit seinem Pferde zu tun hatte und um seine Lanze bemüht war, die er durchaus nicht einzulegen wußte. Doch diese mißlichen Umstände entgingen Don Quijote. Er rannte also, selber ungefährdet, auf den mit den Spiegeln los, und zwar mit solcher Wucht, daß er ihn sofort aus dem Sattel hob. Der mit den Spiegeln fiel, kam auf die Erde und blieb liegen, ohne Hand und Fuß zu rühren, ganz wie ein Toter.

Kaum sah Sancho ihn stürzen, als er von seinem Korkbaum herunterrutschte und zu seinem Herrn rannte. Der ließ Rosinante stehen, beugte sich über den mit den Spiegeln, löste ihm den Helm, um zu sehen, ob er tot sei, oder um ihm Luft zu schaffen, falls er noch leben sollte, und sah ... Wer

könnte sagen, was er sah, ohne Erstaunen, Verwunderung und Entsetzen bei allen, die es hören, zu erregen? Er sah, so wird berichtet, genau das Gesicht, das Antlitz, die Züge, das Ebenbild, den Ausdruck des Studierten Simson Carrasco aus seinem Heimatdorf. Und sowie er dies gesehen hatte, rief er mit lauter Stimme: „Herbei, Sancho, und schau, was es hier gibt und was du nicht glauben wirst! Eile, mein Sohn, und erfahre, was die Magie vermag, wozu Hexenmeister und Zauberer imstande sind!"

Sancho kam hinzu, und als er das Gesicht des Carrasco sah, machte er tausend Kreuze darüber und segnete sich selber ebensooft.

Während all der Zeit gab der niedergestürzte Ritter kein Lebenszeichen von sich, und Sancho sagte zu Don Quijote: „Ich bin der Meinung, gnädiger Herr, daß Euer Gnaden auf jeden Fall dem da, der wie Simson Carrasco aussieht, das Schwert in den Hals stoßen sollten. Vielleicht bringt Ihr damit einen von Euren Feinden, den Zauberern, um."

„Du sprichst nicht übel", sagte Don Quijote, „denn je weniger Feinde, desto besser."

Als er aber das Schwert zog, um Sanchos guten Rat zu befolgen, kam der Schildknappe des Ritters mit den Spiegeln gelaufen – und zwar ohne die Nase, die ihn so entstellt hatte, und schrie: „Sehen Euer Gnaden zu, was Ihr tut, Herr Don Quijote! Der zu Euren Füßen liegt, ist Simson Carrasco, Euer Freund, und ich bin sein Schildknappe."

Sancho jedoch fragte: „Und die Nase?"

Worauf jener antwortete: „Ich habe sie in der Tasche."

Hierauf zog er die Nase hervor, und es zeigte sich, daß sie aus Teig und Lack gemacht war.

Wie Sancho ihn aber näher betrachtete, rief er erstaunt aus: „Himmel, sei uns gnädig! Ist das nicht Thoms Cecial, mein Nachbar und Gevatter aus meinem Dorfe?"

„Und ob ich der bin!" antwortete der jetzt entnaste Schildknappe. „Ich bin Thoms Cecial, der Gevatter und Freund Sancho Panzas, und ich will Euch gleich all die Schleichwege, Listen und Anschläge verraten, die mich hierhergeführt haben."

Indem kam der mit den Spiegeln zu sich. Als Don Quijote es bemerkte, setzte er ihm die nackte Schwertspitze ins Gesicht und sprach: „Ihr seid ein toter Mann, Ritter, wenn Ihr nicht bekennt, daß die unvergleichliche Dulcinea von Toboso an Schönheit Eure Casildea von Vandalien übertrifft. Außerdem müßt Ihr versprechen, wenn Ihr aus diesem Kampf und Sturz mit dem Leben davonkommt, Euch in die Stadt Toboso zu begeben, auf daß meine Herrin nach ihrem Wohlgefallen mit Euch verfahre. Und wenn sie Euch freiläßt, sollt Ihr zu mir zurückkehren und berichten, was sich zwischen ihr und Euch zugetragen hat."

„Ich bekenne“, sagte der mit den Spiegeln, „daß ein zerrissener und schmutziger Schuh der Dame Dulcinea von Toboso mehr wert ist als der unausgekämmte, wenn auch reinliche Bart von Casildea. Auch verspreche ich, zu ihr zu gehen und Euch danach einen vollständigen und genauen Bericht zu geben über alles, was Ihr von mir verlangt.“

„Außerdem müßt Ihr bekennen“, fügte Don Quijote hinzu, „daß jener Ritter, den Ihr überwunden habt, nicht Don Quijote von der Mancha war noch sein konnte, sondern ein anderer, der ihm ähnlich sah.“

„Ich bekenne und schwöre, meine und sehe alles so, wie Ihr es glaubt, meint und seht“, sagte der halbtote Ritter. „Doch laßt mich jetzt aufstehen, bitte ich Euch, wenn es mein schwerer Fall zuläßt; denn ich bin ziemlich übel zugerichtet.“

Don Quijote und Thoms Cecial halfen ihm auf, während Sancho kein Auge von dem vermeintlichen Schildknappen verwandte und ihn allerlei fragte, wobei es sich dann ergab, daß der wirklich Sanchos Nachbar war. Aber die Zweifel, die durch Don Quijotes Behauptung in Sancho gesetzt worden waren, daß nämlich ein Zauberer die Züge des Spiegelritters in die des Simson Carrasco verwandelt hätte, hinderten ihn, an die Wahrheit zu glauben, die er doch mit eigenen Augen vor sich sah. Kurz: Herr und Diener blieben bei ihrer Einbildung, und der von den Spiegeln und sein Schildknappe, kleinlaut und niedergeschlagen, verließen Don Quijote und Sancho, um einen Ort zu suchen, wo sie sich die Rippen bepflastern und einrenken lassen konnten. Don Quijote und Sancho aber setzten ihren Weg nach Saragossa fort.

Aufs höchste befriedigt, stolz und in seinem Selbstbewußtsein erhöht, da er über einen so tapferen Ritter den Sieg davongetragen hatte, zog Don Quijote dahin. Außerdem hoffte er, von dem mit den Spiegeln zu erfahren, ob die Verzauberung seiner Dame fortdauere; denn ein derart überwundener Ritter mußte, wenn er wieder als Ritter gelten wollte, unbedingt zurückkommen.

Aber das eine dachte Don Quijote, und ein anderes dachte der mit den Spiegeln. Dessen Gedanken kreisten im Augenblick nur darum, einen Ort zu finden, wo er sich pflegen lassen konnte.

Dies hatte sich im Heimatort des Don Quijote zugetragen, nachdem Simson Carrasco erfahren hatte, daß Don Quijote einen dritten Auszug vorbereite: Simson war insgeheim zu dem Pfarrer und dem Barbier gegangen, um zu beraten, wie man Don Quijote dahin bringen könne, daß er sich still und ruhig zu Hause halte; denn seine kühnen, aber höchst unangebrachten und überlebten Abenteuer beunruhigten die Freunde. Man war zu dem Beschluß gekommen, Don Quijote gehen zu lassen, weil es doch unmöglich sei, ihm abzureden. Aber Simson sollte hinterherreiten, ihm als fahrender

Ritter begegnen, einen Kampf vom Zaune brechen und ihn, was für leicht gehalten wurde, besiegen. Dann sollte Simson dem Don Quijote bei seiner Ehre als Ritter befehlen, sich in sein Dorf und nach seinem Hause zu begeben und es binnen zwei Jahren nicht zu verlassen. Während dieser Zeit, hofften die Freunde, würde er seine Hirngespinste vergessen.

Carrasco war mit allem einverstanden gewesen, und als Schildknappe bot sich ihm Thoms Cecial an, ein munterer und aufgeweckter Bauer, der ein Nachbar von Sancho Panza war. Sie rüsteten sich also und verkleideten sich und schlugen den gleichen Weg wie Don Quijote ein. Schließlich begegneten sie den beiden Abenteurern im Walde, worauf sich all das zutrug, was bereits erzählt wurde.

Thoms Cecial, der sah, wie übel ihre Absicht geraten war und welch schlechten Ausgang die Reise genommen hatte, sagte zu Simson: „Wahrlich, Herr Carrasco, wir haben erhalten, was wir verdienten. Leicht ist ein Unternehmen entworfen und angefangen, aber meist kann man dann schwer wieder herausfinden. Don Quijote ist ein Narr; wir sind vernünftig – er aber geht gesund und lachend davon, und Ihr seid zerschlagen und betrübt. Überlegen wir also, wer der größere Narr ist: derjenige, der nicht anders kann, oder der, welcher sich freiwillig dazu macht?"

Worauf Simson antwortete: „Der Unterschied zwischen diesen beiden Narren ist, daß derjenige, der es gezwungenermaßen ist, es immer bleiben wird; der es aber freiwillig ist, hört auf, es zu sein, sobald er will."

„Da dem so ist", sagte Thoms Cecial, „war ich ein Narr aus freiem Willen, als ich mich zu Euer Gnaden Schildknappen machte. Und deshalb will ich jetzt ebenso freiwillig aufhören, es zu sein, und heimgehen."

„Das ist Eure Sache", antwortete Simson. „Aber zu glauben, ich werde jetzt heimkehren, ohne vorher meinerseits Don Quijote tüchtig verdroschen zu haben, das heißt Unmögliches erwarten."

Unter diesen Gesprächen kamen die beiden an ein Dorf und fanden dort glücklicherweise einen Arzt, bei dem sich der zerschlagene Simson in die Kur begab.

EINUNDVIERZIGSTES KAPITEL

Handelt von dem Gespräch,
das Don Quijote mit dem klugen Ritter vom grünen Mantel führte

Indes setzte Don Quijote seine Reise fort, fröhlich und zufrieden in dem Glauben, er sei der tapferste fahrende Ritter, den die Welt seines Zeitalters besäße. Schon hielt er alle Abenteuer, die ihm fortan zustoßen würden, für glücklich bestanden; vergessen nach seinem letzten herrlichen Siege waren die boshaften Zauberer, die unzähligen Prügel, die er im Verlauf seiner Ritterschaft erhalten, der Steinwurf, der ihn der Hälfte seiner Zähne beraubt hatte, vergessen auch die Undankbarkeit der Ruderknechte.

Er war noch in diese angenehmen Vorstellungen versunken, als sie von einem Manne eingeholt wurden, der hinter ihnen auf einer sehr schönen Apfelstute geritten kam. Der Mann war in einen Mantel von feinem grünem Tuch mit bräunlichem Samtbesatz gehüllt; das Geschirr der Stute war ebenfalls maulbeerfarben und grün. Er trug einen maurischen Säbel, der an einem breiten Bandelier von Grün und Gold hing, und die Halbstiefel paßten wiederum zum Bandelier. Die Sporen waren nicht vergoldet, sondern mit grünem Lack überzogen, aber so blank poliert, daß sie, da sie zur ganzen Kleidung paßten, kostbarer erschienen, als wenn sie aus reinem Gold gewesen wären.

Da der Reisende sie erreichte, grüßte er höflich, spornte dann die Stute und ritt davon.

Don Quijote sagte jedoch zu ihm: „Edler Herr, wenn Euer Gnaden denselben Weg wie wir und keine besondere Eile haben, würde ich es für eine Gunst ansehen, wenn wir miteinander ritten.“

Der Reiter zog den Zügel an und wunderte sich über Don Quijotes Gestalt und Gesicht. Und wenn der Grüne oft auf Don Quijote schaute, so schaute Don Quijote noch öfter auf den Grünen, der ihm ein Mann von Bedeutung zu sein schien.

Dieser mochte ungefähr fünfzig Jahre alt sein, hatte nur wenige graue Haare und ein Gesicht mit einer Adlernase; sein Ausdruck war zwischen munter und ernst. Kurz, Tracht und Erscheinung kündigten einen Mann von vielversprechenden Gaben an.

Don Quijote wiederum bemerkte recht gut, wie aufmerksam der Ritter ihn betrachtete. Und weil er so höflich und willig war, jedem Genüge zu tun, ehe man noch gefragt hätte, kam er ihm halb entgegen und sprach: „Da meine Erscheinung sich so sehr von denen unterscheidet, die man alle Tage trifft, würde es mich gar nicht wundern, wenn Euer Gnaden darüber erstaunt wären. Doch werden Euer Gnaden es nicht länger sein, wenn ich Euch kundtue, daß ich ein Ritter bin,

von denen die Leute sagen:
auf Abenteuer ziehn sie aus.

Ich möchte nämlich die untergegangene fahrende Ritterschaft wieder zum Leben erwecken. Und seit langer Zeit schon habe ich, hier stolpernd, dort fallend, hier stürzend und wieder aufstehend, einen großen Teil meines Vorhabens durchgesetzt: Ich habe Witwen geholfen, Verwaisten und Unmündigen beigestanden, wie es die natürliche Aufgabe fahrender Ritter ist. Kurz, um alles in wenige oder in ein einziges Wort zu fassen: Ich bin Don Quijote von der Mancha, mit einem anderen Namen genannt der Ritter von der traurigen Gestalt."

Diese Worte legten dem Reiter den Verdacht nahe, Don Quijote müsse ein wenig verrückt sein; deshalb gab er acht, ob er ihn durch andere Merkmale bestätigt finden würde.

Bevor er aber ein Gespräch begann, bat Don Quijote ihn, auch er möchte sagen, wer er sei.

Darauf antwortete der im grünen Mantel: „Ich, Herr Ritter von der traurigen Gestalt, bin ein Edelmann aus dem Ort, wo wir heute essen werden. Ich bin mehr als mittelmäßig reich, und mein Name ist Don Diego de Miranda. Ich verbringe mein Leben mit meiner Frau, meinen Kindern und Freunden."

Don Quijote fragte, wie viele Kinder er habe, und sagte, daß viele Freunde und gute Kinder zu haben eins von den Dingen sei, in denen die alten Philosophen das höchste Gut erblickt hätten.

„Ich, Herr Don Quijote", antwortete der Edelmann, „habe nur einen Sohn. Aber vielleicht würde ich mich glücklicher schätzen, wenn ich ihn nicht hätte – nicht etwa, weil er nichts taugte, sondern weil er nicht so gut ist, wie ich ihn haben möchte. Er ist achtzehn Jahre alt und hat sechs davon in Salamanca verbracht, um Latein und Griechisch zu lernen. Doch als ich den Wunsch äußerte, er möge danach zum Studium anderer Wissenschaften übergehen, finde ich ihn so auf die Poesie versessen, daß es unmöglich ist, ihn für die Rechtsgelehrsamkeit zu gewinnen, die ich ihn gern studieren lassen möchte, noch für die Theologie."

Hierauf antwortete Don Quijote: „Kinder, mein Herr, sind Stücke ihrer Eltern; deshalb muß man sie, mögen sie nun gut oder schlimm sein, lieben, wie wir die Seele lieben, die uns belebt. Es ist die Pflicht der Eltern, die Kinder auf den Weg der Tugend und der guten Sitten zu leiten, damit sie als Erwachsene die Stütze ihrer alten Eltern und der Stolz ihrer eigenen Nachkommenschaft werden. Sie aber zum Studium dieser oder jener Wissenschaft zu zwingen, halte ich nicht für richtig, obgleich es nichts schaden kann, ihnen zuzureden. Darum, edler Herr, laßt Euren Sohn den Weg einschlagen, auf den sein Stern ihn ruft. Denn wenn er ein guter Kopf ist, wie ich es annehme, und auch die erste Stufe der Wissenschaften, die Sprachen nämlich, bereits glücklich erklommen hat, so wird er sich von allein auf den Gipfel der Wissenschaften schwingen, die einem gebildeten Ritter wohl anstehen, die ihn zieren und zu Ehre und Ansehen bringen."

Der im grünen Mantel erstaunte über die Rede Don Quijotes so sehr, daß er seine bisherige Meinung, jener sei verrückt, aufgab.

Sancho hatte sich während dieser Unterhaltung, die nicht sonderlich nach seinem Geschmack war, vom Wege entfernt. In der Nähe waren nämlich ein paar Hirten, die ihre Schafe molken, und er wollte sich ein wenig Milch geben lassen.

Der von Don Quijotes Klugheit sehr begeisterte Edelmann war eben im Begriff, ein neues Gespräch zu beginnen, als Don Quijote den Kopf hob und gewahr wurde, daß ihnen ein Karren, geschmückt mit vielen königlichen Fahnen, entgegenkam. Und weil er glaubte, dies sei wieder ein neues Abenteuer, rief er Sancho, damit er ihm den Helm gebe.

Sogleich verließ Sancho die Schäfer, trieb eilig den Grauen an und kam zu seinem Herrn, dem dann auch wirklich ein furchtbares und wunderliches Abenteuer begegnete.

ZWEIUNDVIERZIGSTES KAPITEL

Das erregende Abenteuer mit den Löwen

Nun muß man wissen, daß Sancho eben einige Quarkkäse gekauft hatte, und da ihn die große Eile seines Herrn verwirrte, wußte er nicht, was er damit machen oder wie er sie mitnehmen solle. Und um sie ja nicht zu verlieren, ließ er sich's einfallen, sie in den Helm zu tun.

Sehr froh über seinen guten Einfall, langte er bei Don Quijote an, der sogleich zu ihm sagte: „Gib mir, Freund, den Helm; denn entweder verstehe ich wenig von Abenteuern, oder das dort, das ich herannahen sehe, ist eins."

Als der im grünen Mantel dies hörte, sah er sich nach allen Seiten um, konnte aber nichts anderes entdecken als den Karren mit zwei oder drei kleinen Fahnen, die anzeigten, daß darauf Fracht für den König befördert werde. Diese Meinung gab er auch Don Quijote zu verstehen; der jedoch

wollte ihm nicht glauben und entgegnete: „Rechtzeitig bemerkter Feind ist halb besiegt. Es kann darum nicht schaden, wenn ich mich bereit halte."

Darauf wandte er sich erneut zu Sancho und forderte den Helm. Sancho hatte nicht die Zeit, seine Käse herauszunehmen; so war er gezwungen, den Helm hinzugeben, wie er war. Don Quijote ergriff ihn und stülpte ihn sich, ohne zu sehen, ob darin etwas enthalten sei, in aller Eile auf den Kopf. Und da die Käse nun gedrückt und gequetscht wurden, lief ihm die Molke über Gesicht und Bart, worüber er sich so entsetzte, daß er zu Sancho sprach: „Was ist das, Sancho? Scheint es doch, als ob mir der Schädel aufweicht oder das Gehirn schmilzt oder daß ich vom Kopf bis zu den Füßen schwitze! Schwitze ich aber, so geschieht es nicht aus Furcht, wenn auch zweifellos das Abenteuer, das mir jetzt bevorsteht, schrecklich ist. Gib mir etwas,

Sancho, womit ich mich abtrocknen kann; denn der viele Schweiß blendet mir die Augen."

Sancho schwieg und gab ihm ein Tuch, indem er zugleich Gott dankte, daß sein Herr ihm nicht auf die Schliche geraten war. Don Quijote säuberte sich und nahm den Helm ab, um das Ding zu sehen, was ihm, wie ihm dünkte, den Kopf kühlte. Und da er im Helm den weißen Teig bemerkte, hielt er ihn an die Nase und rief, als er ihn roch: „Beim Leben meiner Dame Dulcinea von Toboso, weiche Käse hast du mir hineingelegt, verräterischer, unverschämter und abgefeimter Schildknappe!"

Worauf Sancho mit viel Kaltblütigkeit und Verstellung antwortete: „Wenn es Käse sind, so gebt sie mir, daß ich sie essen kann. Aber der Teufel mag sie essen, denn es ist gewiß, daß nur der sie dort hineingelegt hat! Ich sollte mich unterstehen, den Helm von Euer Gnaden zu verunreinigen? Ei, davor soll mich Gott behüten! Wahrhaftig, Euer Gnaden, soviel ich davon begreifen kann, muß auch ich meine Zauberer haben, die mich verfolgen. Denn sie wollen Eure Geduld in Zorn verwandeln und machen, daß Ihr mir, wie gewöhnlich, die Rippen drescht. Aber diesmal sollen sie sich verrechnet haben; denn ich vertraue auf die Einsicht meines gnädigen Herrn, daß er sich überzeugt, wie ich weder Käse noch Milch, noch sonst dergleichen habe. Und wenn ich es hätte, würde ich es lieber in meinen Magen als in den Helm tun."

All dies sah und hörte der Edelmann, und er wunderte sich sehr, besonders aber, als sich Don Quijote, nachdem er Kopf, Gesicht und Bart abgetrocknet hatte, den Helm wieder aufsetzte, sich in den Steigbügeln festsetzte, das Schwert lockerte, die Lanze ergriff und sagte: „Nun komme, was will; ich bin gerüstet, es mit Satan in eigner Person aufzunehmen."

Indem war der Karren mit den Fahnen herangekommen und niemand dabei als der Fuhrmann auf einem Maulesel und ein Mann, der vorne saß.

Don Quijote stellte sich in den Weg und fragte: „Wohin soll's gehen, Freunde? Was ist das für ein Karren? Was fahrt Ihr, und was sind das für Fahnen?"

Worauf der Fuhrmann antwortete: „Der Karren ist mein; wir fahren zwei tüchtige Löwen in Käfigen, die der General von Oran Seiner Majestät an den Hof schickt. Die Fahnen sind Zeichen, daß hier etwas kommt, das dem König gehört."

„Und sind die Löwen groß?" fragte Don Quijote.

„So groß", antwortete der Mann, der vorn auf dem Wagen saß, „daß größere oder auch nur ebenso große bisher niemals aus Afrika nach Spanien gebracht worden sind. Ich bin der Löwenwärter, und die Löwen sind ein Weibchen und ein Männchen; das Männchen im vorderen Käfig, das Weibchen in jenem dahinter. Jetzt sind sie hungrig, weil sie heute noch nicht gefressen haben; ich bitte daher Euer Gnaden, uns vorbeizulassen, damit wir bald an einen Ort kommen, wo wir ihnen zu fressen geben können.“

Worauf Don Quijote mit leichtem Lächeln sagte: „Mir Löwchen? Löwchen mir? Und zu solcher Stunde? Nun, bei Gott, die mir hier Löwen herschicken, sollen gewahr werden, ob ich ein Mann bin, der sich vor Löwen fürchtet! Steigt ab, guter Mann, und da Ihr der Löwenwärter seid, öffnet die Käfige und laßt die Bestien heraus; denn mitten auf dem Felde will ich zeigen, wer Don Quijote von der Mancha ist, zum Trotz und Verdrusse der Zauberer, die sie mir schicken.“

„Soso“, sagte der Edelmann für sich, „nun hat unser feiner Ritter merken lassen, wo es ihm fehlt; die weichen Käse haben ihn gewiß das Gehirn erweicht und den Verstand aufgelöst.“

Jetzt trat Sancho zu ihm und sagte: „Gnädiger Herr, verhindert doch um Gottes willen, daß mein Herr Don Quijote sich mit diesen Löwen einläßt! Denn wenn er es tut, reißen sie uns alle in Stücke.“

„Ist Euer Herr ein so großer Narr“, antwortete der Edelmann, „daß Ihr fürchten und glauben müßt, er werde sich mit diesen wilden Tieren einlassen?“

„Er ist kein Narr“, antwortete Sancho, „aber sehr verwegen.“

„Ich will sehen, was ich tun kann“, versetzte der Edelmann. Er ging also zu Don Quijote, der den Löwenwärter antrieb, die Käfige zu öffnen, und sagte: „Herr Ritter, die fahrenden Ritter haben immer nur Abenteuer begonnen, bei denen Aussicht bestand, sie glücklich zu beenden; nicht aber solche, bei denen ein guter Ausgang unmöglich war. Tapferkeit, die mehr Tollkühnheit ist, muß man eher Narrheit als Mut nennen, besonders da diese Löwen nicht im Traum gegen Euer Gnaden geschickt sind, sondern

ein Geschenk für Seine Majestät den König darstellen. Deshalb ist es nicht gut, ihre Reise länger aufzuhalten."

„Laßt, gnädiger Herr", antwortete Don Quijote, „einen jeden tun, was seines Amtes ist. Ich allein weiß, ob die Herren Löwen meinethalben kommen oder nicht."

Darauf wandte er sich wieder zum Löwenwärter und sagte: „Ich schwöre dir, Herr Spitzbube, daß ich dich mit dieser Lanze an den Karren nageln will, wenn du nicht alsbald die Käfige aufmachst."

Als der Fuhrmann die Entschlossenheit der gewappneten Figur sah, machte er in aller Eile seine Maultiere los und entfernte sich mit ihnen. Und ebenso taten der vernünftige Edelmann im grünen Mantel und Sancho, der sich auf seiner Flucht immer wieder ängstlich nach seinem Herrn umwandte.

Indes drängte Don Quijote den Wärter, die Löwen herauszulassen, und der Mann erkannte, daß er es tun müsse, wollte er nicht eine empfindliche Strafe beziehen. So öffnete er behutsam den ersten Käfig, in dem sich, wie gesagt, der männliche Löwe befand, der außerordentlich groß war und furchtbar böse aussah.

Das erste, was der Löwe tat, war, sich in seinem Käfig umzudrehen, die Klaue zu recken und sich ganz lang zu machen. Dann sperrte er das Maul auf und gähnte sehr umständlich, ließ die Zunge heraushängen, die zwei Handbreit lang war, wischte sich damit die Augen und wusch sich das Gesicht.

Als dies getan war, streckte er den Kopf aus dem Käfig und sah sich mit glühenden Augen nach allen Seiten um; ein Anblick, der selbst dem Kühnsten hätte Furcht einjagen müssen. Allein Don Quijote beobachtete ihn mit kalter Aufmerksamkeit und wünschte nur, daß er endlich vom Karren heruntersprünge, damit er ihn angreifen und in Stücke hauen könne – soweit hatte sich seine unerhörte Torheit verstiegen.

Der edelmütige Löwe, der auf kindische und prahlerische Herausforderungen nichts gab, drehte sich jedoch, nachdem er genug von der einen Seite nach der anderen geschaut hatte, wieder um, zeigte Don Quijote sein Hinterteil und ließ sich bedächtig nieder.

Da dies Don Quijote bemerkte, befahl er dem Wärter, den Löwen zu schlagen und zu reizen und ihn auf diese Weise mit Gewalt herauszutreiben.

„Das werde ich nicht tun“, antwortete der Löwenwärter, „denn wenn ich ihn reize, werde ich der erste sein, den er in Stücke reißt. Seid zufrieden, Herr Ritter, mit dem, was geschehen ist; denn Ihr habt alles getan, was man irgend an Tapferkeit verlangen kann. Der Löwe sieht seine Tür offen – also steht es bei ihm, herauszukommen oder nicht. Da er aber bis jetzt nicht herausgekommen ist, so wird er es auch den ganzen Tag nicht tun. Eure Hochherzigkeit ist schon hinlänglich bewiesen. Kein braver Kämpfer, soviel ich davon verstehe, ist zu mehr verpflichtet, als seinen Gegner herauszufordern und ihn in freiem Feld zu erwarten. Wenn der Feind nicht erscheint, so fällt auf ihn der Schimpf; der ihn aber erwartet, hat den Kranz des Siegers verdient.“

„Dies ist wahr“, antwortete Don Quijote. „Schließt also die Tür, mein Freund, und bezeugt mir in der besten Form, was Ihr mich hier habt vollbringen sehen: wie Ihr nämlich dem Löwen aufgemacht habt, wie ich ihn erwartete, er nicht gekommen ist, ich ihn wieder erwartete, er wiederum nicht gekommen ist, sondern sich niedergelegt hat. Mehr ist nicht meine Pflicht, Gott stehe der Vernunft und der Wahrheit und der wahrhaften Ritterschaft bei. Und nun schließt, wie gesagt, wieder zu, indes ich den

Entflohenen ein Zeichen gebe, damit sie die Tat aus Eurem Munde erfahren.“

Der Löwenwärter verschloß die Tür, und Don Quijote steckte auf die Lanzenspitze das Tuch, womit er sich das Gesicht von der Molke gereinigt hatte, und rief denen nach, die noch immer, alle in einem Haufen, der Edelmann voran, übers Feld flohen, aber bei jedem Schritt den Kopf wandten.

Als Sancho die Zeichen des weißen Tuches wahrnahm, sagte er: „Ich will gleich umfallen, wenn mein Herr nicht die wilden Bestien überwunden hat; denn er ruft uns.“

Sie hielten an und erkannten, daß der, der die Zeichen machte, wirklich Don Quijote war. Da verloren sie ein wenig von ihrer Furcht, und sie kehrten bedächtig, Schritt für Schritt, zurück, bis sie ganz deutlich Don Quijotes Stimme unterschieden.

Als sie endlich den Karren erreichten, sagte Don Quijote zu dem Fuhrmann: „Spannt nur, Freund, Eure Maultiere wieder vor und setzt Eure Reise fort. Du aber, Sancho, gib ihm und dem Löwenwärter je einen Dukaten, weil sie sich meinetwegen aufgehalten haben.“

„Die will ich von Herzen gern hergeben“, antwortete Sancho. „Was ist aber aus den Löwen geworden? Sind sie tot, oder leben sie noch?“

Nun fing der Löwenwärter umständlich und unter öfterem Stocken an, den Ausgang des Handels zu erzählen, wobei er, so gut es eben gehen mochte, Don Quijotes Tapferkeit herausstrich. Der furchtsame Löwe habe sich, so sagte er, bei dessen Anblick nicht aus dem Käfig getraut und gewagt, obgleich die Tür eine geraume Zeit offen gewesen sei. Hierauf habe er dem Ritter gesagt, daß es Gott versuchen heiße, wenn man den Löwen reize und mit Gewalt zwinge. So habe der Herr Ritter denn endlich, ungern und mit Widerwillen zwar, erlaubt, die Tür wieder zuzuschließen.

„Nun, was sagst du dazu, Sancho“, sprach Don Quijote, „gibt es demnach Zauberei, die der wahren Tapferkeit zu widerstehen vermag? Die Zauberer können mir wohl das Glück verderben, aber unmöglich Kraft und Mut rauben.“

Sancho gab die Dukaten; der Fuhrmann spannte die Maultiere ein. Der Löwenwärter küßte Don Quijote für die empfangene Gnade die Hand und versprach ihm, sein tapferes Unternehmen, sobald er an den Hof käme, dem König selbst zu erzählen.

„Wenn nun Seine Majestät fragen sollte, wer dies vollbracht habe, dann sagt ihm nur, es sei der Ritter von den Löwen gewesen; denn so will ich von nun an heißen und nicht mehr der Ritter von der traurigen Gestalt.“

Der Karren folgte seinem Weg, so wie Don Quijote, Sancho und der im grünen Mantel den ihrigen fortsetzten. Am selben Abend erreichten sie das Haus des Reiters im grünen Mantel, der sie einlud, einige Tage als seine

Gäste zu bleiben. So angenehm dieser Aufenthalt sich auch gestaltete, lange hielt es Don Quijote nicht bei seinem freundlichen Wirt. Da mußte nun Sancho einen bitteren Abschied nehmen, um die angenehme Ruhe in einem wohlgeordneten Hause wieder gegen das ungewisse Abenteurerleben in seines Herrn Gefolge zu vertauschen.

DREIUNDVIERZIGSTES KAPITEL

In dem es beinahe zum endgültigen Bruch zwischen Don Quijote und Sancho Panza kommt

Sie ritten gemächlich auf ein Pappelwäldchen zu, das sich eine Viertelmeile vor ihnen zeigte. Hin und wieder stieß Sancho einen abgrundtiefen Seufzer aus.

„Wahrhaftig, gnädiger Herr“, begann er endlich eine lange Rede, „mit jedem Tage entdecke ich deutlicher, wie wenig ich mir von der Gesellschaft Euer Gnaden erhoffen darf. Nur fürchterliche Gefahren und tollkühne Abenteuer erlebe ich mit Euch. Kaum haben wir das eine glücklich überstanden und sind ein wenig zur Ruhe gekommen, schon gelüstet es Euch auf ein neues. Ich täte gewiß besser, wieder nach Hause zu Frau und Kindern zu gehen, um sie zu erhalten und zu erziehen mit dem wenigen, das mir Gott gegeben hat. Es tut nicht gut, Euch so nachzuziehen auf unwegsamen Wegen und auf Steigen, die noch kein Fuß betreten hat, wobei ich schlecht zu trinken und noch schlechter zu essen kriege. Aber dann kommt die Schlafenszeit: Ei, mein Freund Schildknappe, sieh, da sind sieben Fuß Erde, und wenn du mehr brauchst, so nimm dir noch mal soviel. Tu, als wärst du zu Hause, und strecke dich nach deinem Wohlgefallen.

Könnt ich nur den verbrannt und zu Pulver gerieben vor mir sehen, der zuerst auf die fahrende Ritterschaft verfallen ist! Oder wenigstens den, der sich als erster zum Schildknappen dieser verdammten Kerle gemacht hat, wie es doch alle ehemaligen fahrenden Ritter ganz gewiß gewesen sein müssen. Von den jetzigen will ich nichts sagen; denn da Euer Gnaden einer davon sind, habe ich große Achtung vor ihnen, weil Euer Gnaden in allem, was Ihr denkt und sprecht, noch mehr wissen als der Teufel selber.“

„Rede nur, Freund Sancho“, ermunterte ihn Don Quijote, „sage alles, was dir in den Kopf und in den Mund kommt. Wenn du darüber nur deinen Kummer vergißt, will ich die Langeweile, die deine Dummheiten mir machen, gern auf mich nehmen. Wünschst du aber sehr, nach Hause zurückzukehren, so verhüte Gott, daß ich dir darin hinderlich sei. Du hast mein Geld; rechne aus, wie lange dieser unser zweiter Auszug schon währt und was du jeden Monat verdienen kannst und sollst. Dann mach dich selber bezahlt."

„Als ich", antwortete Sancho, „dem Thomas Carrasco diente, dem Vater des Simson Carrasco, den Ihr wohl kennt, erhielt ich jeden Monat zwei Dukaten, außerdem meine Kost. Was ich aber von Euch erwarten kann, weiß ich nicht. Nur eines weiß ich wohl, daß der Schildknappe eines fahrenden Ritters weit mehr Arbeit hat als einer, der beim Bauern dient. Wenn wir nämlich bei den Bauern dienen und am Tage noch so viele Arbeit haben, bekommen wir doch des Abends warmes Essen und schlafen in einem Bette, was ich bei Euer Gnaden nicht erlebt habe, außer in der kleinen Zeit, die wir im Hause des Don Diego de Miranda zubrachten. Sonst habe ich auf der harten Erde schlafen müssen, allen Unfreundlichkeiten des Himmels unterworfen; zu essen gab es ein Stückchen Käse und ein Krümchen Brot, und zu trinken war nur das Wasser aus Strömen und Quellen da."

„Ich sehe", sagte Don Quijote, „was du mir vorhältst, Sancho, ist die reine Wahrheit. Aber wieviel, meinst du, soll ich dir mehr geben als Thomas Carrasco?"

„Wenn Ihr mir auf jeden Monat zwei Realen zulegtet", antwortete Sancho, „würde ich mich für gut bezahlt halten. Das wäre dann der Lohn für meine Arbeit. Aber ich könnte wohl noch etwas für Euer Wort und Versprechen auf die Statthalterschaft einer Insel verlangen – ich dächte um sechs Realen, was dann insgesamt dreißig machte."

„Sehr gut", versetzte Don Quijote, „du hast also deinen Lohn bestimmt. Nun rechne zusammen, was ich dir schuldig bin; fünfundzwanzig Tage sind es, seit wir unser Dorf verlassen haben. Und dann mach dich, wie gesagt, selber bezahlt."

„Ei, bei meiner armen Seele!" entgegnete Sancho, „wie seid Ihr bei Eurer Rechnung im Irrtum! Denn was das Versprechen der Insel betrifft, so müßt Ihr von dem Tage rechnen, wo Ihr es mir zuerst gegeben habt, bis zu der Stunde, in der wir uns jetzt befinden."

„Wie lange ist es denn her, Sancho, daß ich sie dir versprochen habe?" fragte Don Quijote.

„Wenn ich mich recht erinnere", antwortete Sancho, „dann müssen es wohl zwanzig Jahre sein, etliche Tage mehr oder weniger."

Don Quijote gab sich einen heftigen Schlag vor die Stirn, worauf er laut zu lachen anfing und sagte: „Seit ich im Schwarzen Gebirge war, ja, seit ich überhaupt ausgezogen bin, sind kaum zwei Monate verflossen, und du meinst, Sancho, daß ich dir die Insel schon vor zwanzig Jahren versprochen hätte? Nun merke ich, was du willst: Dein Lohn und mein Geld, das du bei dir hast, sollen ineinander aufgehen! Wenn du danach trachtest, so schenke ich es dir hiermit, und es bekomme dir wohl; denn um einen derart schlechten Schildknappen los zu sein, würde ich mich sogar freuen, arm und ohne einen Heller zurückzubleiben. Aber sage mir, du Verderben aller schildknappischen Sitten in der fahrenden Ritterschaft, wo hast du gesehen oder gelesen, daß irgendein Schildknappe es gewagt habe, seinem Herrn den Lohn vorzurechnen? Geh, geh, du Lump, Spitzbube, Ungeheuer, denn das alles scheinst du mir zu sein, geh, sage ich, wende den Strick deines Grauen und zieh nach Hause. Mir sollst du nicht einen Schritt mehr folgen!

O schlecht vergoltenes Brot! O übel angewandte Versprechungen! Kerl du, der du mehr vom Vieh als von einem Menschen hast! Jetzt, da ich dachte, dein Glück zu machen, und zwar so, daß man dich, deiner Frau zum Trotze, gnädiger Herr nennen müßte, nimmst du Abschied? Jetzt gehst du, da ich den festen und unumstößlichen Entschluß gefaßt habe, dich zum Herrn der besten Insel der Welt zu machen? Freilich, wie du oftmals selbst gesagt hast, der Honig ist nicht... und so weiter. Ein Esel bist du, ein Esel wirst du sein, und ein Esel wirst du bleiben, so lange dein Leben dauert! Aber ich bin überzeugt, daß du dein Ende erreichen wirst, ehe du überhaupt zu der Einsicht kommst, wie sehr du ein Vieh bist."

Sancho sah Don Quijote unverwandt an, indes der seine Schimpfreden hielt. Und es ging ihm so nahe, daß die Tränen seine Augen überfluteten und er mit kläglicher und schwacher Stimme sagte: „Gnädiger Herr, ich gestehe, daß, um völlig ein Esel zu sein, mir nichts als der Schwanz fehlt. Wenn Ihr mir den ansetzen wolltet, so würde ich es für angebracht halten und Euch als Esel alle Tage dienen, die mir noch von meinem Leben übrigbleiben. Verzeiht mir, Euer Gnaden, und entschuldigt mich mit meiner Jugend. Bedenkt doch, daß ich wenig weiß, und wenn ich viel rede, geschieht es mehr aus Dummheit als aus Bosheit. Aber: Wer fehlt und sich bessert dann, der hat vor Gott wohlgetan."

„Ich hätte mich gewundert, Sancho, wenn du kein Sprichwörtchen bereit gehabt hättest. Nun wohl, ich verzeihe dir. Doch unter der Bedingung, daß du dich besserst und dich künftig nicht so eigennützig zeigst, sondern daß du suchst, dein Herz zu erweitern, und in der Hoffnung auf die Erfüllung meiner Versprechungen neuen Mut schöpfest. Denn wenn sie sich auch verzögert, so ist sie deswegen nicht unmöglich."

Unter diesen Gesprächen gelangten sie in das Wäldchen, und Don Quijote ließ sich an dem Fuße einer Ulme, Sancho aber an dem einer Buche nieder; denn diese und andere ihnen ähnliche Bäume pflegen gewöhnlich Füße, aber keine Hände zu haben. Als der Morgen anbrach, setzten sie ihren Weg fort, der sie an die Ufer des berühmten Ebro brachte, wo ihnen begegnete, was das folgende Kapitel erzählen wird.

VIERUNDVIERZIGSTES KAPITEL

Das Abenteuer von der verzauberten Barke

Zwei Tage nachdem sie das Pappelwäldchen verlassen hatten, erreichten Don Quijote und Sancho den Fluß Ebro, dessen Anblick Don Quijote große Freude machte; denn er sah die Lieblichkeit seiner Ufer, die Klarheit seines Wassers und seinen ruhigen Lauf. Bald entdeckte er eine kleine Barke, ohne Ruder oder andern Zubehör, die an einem Baumstamm nahe des Ufers festgemacht war.

Don Quijote blickte sich nach allen Seiten um, und da er keinen Menschen gewahrte, stieg er plötzlich von Rosinante ab und befahl Sancho, sich ebenfalls vom Esel zu begeben und beide Tiere gut am Stamme einer Ulme oder Weide festzubinden. „Du mußt wissen“, erklärte er dem verdutzten Sancho, „daß die Barke mich geradezu einlädt, auf ihr irgendeinem Ritter oder einer andern vornehmen Person zu Hilfe zu eilen, die sich in großer Not befinden muß. Denn so ist es in allen meinen Büchern: Wenn sich ein Ritter in einer Gefahr befindet, aus der ihn nur ein anderer Ritter erlösen kann, der oftmals zwei- bis dreitausend Meilen entfernt ist, so entführt diesen ein Zauberer in einer Wolke oder in einer Barke. Und in weniger Zeit, als man die Augen auf- und zumacht, ist dann der Ritter durch die Luft oder über das Meer dahin gelangt, wo seine Hilfe gebraucht wird. Aus der nämlichen Ursache, o Sancho, liegt diese Barke hier – das ist ebenso wahr, wie es jetzt Tag ist. Darum, ehe die Zeit verstreicht, binde schnell den Grauen und Rosinante zusammen, dann wollen wir uns der Führung überlassen. Denn ich muß mich einschiffen, wenn auch alle Mönche dagegenpredigten.“

„Wenn dem so ist“, antwortete Sancho, „und Ihr bei jedem Schritt in das hineingeraten müßt, was ich nicht gern Tollheit nennen mag, da muß ich wohl gehorchen, nach dem Sprichwort: Tu, was dein Herr dir gebeut, und setz dich mit ihm zur Mahlzeit. Dennoch, um die Last von meinem Gewissen zu schaffen, muß ich Euch sagen, daß mir diese Barke durchaus nicht verzaubert zu sein scheint, sondern vielmehr Fischern hier herum gehören mag; denn in diesem Fluß fängt man die schönsten Elsen von der Welt.“ Dabei band Sancho jedoch schon die Tiere an und übergab sie mit tiefem Schmerz dem Schutze und Beistand der Zauberer.

Don Quijote sprang in die Barke, Sancho folgte ihm. Er schnitt den Strick durch, und die Barke entfernte sich langsam vom Ufer. Aber sowie Sancho sich nur zwei Schritt weit im Flusse erblickte, fing er an zu zittern und seinen Untergang zu fürchten. Dabei ließ er jedoch nicht den Blick von seinem Grauen, der jämmerlich brüllte, und er mußte sehen, wie sich

Rosinante mühte, von dem Baum loszukommen. Deswegen sagte er zu seinem Herrn: „Der Graue schreit aus Betrübnis, weil wir uns entfernen, und Rosinante will sich in Freiheit setzen, um uns nachzustürzen."

Bei diesen Worten begann er bitterlich zu weinen, und Don Quijote entgegnete ihm verdrießlich und zornig: „Wovor fürchtest du dich, feige Kreatur? Worüber weinst du, Herz aus Butterkuchen? Wer verfolgt dich, du Gemüt einer furchtsamen Maus? Gehst du vielleicht zu Fuß und ohne Schuhe über steinige Gebirge, oder sitzest du wie ein Erzherzog in einem Nachen, vom sanften Zuge der Wellen fortgetragen, die uns in kurzer Zeit auf das hohe Meer führen werden? Aber inzwischen sind wir gewiß schon auf dem Meer und haben wenigstens sieben-, wo nicht achthundert Meilen zurückgelegt. Und wenn mich nicht alles täuscht, haben wir auch schon die Äquatorlinie passiert, die in der Mitte zwischen den beiden entgegengesetzten Polen hindurchgeht, oder wir werden sie doch gleich passieren."

„Und wenn wir nun an diese Linie kommen, von der Euer Gnaden reden", fragte Sancho, „wieviel Wege haben wir dann gemacht?"

„Sehr viel", antwortete Don Quijote. „Denn von den dreihundertsechzig Graden, die der Wasser- und Erdglobus enthält, haben wir bei der Linie, von der ich sprach, die Hälfte zurückgelegt. Doch wisse, Sancho", fuhr Don Quijote fort, „daß die Spanier, die nach Ostindien gehen, ein untrügliches Zeichen haben, aus dem sie merken, ob die oftgenannte Äquatorlinie passiert ist: Dann sterben nämlich allen, die sich im Schiffe befinden, die Läuse ab, so daß keine übrigbleibt, wie auch auf dem ganzen Schiff nicht eine einzige mehr angetroffen wird, und wenn man sie mit Gold aufwiegen wollte. Du brauchst also, Sancho, nur mit der Hand an den Schenkel zu fahren. Wenn du dort was Lebendiges findest, so sind wir aus dem Zweifel, wo nicht, haben wir die Linie erreicht."

„Das kann ich nicht glauben", sagte Sancho. „Ich will aber doch tun, was Ihr mir befehlt, ob ich gleich mit meinen eigenen Augen sehe, daß wir nicht fünf Schritte vom Ufer entfernt sind und noch ganz nahe bei Rosinante und dem Grauen. Und wenn ich mich so umschaue, wie ich es jetzt tue, so möchte ich schwören, daß wir kaum von der Stelle kommen und uns nicht schneller als eine Ameise bewegen."

„Mach, Sancho, was ich dir gesagt habe, und kümmere dich nicht um andere Dinge; denn du weißt viel, was Linien sind, Parallelen, Pole, Äquinoktien, Planeten, Sternbilder, Punkte, aus denen die himmlische wie die irdische Sphäre besteht. Wenn du auch nur einen Teil davon wüßtest, so würdest du deutlich erkennen, wie viele Parallelen wir schon durchschnitten haben, wie viele Zeichen wir gesehen, wie viele Bilder wir hinter uns gelassen haben. Ich sage dir noch einmal, fühl dich an und suche; denn ich bin der Meinung, daß du reiner sein mußt als ein Blatt weißes Papier."

Sancho fühlte nach. Er fuhr mit der Hand ins Wams, krümmte sich nach der linken Seite, worauf er den Kopf erhob, seinen Herrn ansah und sagte: „Entweder die Probe ist falsch, oder wir sind noch nicht dort und noch auf viele Meilen nicht."

„Wieso?" fragte Don Quijote, „hast du eine gefunden?"

„Sogar mehrere", antwortete Sancho, indem er die Finger schleuderte und die Hand im Flusse wusch, auf dem die Barke mit sanfter Bewegung schaukelte, ohne daß eine geheime Kraft oder ein verborgener Zauberer sie antriebe.

In diesem Augenblick entdeckten sie einige große Schiffsmühlen, und kaum hatte Don Quijote sie gesehen, als er mit lauter Stimme zu Sancho sagte: „Sieh da, mein Freund, bereits zeigt sich die Stadt, die Burg oder die Festung, worin sich ein trauriger Ritter befinden muß oder eine schlecht behandelte Königin, Infantin oder Prinzessin, zu deren Rettung ich gesandt werde."

„Was, Teufel, für eine Stadt, Festung oder Burg meint Ihr, gnädiger Herr?" fragte Sancho. „Seht Ihr denn nicht, daß es Mühlen sind, die auf Schiffen im Flusse liegen und in denen das Korn gemahlen wird?"

„Schweig, Sancho", entgegnete Don Quijote. „Wenn dir das auch Schiffsmühlen zu sein scheinen, so sind es doch keine; ich habe dir oft genug gesagt, daß durch Zauber alle Dinge verändert und verwandelt werden können."

Indes war die Barke in die Strömung gekommen, und nun bewegte sie sich nicht mehr so langsam wie bisher. Die Müller in den Schiffsmühlen, die die Barke den Fluß heruntertreiben sahen und befürchteten, daß sie in den Sog geraten würde, kamen eilig mit langen Stangen, den Kahn zurückzuhalten. Da sie aber bemehlt waren, Gesicht und Kleider mit Mehlstaub bedeckt, so boten sie einen unheimlichen Anblick.

Sie schrien mit lauter Stimme: „Teufelskerle! Wo wollt ihr denn hin? Seid ihr besessen? Wollt ihr mit Gewalt ersaufen und euch von den Rädern zerreißen lassen?"

„Sagte ich es dir nicht, Sancho", sprach darauf Don Quijote, „daß wir den Ort erreicht haben, wo es sich zeigen muß, wie weit die Tapferkeit meines Arms geht? Sieh nur, wie viele Bösewichter mir entgegentreten, wie viele Gespenster sich mir widersetzen, wie viele häßliche Scheusale uns Grimassen machen. Aber jetzt sollt ihr es sehen, ihr Schurken!"

Hiermit sprang er auf und fing an, die Müller laut zu bedrohen: „Ruchloses und schlecht beratenes Gesindel! Sogleich gebt die Person frei, die ihr in dieser eurer Festung oder in diesem euren Gefängnisse zurückhaltet, sei sie hoch oder niedrig, wes Standes oder Titels immer! Denn ich bin Don Quijote von der Mancha, mit dem zweiten Namen der Ritter von den

Löwen, dem es auf Geheiß des hohen Himmels vorbehalten ist, dieses Abenteuer glücklich zu beenden."

Mit diesen Worten zog er sein Schwert und teilte Lufthiebe gegen die Müller aus, die seine Reden zwar gehört, aber nicht verstanden hatten und sich mit ihren Stangen bereit hielten, den Kahn sicher aus dem Strudel zu geleiten.

Sancho warf sich auf die Knie und betete andächtig zum Himmel, ihn aus dieser offenbaren Gefahr zu erlösen, was auch durch den Eifer und die Entschlossenheit der Müller geschah. Dennoch taten sie es nicht so geschickt, daß sie den Kahn dabei nicht umgeworfen und Don Quijote und Sancho köpflings ins Wasser gestürzt hätten. Nun kam es Don Quijote zustatten, daß er wie eine Gans schwimmen konnte, obgleich ihn das Gewicht der Rüstung zweimal auf den Grund zog; wären die Müller nicht gewesen.

die ins Wasser sprangen und beide herausholten, so wäre hier für sie das Ende gewesen.

Als sie beide, mehr durchweicht als verdurstet, ans Land getragen waren, warf Sancho sich wiederum auf die Knie und bat Gott in einem langen Gebet, ihn in Zukunft von den verwegenen Unternehmungen seines Herrn zu erlösen.

Indem kamen die Fischer hinzu, denen der Kahn gehörte, den aber die Räder der Schiffsmühlen zertrümmert hatten. Da sie ihn zerbrochen sahen, machten sie sich über Sancho her und forderten von Don Quijote, er solle seine Missetat bezahlen.

Als wäre gar nichts vorgefallen, sagte Don Quijote gelassen, er wolle die Barke mit Vergnügen bezahlen, doch unter einer Bedingung: daß man alsbald die Person oder die Personen freigäbe, die in der Burg gefangen lägen.

„Welche Personen und was für eine Burg meint Ihr denn, dummer Kerl!" antwortete einer von den Müllern. „Wollt Ihr uns vielleicht die wegnehmen, die ihr Korn auf den Schiffsmühlen mahlen lassen?"

„Genug", sagte Don Quijote zu sich selber, „es hieße in der Wüste predigen, dieses Gesindel dahin bringen zu wollen, daß es auf bloße Bitten eine gute Tat ausübt. Überhaupt müssen in diesem Abenteuer zwei mächtige Zauberer aufeinandergestoßen sein, wobei der eine das Vorhaben des anderen stört: Der eine schickt mir die Barke, und der andere wirft sie mit mir um. Die ganze Welt ist ein Gewebe von gegeneinander streitenden Kräften. Ich kann nichts mehr tun." Dann blickte er nach den Schiffsmühlen und fuhr mit erhobener Stimme fort: „Meine Freunde, wer ihr auch sein mögt, die ihr in diesem Gefängnis eingeschlossen bleibt, verzeiht mir. Denn zu meinem und eurem Unglück kann ich euch nicht aus der Bedrängnis erlösen. Einem andern Ritter muß dies Abenteuer vorbehalten und aufgespart bleiben."

Danach einigte er sich mit den Fischern und bezahlte für den Kahn fünfzig Realen, die Sancho höchst ungern hingab, indem er sagte: „Noch eine solche Schiffahrt, und wir gehen mit unserer gesamten Habe zugrunde."

Die Fischer und Müller wunderten sich über die beiden Gestalten, die anscheinend von allen gewöhnlichen Menschen so grundverschieden waren; auch verstanden sie durchaus nicht, worauf Don Quijotes Reden hinausliefen. Endlich hielten sie es für ausgemachte Narren und gingen fort: die Müller in ihre Mühlen, die Fischer zu ihren Gefährten. Zu ihren dummen Tieren, um selber weiterhin wie dumme Tiere zu handeln, kehrten Don Quijote und Sancho Panza zurück. So endete das Abenteuer von der verzauberten Barke.

FÜNFUNDVIERZIGSTES KAPITEL

Was Don Quijote mit einer schönen Jägerin begegnete. Im Landsitz des Herzogs

Als sie andern Tages bei Sonnenuntergang aus einem Walde herauskamen und Don Quijote seinen Blick über eine grüne Wiese warf, entdeckte er am andern Ende der Wiese Leute, die, wie er näher kommend erkannte, an einer Falkenjagd teilnahmen. Er ritt hinzu und bemerkte eine prächtig gekleidete Dame auf einem schneeweißen Zelter. Sogleich befahl er Sancho, zu der Dame zu gehen und ihr die Verehrung und Bewunderung seines Herrn, des Ritters von den Löwen, zu Füßen zu legen.

Sancho trieb den Grauen an, trabte auf die schöne Jägerin los, sprang ab, warf sich vor ihr auf die Knie und sagte: „Schöne Dame, jener Ritter dort ist mein Herr, und ich bin sein Schildknappe, den man daheim Sancho Panza nennt. Dieser Ritter von der traurigen Gestalt schickt mich, um Euer Hoheit gnädigste Genehmigung, Zustimmung und Erlaubnis zu einem Wunsche einzuholen, der, wie er sagt und ich glaube, nur darauf gerichtet ist, Euer großmächtigen Erhabenheit und Schönheit zu dienen. Und wenn Euer Hoheit sie ihm erteilen, werdet Ihr etwas tun, was Euch zum Vorteil gereicht, während mein Herr sich sehr geehrt und begünstigt fühlen wird."

„Wahrlich, guter Schildknappe", antwortete die Dame, „Ihr habt Eure Botschaft mit all den Umständlichkeiten ausgeführt, die dergleichen Botschaften erfordern. Nun aber erhebt Euch vom Boden; denn der Schildknappe des berühmten Ritters von der traurigen Gestalt, von dem wir schon viel gehört haben, darf nicht auf den Knien liegen. Steht auf, Freund, und sagt Eurem Gebieter, daß ich und der Herzog, mein Gemahl, ihn mit Freuden in unserem Lustschloß hier in der Nähe willkommen heißen werden."

Sancho kehrte sehr zufrieden zu seinem Herrn zurück, und alsbald rüsteten sie zum Aufbruch.

Inzwischen hatte die Herzogin ihrem Gemahl in aller Eile ihr seltsames Erlebnis berichtet, und da beide die Geschichte des Don Quijote von der Mancha gelesen und daraus seine eigenartige Leidenschaft kennengelernt hatten, erwarteten sie ihn mit großem Vergnügen. Sie hatten den Wunsch, ihn kennenzulernen und seiner närrischen Gemütsart Rechnung zu tragen, kurz, ihm in allem entgegenzukommen und ihn ganz wie einen fahrenden Ritter zu behandeln.

Als Don Quijote vor der Herzogin erschien, lüftete er sein Visier und machte Miene, abzusteigen. Sancho eilte, ihm die Steigbügel zu halten. Da

er aber von seinem Grauen springen wollte, verwickelte sein Fuß sich derart in einem Strick des Reitkissens, daß er nicht wieder loskommen konnte und, mit Mund und Brust den Boden berührend, hängenblieb. Währenddem glaubte Don Quijote, Sancho stände da, ihm zu helfen. Er schwang sich also seitwärts und nahm Rosinantes schlecht geschnallten Sattel mit, so daß nun der Sattel und er zu Boden fielen.

Vor Zorn und Scham außer sich, stieß Don Quijote eine Menge Verwünschungen gegen den armen Sancho aus, der noch immer mit dem Fuß in der Schleife hing. Endlich befahl der Herzog seinen Jägern, dem Ritter und seinem Schildknappen zu Hilfe zu kommen. Die hoben den vom Fall übel zugerichteten Don Quijote auf, damit er sich hinkend herbeimachen konnte, um vor den Herrschaften niederzuknien. Dies jedoch duldete der Herzog keineswegs und ließ dem Ritter von der traurigen Gestalt alle erforderliche Ehrerbietung zuteil werden.

Sancho hatte indessen Rosinante den Sattel aufgelegt und gut festgeschnallt. Don Quijote saß wieder auf, der Herzog bestieg sein sehr schönes Pferd; dann nahmen sie die Herzogin in ihre Mitte und begaben sich nach dem Schloß.

Die Herzogin befahl Sancho an ihre Seite, weil es ihr unendlichen Spaß machte, seine klugen Reden anzuhören. Sancho ließ sich auch nicht lange bitten und nahm als vierter an der Unterhaltung teil, zum großen Vergnügen des Herzogs und der Herzogin, die es für ein Glück hielten, einen solchen fahrenden Ritter und solchen Schildknappen zu Gast zu haben.

Ehe sie noch das Lustschloß erreicht hatten, ritt der Herzog voraus und gab all seinen Dienern Anweisung, wie sie Don Quijote behandeln sollten. Als der nun mit der Herzogin durch die Tore einzog, eilten sogleich zwei Lakaien in langen Röcken aus feinem karmesinrotem Atlas herbei und halfen Don Quijote aus dem Sattel. Dann betraten sie einen großen Hof, wo ihnen zwei schöne Mädchen entgegenkamen, die Don Quijote einen großen Mantel von feinstem Scharlach um die Schulter warfen; im selben Augenblick erschienen auf allen Galerien Diener und Dienerinnen, die mit lauter Stimme riefen: „Willkommen sei die Blüte der fahrenden Ritter!“ Und alle sprengten aus Fläschchen Wohlgerüche über Don Quijote und das Herzogpaar.

So wurde dies der erste Tag, da Don Quijote glaubte und die Überzeugung gewann, er sei ein wirklicher und kein eingebildeter fahrender Ritter; denn in allem ging man genauso mit ihm um, wie nach seinen Büchern die Ritter vergangener Zeiten behandelt worden waren.

Sancho machte sich ebenfalls vom Grauen herunter und hielt sich dicht hinter der Herzogin, als sie das Schloß betraten. Da ihm aber das Gewissen schlug, weil er seinen Esel allein gelassen hatte, wandte er sich an eine ehrwürdige Dame, die mit anderen zur Begrüßung der Herzogin gekommen war, und sagte leise zu ihr: „Frau Gonzalez, oder wie Euer Gnaden heißen mögen..."

„Ich heiße Frau Rodriguez de Grijalba", antwortete die Dame. „Was wünscht Ihr, mein Guter?"

Worauf Sancho antwortete: „Ich möchte, daß Euer Gnaden mir die Ehre erweisen, hinaus vor das Schloßtor zu gehen, wo Ihr einen grauen Esel finden werdet, der mir gehört. Es wäre sehr liebenswürdig, wenn Euer Gnaden ihn in den Stall brächten; der Arme ist nämlich ein wenig furchtsam und wird sich nicht darein finden können, allein zu bleiben."

„Mein Guter", versetzte die Dame, „spart Eure Scherze für solche, denen sie gefallen und die Euch dafür bezahlen. Ich lohne sie Euch höchstens mit einer Ohrfeige."

Schon befanden sie sich in einem kräftigen Streit und schmeichelten sich nicht gerade mit sanften Worten, als Don Quijote hinzukam. „Sind das Reden, Sancho, die sich für diesen Ort schicken?" tadelte er seinen Schildknappen.

„Gnädiger Herr", antwortete Sancho, „jeder muß von dem reden, was er braucht und wie es sich gerade trifft. Hier fiel mir mein Grauer ein, und darum habe ich von ihm geredet. Wäre er mir im Stall eingefallen, so hätte ich da von ihm geredet."

Unter diesen Worten, an denen alle außer unserm Ritter ihren Spaß hatten, gingen sie hinauf und führten Don Quijote in einen Saal, der mit kostbaren Geweben in Gold und Brokat geschmückt war. Dort ließen sie Sancho und ihn mit sechs Jungfrauen zurück, die sämtlich vom Herzog und der Herzogin unterrichtet und angewiesen waren, was sie zu tun hätten und wie sie ihn behandeln sollten. Sie nahmen ihm die Waffen ab und dienten ihm als Pagen. Don Quijote stand nun ohne Waffen da, in seinen engen Beinkleidern und einem hirschledernen Wams: dürr, lang, aufgeschossen, mit Wangen, die inwendig eine die andere küßten – eine Gestalt, daß die Mädchen sich trotz der strengen Befehle am liebsten totgelacht hätten.

Die Mädchen gaben ihm ein frisches Hemd und ließen ihn darauf mit Sancho allein. Während sich Don Quijote entkleidete und das Hemd anlegte, fand er gute Gelegenheit, mit Sancho zu sprechen.

„Nun sage mir einmal, du neugebackener Flegel und alter Dummkopf", hob er an, „was fiel dir ein, so eine achtbare und ehrwürdige Dame zu Botendiensten zu nötigen und sie obendrein zu beleidigen? War das die rechte Zeit, an deinen Grauen zu denken, ja, ist dies denn eine Herrschaft, die unsere Tiere schlecht behandeln wird, wo sie uns in so vornehmer Weise aufgenommen hat? Um Himmels willen, Sancho, betrage dich, daß dein Gewebe nicht durchschimmert und sie nicht daraufkommen, aus welch grobem Stoff du gemacht bist! Bedenke: Ein Herr wird um so besser geachtet, je anständigere Diener er hat. Zähme deine Zunge, Sancho, erwäge, was du sagen willst, ehe du den Mund aufmachst, und überlege dir, daß wir nun dort angelangt sind, wo wir mit Gottes Hilfe und durch meine Tapferkeit gewiß Ruhm und Gut gewinnen werden.“

Da beteuerte Sancho von Herzen, seinen Mund zu halten und sich eher die Zunge abzubeißen, als ein unpassendes Wort hervorzubringen. Don Quijote solle sich ja keine Sorgen machen, durch ihn werde gewiß niemand erfahren, wer sie seien.

Beruhigt legte nun Don Quijote die prächtigen Kleider an: Er wickelte sich in den Scharlachmantel, setzte ein Barett von grünem Atlas auf, und so geschmückt begab er sich in den großen Saal. Alsbald kamen zwölf Pagen mit dem Haushofmeister, um ihn zu Tische zu führen; denn die Herrschaften warteten schon. Sie nahmen ihn in die Mitte und führten ihn in feierlichem Aufzuge in einen Raum, wo ein reich bestellter Tisch mit nur vier Gedecken bereitstand. Die Herzogin und der Herzog gingen ihm bis zur Tür entgegen, und mit ihnen kam ein würdiger Geistlicher.

Der Herzog nötigte Don Quijote, bei Tisch den obersten Platz einzunehmen. Und obgleich Don Quijote sich weigerte, ließ doch der Herzog nicht locker, so daß er der Aufforderung nachkommen mußte. Der Geistliche setzte sich ihm gegenüber, der Herzog und die Herzogin aber an die Breitseiten des Tisches.

Sancho war bei allem dabei, verwundert und baß erstaunt ob der Ehre, die seinem Herrn von den Fürsten erwiesen wurde. Und da er die vielen Höflichkeiten und gegenseitigen Aufforderungen sah, die zwischen dem Herzog und Don Quijote über den Vorsitz bei Tisch getauscht wurden, sagte er: „Wenn Euer Gnaden erlauben, werde ich eine Geschichte erzählen, die sich in meinem Ort wegen der Tischordnung zugetragen hat.“

Kaum hatte Sancho dies gesagt, als Don Quijote zu zittern begann; denn er war fest überzeugt, Sancho würde irgendeine Albernheit vorbringen.

Sancho blickte ihn an, verstand ihn und sagte: „Fürchten Euer Gnaden mein gnädiger Herr nicht, daß ich mich vergesse und etwas rede, was hier nicht am Platze wäre. Die Ratschläge, die Euer Gnaden mir über Viel- und Wenig-, Gut- und Schlechtsprechen gaben, habe ich keineswegs vergessen.“

„Ich erinnere mich nicht, Sancho“, antwortete Don Quijote. „Erzähle, was du willst, wenn es nur schnell geht.“

„Was ich also erzählen möchte“, sagte Sancho, „ist so wahr, daß mein Herr Don Quijote mich nicht Lügen strafen wird.“

„Meinethalben“, versetzte Don Quijote, „lüge, Sancho, soviel du magst, ich werde dich nicht hindern. Aber überlege, was du sagen willst.“

„Ich habe es hin und her überlegt und habe alle Trümpfe in der Hand, wie man aus der Sache selbst erkennen wird."

„Es wäre gut", meinte Don Quijote, „wenn Euer Hoheiten den Dummkopf hinausführen ließen. Er wird tausend Albernheiten vorbringen."

„Beim Leben des Herzogs", sagte die Herzogin, „Sancho soll sich nicht einen Schritt von mir entfernen! Ich liebe ihn sehr, weil ich weiß, er hat viel Verstand."

„Gute Tage", antwortete Sancho, „mögen Euer Hoheit beschieden sein, weil Ihr so gut von mir denkt, obgleich ich es nicht verdiene. Und was ich erzählen wollte, geht folgendermaßen: Es lud in meinem Ort ein Edelmann, der sehr reich und vornehm ist und sich mit Doña Mencia de Quiñones verheiratete, die eine Tochter von Don Alonso de Marañon war, einem Ritter vom Orden des heiligen Jakob, der in Herradura ertrank, dessentwegen es vor Jahren in unserem Ort jenen Streit gab, in den, wie ich glaube, auch mein Herr Don Quijote verwickelt war, wobei noch der verdrehte Tomasillo verwundet wurde, der Sohn vom Schmied Balvastro ... Stimmt das etwa nicht, mein gnädiger Herr? Sagt es bei Eurem Leben, damit die Herrschaften hier mich nicht etwa für einen lügenhaften Schwätzer halten."

„Bis jetzt", bemerkte der Geistliche, „halte ich Euch mehr für einen Schwätzer als für einen Lügner. Aber ich weiß doch nicht, für was ich Euch weiterhin halten werde."

„Du führst so viele Zeugen an, Sancho, und gibst so viele Merkmale, daß es wohl wahr sein muß, was du sagst. Fahre fort und mach die Erzählung kurz, denn auf diese Weise wirst du in zwei Tagen nicht fertig."

„Er soll nichts dergleichen tun", erwiderte die Herzogin. „Vielmehr soll er alles so erzählen, wie er es versteht, und wenn er in sechs Tagen nicht fertig würde. Denn selbst wenn er so viele Tage brauchte, würden sie für mich die angenehmsten sein, die ich je erlebt habe."

„Ich sage also, meine Herrschaften", fuhr Sancho fort, „daß der Edelmann, den ich wie mich selber kenne, weil es von meinem Haus zu dem seinigen keinen Armbrustschuß weit ist, daß dieser Edelmann also einmal einen armen, aber achtbaren Bauern zu sich einlud."

„Weiter, Bruder", unterbrach der Geistliche, „denn Ihr seid auf dem Wege, erst in der anderen Welt mit Eurer Erzählung fertig zu werden."

„Höchstens den halben Weg brauche ich bis dahin, wenn es Gott gefällt", antwortete Sancho. „Ich sage also, daß, als dieser Bauer in das Haus des genannten Edelmanns kam, der ihn eingeladen hatte, seine Seele ruhe in Frieden, denn jetzt ist er schon tot und soll übrigens einen Tod wie ein Engel gestorben sein; ich selbst war nicht dabei, weil ich damals zum Mähen war ..."

„Um Himmels willen, mein Sohn, kehrt schnell vom Mähen zurück und kommt mit Eurer Erzählung zu Rande, ohne den Edelmann auch zu begraben, wenn Ihr nicht noch mehr Leichenbegängnisse erleben wollt!“

„Die Sache war also die“, versetzte Sancho, „daß, als sich die beiden zu Tisch setzen wollten – und mir ist, als ob ich sie noch jetzt deutlich vor mir sähe...“

Das Herzogpaar bemerkte mit ziemlichem Vergnügen das Mißbehagen, das der gute Geistliche über die Weitschweifigkeit empfand, mit der Sancho seine Geschichte erzählte. Don Quijote aber verzehrte sich in Zorn und Wut.

„Ich sage also“, fuhr Sancho fort, „daß, als nun, wie gesagt, die beiden im Begriff waren, sich zu Tisch zu setzen, der Bauer den Edelmann aufforderte, den obersten Platz einzunehmen. Der Edelmann aber bestand darauf, der Bauer solle ihn einnehmen; denn in seinem Hause müsse alles geschehen, wie er es wolle. Der Bauer jedoch, der sich ebenfalls wohlerzogen zeigen wollte, gab das durchaus nicht zu, bis der Edelmann ihm verdrießlich beide Hände auf die Schultern legte, ihn mit Gewalt niedersitzen ließ und sagte: ‚Setzt Euch doch, Erztölpel; denn wo ich auch sitzen mag, immer wird es Euch gegenüber oben sein.‘ Und dies ist meine Geschichte, und ich glaube wirklich, daß sie keineswegs unangebracht ist.“

Don Quijote glühte in tausend Farben; doch die Herrschaften unterdrückten ihr Lachen, damit er nicht vollends zornig würde, wenn er Sanchos Worte erst recht begriffen hatte. Um zu verhindern, daß Sancho, der in Fahrt war, mit noch mehr Bosheit herauskäme, fragte die Herzogin Don Quijote, welche Nachrichten er von der Dame Dulcinea habe und ob er ihr nicht kürzlich einige Geschenke von Riesen und Straßenräubern übersandt, deren er doch bestimmt viele besiegt habe.

Worauf Don Quijote antwortete: „Gnädige Frau, mein Unglück hat zwar einen Anfang genommen, wird aber niemals ein Ende finden. Riesen habe ich besiegt und Schurken und Straßenräuber ihr zugeschickt. Aber wo sollen die sie finden, da sie verzaubert und in die häßlichste Bäuerin verwandelt ist, die man sich vorstellen kann?“

„Ich weiß nicht“, sagte Sancho Panza, „mir schien sie das schönste Geschöpf von der Welt. Wenigstens in der Leichtigkeit und im Springen gibt sie keinem Luftspringer etwas nach. Wahrhaftig, gnädige Frau Herzogin, sie springt Euch von der Erde auf einen Esel, als ob sie eine Katze wäre.“

„Habt Ihr sie verzaubert gesehen, Sancho?“ fragte der Herzog.

„Und wie ich sie gesehen habe!“ antwortete ihm Sancho. „Wer anders, zum Teufel, als ich war der erste, der auf den Trick mit der Verzauberung verfiel? Sie ist so verzaubert wie mein Vater.“

Der Geistliche, der von Riesen, Schurken und Verzauberungen hörte, ahnte nun, dies müsse der Don Quijote von der Mancha sein, dessen Geschichte der Herzog las, weshalb er ihn schon oft getadelt und gesagt hatte, wie unsinnig es sei, dergleichen Narrheiten und Hirngespinste zu lesen. Nachdem er sich vergewissert hatte, daß sein Verdacht zutraf, wandte er sich zornig an den Herzog und sagte: „Bedenken Euer Exzellenz mein gnädiger Herr, daß Ihr Gott werdet Rechenschaft geben müssen über das, was der Gute hier unternehmen wird. Dieser Don Quijote oder Don Hansnarr oder wie er sonst heißen mag ist meiner Meinung nach nicht ganz der Dummkopf, den Euer Exzellenz gern in ihm sehen möchten. Deshalb schafft ihm keine Gelegenheit, seine närrischen Streiche fortzusetzen."

Zu Don Quijote gewandt, fuhr er fort: „Und Ihr, Tropf, wer hat es Euch nur in den Kopf gesetzt, daß Ihr ein fahrender Ritter seid und Riesen besiegt und Straßenräuber gefangennehmt? Wo gibt es denn Riesen in Spanien oder Straßenräuber in der Mancha oder verzauberte Dulcineen und all die übrigen Dummheiten, die von Euch erzählt werden?"

Aufmerksam hörte Don Quijote dem ehrwürdigen Manne zu. Und als er sah, daß jener stillschwieg, sprang er ohne Rücksicht auf das Herzogpaar erzürnt und mit grimmiger Miene auf und sagte: „Der Ort und die Gesellschaft, in der ich mich befinde, sowie die Achtung, die ich immer vor dem Stand hatte und habe, dem Euer Gnaden angehören, fesseln und binden meinen gerechten Zorn. Aus diesem Grunde und weil allgemein bekannt, daß die Waffe der Gelehrten dieselbe ist wie die der Frauen, nämlich die Zunge, werde ich gegen Euer Gnaden mit der gleichen Waffe, nämlich meiner Zunge, antreten. Hätten Ritter mich einen Narren genannt, so wäre es mir ein nicht wiedergutzumachender Schimpf gewesen. Wenn mich aber studierte Leute, die die Wege der Ritterschaft nie betreten haben, für toll erklären, berührt mich das nicht im geringsten. Ritter bin ich, und als Ritter werde ich sterben, wenn es dem Allerhöchsten so gefällt. Ich wandle, wie es mir bestimmt ist, auf der engen Bahn der fahrenden Ritterschaft und frage nicht nach Gütern, wohl aber nach Ehre. Meine Absichten gehen immer auf gute Zwecke, nämlich allen Gutes und keinem Böses zu tun. Ob der, der so handelt, ein Narr genannt zu werden verdient, das mögen Euer durchlauchtigsten Hoheiten, der Herzog und die Herzogin, entscheiden."

„Sagen Euer Gnaden mein gnädiger Herr nichts weiter zu Eurer Rechtfertigung", rief jetzt Sancho. „Denn, bei Gott, mehr darüber zu sagen, zu denken oder zu erinnern gibt es nicht."

SECHSUNDVIERZIGSTES KAPITEL

Zwei höchst lächerliche Bartwäschen

„Seid Ihr etwa, mein Freund“, fragte der Geistliche, „jener Sancho Panza, dem sein Herr eine Insel versprochen haben soll?“

„Und ob ich der bin“, antwortete Sancho. „Und ich verdiene sie wohl ebensogut wie irgendein anderer. Ich bin einer, der sich zu den Guten hält, um selber einer von ihnen zu werden; denn man sagt ja: Wer an einen guten Baum sich stützt, der wird durch guten Schatten geschützt. Ich habe mich an meinen braven Herrn gestützt; seit vielen Monaten bin ich schon in seiner Gesellschaft und werde ein zweiter *Er* werden, wenn es Gott gefällt. Hat er zu leben, werde auch ich zu leben haben, und es wird ihm nicht an Königreichen fehlen, die er beherrscht, noch mir an Inseln, die ich regieren kann.“

„Wahrhaftig nicht, Freund Sancho“, fiel hier der Herzog ein. „Denn ich gebe Euch im Namen des Herrn Don Quijote die Statthalterschaft über eine meiner neun Inseln, die nicht unbedeutend ist.“

„Knie nieder, Sancho,“ sagte Don Quijote, „und küsse Seiner Exzellenz dem Herzog die Füße für die Gnade, die er dir erweist.“

Sancho tat es und dankte dem Herzog zugleich in so derben begeisterten Worten, daß es Don Quijote peinlich in den Ohren klang und er nur schlecht seinen Zorn verbergen konnte. Die Herzogin jedoch wollte vor Lachen sterben, als sie Sancho sprechen hörte; sie hielt ihn für weit lustiger und närrischer als seinen Herrn, wie es übrigens an ihrem Hofe viele gab, die ihr in dieser Meinung beipflichteten. Die fröhliche Miene der Herzogin bewirkte auch, daß sich Don Quijote wieder beruhigte, und alle, außer dem Geistlichen, waren mit dem Verlauf der Mahlzeit sehr zufrieden.

Schließlich wurde die Tafel aufgehoben; und indem man noch abdeckte, kamen vier Jungfrauen herein: die eine trug ein silbernes Becken, die andere eine Gießkanne aus dem gleichen Metall, der dritten hingen zwei sehr weiße und feine Handtücher über der Schulter, und die vierte, die die Ärmel bis zur Hälfte aufgestreift hatte, hielt in ihren weißen Händen eine duftende Seifenkugel.

Die mit dem Becken trat herzu und hielt es zierlich Don Quijote unter den Bart. Don Quijote, über ihr feierliches Gebaren verwundert und in dem Glauben, daß es hier Brauch sei, statt der Hände den Bart zu waschen, streckte sein Kinn vor, so weit er nur konnte. Sogleich goß die zweite Jungfrau aus der Gießkanne Wasser ein, und die mit der Seifenkugel seifte ihm hastig den Bart. Und nicht allein den Bart bestrich sie dem geduldigen

Ritter, sondern das ganze Gesicht, bis in die Augen hinein, so daß er sie flink zudrücken mußte.

Der Herzog und die Herzogin, von diesem Geschehnis, das sich ohne Verabredung ergab, überrascht, standen und warteten, wie diese außerordentliche Wäsche enden sollte. Die barbierende Jungfrau, wie sie ihn so eine Handdick eingeseift hatte, tat, als habe sie alles Wasser verbraucht, und befahl der mit der Gießkanne, mehr zu holen. Dies geschah, und Don Quijote blieb in der seltsamsten und lächerlichsten Verfassung sitzen, die man sich nur vorstellen kann. Alle, die zugegen waren, betrachteten ihn, und es betrachteten ihn viele. Und wie sie ihn so sahen, über dem unmäßig langen, sehr braunen Halse die Augen gewaltsam zugedrückt und den Bart voll steifer Seife, da war es wirklich ein großes Wunder, daß sie nicht in lautes Gelächter ausbrachen.

Die Mädchen, auf deren Rechnung der Spaß kam, standen verlegen, mit niedergeschlagenen Augen und wagten es nicht, ihren Herrschaften ins Gesicht zu sehen. Die Herzogin und der Herzog kämpften zwischen Verdruß und Lachen und wußten durchaus nicht, ob sie die Kühnheit der Mädchen bestrafen müßten oder ob sie ihnen das Vergnügen lohnen sollten.

Endlich kam die Jungfrau mit der Gießkanne. Nun wuschen sie Don Quijote überaus sorgfältig und trockneten ihn mit den Handtüchern sauber ab, worauf sich alle vier sehr tief und ehrerbietig verbeugten und Miene machten, sich schleunigst zu entfernen. Der Herzog aber, damit ihnen Don Quijote nicht auf die Schliche käme, rief das Mädchen mit dem Becken und sagte: „Kommt und wascht mich auch und gebt acht, daß es nicht am Wasser fehlt."

Das kluge und behende Mädchen machte sich sogleich herbei und hielt dem Herzog so wie vorher Don Quijote das Becken unter, worauf sie ihn hastig wuschen und ihn ziemlich einseiften. Dann trockneten sie ihn ab, machten ihre Verbeugungen und verließen den Saal.

Sancho hatte den feierlichen Waschungen sehr aufmerksam zugesehen und sagte nun leise: „Bei Gott, wäre es in diesem Lande vielleicht Sitte, auch den Schildknappen der Ritter den Bart zu waschen? Denn, meiner Seele, ich hätte es nötig! Und wenn sie ihn mir auch scheren wollten, ich würde es für eine Wohltat halten."

„Was sprecht Ihr da, Sancho?" fragte die Herzogin.

„Ich sage, Euer Hoheit", antwortete er, „daß es an den Höfen anderer Fürsten, wie ich habe sagen hören, Sitte ist, daß, wenn man das Tischtuch abhebt, Wasser für die Hände gereicht wird, aber nicht Lauge für den Bart. Darum ist es gut, lange zu leben, um vieles zu sehen, ob man gleich sagt, daß wer ein langes Leben hat, auch viel Unglück erfährt. Doch so eine Wäsche ist wahrhaftig mehr ein Vergnügen als ein Leid."

„Seid ohne Sorge, Freund Sancho", sagte die Herzogin. „Ich will meinen Jungfrauen befehlen, auch Euch zu waschen, ja sogar zu baden, wenn es Euch danach verlangt."

„Mit dem Bart wär ich schon zufrieden", antwortete Sancho, „wenigstens fürs erste. Die Zeit wird auch das übrige einrichten."

„Gebt acht, Haushofmeister", sagte die Herzogin, „was der wackere Sancho verlangt. Tut alles nach seinen Wünschen."

Der Haushofmeister versprach, dem Herrn Sancho solle Genüge geschehen; darauf zog er sich zurück und nahm Sancho mit.

Währenddem blieben die Herrschaften und Don Quijote noch lange bei Tische und unterhielten sich über viele und unterschiedliche Dinge, vornehmlich aber über solche, die mit dem Waffenhandwerk und der fahrenden Ritterschaft zusammenhingen. Sie saßen noch im schönsten Gespräche, als sie plötzlich viele Stimmen und ein großes Lärmen im Palast vernahmen. Gleich darauf trat Sancho in den Saal, völlig verstört, im Gesicht statt der Bartbinde einen Wischlappen und hinter sich ein stattliches Gefolge von Küchenjungen, von denen einer ein Waschbecken trug, in dem sich Spülwasser befand, wie man an der Farbe sehen konnte.

Der mit dem Waschnapf gab sich alle Mühe, es ihm unter den Bart zu schieben, und ein anderer Bursche machte Anstalten, ihn zu waschen.

„Was geht vor, Leute?" fragte die Herzogin. „Was soll das bedeuten? Was wollt ihr diesem wackeren Manne tun? Wie, überlegt ihr nicht, daß er erwählter Statthalter ist?"

Worauf der mit dem Becken antwortete: „Der Herr hat sich nicht wollen waschen lassen, wie es Brauch ist und wie sich der Herzog, mein gnädiger Herr, und der Herr Ritter haben waschen lassen."

„Wohl hab ich's gewollt", antwortete Sancho zornig, „doch es sollte mit reinen Tüchern geschehen, mit klarer Lauge und nicht mit so dreckigen Händen. Ein so großer Unterschied ist nicht zwischen mir und meinem Herrn, daß man ihn mit Engelswasser und mich mit Teufelsbrühe waschen dürfte. Die Bräuche in den fürstlichen Palästen sind nur insoweit gut, als sie uns nicht beschwerlich fallen; aber die Art zu waschen, wie sie hier schicklich scheint, ist ja schlimmer als bei den Büßenden! Mein Bart ist rein, solches Scheuern hat er nicht nötig. Und derjenige, der sich unterstehen will, mich zu waschen oder mir nur ein Haar am Barte anrührt – mit aller Ehrerbietung sei's gesprochen: dem werd ich eine solche Ohrfeige geben, daß mir die Faust in seinen Kinnbacken steckenbleibt. Denn diese Einseifungen sehen mehr nach Spott aus als nach einer Ehre, die man Gästen erzeigt."

Die Herzogin mußte sich mühsam beherrschen, als sie Sanchos Zorn sah; Don Quijote aber empfand kein sonderliches Vergnügen, da er ihn so schlecht mit dem vielfarbigen und zerschlissenen Tuch geschmückt sah, von so vielen Küchengesellen umringt. Er machte also den beiden Herrschaften eine tiefe Verbeugung, als wolle er um die Erlaubnis zu sprechen bitten, und sagte hierauf mit ruhiger Stimme zu den Burschen: „Fort, Ihr Herren Ritter, beliebt meinen Diener freizulassen und geht zurück, woher Ihr gekommen seid oder wohin Ihr wollt; denn mein Schildknappe ist ebenso rein wie ein anderer, und dergleichen Waschbecken sind schimpflich für ihn. Folgt meinem Rat und laßt ab; weder er noch ich verstehen nämlich solchen Spaß."

Sogleich nahm Sancho ihm das Wort aus dem Munde und fuhr fort: „Daß Ihr einen schlechten Spaß mit mir treibt, werde ich gewiß sowenig leiden, wie es jetzt Nacht ist. Man bringe einen Kamm her und untersuche meinen Bart; und wenn man etwas findet, was gegen die Reinlichkeit streitet, dann mag man mich gehörig striegeln."

Da erwiderte die Herzogin, die ihre Lachlust fast nicht mehr bändigen konnte: „Sancho hat in allem recht, und er wird immer recht haben, was er auch sagen mag. Also ist er rein und braucht nicht gewaschen zu werden, besonders da ihr, meine Diener der Reinlichkeit, euch als ungemein nachlässig, ich will nicht sagen unverschämt erwiesen habt, indem ihr solch eine Person und so einen Bart statt mit Becken und Gießkannen von reinstem Gold mit Trögen und Wischlumpen behandeln wolltet. Boshaft und ungesittet seid ihr, und ihr konntet es nicht unterlassen, euren Haß gegen den Schildknappen eines ehrenhaften Ritters zu zeigen!"

Die Bedienten und der Haushofmeister, der sich ebenfalls im Gefolge befand, glaubten, die Herzogin spräche im Ernst; daher bemächtigten sie sich des Wischlappens und zogen sich erschrocken und verwirrt in aller Eile zurück.

Sowie Sancho sich aus dieser, wie er meinte, größten Gefahr befreit sah, kniete er vor der Herzogin nieder und sagte: „Nur von großen Damen sind große Gnaden zu erwarten. Die Gnade, die Ihr mir eben erwiesen habt, kann mit nichts Geringerem bezahlt werden als mit meinem Wunsche, alle Tage meines Lebens in Euerm erhabenen Dienste aufzuwenden. Ich bin ein Bauer, mein Name ist Sancho Panza, ich bin verheiratet, habe Kinder und gehe als Schildknappe. Wenn ich Euer Hoheit mit einem von diesen Dingen dienen kann, so sprecht, und ich werde schneller gehorchen, als Eure Herrlichkeit es befehlen kann."

„Man sieht wohl", antwortete die Herzogin, „daß Ihr die Höflichkeit in der Schule der Höflichkeit selbst gelernt habt, man sieht, sage ich, daß der Herr Don Quijote, die Blume der Ritterschaft, Euch aufgezogen hat. Steht auf, mein Freund Sancho; denn Eure Artigkeit will ich dadurch erwidern, daß ich den Herzog, meinen Gemahl, bitte, Euch möglichst bald die versprochene Statthalterschaft zu geben."

Hiermit endete das Gespräch. Don Quijote ging, seine Mittagsruhe zu halten. Die Herzogin aber bat Sancho, falls er nicht große Lust zum Schlafen hege, möge er den Nachmittag mit ihr und ihren Jungfrauen in einem kühlen Saale zubringen.

Sancho antwortete: obgleich es wahr sei, daß er im Sommer des Mittags gern vier bis fünf Stunden ruhe, wolle er, ihr zu dienen und ihrem Befehl zu gehorchen, alle seine Kräfte anstrengen und kommen. Darauf entfernte er sich.

SIEBENUNDVIERZIGSTES KAPITEL

Ein denkwürdiges Gespräch der Herzogin
und ihrer Fräulein mit Sancho Panza

Seinem Worte gemäß legte sich Sancho an diesem Nachmittag nicht nieder. Sondern bald nach dem Essen begab er sich zur Herzogin, die, da sie ihn gern sprechen hörte, ihn auf einen Stuhl neben sich nötigte, obgleich Sancho sich aus Wohlerzogenheit heftig dagegen sträubte. Die Herzogin aber sagte ihm, als Statthalter stände ihm der Stuhl wohl zu, wenn sie auch wünsche, daß er jetzt als Schildknappe zu ihr spreche.

Da zog Sancho die Schultern ein und setzte sich, und alle Jungfrauen und Damen der Herzogin schlossen ihn in ihren Kreis, fein still und aufmerksam, um zu hören, was er sagen würde.

Die Herzogin war die erste, die sprach, indem sie sagte: „Jetzt, da wir allein sind und niemand weiter zuhört, wünschte ich, daß der Herr Statthalter mir einige Zweifel auflöste, die mir beim Lesen der Geschichte über den großen Don Quijote gekommen sind. Einer von den Zweifeln ist: Der wackere Sancho hat die Dame Dulcinea von Toboso nie gesehen, ihr auch keinen Brief überbracht; wie hat er sich nur unterstehen können, eine Antwort zu erfinden, noch dazu eine, die so sehr zum Nachteil der unvergleichlichen Dulcinea von Toboso gereicht? Wie ist das mit Sanchos Treue als Schildknappen überein zu bringen?“

Sancho sagte kein Wort; er stand vom Sessel auf und schlich, den Körper gebeugt, die Finger an den Lippen, durch den ganzen Saal und lugte dabei unter jede Decke. Nachdem dies getan war, setzte er sich wieder und sprach: „Nun, gnädige Dame, wo ich gesehen habe, daß keiner versteckt ist, will ich Euch ohne Angst und Furcht antworten. Zuerst also wisset, daß ich meinen Herrn Don Quijote für einen ausgemachten Narren halte, wenn er

gleich mitunter Sachen spricht, die nach der Meinung aller so verständig und im schönsten Geleise sind, wie sie der Satan selber nicht besser sagen könnte. Aber dessenungeachtet bin ich wahrhaftig davon überzeugt, daß er ein Dummkopf ist. Deshalb bin ich auch so dreist, ihm Dinge weiszumachen, die nicht Hand und Fuß haben, wie damals die Antwort auf seinen Brief, und jetzt wieder vor einiger Zeit, was in der Geschichte noch nicht steht, die Verzauberung der Dame Dulcinea, die doch in Wirklichkeit ebensowenig verzaubert ist wie die Sonne am Himmel."

Die Herzogin bat ihn, diesen Spaß zu erzählen, worauf Sancho zu aller Ergötzen getreulich berichtete, was sich zugetragen hatte.

Hierauf fuhr die Herzogin fort: „Nach dem, was Ihr eben vorgetragen habt, Sancho, gehen mir tausend Bedenken durch die Seele, und die sagen: Wenn Don Quijote von der Mancha ein Narr ist und Sancho, sein Schildknappe, dies weiß und ihm dennoch, von eitlen Versprechungen angezogen, folgt und dient, so muß der Schildknappe ohne Zweifel noch dümmer und närrischer sein als der Herr. Wenn dem aber so ist, wird es übel getan sein, Euch, Sancho, eine Insel zu geben. Denn wer sich selbst nicht regieren kann, wie soll der andere regieren?"

„Bei Gott, gnädige Frau“, sagte Sancho, „ganz ohne sind diese Bedenken nicht. Denn wenn ich klug wäre, so hätte ich längst von meinem Herrn gelassen. Aber das ist nun mal mein Schicksal und mein Verhängnis, ich kann nicht anders, ich muß ihm folgen. Wir sind aus demselben Dorfe; ich habe sein Brot gegessen; ich bin ihm gut, er ist mir gut; er hat mir seine Füllen versprochen, und, was das wichtigste ist: Ich bin treu – also wird uns kein anderer scheiden als der mit der Sense. Will Euer Hoheit nicht, daß ich die Statthalterschaft kriege, so muß ich mich bescheiden. Und es kann wohl sein, daß es für mein Gewissen besser ist, wenn ich sie nicht bekomme. Denn wenn ich auch dumm bin, so kenne ich doch das Sprichwort: In ihrem Unglück wachsen der Ameise Flügel; so könnte es sein, daß Sancho der Schildknappe eher in den Himmel eingeht als Sancho der Statthalter. Mein Magen ist nicht größer als der von einem andern, und zur Not kann man ihn, wie man zu sagen pflegt, mit Heu und Stroh ausstopfen; und wenn wir aus der Welt müssen und in die Erde kriechen, dann geht der Fürst auf keinem breiteren Wege als der Bauer.

Darum sage ich noch einmal: Wenn Euer Hoheit mir die Insel nicht gönnen wollen, so werde ich, obwohl ein Narr, doch klug genug sein, auch nichts auf sie zu geben. Denn ich habe sagen hören, es ist nicht alles Gold, was glänzt.“

„Der wackere Sancho weiß wohl“, entgegnete die Herzogin, „daß ein Ritter halten muß, was er einmal versprochen hat, und koste es ihn selbst das Leben. Der Herzog, mein Gemahl, wenn er gleich nicht zu den fahrenden gehört, ist darum doch ein Ritter, und so wird er auch sein Wort wegen der Insel einlösen, allem Neid und aller Bosheit der ganzen Welt zum Trotz. Deshalb, Sancho, seid guten Mutes; wenn Ihr es am wenigsten denkt, werdet Ihr Euch auf dem Sitze Eurer Regierung befinden, Ihr werdet Eure Statthalterschaft haben und in Gold und Seide gehen. Ich ermahne Euch nur, recht zu bedenken, wie Ihr Eure Untertanen beherrschen wollt; denn sie sind alle treu und gut geartet.“

„Was das Regieren betrifft“, sagte Sancho, „da sind gar keine Ermahnungen nötig; denn ich bin barmherzig und habe Mitleid mit den Armen. Wer selber leidet Not, dem muß man nehmen nicht das Brot. Und bei meiner Seele, falsches Spiel sollen sie mir auch nicht vormachen! Zur Zeit will ich schon munter sein; die Mäuse sollen mir nicht auf der Nase tanzen, denn ich weiß, wo mich der Schuh drückt. Die Guten werden es bei mir gut haben, aber die Bösen sollen mir nicht unter die Augen treten. Nach meiner Meinung ist beim Regieren das richtige Anfangen die ganze Kunst, und es ist wohl möglich, daß ich mir nach vierzehn Tagen das Statthaltern an den Fingern abzählen kann und mehr davon weiß als von der Feldarbeit, zu der ich erzogen bin.“

„Ihr habt recht, Sancho“, sagte die Herzogin, „keiner kommt gelehrt auf die Welt, und aus Menschen werden Bischöfe gemacht, nicht aus Steinen. Doch noch einmal etwas zur Verzauberung der Dame Dulcinea, so halte ich es für eine ausgemachte Sache, daß Euch, Sancho, der Gedanke, Euren Herrn zum besten zu halten und eine Verzauberung vorzuspiegeln, von einem der Zauberer eingegeben worden ist, die den Herrn Don Quijote verfolgen. Denn ich weiß fürwahr, daß das Bauernmädchen, das den behenden Sprung auf den Esel getan hat, wirklich Dulcinea von Toboso gewesen ist; und während der wackere Sancho glaubte der Betrüger zu sein, war er der Betrogene. Ich will dem Herrn Sancho Panza auch gleich sagen, daß wir hier ebenfalls unsere Zauberer haben, die uns berichten, was in der Welt vorgeht, und das mit aller Aufrichtigkeit, ohne jede Hinterlist und Trug. Also mögt Ihr, Sancho, mir glauben, daß die springende Bäuerin Dulcinea von Toboso war, damit Ihr den Irrtum ablegt, in dem Ihr jetzt lebt.“

„Das kann alles so sein“, sagte Sancho. „Es ist ja auch nicht recht zu glauben, daß ein einfacher Verstand im Augenblick eine so kluge List hervorgebracht haben soll. Aber andererseits ist ein Mann wie ich wohl nicht verpflichtet, alle Gedanken und Bosheiten der verfluchten Zauberer gleich zu merken.“

„Das glaube ich auch", antwortete die Herzogin. „Fürs erste aber mag Sancho sich nun ausruhen gehen. Ein andermal werden wir mehr miteinander sprechen und inzwischen Anstalten treffen, daß er bald mit seiner Statthalterschaft versorgt werde."

Sancho küßte der Herzogin die Hände, und während er sich zur Ruhe begab, erzählte sie dem Herzog alles, was vorgegangen war.

ACHTUNDVIERZIGSTES KAPITEL

Handelt vom Eintreffen der Nachricht,
auf welche Weise Dulcinea von Toboso entzaubert werden könne

Groß war das Ergötzen, das die Gesellschaft des Don Quijote und Sancho Panza dem Herzog und der Herzogin bereitete. Um aber den Spaß noch weiter zu treiben, verabredeten die beiden Herrschaften einen Streich, der ganz den Anschein eines echten Abenteuers haben sollte. So führten sie den Ritter und seinen Schildknappen nach sechs Tagen auf eine Schweinsjagd, und sie gingen mit einem so großen Gefolge von Jägern und Förstern, wie es sonst nur bei gekrönten Königen üblich ist.

Man gab Don Quijote ein Jagdkleid und ein anderes dem Sancho, beide aus feinstem grünem Tuch. Don Quijote wollte seine gewöhnliche Tracht nicht ablegen; Sancho aber nahm das Kleid mit der Absicht, es bei der ersten guten Gelegenheit zu verkaufen. Da nun der bestimmte Tag gekommen war, mischten sich Don Quijote und Sancho Panza – der eine in voller Rüstung, der andere im neuen grünen Kleide – unter den Zug der Jäger. Die Herzogin war prächtig geschmückt, und Don Quijote nahm aus übergroßer Höflichkeit den Zaum ihres Zelters, sowenig es der Herzog auch leiden wollte.

Sie gelangten in einen weiten Wald, wo jeder seinen Posten bezog und bald unter gewaltigem Toben, Lärmen und Schreien die Jagd ihren Anfang nahm, so daß über dem Bellen der Hunde und dem Klange der Hifthörner keiner den andern hören konnte. Die Herzogin stieg ab und eilte mit einem scharfen Spieß zu einer Stelle, an der gewöhnlich einige Eber hervorzubrechen pflegten. Der Herzog und Don Quijote stellten sich ihr zur Seite; Sancho aber hielt sich hinter ihnen, ohne von seinem Grauen herabzuklettern, den er in keiner Gefahr zu verlassen gedachte.

Kaum hatten sich ihnen ein paar Diener zugesellt, als, von Hunden und Jägern gehetzt, ein ungeheurer Eber auf sie losstürzte, der mit den Hauern

knirschte und Schaum aus seinem Maule warf. Sowie Don Quijote ihn sah, faßte er den Schild, ergriff das Schwert und sprang hinzu, das gleiche tat der Herzog. Aber die Herzogin wäre allen zuvorgekommen, hätte ihr Gemahl sie nicht daran gehindert. Nur Sancho, als er das gewaltige Tier gewahr wurde, sprang vom Grauen und lief, so schnell er konnte, eine hohe Eiche zu erklettern; was ihm jedoch nicht recht gelang. Wie er sie nämlich halb geschafft hatte und zum Wipfel klimmen wollte, verließen ihn Heil und Glück so sehr, daß der Zweig, an dem er sich hielt, wegbrach und er im Hinunterstürzen an einem Aste in freier Luft hängenblieb, ohne den Boden erreichen zu können – er schwebte also, zerrissen das schöne grüne Tuch, und ihm schien, wenn das böse Tier dort hinkäme, werde es ihn packen. Da fing er dermaßen an zu schreien und um Hilfe zu rufen, daß alle, die ihn hörten und nicht sahen, glaubten, er befände sich im Rachen einer Bestie.

Der hauende Eber erlag den Stichen der vielen Jagdspieße, und nun wandte Don Quijote das Haupt nach Sancho, den er gleich an dem Geschrei erkannt hatte. Er sah ihn in der Eiche hängen, den Kopf zuunterst, und dicht daneben den Grauen, der seinem Herrn auch im Elend folgte. Don Quijote ging hin und machte Sancho los, der, als er sich frei und auf der Erde sah, betrübt den Riß in seinem Kleid betrachtete; denn damit hatte er ein ganzes Landgut zu besitzen geglaubt.

Indessen lud man den Eber auf ein Lasttier und brachte ihn zu einigen großen Zelten, vor denen auf Tischen ein prächtiges Mahl bereitstand.

Nachdem sie gut und zur Genüge gespeist hatten, verließen sie die Zelte, und während sie einige Anstände besuchten, verging ihnen der Tag, und die Nacht kam herbei. Es breitete sich ein ungewisses Halbdunkel aus, wie es sich der Herzog für seine Absicht nicht besser wünschen konnte.

Als die Nacht begann, eine kurze Zeit vor der Dämmerung, schien es plötzlich, als brenne der Wald an allen vier Enden. Und zugleich hörte man hier und dort, hüben und drüben unendlich viele Trompeten und andere Kriegsinstrumente wie von Reitergeschwadern, die heranzogen. Alsbald vernahm man tausendfaches Feldgeschrei; Trompeten und Hörner ertönten, Pfeifen erklangen – alles zu so gleicher Zeit, daß derjenige gewiß ohne Verstand gewesen wäre, der ihn bei diesem verworrenen Getöse nicht hätte verlieren sollen.

Der Herzog erschrak; die Herzogin erstaunte; Don Quijote hatte Mühe, die Fassung zu wahren; Sancho aber erzitterte. Und alle, selbst diejenigen, die um die Ursache wußten, wurden von Furcht und Entsetzen erfüllt.

Aber in dem Augenblick, wo sie erschraken, trat Stillschweigen ein, und es sprengte ein Postreiter in Teufelstracht daher.

„Holla, Freund!“ rief der Herzog ihn an. „Wer seid Ihr, wohin geht Ihr? Und was ist das für Kriegsvolk, das da durch den Wald zu streifen scheint?“

Worauf der Kurier mit grauenerregender Stimme antwortete: „Ich bin der Teufel, ich suche den Don Quijote von der Mancha. Und das Volk, das dort naht, besteht aus sechs Truppen Zauberern, die auf einem Triumphwagen die unvergleichliche Dulcinea von Toboso führen. Sie kommt verzaubert mit dem braven Montesinos, der Don Quijote enthüllen will, wie die Dame erlöst werden kann.“

„Wäret Ihr der Teufel, wie Ihr es sagt und worauf auch Eure Gestalt deutet, so müßtet Ihr den Ritter schon erkannt haben; denn er steht vor Euch.“

Der Teufel wandte sich alsbald zu Don Quijote und sprach: „Zu dir, dem Ritter von den Löwen – unter deren Pranken ich dich sehen möchte – sendet mich der tapfere Montesinos, dir zu sagen, du mögest ihn erwarten, hier, wo ich dich getroffen habe. Mehr habe ich nicht auszurichten. Die Teufel seien mit dir.“ Danach stieß er in ein ungeheures Horn, und ohne eine Antwort abzuwarten, ritt er davon.

„Nun, gedenkt Ihr zu warten, mein Herr Ritter?“ fragte der Herzog Don Quijote.

„Etwa nicht?“ antwortete Don Quijote. „Hier will ich unerschrocken harren, und wollte mich auch die ganze Hölle angreifen!“

Indes wurde die Nacht finster, und die vielen Lichter tanzten wieder durch den Wald, wie die Sternschnuppen am Himmel. Da ließ sich ein fürchterliches Geräusch von der Art vernehmen, wie es die schweren, klobigen Räder eines Ochsenwagens hervorrufen, vor dessen beständigem rauhem Knarren selbst Bären und Wölfe fliehen, wie man sagt. Es schien auch, als würden in allen vier Windrichtungen Schlachten geliefert; denn hier tobte der laute Donner der Artillerie, dort wurden unzählige Musketen abgefeuert, in der Ferne wiederholte sich das Feldgeschrei. Und alles bildete ein so entsetzliches Getöse, daß Don Quijote seinen ganzen Mut zusammennehmen mußte. Sancho aber sank ohnmächtig vor Schreck in die Schleppe der Herzogin, die ihn darin auffing und sogleich befahl, ihm Wasser ins Gesicht zu spritzen. Es geschah, und als er wieder zu sich kam, rollte gerade einer der Wagen mit den knarrenden Rädern auf ihren Platz zu.

Der Wagen wurde von vier trägen Ochsen gezogen, die mit schwarzen Decken behängt waren; an jedem Horn trugen sie eine brennende Wachsfackel. Auf dem Wagen thronte ein ehrwürdiger Greis, dessen Bart weiß wie Schnee und so lang war, daß er bis zum Gürtel seines schwarzen Rockes reichte. Ihn begleiteten zwei häßliche Teufel mit so abscheulichen Gesichtern, daß Sancho, da er sie einmal gesehen hatte, die Augen zukniff, um sie nicht ein zweites Mal zu erblicken.

Als der Wagen ihnen gegenüberstand, richtete der ehrwürdige Greis sich auf und sprach mit lauter Stimme: „Ich bin der weise Lirgander!“ Und ohne daß man ein weiteres Wort vernahm, setzte sich der Wagen wieder in Bewegung. Dem folgten zwei weitere Fuhrwerke, ebenfalls mit Zauberern besetzt, die genauso schnell wie der erste verschwanden. Nun vernahm man kein Getöse mehr, sondern statt dessen den Klang einer süßen harmonischen Musik, über die Sancho sich freute, weil er sie für ein gutes Zeichen hielt. Darum sagte er auch zu der Herzogin, von deren Seite er sich keinen Schritt entfernte: „Gnädige Frau, wo Musik ist, da kann nichts Böses sein.“

„Das wird sich zeigen“, entgegnete Don Quijote. Und er hatte recht, wie das folgende Kapitel lehrt.

NEUNUNDVIERZIGSTES KAPITEL

Wie Sancho Panza gezwungen wird,
zu Dulcineas Entzauberung zu dienen

Im Takte der lieblichen Musik näherte sich ein Triumphwagen, der von sechs grauen, mit weißen Leinendecken behängten Maultieren gezogen wurde. Auf jedem Tier saß ein Büßender, ebenfalls in Weiß gekleidet, in der Hand eine große brennende Wachsfackel. Der Wagen war zwei-, ja dreimal größer als die vorigen, und auf den Seiten und in der Mitte waren noch zwölf Büßende verteilt, so weiß wie Schnee, alle mit brennenden Fackeln – ein Anblick, der sowohl seltsam wie schreckenerregend war. Auf einem erhabenen Thron saß eine Nymphe, in Tausende mit Goldblättchen besetzte Silberschleier gehüllt, die ihr, wenn nicht ein reiches, doch auffälliges Aussehen verliehen. Das Gesicht war mit einem feinen Stoff bedeckt, durch den man ein außerordentlich schönes Mädchenantlitz erkennen konnte. Im Schein der Lichter vermochte man auch ihr Alter zu unterscheiden – sie mochte die Zwanzig noch nicht erreicht haben, aber auch nicht unter Siebzehn stehen. Neben ihr befand sich eine Gestalt in einem Schleppkleid, das bis über die Füße ging, und deren Kopf in einem schwarzen Schleier steckte.

Als der Wagen vor der Herzogin und Don Quijote hielt, verstummte die Musik der Flöten, Harfen und Lauten. Die Gestalt im Schleppkleide erhob sich und nahm den Schleier vom Gesicht, worauf man gewahrte, daß es der Tod selber war, überaus häßlich und abgezehrt.

Da erhob dieser lebendige Tod die Stimme und sprach mit schläfriger und nicht eben behender Zunge:

„Ich bin Merlin, von welchem die Geschichten
erzählen, daß der Teufel mich gezeugt –
was unwahr, wenn in allen Zeiten auch geglaubt –
Fürst und Beherrscher jeglicher Magie,
ein Kämpfer gegen all', die sich bemühn,
die Taten auszulöschen jener hochbeherzten fahr'nden Ritter,
zu denen Freundschaft ich und Liebe trage.

Und wenn auch sonst der andern Zauberer Gesinnung
mag hart und rauh und böse sein,
so ist die meine sanft und zart und liebreich
und wünscht nur Gutes aller Welt zu tun.

In Ditis' dunklen unterird'schen Höhlen,
wo meine Seele Unterhaltung fand,
gewisse Kreis' und Linien zu entwerfen,
traf mich der Klagelaut der unvergleichlich schönen
und hohen Dulcinea von Toboso.

Ich sah ihr Unglück, die Verzauberung
in eine Bauerndirne; dieses ging mir nah.
Drauf wälzt' ich hunderttausend Bücher
von meiner niederträcht'gen Teufelskunst
und komme nun, das Mittel Euch zu künden,
so übergroßem Leiden abzuhelfen.

O Glorie du, Ruhm aller, die sich kleiden
mit stählernem und diamant'nem Rock,
dir sag ich, Held, dir tapferer
und minder nicht verständ'ger Don Quijote,
du Glanz der Mancha, Spaniens Gestirn:
Um in den früh'ren Zustand zu versetzen
die schöne Dulcinea von Toboso,
ist's nötig, daß sich geb' dein treuer Sancho
dreitausend und wohl noch dreihundert Streiche
auf seine beiden mächt'gen Hinterteile,
bis sie ihn schmerzen, brennen und verdrießen.
Nur dadurch kann sie ihrer Leiden ledig werden,
wie alle haben unter sich beschlossen,
die ihres Unglücks Stifter sind.
Und dies war meine Botschaft, werte Herren."

„Mich soll doch!“ rief jetzt Sancho. „Kein Gedanke an die dreitausend Hiebe, nicht drei will ich mir geben, sowenig wie drei Dolchstiche! Hol der Teufel diese Art zu entzaubern! Was haben denn meine Hinterbacken mit Verzauberungen zu tun? So wahr Gott lebt, wenn der Herr Merlin kein andres Mittel weiß, die Dame Dulcinea zu entzaubern, so mag sie sich verzaubert begraben lassen.“

„Ich will dich kriegen“, schrie Don Quijote, „du Don Lümmel! Gleich binde ich dich an einen Baum, nackt wie dich deine Mutter geboren hat. Und, hörst du! nicht dreitausend und dreihundert, sondern sechstausend und sechshundert Hiebe will ich dir reichen, und alle so gewichtig, daß man dich dreitausend und dreihundert Büchsenschüsse weit schreien hören soll. Still jetzt, du, und kein Wort erwidre, sonst reiß ich dir die Seele aus dem Leibe!“

Als Merlin das hörte, sprach er: „So darf es nicht geschehen, die Streiche soll der gute Sancho freiwillig und nicht mit Gewalt erhalten, auch zu einer Zeit, wann es ihm gefällt; denn es ist kein bestimmter Termin angesetzt. Doch ihm sei vergönnt, daß er die Geißelung auf die Hälfte herab-

setzt, wenn er sich von einer fremden Hand streichen läßt, die ja wohl etwas schwerer niederfällt."

„Weder eine fremde noch eine eigene, weder eine leichte noch eine schwere, das will ich schwören!" versetzte Sancho. „Gar keine Hand soll mich anrühren. Habe etwa ich die Dame Dulcinea von Toboso zur Welt gebracht, daß mein Hintern büßen soll, was ihre Augen gesündigt haben? Das steht nur meinem Herrn an, denn er nennt sie ja alle Augenblicke sein Leben, seine Seele, seine Stütze und seine Hilfe. Er kann und darf sich für sie geißeln und alles tun, was zu ihrer Entzauberung nötig ist – aber daß ich mich geißeln sollte? Niemals."

Kaum hatte Sancho gesprochen, als sich die silberne Nymphe erhob, den durchsichtigen Schleier vom Antlitz nahm und mit männlichen Gebärden und nicht allzu zarter Stimme Sancho Panza anredete, indem sie sagte: „O du nichtsnutziger Schildknappe, du Herz von Eichenholz, von Felsen und Kieselsteinen! Wenn dir unverschämtem Lümmel befohlen würde, dich von einem hohen Turm hinunterzustürzen; wenn man dich ersuchte, du Feind des Menschengeschlechtes, ein Dutzend Kröten zu essen, zwei Dutzend

Eidechsen und drei Dutzend Schlangen; wenn man dich überreden wollte, dein Weib und deine Kinder mit einem scharfen Schwert zu schlachten, dann wären Furcht und Zittern nicht zu verwundern. Aber daß du solch Aufhebens von dreitausend und dreihundert Streichen machst, die jeder Schuljunge erträgt – das bewegt, rührt, erschüttert die erbarmungsvollen Herzen derer, die es hören und die in den zukünftigen Zeiten die Kunde davon erfahren werden. Richte, o verächtliche Kreatur, richte, sag ich, deine feigen Blicke auf den Glanz meiner Augen, und du wirst sehen, wie sie tagtäglich und Stunde für Stunde von Tränen überfließen und Furchen auf meinen Wangen ziehen.

Laß dich rühren, du Ungeheuer; denn ich bin erst neunzehn Jahre alt, und mein blühendes Leben soll verdorren unter der Rinde einer häßlichen Bäuerin. Wenn ich heut nicht so erscheine, dann nur durch eine besondere Gnade des Herrn Merlin, weil meine Schönheit dich bewegen soll. Nimm die Kasteiung auf dich, ich bitte dich. Willst du dich aber um meiner Schönheit willen nicht erweichen, so tu es jenem armen Ritter zuliebe, der neben dir steht. Ich meine deinen Herrn, der seine Seele schon quer in der Kehle sitzen hat, um sie aus dem Munde fahren zu lassen oder in den Magen zurückzunehmen, je nachdem, ob deine Antwort rauh oder freundlich ist.“

Als Don Quijote dies hörte, reckte er den Hals und sagte zum Herzog: „Bei Gott, Euer Gnaden, Dulcinea spricht die Wahrheit; denn die Seele sitzt mir im Halse wie ein Schuß in der Armbrust.“

„Was sagt Ihr dazu, Sancho?“ fragte die Herzogin.

„Ich sage, gnädige Frau“, antwortete Sancho, „was ich bereits gesagt habe. Schläge? Nie, nie. – Eines möchte ich aber wohl von meiner allergnädigsten Dame Dulcinea von Toboso wissen, wo sie nämlich ihre Art zu bitten gelernt hat. Da kommt sie her und verlangt, ich soll mir mein Fleisch entzweihauen, und im selben Atemzug nennt sie mich gemeine Seele und wildes Vieh, das selbst der Teufel verschmähen würde. Ist mein Fleisch etwa aus Eisen, und was habe ich davon, wenn sie entzaubert wird? Wirft sie mir nicht einen Schurken über den andern an den Kopf, obwohl sie doch das Sprichwort kennen muß, daß ein Esel, mit Gold beladen, leicht über Gebirge geht und daß Geschenke Steine erschüttern.

Und dann mein gnädiger Herr, der mir den Buckel streicheln will, damit ich so weich wie Flachs und Baumwolle würde. Die Herrschaften sollten wohl bedenken, daß sie nicht bloß von einem Schildknappen verlangen, er solle sich geißeln, sondern auch von einem Statthalter. Lernt doch, lernt um Gottes willen, wie man ein Gesuch vorträgt und wie man sich benimmt! Denn die Menschen sind nicht immer bei Laune. Was mich betrifft, so bin ich noch ganz wild vor Ärger, weil mein grünes Kleid zerrissen ist – und nun kommen sie daher und wollen befehlen, daß ich mich freiwillig verprügele.“

„Wahrlich, Freund Sancho“, entgegnete der Herzog, „wenn Ihr Euch nicht geschmeidiger erweist, so werdet Ihr die Statthalterschaft niemals bekommen. Das wäre was, wenn ich meinen Insulanern einen grausamen Statthalter schickte, den die Tränen bekümmerter Jungfrauen nicht erweichen noch die Bitten verständiger alter Zauberer und Weisen. Kurz, Sancho, Ihr müßt Euch geißeln, oder Ihr werdet nicht Statthalter.“

„Euer Gnaden“, antwortete Sancho, „vergönnt mir zwei Tage Bedenkzeit, damit ich überlegen kann, was zu meinem Heile dient.“

„Das ist nicht möglich“, erwiderte Merlin. „Jetzt und an dieser Stelle muß alles in Ordnung gebracht werden. Von hier kehrt Dulcinea entweder als Bäuerin in die dunkle Höhle zurück, oder sie wird, so wie sie ist, nach den Gefilden der Freude gebracht, wo sie dann wartet, bis die Streiche ausgeführt sind.“

„Nun, guter Sancho“, sagte die Herzogin, „gebt das Jawort zu der Geißelung. Mag doch der Teufel alle Furcht holen! Ein braves Herz trotzt, wie ihr wißt, jedem Unglück.“

Nochmals wandte sich Sancho zu Merlin. „Sagt mir aber, gnädiger Herr“, hob er an, „als des Teufels Kurier hier war, brachte er meinem Herrn Don Quijote eine Botschaft vom Zauberer Montesinos. Der befahl ihm zu warten, weil er selber herkommen wolle, um die Mittel anzugeben, wie die Dame Dulcinea von Toboso entzaubert werden könne. Bis jetzt jedoch haben wir noch keinen Montesinos gesehen.“

Worauf Merlin antwortete: „Der Teufel, lieber Sancho, ist ein Dummkopf und erbärmlicher Wicht. Ich habe ihn abgeschickt, aber mit keinem Auftrag von Montesinos, sondern mit einem von mir; Montesinos befindet sich auch gar nicht an diesem Ort. Habt Ihr was mit ihm zu verhandeln, so will ich Euch gern zu ihm bringen. Jetzt aber macht und gebt endlich Euer Jawort. Und glaubt mir, die Hiebe würden Euch sehr zuträglich sein, gut für die Seele und gut für den Körper: für die Seele, weil Ihr damit ein löbliches Werk tut, für den Körper, weil ich weiß, daß Ihr von feurigem Temperament seid. Alles in allem dürfte es Euch also nicht schaden.“

„Es gibt viele Ärzte in der Welt, sogar die Zauberer sind Ärzte!“ versetzte Sancho. „Da mir aber alle zureden, obgleich ich es nicht einsehe, so sage ich, daß ich es tun will und mir die dreitausend und dreihundert Streiche geben. Aber unter der Bedingung, daß ich sie mir erteilen kann, wann oder wieviel es mir paßt, ohne daß mir die jeweilige Portion oder die Zeit vorgeschrieben wird. Auch werde ich versuchen, mein Versprechen so bald als möglich einzulösen, auf daß die Welt wieder die Schönheit der gnädigen Dame Dulcinea von Toboso genießen kann, die, wie es scheint, obwohl ich es kaum glauben mag, wirklich schön ist. Doch muß eine weitere Bedingung sein, daß ich nicht verpflichtet bin, bei den Schlägen mein Blut zu vergießen. So denn in Gottes Namen willige ich in mein Unglück und nehme, sag ich, die Buße auf mich."

Kaum hatte Sancho die letzten Worte gesprochen, als sich die Flötenmusik von neuem hören ließ. Zugleich wurden unzählig viele Musketen abgefeuert, und Don Quijote fiel Sancho um den Hals und drückte ihm tausend Küsse auf Stirn und Wangen. Die Herzogin, der Herzog und alle, die zugegen waren, gaben Zeichen der größten Zufriedenheit. Dann setzte sich der Wagen wieder in Bewegung, und im Vorbeifahren neigte die schöne Dulcinea das Haupt vor dem Herzogpaar, und Sancho machte sie eine tiefe Verbeugung.

Indem brach die fröhliche und lachende Morgenröte herauf; die Blümlein öffneten und entfalteten sich, und die flüssigen Kristalle der Bächlein murmelten fort über weiße und graue Kiesel, den Strömen ihren Tribut zu zahlen.

Der Herzog und die Herzogin waren zufrieden mit der Jagd; noch vergnügter aber waren sie, weil ihr Vorhaben so glücklich gelungen war. Sie kehrten nach ihrem Schlosse zurück in der festen Absicht, den Spaß mit den beiden Rittersleuten so schnell nicht zu beenden.

FÜNFZIGSTES KAPITEL

Von den Ratschlägen,
die Don Quijote dem Sancho Panza für die Regierung der Insel gab

Nachdem der Herzog seinen Dienern und Untertanen alle Befehle erteilt hatte, wie sie sich gegen Sancho bei der Regierung der versprochenen Insel betragen sollten, machte er Sancho eines Morgens bekannt, er möchte sich nun schmücken und vorbereiten; denn seine Insulaner erwarteten ihn schon so sehnlich wie einen Mairegen.

„Es ist ein herrliches Ding, zu befehlen, Sancho, wenn die anderen einem gehorchen müssen", sagte der Herzog. „Wenn Ihr es einmal versucht habt, werdet Ihr Euch alle zehn Finger danach lecken. Ich hoffe, Sancho, daß Ihr ein so guter Statthalter werdet, wie es Euer Verstand verspricht; und damit mag es sein Bewenden haben. Wisset also, morgen am Tage sollt Ihr zur Regierung der Insel abgehen. Heute abend wird man Euch einen Anzug besorgen sowie alles andere, was Ihr zu Eurer Reise braucht."

„Ihr mögt mich anziehen, wie immer Ihr wollt", sagte Sancho, „ich werde doch Sancho Panza bleiben."

„Das will ich meinen“, sagte der Herzog. „Aber der Anzug muß sich zu dem jeweiligen Amte oder der Würde schicken. Ihr, Sancho, müßt zum einen Teil die Kleidung eines Gelehrten, zum andern die eines Feldherrn tragen; denn auf der Insel, die ich Euch gebe, sind die Waffen so nötig wie die Wissenschaften und die Wissenschaften so unentbehrlich wie die Waffen.“

Don Quijote kam hinzu und hörte, wovon die Rede war und wie bald Sancho nach der Statthalterschaft gehen sollte. Da nahm er Sancho mit Erlaubnis des Herzogs bei der Hand und führte ihn nach seinem Zimmer in der Absicht, ihm zu raten, wie er sich in seinem Amte benehmen solle.

Als sie das Gemach betreten hatten, verschloß Don Quijote hinter sich die Tür, drückte Sancho fast mit Gewalt in den Sessel und sagte sehr langsam: „Ich danke dem Himmel tausendmal, lieber Sancho, daß deine Wünsche so bald gekrönt werden sollen. Doch höre, mein Sohn, mir jetzt aufmerksam zu; denn die Ämter und großen Würden sind nichts anderes als eine tiefe und stürmische See von Wirren.

Damit du aber aus diesem stürmenden Meere in einen sicheren Hafen gerätst, will ich dein Leitstern und Führer sein.

Fürs erste also, Sancho: Verliere nie aus den Augen, was du bist, suche dich selber kennenzulernen. Nur wenn du dich selber kennst, dann wirst du auch nicht darauf verfallen, dich wie der Frosch aufzublasen, der dem Ochsen gleich sein wollte.

Hast du dennoch einmal Lust, dich aufzublasen, so denke daran, daß du zu Hause die Schweine gehütet hast.“

„Das ist wahr“, antwortete Sancho, „aber damals war ich ein kleiner Junge. Nachher, als ich ein Bursche wurde, waren es Gänse, die ich hütete, und nicht Schweine. Aber ich glaube, das tut nichts zur Sache, denn nicht alle, die regieren, können aus königlichem Geschlechte abstammen.“

„Das mag stimmen“, versetzte Don Quijote. „Deswegen müssen gerade diejenigen, die nicht von edlem Stamme sind, ihr Ansehen durch eine gütige Freundlichkeit erringen, die, schicklich angebracht, sie vor den Lästerungen schützt, denen kein Stand entgehen kann. Bedenke, Sancho, wenn du dir die Tugend zum Ziele setzt und dich bemühst, tugendhaft zu handeln, brauchst du keinen zu beneiden, der Fürsten und Herren unter seine Vorfahren zählt. Denn das Blut erbt man, die Tugend aber wird erworben, und darum ist die Tugend viel höher zu schätzen.

Wenn dem nun so ist, wie es in der Tat ist, und es kommt einer von deiner Freundschaft zu Besuch in deine Insel, so verachte und verspotte ihn nicht, sondern laß ihm liebevoll und freundlich begegnen.

Nimm deine Frau mit dir, aber belehre, unterrichte und poliere ihre natürliche Rauheit. Denn alles, was ein verständiger Statthalter aufzubauen vermag, kann eine einfältige Frau mit einem einzigen Griff wieder verderben und einreißen.

Laß es dir nie einfallen, willkürliche Gesetze ohne andrer Rat zu machen; denn das pflegen die Dummen zu tun, die für scharfsinnig wollen gehalten werden.

Suche die Wahrheit unter den Geschenken und den Versprechungen des Reichen zu entdecken, ebenso wie unter den Klagen und Bitten des Armen.

Wenn die Milde walten kann und darf, so laß den Sünder nicht die ganze Strenge des Gesetzes fühlen: Denn der Ruhm des strengen Richters ist nicht größer als der des mitleidigen. Nachsicht aber geschehe nicht etwa wegen Geschenken, sondern allein aus Mitleid.

Wenn du diese Ratschläge und Regeln befolgst, Sancho, so werden deine Tage lange dauern, dein Ruhm wird ewig, deine Belohnung groß, dein Glück unaussprechlich sein. Du wirst deine Kinder nach deinem Wunsche verheiraten, es wird ihnen wie auch deinen Enkeln wohl ergehn. Und an der Grenze deines Lebens wird dich der Tod in einem frohen und reifen Alter einholen, und die zarten und liebenden Hände deiner Enkelkinder werden dir die Augen zudrücken.

Was ich dir bisher gesagt habe, waren Anleitungen, deine Seele auszuschmücken: Höre jetzt, was du für den Schmuck deines Körpers zu tun hast.

Trage dich nicht, Sancho, lose und nachlässig, denn eine liederliche Kleidung zeigt immer einen unordentlichen Charakter an; wenn unter der Nachlässigkeit nicht gerade Verstellung verborgen liegt.

Iß weder Knoblauch noch Zwiebeln, damit man nicht aus dem Geruche auf dein niederes Herkommen schließt. Geh langsam, sprich ruhig – doch nicht so, daß es scheint, du hörtest dir selber zu; denn geziertes Benehmen ist widerwärtig.

Zu Mittag iß wenig und abends noch weniger; denn die Gesundheit des ganzen Körpers wird im Magen zubereitet.

Sei mäßig im Trinken und bedenke, daß reichlich genossener Wein kein Geheimnis bewahrt.

Gib acht, Sancho, daß du nicht mit beiden Backen kaust und in irgend jemandes Gegenwart eruktierst."

„Dies Eruktieren verstehe ich nicht", warf Sancho ein.

Don Quijote antwortete: „Eruktieren, Sancho, heißt rülpsen. Aber dieses Wort ist eins der häßlichsten, die wir in unserer Sprache besitzen, so ausdrucksvoll es auch ist. Daher haben feine Leute zum Latein ihre Zuflucht genommen und sagen statt rülpsen eruktieren und statt ein Rülps eine Eruktation."

„Wahrlich, gnädiger Herr", sagte Sancho, „diese Ermahnung werde ich gut im Gedächtnis behalten, nämlich nicht zu rülpsen; denn ich pflege es oft zu tun."

„Eruktieren, Sancho, und nicht rülpsen", mahnte Don Quijote.

„Eruktieren will ich in Zukunft sagen", antwortete Sancho, „und ich werde es gewiß nicht vergessen."

„Ebenfalls, Sancho, mußt du in deine Reden nicht die Menge Sprichwörter einmischen, wie du es zu tun gewohnt bist. Besonders, da du sie oft an den Haaren herbeiziehest, so daß sie mehr als Tollheiten denn als Weisheiten wirken."

„Da mag mir Gott helfen", antwortete Sancho, „denn es laufen mir immer so viele auf einmal in den Mund, daß sich die Zunge das erste beste herausgreift, das ihr in den Weg kommt, wenn es auch gerade nicht paßt. Aber ich will Sorge tragen, von nun an mehr so zu sprechen, wie es die Würde meines Amtes erfordert. Denn im vollen Hause setzt man sich bald zum Schmause; wer hat, ist satt; wer in der Vorhand sitzt, muß ausspielen, und Geben und Haben erfordert seine Gaben."

„Gut denn, Sancho", sagte Don Quijote, „packe, fädle und nähe nur Sprichwörter zusammen, darin wird es dir keiner gleichtun: Dies Feuer löschen wollen, ist vergebliche Arbeit. Eben rate ich dir, du sollst dir die Sprichwörter abgewöhnen, und im selben Augenblick betest du eine ganze Litanei her, die sich hierher schickt wie die Faust aufs Auge. Besinne dich, Sancho, ich sage nicht, daß ein Sprichwort, gut angebracht, durchaus übel sei. Aber wer Sprichwörter, so wie sie ihm in die Hand laufen, aufeinanderpackt und wälzt, der hat eine sehr gewöhnliche Art, sich auszudrücken.

Weiter also: Schlafe wenig, denn wer nicht mit der Sonne aufsteht, kann den Tag nicht genießen. Und denke daran, Sancho: Der Fleiß ist der Vater des Glückes, die Trägheit hat diesen Zweck nie erreicht, den ein jeder Vernünftige erstrebt.

Dies also, Sancho, sind die Ermahnungen, die mir jetzt eingefallen sind. Mit der Zeit und wie es die Gelegenheit erfordert, werde ich dir auch ferner meinen Rat mitteilen. Darum, Sancho, benachrichtige mich immer, in welcher Lage du dich befindest.“

EINUNDFÜNFZIGSTES KAPITEL

Sancho Panza wird in die Statthalterschaft eingeführt

Zur verabredeten Zeit schickte der Herzog Sancho mit großem Gefolge nach dem Orte, der seine Insel vorstellen sollte.

Sancho war gekleidet wie ein Gelehrter. Er trug einen sehr weiten Mantel aus lohfarbenem Kamelott und ein Barett von dem gleichen Stoff. Er saß in kurzen Bügeln auf einem Maultier, und hinter ihm ging, einem Befehl des Herzogs gemäß, der Graue mit seideglänzendem Zaumzeug und Schmuck. Von Zeit zu Zeit wandte Sancho den Kopf, um nach seinem Esel zu sehen, dessen Gesellschaft ihm so viel Freude machte, daß er nicht mit dem Kaiser von Deutschland getauscht hätte. Gleich hinter Sancho ritt ein Haushofmeister des Herzogs, ein verständiger und witziger Mensch, und mit dem Witz und den Anweisungen seiner Herrschaft, wie er Sancho behandeln solle, erfüllte er seinen Auftrag in bewundernswürdiger Weise.

Sancho kam also in einen Ort mit ungefähr tausend Einwohnern, einen der bedeutendsten, die der Herzog besaß. Am Tor der ummauerten Stadt kamen ihm die Beamten zum Empfang entgegen. Die Glocken läuteten, alle Menschen waren in den Straßen und bezeigten große Freude. Sie führten ihn mit großem Gepränge in die Hauptkirche zum Dankgottesdienst, übergaben ihm anschließend feierlich die Schlüssel der Stadt und erkannten ihn als den rechtmäßigen Beherrscher der Insel an.

Die seltsame Tracht, der wilde Bart, die kurze, gedrungene Gestalt des neuen Statthalters setzten alle Leute in Verwunderung, und selbst diejenigen, die um die Verschwörung wußten, konnten sich des Staunens nicht erwehren. Endlich begleitete man Sancho wieder zur Kirche hinaus, führte ihn zum Richterstuhl, ließ ihn darauf Platz nehmen, und Sancho harrte neugierig und mit leichtem Unbehagen seiner ersten Amtshandlung.

Da sprach der Haushofmeister des Herzogs zu ihm: „Es gibt, Herr Statthalter, einen alten Brauch, wer nämlich von dieser Insel Besitz nehmen will, ist verpflichtet, einen Streitfall zu klären, der verwickelt und schwierig sein muß. Aus der Entscheidung lernt das Volk den neuen Statthalter kennen und freut sich dann, daß er gekommen ist, oder ist darüber betrübt.“

ZWEIUNDFÜNFZIGSTES KAPITEL

Wie der große Sancho Panza von seiner Insel Besitz nahm

Hierauf traten zwei Menschen vor Gericht–der eine wie ein Bauer gekleidet und der andre wie ein Schneider, denn er hatte eine Schere in der Hand.

Und der Schneider sagte: „Herr Statthalter, ich und dieser Bauersmann treten vor Euer Gnaden, weil der Gute neulich in meine Werkstatt kam, ein Stück Tuch mir in die Hände gab und fragte: ‚Mein Herr, wird dieses Tuch hinreichen, eine Mütze für mich daraus zu machen?‘ Ich besah das Tuch und sagte: ‚Ja.‘

Er mochte wohl denken, daß ich ihm etwas von dem Tuche stehlen wolle, welcher Gedanke von seiner Bosheit und aus der schlechten Meinung herrührt, die man von den Schneidern hat. Er versetzte mir daher, ich möchte zusehn, ob es nicht für zwei genug wäre. Ich erriet seine Gedanken und sagte wieder ja; doch er, auf seine verfluchte Einbildung versessen, fügte noch mehr Mützen hinzu, und ich fügte meine ‚Ja‘ hinzu, bis wir endlich bei fünf Mützen stehenblieben.

Da ist er nun jetzt gekommen, um sie abzuholen. Und wie ich sie ihm ausliefere, will er mir den Macherlohn nicht bezahlen, sondern fordert, daß ich ihm was bezahlen soll oder sein Tuch wiedergeben.“

„Verhält sich das alles so, Freund?“ fragte Sancho den Bauern.

„Ja, gnädiger Herr“, antwortete der Mann. „Aber laßt Euch nur einmal die fünf Mützen zeigen, die er mir gemacht hat.“

„Sehr gern", antwortete der Schneider. Zugleich zog er die Hand aus dem Mantel hervor, zeigte fünf Mützchen, die er auf seinen fünf Fingerspitzen sitzen hatte, und sagte: „Hier sind die fünf Mützen, die der Mensch von mir gefordert hat. Und, bei Gott und meinem Gewissen, mir ist von dem Tuche nichts übriggeblieben, und ich wäre einverstanden, die Arbeit von den Gewerkmeistern besichtigen zu lassen."

Alle, die zugegen waren, lachten über die Menge Mützen und wunderten sich über diesen neuartigen Prozeß.

Sancho bedachte sich ein Weilchen, ehe er sprach: „Es scheint mir, hierbei ist keine weitläufige Untersuchung nötig, sondern man kann es sogleich nach dem gesunden Menschenverstand zu Ende bringen. Daher gebe ich das Urteil, daß der Schneider seinen Macherlohn verliert und der Bauer sein Tuch; die Mützen aber sollen in Arrest genommen werden."

Dieses Urteil erregte zwar bei allen Anwesenden Gelächter; es geschah aber schließlich doch, was der Statthalter befohlen hatte.

Darauf erschienen zwei alte Männer vor ihm. Der eine stützte sich auf ein Rohr statt auf einen Stock, und der ohne Stock sagte: „Gnädiger Herr, diesem guten Mann lieh ich vor einiger Zeit zehn Goldtaler, um ihm gefällig zu sein und ein gutes Werk an ihm zu tun, unter der Bedingung, daß er sie mir wiedergeben sollte, sobald ich sie fordern würde. Es verging eine lange Zeit, ohne daß ich sie zurückverlangte, um ihn nicht in Verlegenheit zu bringen. Als es mir dann jedoch so vorkam, als dächte er überhaupt nicht mehr ans Zahlen, habe ich sie einmal verlangt und des öfteren. Und nicht nur, daß er sie mir jetzt nicht zurückzahlen will, sondern er verweigert sie mir und behauptet, ich hätte ihm diese zehn Taler nie geliehen, und wenn ich sie ihm geliehen hätte, habe er sie mir bereits zurückgegeben. Ich habe keine Zeugen, weder daß ich sie geliehen noch daß ich sie zurückerhalten, weil er sie mir eben nicht zurückgegeben hat. Nun möchte ich, daß Euer Gnaden ihm einen Eid abnehmen, und wenn er schwört, er habe sie mir zurückgegeben, so will ich sie ihm hier erlassen."

„Was sagt Ihr dazu, guter Alter mit dem Stock?" fragte Sancho.

Worauf der Alte sagte: „Ich, gnädiger Herr, bekenne, daß er sie mir geliehen hat. Da er aber meinen Eid will, werde ich schwören, daß ich sie ihm wiedergegeben und wirklich und wahrhaftig bezahlt habe."

Der Statthalter ließ den Stab nieder, und inzwischen gab der Alte mit dem Rohr sein Rohr dem anderen Alten, damit der es, während er schwur, hielte, als wenn ihm das Rohr dabei hinderlich wäre. Sogleich legte er die Hand auf das Kreuz des Statthalterstabes und sagte, es sei wahr, daß jener ihm die zehn Taler geliehen habe, die von ihm gefordert würden, daß er sie ihm aber aus seiner Hand zurückgegeben habe und der andere sie nur, weil er sich nicht mehr daran erinnere, gelegentlich nochmals von ihm verlange.

Als dies der große Statthalter sah, fragte er den Gläubiger, was er seinem Gegner hierauf zu antworten habe. Worauf dieser meinte, ohne allen Zweifel müsse sein Schuldner die Wahrheit sprechen, denn er halte ihn für einen ehrlichen Mann und guten Christen; er selbst aber müsse es wohl vergessen haben, wie und wann er sie ihm zurückgezahlt habe, und daß er ihn in Zukunft nicht mehr mahnen wolle.

Der Schuldner nahm hierauf sein Rohr zurück, verneigte sich und verließ den Gerichtssaal.

Als Sancho sah, daß jener mir nichts, dir nichts fortging und auch die Geduld des Klägers bemerkte, neigte er den Kopf auf die Brust, legte den Zeigefinger der rechten Hand über Augenbrauen und Nase und blieb so ein Weilchen nachdenklich sitzen. Dann aber sah er wieder auf und befahl, den Alten mit dem Rohr, der schon weggegangen war, wieder hereinzurufen.

Man brachte ihn, und sowie ihn Sancho sah, sagte er: „Gebt mir doch, guter Mann, Euer Rohr, ich brauche es."

„Sehr gern", antwortete der Alte. „Hier ist es, gnädiger Herr." Und gab ihm das Rohr in die Hand.

Sancho nahm es, gab es dem andern Alten und sagte: „Nun geht mit Gott, denn jetzt seid Ihr bezahlt."

„Ich, gnädiger Herr?" antwortete der Alte. „Ist etwa dieses Rohr zehn Goldtaler wert?"

„Ja", sagte der Statthalter, „oder wenn nicht, bin ich der größte Dummkopf der Welt. Jetzt wird sich erweisen, ob ich Verstand genug habe, ein ganzes Königreich zu regieren."

Hierauf befahl er, man solle vor aller Augen das Rohr durchbrechen und untersuchen. Es geschah, und im Innern des Rohres wurden zehn Goldtaler gefunden. Alle standen erstaunt da und hielten ihren Statthalter für einen Weisen. Man fragte ihn, woraus er denn geschlossen habe, daß sich die zehn Taler in dem Rohre befänden, und er antwortete, als er gesehen habe, wie der Alte, der schwören sollte, sein Rohr während der Eidesleistung seinem Gegner übergeben und geschworen, er habe sie ihm wirklich und wahrhaftig gegeben, danach ihm aber den Stock wieder abverlangt habe, sei ihm der Gedanke gekommen, der verlangte Betrag müsse in dem Rohr sein.

Schließlich gingen der eine Alte beschämt, der andere mit seinem Geld davon, und die Anwesenden blieben voller Bewunderung zurück. Der aber, der die Reden, Taten und Begebenheiten des Sancho aufschrieb, konnte sich nicht schlüssig werden, ob er ihn für dumm oder für klug halten sollte.

Aus dem Gericht wurde Sancho Panza in einen prächtigen Palast geführt, wo in einem großen Saale eine herrliche und reiche Tafel zubereitet war. Als Sancho eintrat, ertönte eine Musik von Flöten, und vier Pagen kamen herzu, um ihm Waschwasser zu reichen. Die Musik hörte auf, Sancho setzte sich ans obere Ende des Tisches; denn es waren nur ein einziger Sessel und ein einziges Gedeck vorbereitet. Ihm zur Seite stellte sich eine Person mit einem Fischbeinstäbchen in der Hand, von der sich nachher zeigte, daß sie ein Arzt war.

Man hob ein kostbares weißes Tuch von dem Tisch, und Früchte und sehr viele Schüsseln mit mannigfaltigen Gerichten wurden sichtbar. Einer, der wie ein Student aussah, sprach den Segen, und ein Page steckte Sancho eine Spitzenserviette unter das Kinn. Ein anderer, der das Amt des Tafelmeisters versah, setzte ihm Früchte vor. Doch kaum hatte Sancho einen Mundvoll genommen, als die Person neben ihm mit dem Stäbchen die Schüssel berührte, worauf sie in der größten Schnelligkeit weggenommen wurde. Der Tafelmeister setzte sogleich ein anderes Essen hin. Aber ehe Sancho es berühren oder gar kosten konnte, hatte das Stäbchen es schon berührt, und ein Page nahm es mit derselben Eile weg, wie es bei den Früchten geschehen war.

Als Sancho dies sah, war er verwundert, schaute alle an und fragte, ob man hier aus dem Essen eine Taschenspielerkunst mache. Worauf der mit dem Stabe antwortete: „Es darf nicht anders gespeist werden, Herr Statthalter; denn so ist es auf allen Inseln Sitte und Brauch, wo sich Statthalter befinden. Ich, Euer Gnaden, bin Arzt und werde von der Insel besoldet, um mein Amt bei den Statthaltern zu erfüllen, für deren Wohl ich mehr als für mein eignes sorge. Tag und Nacht erwäge und studiere ich die körperliche Beschaffenheit des Statthalters, um imstande zu sein, ihn zu kurieren, wenn ihn eine Krankheit befallen sollte. Worauf ich aber besonders sehe, ist, mich bei seinen Mittags- und Abendmahlzeiten in der Nähe zu halten, damit er das esse, was ihm zuträglich ist, und damit das entfernt werde, wovon ich glaube, es werde ihm schaden und seinem Magen zum Nachteil gereichen. Daher befahl ich, die Schüssel mit den Früchten wegzunehmen, weil sie allzuviel Feuchtigkeit enthalten; die Schüssel mit der andern Speise ließ ich entfernen, weil sie gar zu hitzig ist und viele Gewürze enthält, die den Durst vermehren. Wer nämlich viel trinkt, tötet und verzehrt die Grundfeuchtigkeit, auf der das Leben beruht.“

„Auf die Art werden mir die gebratenen Rebhühner dort, die, wie es scheint, gut zubereitet sind, keinen Schaden tun.“

Worauf der Arzt antwortete: „Solange ich lebe, soll der Herr Statthalter die nicht essen!“

„Warum nicht?“ fragte Sancho. Und der Arzt antwortete: „Weil unser Meister Hippokrates, der Stern und das Licht der Arzneikunst, sagt: Jede Übersättigung ist schädlich, die aber von Rebhühnern die schädlichste.“

„Wenn dem so ist“, sagte Sancho, „dann mag der Herr Doktor unter diesen Gerichten auswählen, was mir zuträglich und am wenigsten schädlich ist, und mich in Ruhe essen lassen. Denn beim Leben des Statthalters und so gewiß Gott es erhalten soll, ich sterbe vor Hunger! Mir aber das Essen verweigern, da kann der Herr Doktor sagen und behaupten, was er will, hieße mir eher das Leben nehmen als es erhalten.“

„Euer Gnaden haben recht“, antwortete der Arzt, „und daher bin ich der Meinung, daß Ihr nicht von den gebratenen Kaninchen essen dürft, denn sie sind eine ungesunde Speise. Von dem Kalbfleisch könntet Ihr wohl versuchen, es ist jedoch gebraten und gesäuert.“

Da sagte Sancho: „Jene große Schüssel, die dort dampft, scheint eine gute Suppe zu enthalten. Solche Suppen sind gewöhnlich aus mannigfaltigen Zutaten bereitet; so werde ich gewiß etwas darin finden, das mir schmeckt und auch bekömmlich ist.“

„Ferne seien uns dergleichen böse Gedanken!“ erwiderte der Arzt. „Es gibt in der Welt nichts, das ebenso unverdaulich wäre wie diese Suppen. Fort damit zu den Priestern oder den Schulrektoren oder zu Bauernhochzeiten! Die Tische des Statthalters seien davon verschont; denn hier soll nur das Zarteste und Erlesenste serviert werden. Wovon ich aber gewiß weiß, daß es der Herr Statthalter jetzt essen darf und was ihm gesund sein und ihn stärken wird, sind ein paar Geduldskuchen und wenige ganz feine Schnittchen Quitte, die dem Magen bekommen und die Verdauung fördern.“

Als Sancho dies hörte, lehnte er sich in seinem Stuhl zurück, sah den Arzt von oben bis unten an und fragte ihn ernsthaft, wie er heiße und wo er studiert habe.

Worauf jener antwortete: „Ich, Herr Statthalter, heiße Doktor Pedro Streng von Agüero und stamme aus einem Ort, der Machdichfort heißt. Den Doktorgrad habe ich auf der Universität Osuna empfangen.“

Jetzt rief Sancho in höchstem Zorn: „Nun denn, Herr Doktor Pedro von Ach und Weh aus Machdichfort, graduiert zu Osuna, geht mir augenblicklich aus den Augen! Oder, ich schwör's, ich nehme einen Prügel und prügele, indem ich mit Euch anfange, alle Ärzte aus der ganzen Insel heraus, wenigstens die, die ich für unwissend halte; denn den gelehrten und klugen Ärzten bin ich mit ganzer Seele ergeben. Ich sage noch einmal: Pedro Streng mache sich fort, wenn ich nicht meinen Stuhl nehmen soll und ihm damit den Kopf entzweischmeißen! Das wollte ich vor jedem verantworten; es wäre ein Gottesdienst, so einen Arzt umzubringen, der eine Geißel der Menschheit ist. Aber jetzt gebt mir zu essen oder nehmt die Statthalterschaft wieder hin; denn ein Amt, das seinen Herrn nicht nährt, ist keine Bohne wert.“

Schon wollte sich der erschrockene Doktor in aller Eile zurückziehen, als von der Straße ein Posthorn heraufklang. Der Tafelmeister lief ans Fenster und berichtete: „Ich sehe einen Kurier vom durchlauchtigen Herzog, er muß eine wichtige Depesche bringen.“

Der Kurier kam schwitzend und keuchend herein, zog eine Depesche aus dem Wams und überlieferte sie in die Hände des Statthalters. Sancho aber gab sie dem Haushofmeister und befahl ihm, die Adresse zu lesen, die so lautete: An Don Sancho Panza, Statthalter der Insel Garatisia, zu eigenen Händen oder denen seines Sekretärs.

Als Sancho dies hörte, fragte er: „Wer ist hier mein Sekretär?“

Und einer von den Umstehenden antwortete: „Ich, gnädiger Herr, denn ich kann lesen und schreiben und bin ein Biscayer.“

„Da könntet Ihr sogar der Sekretär des Kaisers werden“, sagte Sancho. „Aber erbrecht das Siegel und seht, was das Schreiben enthält.“

Dies tat der frisch gebackene Sekretär, und nachdem er den Inhalt gelesen hatte, erklärte er, es sei ein Geschäft, das man ohne Zeugen verhandeln müsse.

Sancho befahl den Saal zu räumen und daß niemand dableibe als der Haushofmeister und der Tafelmeister. Worauf sich die übrigen mit dem Doktor entfernten und der Sekretär den Brief vorlas, der so lautete:

> Ich habe erfahren, Herr Don Sancho Panza, daß meine Feinde und die der Insel in einer der nächsten Nächte einen wütenden Angriff auf sie machen werden. Es gilt daher, wachsam zu sein, damit sie Euch nicht unvorbereitet finden. Auch weiß ich durch zuverlässige Spione, daß vier verkleidete Männer in die Stadt gekommen sind, um Euch das Leben zu nehmen, weil sie Euren Geist fürchten. Haltet die Augen offen und seht, mit wem Ihr sprecht, eßt auch nichts von dem, was Euch vorgesetzt wird. Ich werde Sorge tragen, Euch zu Hilfe zu kommen, wenn Ihr in Not geraten solltet. Betragt Euch übrigens so, wie man es von Eurem Verstande erwarten darf. Dieses Orts, am 16. August, vier Uhr morgens.
>
> Euer Freund der Herzog.

Sancho war tief bestürzt, und denen, die um ihn waren, erging es ebenso. Sancho aber wandte sich zum Haushofmeister und sagte: „Was man hier, und zwar in diesem Augenblick zu tun hat, ist, den Doktor Streng in ein Gefängnis zu werfen. Denn wenn mich einer umbringen will, so muß er es sein, und zwar auf die schlimmste und schmählichste Weise: nämlich durch Hunger.“

„Dennoch“, sagte der Tafelmeister, „würde es mir richtig scheinen, wenn Euer Gnaden nichts von all dem äßen, was sich auf diesem Tisch befindet; denn es ist von einigen Nonnen geschickt worden, und man pflegt zu sagen, hinter dem Kreuze stecke der Teufel.“

„Das bestreite ich nicht“, antwortete Sancho. „So gebt mir jetzt ein Stück Brot und dazu vier Pfund Weintrauben – in die kann doch kein Gift hineinkommen; ich aber kann es nicht länger aushalten, ohne zu essen. Überdies, wenn wir zur Schlacht rüsten, müssen wir gestärkt und kräftig sein; denn der Bauch trägt das Herz, nicht aber das Herz den Bauch.

Ihr, Sekretär, antwortet sogleich meinem gnädigen Herzog und sagt ihm, daß alles geschehen soll, was er befiehlt und wie er es befiehlt, ohne einen Punkt auszulassen. Sagt, daß ich meiner gnädigsten Herzogin die Hände küsse; nebenher könnt Ihr auch eine Verehrung an den Herrn Don Quijote von der Mancha schicken, damit er sieht, wie ich ein erkenntlicher Mann bin. Sonst könnt Ihr als guter Sekretär und Biscayer noch hinzufügen, was Ihr wollt und was sich gut paßt.

Nun gebt mir aber endlich was zu essen, und dann mögen Spione und Mörder und Zauberer, so viele wollen, über mich und meine Insel kommen."

Indem trat ein Page ein und sagte: „Draußen ist ein Bauer; er wünscht, Euer Exzellenz vorzutragen, und meint, es sei etwas Wichtiges."

„Das ist doch wunderlich", sagte Sancho, „mit diesen Klagen! Wie können sie einen nur so plagen – sehn sie denn nicht ein, daß Stunden wie diese nicht dazu gemacht sind, Klagen vorzutragen? Sind wir, die wir regieren, die wir Richter sind, etwa nicht auch Menschen von Fleisch und Blut, müssen wir nicht ebenfalls unsere Zeit zu ruhen haben? Denkt man denn, wir Regierenden sind aus Marmorstein geschaffen? Bei Gott und meinem Gewissen, wenn meine Statthalterschaft lange dauert – aber das wird sie nicht, wieviel ich bis jetzt davon sehe – so will ich mehr als einen dieser Kläger unter den Stock nehmen. Doch sagt dem Kerl, er soll hereinkommen, aber seht auch zu, ob er nicht ein Spion oder einer von meinen Mördern ist."

„Nein, gnädiger Herr", antwortete der Page, „er scheint eher ein Einfaltspinsel zu sein, und ich müßte mich sehr irren, wenn er nicht unschuldig wie ein Lamm ist."

„Ihr braucht ihn nicht zu fürchten", sagte der Haushofmeister, „denn wir wollen bei Euch bleiben."

„Wäre es nicht möglich, Tafelmeister", fragte Sancho, „daß ich vorher noch etwas Tüchtiges und Gewichtiges zu essen bekäme, wären es auch nur ein Stück Brot und eine Zwiebel?"

„Heute abend die Mahlzeit soll Euch das Mittagessen ersetzen, und Euer Gnaden werden zufrieden und vergnügt sein", antwortete der Tafelmeister.

„Das gebe Gott", sagte Sancho. Und da trat auch schon der Bauer ein, der ein so ehrliches Gesicht hatte, daß man ihm die Ehrlichkeit und seine treue Seele auf tausend Meilen Entfernung anmerken konnte.

Das erste, was er sagte, war: „Wer ist der Herr Statthalter?"

„Wer wird es sein", antwortete der Sekretär, „als der, der dort auf dem Stuhle sitzt."

„So demütige ich mich vor ihm“, sprach der Bauer, legte sich auf die Knie und bat Sancho um die Hand, sie zu küssen.

Sancho verweigerte sie und befahl ihm, aufzustehen und das zu sagen, was er zu sagen habe. Worauf der Bauer erklärte: „Ich, gnädiger Herr, bin ein Bauer aus Michelsturm.“

„Sprecht, Freund“, ermunterte ihn Sancho, „denn ich kann Euch sagen, daß ich sehr gut weiß, wo Michelsturm liegt. Es ist nicht sehr weit von meinem Dorfe.“

„Die Sache ist nun, gnädiger Herr“, fuhr der Bauer fort, „daß ich verheiratet war; ich habe zwei Söhne, die studieren. Ich bin Witwer, denn meine Frau ist gestorben, oder richtiger, ein schlechter Doktor hat sie umgebracht, als sie schwanger war. Wenn aber das Kind das Licht der Welt erblickt hätte und es ein Sohn geworden wäre, so hätte es auf den Doktor studieren sollen.“

„Also“, sagte Sancho, „wenn Eure Frau nicht gestorben wäre oder man sie nicht hätte sterben lassen, so wäret Ihr jetzt kein Witwer.“

„Nein, gnädiger Herr, auf keine Weise“, antwortete der Bauer.

„So sind wir schon weiter“, versetzte Sancho. „Macht zu, Freund; denn es ist eher Zeit zum Schlafen als zum Verhandeln.“

„Ich sage also“, setzte der Bauer fort, „daß der eine meiner Söhne, der, welcher Schreiber werden soll, sich in unserm Dorf in ein Mädchen verliebt hat, das Clara Rumatina heißt und die Tochter des Andres Rumatino, eines sehr reichen Bauern, ist. Den Namen Rumatiner führen sie nicht etwa durch Abstammung, sondern weil sie alle rheumatisch sind, obgleich, die Wahrheit zu sagen, das Mädchen so schön wie eine orientalische Perle ist. Von der rechten Seite besehn, wirkt sie wie eine Blume des Feldes, von der linken nicht ganz so; denn da fehlt ihr ein Auge, das sie durch die Pocken verloren hat. In ihrem Gesicht erblickt man viele und große Narben; aber die, die sie verehren, sagen mit Recht, es seien keine Narben, sondern Gräber, in denen die Seelen ihrer Liebhaber begraben liegen. Sie ist so reinlich, daß sie, um ihr Antlitz nicht zu beschmutzen, die Nase in die Höhe gekrempelt trägt. Doch bei alledem sieht sie sehr schön aus, denn sie hat einen großen Mund, und wenn ihr darin nicht zehn oder zwölf Zähne fehlten, so könnte er es mit dem allerreizendsten und allervollkommensten aufnehmen. Von den Lippen will ich nicht reden; die sind so fein und zart, daß, wenn es nur Brauch wäre, Lippen zu flechten, man aus ihnen einen schönen Zopf drehen könnte; da sie überdies noch eine andere Farbe als gewöhnliche Lippen haben, so sind sie überaus bewunderungswürdig, denn sie sind blau, grün und bräunlich gesprenkelt. Der Herr Statthalter mag es mir nicht übelnehmen, wenn ich so genau und Stück für Stück die ausmale, die meine Tochter wird; denn ich bin ihr gut, und sie scheint mir nicht übel.“

„Malt, was Ihr wollt“, sagte Sancho, „denn ich ergötze mich an dieser Malerei. Und wenn ich gegessen hätte, so gäbe es für mich keinen schöneren Nachtisch als dies Porträt.“

„Es steht zu Euren Diensten“, antwortete der Bauer. „Ich sage nur, gnädiger Herr, daß, wenn ich ihre Lieblichkeit und den Wuchs ihres Körpers malen könnte, es etwas ganz Erstaunliches sein würde. Aber das kann nicht geschehen, weil sie eingekrümmt und zusammengerollt ist und die Knie am Munde hat; und sicher hätte sie ihre schöne Hand schon meinem braven Sohn gegeben, wenn sie sie nur ausstrecken könnte.“

„Nun genug“, sagte Sancho, „bedenkt, Freund, daß Ihr sie vom Kopfe bis zu den Füßen gemalt habt. Jetzt aber, was wollt Ihr? Kommt endlich zur Sache, ohne Umwege und Winkelzüge, ohne Weitläufigkeiten und Vorbereitungen.“

„Ich wünschte, gnädiger Herr“, antwortete der Bauer, „Ihr möchtet die Gnade haben, mir ein Empfehlungsschreiben anzufertigen, in dem ihr Vater gebeten würde, die Heirat zu beschleunigen. Er und ich sind einander durchaus gleich, sowohl was unsern Besitz als auch die natürlichen Gaben betrifft. Denn, um die Wahrheit zu sagen, Herr Statthalter, so ist mein Sohn besessen, und es gibt keinen Tag, an dem ihn nicht die bösen Geister drei- bis viermal peinigen. Und davon, daß er einmal ins Feuer gefallen ist, hat er ein Gesicht wie Pergament, und die Augen sind ihm wäßrig und triefen etwas. Aber er hat ein Wesen wie ein Engel, wenn er nur nicht so oft hinstürzte und sich selber mit den Fäusten bearbeitete.“

„Wollt Ihr noch mehr, lieber Mann?“ versetzte Sancho.

„Ich wollte wohl noch was andres“, antwortete der Bauer. „Ich scheue mich nur, es zu sagen. Doch frisch zu, es soll mir nicht im Leibe verderben; komme, was kommen mag. Ich wünschte nämlich, gnädiger Herr, Ihr wäret so gut, mir dreihundert oder sechshundert Dukaten für die Aussteuer meines Sohnes zu geben, damit wir ihm eine Wirtschaft einrichten können. Denn fortan muß er für sich selber leben und nicht immer seinen Eltern zur Last fallen.“

„Denkt nach, ob Ihr noch etwas wollt“, sagte Sancho, „und verschweigt es nicht aus Scham oder Furchtsamkeit.“

„Gewiß nichts weiter“, antwortete der Bauer.

Doch kaum hatte er dies gesagt, als der Statthalter aufsprang, seinen Stuhl faßte und rief: „Ich schwöre dir, Herr Lümmel, Flegel und unverschämter Kerl, wenn du mir nicht augenblicks aus den Augen gehst, will ich dir den Kopf zerbrechen und zerschmettern! Nichtswürdiger Maler des leibhaftigen Teufels, du unterstehst dich, zu dieser Stunde zu kommen und sechshundert Dukaten von mir zu verlangen? Wo soll ich sie denn hernehmen, Rindskopf? Und warum sollte ich sie dir überhaupt geben, wenn ich sie auch hätte, du Einfaltspinsel? Was geht mich denn dein Michelsturm an und die ganze Sippschaft der Rumatiner? Mir aus den Augen, oder, beim Leben des Herzogs, meines Herrn, ich tu dir, wie ich gesagt habe! Gewiß bist du nicht aus Michelsturm, sondern ein Schuft, den die Hölle geschickt hat, mich in Versuchung zu führen? Übrigens sage mir doch, du unverschämter Kerl, ich sitze noch keine anderthalb Tage auf der Statthalterschaft, und du willst, daß ich schon sechshundert Dukaten haben soll?"

Der Tafelmeister gab dem Bauern ein Zeichen, daß er den Saal verlassen solle. Der tat es auch mit hängendem Kopfe und schien sehr zu fürchten, der Statthalter möchte an ihm sein Mütchen kühlen – denn der Schelm hatte seine Rolle sehr gut zu spielen gewußt.

Nun aber wollen wir Sancho mit seinem Zorn, der sich wieder legen wird, allein lassen und uns zu Don Quijote wenden.

DREIUNDFÜNFZIGSTES KAPITEL

Von dem furchtbaren Katzen- und Schellenschreck,
den Don Quijote
nach dem Abenteuer mit der verliebten Altisidora erlebte

Kaum war Sancho abgereist, als Don Quijote von einem so mächtigen Gefühl der Einsamkeit überfallen wurde, daß, hätte er Sancho die Statthalterschaft wieder abnehmen können, er es sicherlich würde getan haben.

Die Herzogin bemerkte seine Schwermut und fragte ihn, warum er trauere. Wenn es etwa Sanchos wegen sei, so gebe es Schildknappen und Mägde genug in ihrem Hause, die ihm nach Wunsch aufwarten könnten.

„Es ist richtig, gnädige Frau", antwortete Don Quijote, „daß ich Sanchos Abwesenheit schmerzlich empfinde. Aber ich bitte Euer Exzellenz dennoch, mich allein in meinem Gemach bedienen zu dürfen."

„Genug, genug, Herr Don Quijote", antwortete die Herzogin. „Ich verspreche Euch, ich werde Befehl geben, daß nicht einmal eine Fliege in Euer Zimmer kommt."

Don Quijote sagte der Herzogin Dank und zog sich nach dem Abendessen in sein Zimmer zurück. Er verschloß die Tür und entkleidete sich beim Scheine zweier Wachskerzen, aber da er sich die Strümpfe auszog, lösten sich in ihnen zwei Dutzend Maschen, so daß der Strumpf im Nu wie eine Jalousie aussah. Hierüber betrübte sich Don Quijote sehr; er tröstete sich aber, als er feststellte, daß Sancho ihm ein Paar Reitstiefel zurückgelassen hatte. So beschloß er, die am nächsten Tage anzuziehen.

Endlich ging er nachdenklich und bekümmert zur Ruhe; Sancho vermißte er schmerzlich, aber auch der Schaden an den schönen grünen Strümpfen bedrückte ihn. Doch es war noch zu früh; er konnte nicht einschlafen.

Nach einer Weile erhob er sich vom Bett und öffnete ein wenig das vergitterte Fenster, das auf einen Garten hinausging. Da hörte er, daß im Garten Leute gingen und redeten. Er begann aufmerksam zu lauschen, und so vernahm er folgendes Gespräch:

„Dring nicht in mich, o Emevenzia, daß ich singen soll. Du weißt wohl, daß ich nicht singen, sondern nur weinen kann, seit meine Augen den Fremden gesehen haben, der zu uns ins Schloß gekommen ist. Und mein Gesang wäre auch vergeblich, wenn er schläft und nicht erwacht, um mich zu hören."

„Deswegen sorge dich nicht, liebe Altisidora", lautete die Antwort, „nicht schläft der Gebieter deines Herzens; soeben hörte ich ihn das Fenster öffnen. Darum singe, armes Mädchen, leise und sanft zu deiner Harfe."

„Ich fürchte nur, daß der Gesang mein Herz erkennen läßt und daß diejenigen, die die gewaltige Macht der Liebe nicht kennen, mich für ein leichtfertiges Mädchen halten. Aber komme, was kommen mag."

Und gleich darauf erklang sehr liebliche Harfenmusik und eine Stimme, die ein klagendes Liebeslied sang. Im selben Augenblick, wo Don Quijote es vernahm, kamen ihm unzählige Abenteuer mit Fenstern, Gittern und Gärten, Ständchen und Liebeserklärungen in den Sinn, die er in seinen Ritterbüchern gelesen hatte. Dennoch nahm er sich vor, seine Dame Dulcinea von Toboso mit keinem Gedanken zu verraten.

Als der Gesang verklungen war, ließ Don Quijote einen tiefen Seufzer vernehmen und sprach: „Warum muß ich ein so unglückseliger Fahrender sein, daß keine Jungfrau mich ansehen kann, ohne sich in mich zu verlieben! Aber mag Altisidora weinen oder singen – allen Hexenkünsten zum Trotz werde ich Dulcinea die Treue bewahren."

Soweit war Don Quijote gekommen, und der Herzog, die Herzogin, Altisidora, ja fast alle Leute aus dem Schloß hatten ihm zugehört. Da plötzlich wurde von einer Galerie, die genau über dem Fenster des Don Quijote lag, ein Seil heruntergelassen, woran mehr als hundert Schellen befestigt waren. Gleich darauf schüttete man einen großen Sack mit Katzen aus, an deren Schwänze ebenfalls kleinere Schellen gebunden waren. Das Getöse der Schellen und das Miauen der Katzen klang so entsetzlich durcheinander, daß der Herzog und die Herzogin, obgleich sie die Erfinder des Spaßes waren, dennoch erschraken und Don Quijote vor Furcht erstarrte.

Das Schicksal fügte es aber, daß zwei oder drei Katzen durch das Fenster in Don Quijotes Zimmer sprangen und in ihrer Angst darin herumfuhren, nicht anders als eine Legion Teufel. Sie löschten die Lichter, sie sprangen

hierhin und dorthin, um einen Ausgang zu finden. Das Schütteln und Klingeln des Seiles mit den großen Schellen indes hörte nicht auf.

Don Quijote ermannte sich endlich, zog sein Schwert und begann durch das Fenstergitter zu fechten und laut zu rufen: „Hinweg, ihr boshaften Zauberer, hinweg, ihr Hexengesindel, denn ich bin Don Quijote von der Mancha, gegen den eure Ränke nichts vermögen und kraftlos sind.“ Dann wandte er sich gegen die Katzen, die im Zimmer waren, und hieb kräftig auf sie ein. Die Katzen rannten zum Fenster und sprangen hinaus; die eine jedoch, die Don Quijote besonders verfolgte, setzte zurück, ihm ins Gesicht und verhakte sich mit Klauen und Zähnen derart in seiner Nase, daß Don Quijote vor Schmerzen laut losschrie.

Da der Herzog und die Herzogin dies hörten und die Ursache des Geschreis errieten, gingen sie eilig nach seinem Zimmer und öffneten es mit einem Hauptschlüssel. Hier sahen sie den armen Ritter mit allen Kräften bemüht, die Katze von seinem Gesicht zu reißen. Sie kamen mit Lichtern herein und liefen hinzu, ihn zu befreien; aber Don Quijote rief: „Nehme keiner ihn mir ab! Laßt mich handgemein bleiben mit diesem Teufel, diesem Hexenmeister, diesem Zauberer! Ich will ihm zeigen, wen er mit Don Quijote von der Mancha vor sich hat.“

Die Katze jedoch kehrte sich nicht an die Drohungen, sondern knurrte und klammerte sich fest. Endlich machte der Herzog sie los und warf sie aus dem Fenster. Don Quijote war das Gesicht zerrissen und die Nase arg zerschunden; dennoch war er verdrossen, daß man ihn die Schlacht mit dem boshaften Zauberer nicht hatte ausfechten lassen.

Der Herzog ließ Balsam holen, und Altisidora legte Don Quijote mit ihren schneeweißen Händen einen Verband auf die Wunde. Dabei sagte sie leise zu ihm: „Alle diese Unglücksfälle, hartherziger Ritter, begegnen dir wegen deiner Unerbittlichkeit und Halsstarrigkeit. Ach möge doch dein Schildknappe Sancho vergessen, sich zu geißeln, damit deine so sehr geliebte Dulcinea niemals ihre Verzauberung loswerde, wenigstens nicht, solange ich lebe.“

Auf all dies antwortete Don Quijote mit nichts anderem als mit einem tiefen Seufzer. Zugleich streckte er sich auf sein Bett und dankte dem Herzogpaar für seine Güte – nicht weil er Furcht vor dem zauberischen und schellenden Katzengesindel gehabt hätte, sondern weil er die gute Absicht schätzte, mit der ihm beide zu Hilfe gekommen waren.

Der Herzog und die Herzogin wünschten ihm eine gute Nacht und entfernten sich sehr betrübt über den schlimmen Ausgang des Spaßes. Sie hatten nicht geglaubt, daß dieses Abenteuer so unangenehm verlaufen würde. Tatsächlich brauchte Don Quijote fünf Tage Ruhe und Zurückgezogenheit, um sich von dem Schreck und den Qualen zu erholen.

VIERUNDFÜNFZIGSTES KAPITEL

Handelt von dem mühseligen Ende der Statthalterschaft des Sancho Panza

Inzwischen hatte Sancho seinen Ärger über den maledeiten schelmischen Bauern vergessen und mit größtem Behagen eine reichliche und kräftige Abendmahlzeit verschlungen. Danach schickte man sich an, die Runde zu machen. Sancho schritt mit dem Statthalterstab in der Mitte seines Gefolges, wobei er sich höchst stattlich ausnahm. Prüfend ging er durch alle Straßen und verlangte Rechenschaft und Auskunft von allen und in allem, was ihm begegnete. Wo er einen Müßiggänger, Tagedieb oder Spieler fand, da verbannte er ihn sogleich aus seiner Insel; denn er gedachte, in allem den schönen Ratschlägen seines Herrn Don Quijote die gute Tat folgen zu lassen.

Die siebente Nacht seiner Regierung traf Sancho in seinem Bette an, satt bis obenhin, aber nicht von Brot und Wein, sondern vom Gericht halten, Urteile fällen und Verfügungen und Verordnungen erlassen. Da hörte er plötzlich großen Lärm von Glocken und Geschrei, daß er nichts andres glauben konnte, als die ganze Insel ginge unter. Er setzte sich im Bett auf und lauschte besorgt, um die Ursache der gewaltigen Unruhe zu erfassen, doch so leicht gelang ihm das nicht; denn das Schreien wurde noch durch unzählige Trommeln und Trompeten verstärkt – das alles setzte ihn in Furcht und Schrecken und verwirrte ihn zutiefst.

Entsetzt sprang er auf, rannte ohne Schlafrock zur Tür seines Zimmers hinaus und sah, wie gerade an die zwanzig Menschen mit brennenden Fackeln und gezückten Schwertern vorbeiliefen und laut riefen: „Zu den Waffen! Zu den Waffen, Herr Statthalter! Unzählige Feinde sind in die Insel eingedrungen! Wir sind verloren, wenn Eure Klugheit und Tapferkeit uns nicht erretten!“

Während Sancho noch ganz benommen dastand, schleppten mehrere Leute zwei große Schilde herbei und hängten sie ihm über das Hemd, den einen vorn, den anderen hinten. Dann zogen sie ihm die Arme vor und banden die Schilde mit Stricken so fest, daß er sich spindelgerade aufrichten mußte und nicht mehr die Knie beugen oder auch nur einen Schritt tun konnte. In die Hand gaben sie ihm eine Lanze, was ihm recht war – so vermochte er sich doch zu stützen und brauchte nicht zu fürchten, daß er umfiele.

Als sie ihn soweit hatten, wiesen sie ihn an, vorauszugehen und sie zu führen und allen Mut zu machen. Als aber der arme Statthalter sich zu bewegen versuchte, tat er einen so gewaltigen Sturz, daß er meinte, er sei in Stücke gesprungen. Wie eine Schildkröte blieb er liegen, von seinen Schalen eingeschlossen und zugedeckt, oder wie ein Schweinebraten zwischen zwei Schüsseln oder wie ein gestrandetes Boot. Als sie ihn so liegen sahen, hatten die Spaßvögel doch kein Mitleid mit ihm, sondern gaben ihm unter lautem Geschrei noch unzählige Hiebe auf die Schilde.

Sancho schwitzte fürchterlich und bat Gott von ganzem Herzen, ihn aus dieser Gefahr zu erlösen. Endlich schien auch das Schlimmste überstanden; man hob den bedauernswerten Sancho auf, trocknete ihn ab, brachte ihm Wein und band die Schilde los. Er ließ sich auf sein Bett fallen und sank sogleich von dem Schrecken, der Angst und den bösen Schmerzen in Ohnmacht.

Als er wieder zu sich kam, schleppte er sich mühsam, zerschlagen und zerschunden wie er war, in den Stall zu seinem Grauen, umarmte ihn, gab ihm einen Kuß auf die Stirn und sprach nicht ohne Tränen der Rührung zu ihm: „Komm, mein Gefährte und Freund und Mitträger meiner Leiden und Nöte. Als ich noch mit dir zusammen war und keine anderen Gedanken

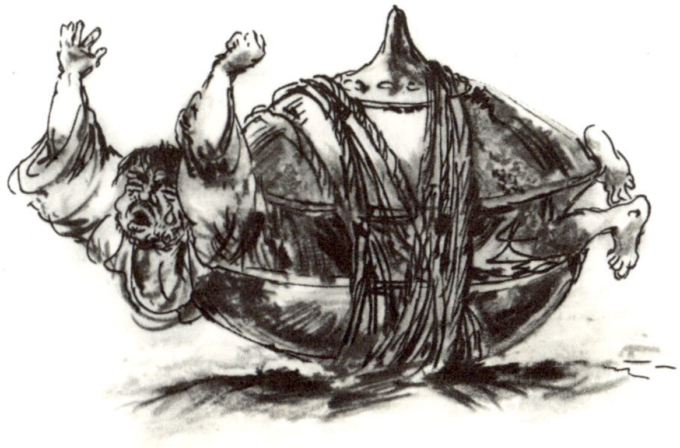

hatte, als deinen Sattel instand zu halten und dein Bäuchlein zu füttern, waren meine Stunden, Tage und Jahre glücklich. Aber seit ich dich verließ und mich auf die Türme des Ehrgeizes und der Hoffart schwang, sind mir tausend Leiden in die Seele gefahren, tausend Mühseligkeiten und vieltausend Beunruhigungen."

Und während er diese Worte sprach, zäumte er den Esel, ohne daß irgend jemand auch nur ein Wort an ihn gerichtet hätte. Nachdem der Graue gezäumt war, stieg er mit großer Mühe und Anstrengung auf, wandte sich an den Haushofmeister, den Sekretär, den Tafelmeister, den Doktor und viele andere und sprach: „Gebt Raum, meine Herren, und laßt mich in meine Freiheit zurück. Laßt mich wieder mein früheres Leben suchen, damit ich von meinem jetzigen Tode auferstehe. Ich bin nicht geboren, Statthalter zu sein oder Inseln und Städte gegen feindliche Angriffe zu verteidigen. Ich verstehe mich besser auf das Pflügen und Graben, das Weinstöckebinden und -beschneiden als auf das Gesetzgeben oder Provinzen-und-Königreiche-Verteidigen. Lieber will ich mich an Feldsuppe satt essen, als das Elend mit einem unverschämten Arzt auf mich nehmen, der mich verhungern läßt. Leben Euer Gnaden mit Gott und sagt dem Herzog, meinem Herrn, daß ich nackt geboren wurde und noch nackt bin; ich habe weder gewonnen noch verloren. Ich will sagen: Ohne einen Dreier bin ich in die Statthalterschaft gekommen, und ohne einen Dreier gehe ich wieder hinaus, ganz gegen die Art, wie die Statthalter von anderen Inseln abzuziehen pflegen. Und nun macht Platz; ich will gehen und mich bepflastern lassen. Denn ich glaube, dank der Freuden dieser Nacht sind mir alle Rippen eingedrückt."

Und ohne sich umzusehen, ritt Sancho auf seinem Esel hinweg. Er ritt den ganzen Tag, bis er zum Schlosse des Herzogs kam. Der erste, dem er begegnete, war sein Herr Don Quijote, dem er am liebsten um den Hals gefallen wäre, wenn es sich nur geschickt hätte. Don Quijote aber nahm Sancho bei der Hand und wollte ihn sogleich vor den Herzog führen, als er erfahren hatte, wie es ihm ergangen war. Sancho wollte jedoch erst den Grauen im Stall versorgen, weil der, wie er behauptete, eine sehr schlechte Nacht gehabt habe.

Dann ging er hinauf zu den Herrschaften, kniete nieder und sprach: „Ich, Euer Gnaden, weil Ihr es also wolltet, ging hin, Eure Insel Garatisia zu regieren. Ob ich gut oder schlecht regiert habe, werden andere entscheiden. Ich habe verwickelte Sachen geklärt, Prozesse entschieden und war ständig halbtot vor Hunger, weil das der Doktor Pedro Streng, gebürtig aus Machdichfort, so wollte. Bei Nacht überfielen uns Feinde, und nachdem die Feinde uns hart bedrängt hatten, behaupteten die von der Insel, sie seien durch die Tapferkeit meines Armes siegreich befreit. Gott gebe ihnen Heil in dem Maße, wie sie die Wahrheit sprechen! Mit einem Wort, ich habe während dieser Zeit die Lasten erwogen und die Verpflichtungen, die das Regieren bringt, und ich habe herausgefunden, daß meine Schultern dazu nicht gewachsen sind. So habe ich denn, ehe die Statthalterschaft mit mir kopfüber machte, lieber die Insel verlassen, wie ich sie vorgefunden habe, mit den nämlichen Häusern und Dächern, die sie hatte, als ich hinkam. Ich habe, wie gesagt, die Insel verlassen, von niemandem geleitet außer von meinem Grauen.

So, meine Herrschaften, Herzog und Herzogin, steht hier Euer Statthalter Sancho Panza, der in den kurzen Tagen seiner Regierung nichts anderes als die Einsicht gewonnen hat, daß es sich nicht lohnt, Statthalter zu sein, weder über eine Insel noch über die ganze Welt. Und damit küsse ich Euer Gnaden die Füße und mache es wie die Kinder im Spiel, wenn sie sagen: Bäumchen, Bäumchen, wechsle dich! Ich wechsle aus meiner Statthalterschaft hinüber in den Dienst meines Herrn Don Quijote, bei dem ich zwar mein Brot in Ängsten esse, aber doch wenigstens satt werde. Im übrigen macht es mir nichts aus, ob es Mohrrüben sind oder Rebhühner."

Hiermit endigte Sancho seine lange Rede, die Don Quijote nicht ohne die Furcht angehört hatte, er werde tausend Narrheiten vorbringen. Als er ihn jedoch mit so wenigen schließen sah, dankte er im stillen dem Himmel. Der Herzog umarmte Sancho und sagte, es tue ihm in der Seele weh, daß er die Statthalterschaft so rasch aufgegeben habe. Er wolle es indes so einrichten, daß er ein anderes Amt bekäme, das weniger beschwerlich, aber einträglicher sei. Auch die Herzogin umarmte ihn und befahl, ihn gut zu pflegen, da man ihm ansah, daß er übel zerschlagen und noch übler zugerichtet war.

FÜNFUNDFÜNFZIGSTES KAPITEL

Erzählt, wie sich Sancho Panza der dreitausend und dreihundert Schläge entledigte

Endlich schien es Don Quijote an der Zeit, den langen Müßiggang im Herzogsschloß aufzugeben. So bat er die Herrschaften, abreisen zu dürfen. Sie willigten ein, taten aber, als bedauerten sie es außerordentlich, daß er sie so bald verlassen wollte.

Am Tage des Aufbruchs erschien Don Quijote, der sich bereits am Abend zuvor verabschiedet hatte, gewappnet auf dem Schloßplatz. Das Gesinde blickte von den Galerien herab, und selbst das Herzogpaar kam, ihn zu sehen. Sancho saß auf seinem Grauen, vor sich den Schnappsack mit genügend Mundvorrat, den ihm der Haushofmeister des Herzogs noch heimlich zugesteckt hatte.

Nach langen Abschiedszeremonien machten sich die beiden auf den Weg. Aber lange konnte Sancho nicht reiten – dann plagte ihn der Hunger. Also machte er sich's auf dem Waldboden bequem und lud seinen Herrn zum Mahle ein. Der jedoch wollte nicht, weil ihn die Gedanken an die schöne verzauberte Dulcinea von Toboso peinigten. Er glaubte steif und fest, daß der Zauber nicht eher schwände, als bis sich Sancho die versprochenen dreitausend und dreihundert Hiebe gegeben habe.

Wohl oder übel mußte sich Sancho dem Wunsche seines Herrn fügen, aber der Schelm hütete sich, die Schläge seinem armen Körper zuzumuten! Er schlich vielmehr in der Dunkelheit zu einem Baum und hieb so kräftig auf die Rinde ein, daß die Stücke in alle Winde flogen. Ab und zu, zur Begleitung gewissermaßen und um die Prozedur glaubhaft zu machen, brach er in furchtbares Stöhnen aus. Da mußte selbst der hartherzige Don Quijote mit seinem Schildknappen Mitleid haben und gebot ihm, für diesmal aufzuhören.

Am anderen Morgen ritten Herr und Schildknappe weiter, und es vergingen mehrere Tage, an denen ihnen nichts Erzählenswertes begegnete. Jedesmal wenn die Nacht hereinbrach, setzte der Schlingel Sancho seine Bußübungen für die verzauberte Dulcinea fort, und Don Quijote war darüber hoch erfreut. Nun hoffte er ständig, er werde das entzauberte schöne Kind auf seinem Wege treffen; denn nicht im entferntesten dachte er, daß die Versprechungen Merlins getrogen haben könnten.

SECHSUNDFÜNFZIGSTES KAPITEL

Heimkehr

Endlich gelangten sie auf die Höhe eines Hügels, von dem sie ihr Dorf entdeckten. Als Sancho es erkannte, kniete er nieder und sagte: „Tu die Augen auf, ersehntes Vaterland, und sieh, dein Sohn Sancho Panza kommt zu dir zurück, wenn auch nicht überaus reich, so doch überaus wohl gegeißelt. Öffne die Arme und empfange ebenfalls deinen Sohn Don Quijote, der, wenngleich von fremden Armen besiegt, doch immer als Sieger über sich selbst zurückkehrt, was, wie er mir einmal gesagt hat, der größte Sieg ist, den man sich nur wünschen kann. Ich habe Geld, und wenn es auch tüchtig Hiebe gab, so habe ich doch wie ein Ritter gelebt."

„Laß die Torheiten", mahnte Don Quijote, „wir wollen geradewegs in unser Dorf hineinziehn, wo wir unseren Gedanken freien Lauf lassen und den Plan entwerfen können, wie wir unser weiteres Leben einzurichten gedenken."

Hiermit ritten sie den Hügel hinunter und begaben sich nach ihrem Dorfe.

Als sie hineinkamen, bemerkte Don Quijote bei den Scheunen zwei Jungen, die miteinander stritten, und hörte, wie der eine zum andern sagte: „Gib dir keine Mühe, du wirst sie in deinem ganzen Leben nicht zu sehen kriegen."

Als Don Quijote das hörte, sprach er zu Sancho: „Hörst du, Freund, was der Junge da sagt: Du wirst sie in deinem ganzen Leben nicht zu sehen kriegen?"

„Nun gut", antwortete Sancho, „was tut es, wenn der Junge das gesagt hat?"

„Wie?" versetzte Don Quijote. „Begreifst du denn nicht, daß diese Worte sich auf mich beziehen und alsdann bedeuten, daß ich Dulcinea niemals sehen werde?"

Sancho wollte antworten, kam aber nicht dazu; denn über das Feld lief ein Hase heran, von vielen Hunden und Jägern verfolgt, und suchte zitternd Schutz unter den Beinen des Grauen. Sancho packte ihn und gab ihn Don Quijote, der erschrocken ausrief: „Der Hase flieht, Jagdhunde verfolgen ihn: Dulcinea erscheint nicht!"

„Ihr seid seltsam", sagte Sancho. „Denn gesetzt den Fall, dieser Hase sei die Dulcinea von Toboso und die Hunde die verruchten Zauberer, die sie verfolgen und in eine Bäuerin verwandelt haben: Sie flieht, ich hasche sie und gebe sie in Eure Gewalt; Ihr habt sie in den Armen und streichelt sie. Was wäre das nun für ein schlimmes Zeichen, oder welche üble Vorbedeutung kann daraus entnommen werden?"

Die beiden Jungen, die sich gezankt hatten, kamen herbei, um den Hasen zu sehen, und Sancho fragte den einen, worüber sie gestritten hätten. Und der, der gesagt hatte: ‚Du wirst sie in deinem ganzen Leben nicht zu sehen

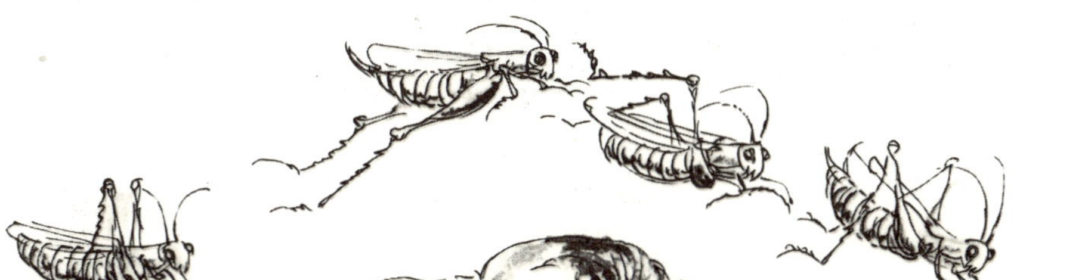

kriegen‘, antwortete, er habe dem andern Jungen Heuschrecken weggenommen, und die wolle er ihm in seinem ganzen Leben nicht zurückgeben.

Sancho zog vier Münzen aus der Tasche und kaufte dem Jungen die Heuschrecken ab, überreichte sie Don Quijote und sagte: „So, Euer Gnaden, nun sind alle Vorbedeutungen zerbrochen und vernichtet, die jedoch, wie ich fest glaube, obgleich ich dumm bin, mit unsern Angelegenheiten nicht mehr zu tun haben als mit den Wolken vom vorigen Jahr. Und wenn ich mich recht erinnere, habe ich auch den Pfarrer unseres Dorfes reden hören, daß es sich für christliche und verständige Personen nicht schicke, auf dergleichen Kindereien etwas zu geben. Ihr selber habt mir auch vor einiger Zeit gesagt, daß alle die Christen Narren wären, die auf Vorbedeutungen achteten. Deshalb können wir, meine ich, ruhig und guten Mutes in unser Dorf hineinziehen.“

Die Jäger kamen und forderten ihren Hasen; Don Quijote gab ihn hin. Sie ritten weiter, und am Eingang des Dorfes trafen sie auf einer kleinen Wiese den Pfarrer und Simson Carrasco. Nun hatte Sancho Panza über den Grauen und das Bündel Waffen als Decke einen mit Feuerflammen bemalten wollenen Rock gebreitet, den sie ihm im Schlosse des Herzogs angezogen hatten. Ferner hatte er seinem Grauen eine spitze Mütze auf den Kopf

gesetzt, wodurch der so abenteuerlich verwandelt und herausgeputzt erschien, wie man niemals einen Esel in der Welt gesehen hat.

Der Pfarrer und Simson Carrasco erkannten sie sogleich und gingen ihnen mit offenen Armen entgegen. Don Quijote stieg ab und drückte sie an seine Brust. Die Dorfjungen, die Augen wie Luchse haben und schon aus der Ferne die Mütze des Esels wahrgenommen hatten, liefen herbei, ihn zu betrachten, wobei einer zum andern sagte: „Kommt, Jungen, und seht Sancho Panzas Esel, der wie ein Pfingstochse aufgeputzt ist! Das Vieh aber von Don Quijote ist noch dürrer, als es sonst war."

Von den Jungen umringt und vom Pfarrer und Simson Carrasco begleitet, kamen sie im Dorfe an und begaben sich zum Hause des Don Quijote. Vor der Tür standen die Haushälterin und die Nichte, die ihren Herrn erwarteten.

Auch zu Theresa Panza, Sanchos Frau, war die Nachricht gedrungen; mit fliegenden Haaren, ihre Tochter Sanchica an der Hand, lief sie heran, ihren Mann zu begrüßen. Da sie ihn aber nicht so prächtig geputzt fanden, wie sie glaubten, daß ein Statthalter aussehen müsse, sagte die Frau: „So kommst du daher, Mann, zu Fuß und müde, und siehst beileibe nicht wie ein Statthalter aus!"

„Schweig, Theresa", befahl Sancho, „denn oft gibt es Schwarten, wo kein Speck dran ist. Wir wollen nach Hause gehn, und da sollst du Wunderdinge hören! Die Hauptsache ist Geld, und das bringe ich mit, durch meinen Fleiß und ohne jemandes Schaden erworben."

„Wenn du nur Geld mitbringst, lieber Mann", sagte Theresa, „ist's gut. Auf welche Weise du es erworben hast, kümmert mich nicht."

Sanchica umarmte ihren Vater und sagte, sie habe auf ihn gewartet wie auf den Mairegen. Sie faßte ihn um den Leib, die Frau nahm seine Hand, die Tochter führte noch den Grauen, und so begaben sie sich nach Hause.

Don Quijote blieb in der Gewalt seiner Nichte und der Haushälterin und in Gesellschaft des Pfarrers und Simson Carrascos zurück. Ohne eine Zeit oder Gelegenheit abzuwarten, ging er sogleich mit Carrasco und dem Pfarrer in ein besonderes Zimmer und erzählte ihnen seine letzten Abenteuer. Er sprach ihnen auch von seiner Absicht, das Dorf ein Jahr lang nicht zu verlassen und während dieser Zeit den Beruf eines Schäfers auszuüben, um ungestört seinen Gedanken nachhängen zu können. Er bat die beiden, wenn sie nicht gar zu beschäftigt wären, möchten sie doch seine Gefährten werden; denn er wolle Schafherden ankaufen, die sie als Schäfer brauchten. Er ließ durchblicken, daß das Wichtigste in dieser Sache bereits getan sei; denn er habe für sie beide so schöne Namen ausgesonnen, wie man sie sich besser nicht wünschen könne.

Der Pfarrer drang in ihn, er möge die Namen nennen. Da antwortete Don Quijote, er werde der Schäfer Quijotiz heißen, Simson der Schäfer

Carrascon, der Pfarrer der Schäfer Pfarriandro und Sancho Panza der Schäfer Pancino.

Die Freunde erschraken über diese neue Narrheit. Damit Don Quijote aber in seiner Ritterleidenschaft nicht von neuem das Dorf verließe, gingen sie zum Scheine auf den Plan ein, wobei sie inständig hofften, daß sie ihn im Verlaufe des nächsten Jahres zu heilen vermöchten. So lobten sie seine Narrheit als eine sehr verständige Idee und erboten sich zu Gefährten seiner Lebensweise.

„Und da ich nun", sagte Simson Carrasco, „wie die ganze Welt weiß, ein sehr berühmter Poet bin, werde ich auf Schritt und Tritt Schäfergedichte und zierliche Lieder verfassen, mit denen wir uns in den Feldern, die wir bewohnen werden, unterhalten können. Das dringlichste dazu jedoch ist, meine Herren, daß sich jeder den Namen einer Schäferin aussucht, die er in seinen Versen preisen will: Alsdann werden wir keinen Baum, wenn er auch noch so hart ist, verschonen und ihren Namen hineinritzen, wie es bei den verliebten Schäfern Sitte und Brauch ist."

„Das ist vortrefflich", antwortete Don Quijote, „doch ich brauche keine erdichtete Schäferin zu suchen. Denn ich habe die unvergleichliche Dulcinea von Toboso, den Ruhm dieser Landschaft, den Schmuck dieser Wiesen, Inbegriff aller Schönheit, die Blüte der Anmut, mit einem Wort: den Gegenstand, den selbst höchstes Lob nicht genug preisen kann."

„Ihr habt recht", sagte der Pfarrer. „Wir aber wollen uns geringere Schäferinnen suchen, die, wenn sie auch nicht zu uns passen, so doch immer zum Scherzen aufgelegt sind."

Und Simson Carrasco fügte hinzu: „Wenn uns keine einfallen, so nehmen wir einfach Namen aus gedruckten Büchern, von denen ja die Welt voll ist. Wenn meine Dame, oder richtiger meine Schäferin, vielleicht Anna heißt, so besinge ich sie unter dem Namen Annarda, heißt sie Franziska, so nenne ich sie Franzenia, wenn Lucia, dann Lucinda. Sollte Sancho Panza in unsere Gemeinschaft eintreten wollen, so kann er seine Frau Theresa Panza unter dem Namen Theresaina besingen."

Bald darauf nahmen die beiden Abschied von Don Quijote und baten und ermahnten ihn, für seine Gesundheit Sorge zu tragen und sich so zu pflegen, wie es ihm heilsam sei.

Das Schicksal wollte, daß die Nichte und die Haushälterin das Gespräch der drei mit angehört hatten. Kaum waren die Besucher also fort, gingen sie zu Don Quijote, und die Nichte sagte: „Was soll das nun wieder, Herr Oheim? Jetzt, da wir dachten, Ihr wäret nach Hause zurückgekommen, um ruhig und anständig zu leben, wollt Ihr Euch in neue Wirren begeben und gar Schäfer werden! Wahrhaftig, das Rohr ist zu alt, noch Pfeifen daraus zu schneiden."

Die Haushälterin fügte hinzu: „Könnt Ihr denn wohl auf dem Felde die Hitze des Sommers, die Kälte des Winters und das Heulen der Wölfe aushalten? Das ist was für starke und abgehärtete Menschen, die von der Brust und den Windeln auf dazu erzogen sind. Dieses Leben soll ja ein Unglück sein, da wäre der fahrende Ritter dem Schäfer doch vorzuziehen. Bedenkt Euch, gnädiger Herr, und nehmt meinen Rat an; denn ich gebe ihn nicht, weil ich etwa Brot und Wein im Übermaß genossen hätte, sondern ich bin ganz nüchtern und im übrigen schon über die Fünfzig hinaus. Bleibt also zu Hause, verwaltet Euer Hab und Gut, geht oft zur Beichte, teilt mit den Armen – und ich wollte es auf mein Gewissen nehmen, wenn Ihr darin unrecht tätet."

„Schweigt, meine Lieben", antwortete Don Quijote, „ich weiß am besten, was meine Pflicht ist. Bringt mich zu Bett, denn mir ist nicht ganz wohl. Seid überzeugt – mag ich nun als Ritter oder als Schäfer in der Irre sein –, ich werde immer denjenigen beistehen, die meiner bedürfen, wie Ihr durch meine Taten sehen sollt."

Und die guten Kinder, denn das waren Haushälterin und Nichte wirklich, brachten ihren Herrn zu Bett, gaben ihm zu essen und zu trinken und pflegten ihn so gut wie irgend möglich.

SIEBENUNDFÜNFZIGSTES KAPITEL

Wie Don Quijote krank wurde und sein Testament machte. Don Quijotes Tod

Da aber nichts Menschliches ewig dauert, sondern von seinen ersten Anfängen bis zum schließlichen Ende in stetem Niedergange begriffen ist, der Himmel auch Don Quijote keineswegs Vorrechte vor uns anderen eingeräumt hatte, so ereilte ihn der Tod, als er es am wenigsten vermutete. Er bekam ein heftiges Fieber, das ihn sechs Tage ans Bett fesselte. Der Pfarrer, Simson Carrasco und der Barbier, seine Freunde, besuchten ihn oft, und Sancho Panza, der treue Schildknappe, wich nicht von seinem Lager.

Die Freunde glaubten, der Verdruß darüber, daß er so oft besiegt wurde, und die geringe Aussicht, die entzauberte Dulcinea je zu erblicken, hätten ihn niedergeworfen. So versuchten sie alles, um ihn aufzumuntern, und Simson Carrasco sagte ihm, er möchte sich ein Herz fassen und aufstehn, damit sie ihr Schäferleben beginnen könnten. Denn er habe schon für sein eignes Geld zwei herrliche Hunde gekauft, die Barcino und Butron hießen und die Herde bewachen sollten. Aber nichts vermochte Don Quijote von seinem Trübsinn abzulenken.

Seine Freunde riefen den Arzt, der ihm den Puls fühlte und nicht recht zufrieden mit ihm war. Er mahnte Don Quijote, auf alle Fälle für das Heil seiner Seele zu sorgen, weil das seines Leibes in Gefahr sei. Don Quijote hörte dies mit Ruhe, nicht aber die Haushälterin, die Nichte und der Schildknappe; die fingen kläglich zu weinen an, als wenn er schon tot wäre.

Don Quijote bat, man möchte ihn allein lassen, er wolle ein wenig schlafen. Sie taten es, und er schlief, wie man zu sagen pflegt, in einem Zuge über sechs Stunden, so daß die Haushälterin und die Nichte glaubten, er werde aus diesem Schlafe nicht wieder erwachen. Zu gewisser Zeit aber wurde er munter und rief: „Gelobt sei der allmächtige Gott, der mir so große Wohltat erwiesen hat! Ja, seine Barmherzigkeit hat keine Grenzen, und die Sünden der Menschen können sie weder beschränken noch hindern."

Die Nichte lauschte aufmerksam, und da der Oheim ihr in diesen Worten vernünftiger als sonst vorkam, fragte sie ihn: „Was sagt Ihr da, Herr? Gibt es etwas Neues? Was meint Ihr mit der Barmherzigkeit, und von welchen Sünden der Menschen redet Ihr?"

„Die Barmherzigkeit meine ich, liebe Nichte", antwortete Don Quijote, „die Gott mir in diesem Augenblick erwiesen hat und die ich trotz meiner Sünden verspüren darf. Mein Verstand ist jetzt frei und klar und jenen dicken Nebel los, den die armselige und ständige Lektüre der abscheulichen Ritterbücher auf ihn geworfen hatte. Jetzt sehe ich den Unsinn und die Verlogenheit dieser Bücher ein, und es betrübt mich nur, daß diese Einsicht so spät gekommen ist, wo mir keine Zeit mehr bleibt, den Fehler wiedergutzumachen und andre Bücher zu lesen, die die Seele und den Geist erleuchten. Ich fühle, liebe Nichte, daß ich sterben muß, und ich wünschte nur, meine Art zu leben hätte mir nicht den Beinamen eines Toren verschafft. Aber nun rufe, liebes Kind, meine guten Freunde: den Pfarrer, den Simson Carrasco und Meister Niklas, den Barbier, denn ich will beichten und mein Testament machen."

Die Nichte aber brauchte nicht zu gehen; in diesem Augenblick nämlich traten die drei ein. Kaum hatte Don Quijote sie gesehen, als er ihnen zurief: „Freut Euch mit mir, liebe Herren, denn ich bin nicht mehr der Ritter Don Quijote von der Mancha – ja, jetzt sind mir alle die dummen und verwerflichen Geschichten von der fahrenden Ritterschaft verhaßt. Ich erkenne meine Torheit und weiß, in wie unnütze Gefahren mich ihre Lektüre gebracht hat. Jetzt verabscheue ich sie, da mir vor meinem Ende mein guter Verstand wiedergeschenkt worden ist."

Als die drei dies hörten, glaubten sie, er sei ohne Zweifel von einer neuen Narrheit befallen.

Darum sagte Simson: „Nun, Herr Don Quijote, da wir im Begriffe sind, Schäfer zu werden und ein Leben wie die Prinzen zu führen, nun wollt Ihr Euch zurückziehen und gar zum Einsiedler machen? Besinnt Euch und laßt dergleichen Gedanken fahren!"

„Die Gedanken, die ich bis jetzt gehabt habe", versetzte Don Quijote, „sind mir wahrhaftig zum Schaden gewesen, und der Tod soll sie vernichten! Ich fühle, meine Herren, daß ich bald sterben muß, spart also Eure Scherze und bringt mir einen Beichtvater, auch einen Notarius, damit ich mein Testament mache."

Einer sah den andern verwundert an, und ob sie gleich noch zweifelten, schenkten sie ihm doch allmählich Glauben. Nun meinten sie auch, daß der Tod ihn bald erreichen müsse; denn nur eine heftige Erschütterung oder tiefe Erkenntnis kann einen Toren so plötzlich in einen Verständigen verwandeln.

Der Pfarrer schickte die übrigen hinaus und blieb mit ihm allein, um die Beichte zu hören. Simson ging nach dem Notarius und kam bald darauf mit ihm und Sancho Panza zurück. Als Sancho, den Simson Carrasco unterwegs vorbereitet hatte, die Haushälterin und die Nichte weinend fand, verzog auch er sein Gesicht und brach in Tränen aus. Bald war die Beichte zu Ende; der Pfarrer trat vor die Tür und sagte: „Er stirbt wirklich, und wie durch Wunder ist er tatsächlich bei ungetrübtem Verstande. Kommt nun, damit er sein Testament machen kann."

Mit den Freunden trat auch ein Schreiber in das Zimmer, und nachdem der Eingang des Testaments mit den erforderlichen Formeln aufgesetzt war, kam Don Quijote auf die einzelnen Bestimmungen und fuhr fort: „Also ist es mein Wille, daß eine gewisse Summe Geldes, die Sancho Panza besitzt, den ich in meiner Narrheit zu meinem Schildknappen machte, nicht von ihm zurückgefordert werden soll. Er braucht auch nicht Rechenschaft darüber abzulegen, sondern soll allein davon abtragen, was ich ihm schuldig geblieben bin, und der kleine Rest möge ihm reichen Segen bringen. Und wenn ich ihm in meiner Torheit die Statthalterschaft einer Insel geben wollte, so möchte ich ihm jetzt, da ich bei Verstand bin, ein Königreich schenken, wenn ich es nur hätte; denn sein aufrichtiges Gemüt und seine Treue haben es verdient."

Er wandte sich hierauf zu Sancho und sagte: „Vergib mir, Freund, daß ich dich veranlaßt habe, als ebensolcher Narr zu erscheinen, wie ich es war, und daß ich dich wie mich in den Irrtum stürzte, es habe je auf der Welt fahrende Ritter gegeben."

„Ach", erwiderte Sancho weinend, „sterbt bloß nicht, gnädiger Herr, sondern nehmt meinen Rat an und lebt noch viele Jahre. Denn die größte Torheit, die ein Mensch begehen kann, ist, wenn er mir nichts, dir nichts durch Verzweiflung und Schwermut sein Ende herbeiführt. Seid doch nicht so träge und erhebt Euch aus dem Bett, wir wollen aufs Feld gehen, als Schäfer angezogen, wie wir es verabredet haben. Vielleicht finden wir sogar hinter einer Hecke die Dame Dulcinea entzaubert! Wollt Ihr aber aus Verdruß über Eure Niederlage sterben, so schiebt nur alle Schuld auf mich und Rosinante und sagt, Ihr wäret mit ihm gestürzt, weil ich ihn schlecht gesattelt hätte. Das werdet Ihr ja auch wohl in den Ritterbüchern gelesen haben: Wer heute besiegt ist, wird morgen der Sieger sein."

„So ist es", meinte Simson, „Sancho sieht es von der rechten Seite an."

„Laßt das, meine Freunde", sagte Don Quijote, „ich war ein Narr und bin jetzt vernünftig; Don Quijote von der Mancha – das war einmal. Aber nun will ich fortfahren: Alle meine Habe vermache ich also meiner Nichte Antonia Quijana, die hier anwesend ist, nachdem sie vorher meine Schulden beglichen, also der Haushälterin den Lohn ausgezahlt hat und noch zwanzig Dukaten darüber zu einem Kleide.

Zu Vollstreckern meines Testaments ernenne ich den Herrn Pfarrer und den Herrn Simson Carrasco. Also ist es mein Wille, wenn sich Antonia Quijana einmal zu verheiraten gedenkt, so sollen über den Mann genaue Erkundigungen eingezogen werden, ob er auch bestimmt keine Ritterbücher kennt. Für den Fall, daß er welche gelesen hat und meine Nichte ihn doch heiraten will und ihn wirklich heiratet, soll sie meiner ganzen Erbschaft verlustig gehen, die meine Vollstrecker alsdann nach ihrem Willen zu guten Werken verwenden können.

Sollten meine Freunde zufällig den Autor kennenlernen, der die Geschichte *‚Zweiter Teil der Taten des Don Quijote von der Mancha'* verfaßt hat, so mögen sie ihn in meinem Namen, so herzlich sie nur können, um Vergebung bitten, daß ich ihm, ohne es zu wollen, Gelegenheit gegeben habe, derart viele und große Dummheiten niederzuschreiben. Denn ich scheide von euch mit dem Bewußtsein meiner Schuld, die Ursache für ein solches Buch gewesen zu sein."

Hiermit beschloß Don Quijote sein Testament; danach wurde er ohnmächtig und sank hintenüber. Alle erschraken und suchten ihm zu helfen; doch in den folgenden drei Tagen, die er noch lebte, befielen ihn diese Ohnmachten häufig. Das ganze Haus war in Verwirrung, aber dessenungeachtet aß die Nichte, die Haushälterin trank, und Sancho Panza war munter und guter Dinge. Denn etwas zu erben, vertilgt oder mäßigt doch im Gedächtnis des Erben den Schmerz, den der Sterbende immer hervorruft.

Endlich kam Don Quijotes letzte Stunde, nachdem er die Sakramente empfangen und mit vielen und nachdrücklichen Reden die Ritterbücher verwünscht hatte. Unter den Klagen und Tränen aller, die um ihn waren, gab er seinen Geist auf.

Dieses Ende nahm der scharfsinnige Edle von der Mancha. Seinen Geburtsort hat der Chronist nicht genau angeben wollen, damit alle Flecken und Dörfer in der Mancha miteinander streiten können, ob er dem ihrigen entstamme, so wie die sieben Städte Griechenlands um den Homer stritten.

Und nun sagt der Chronist zu seiner Feder: Hier an diesen Nagel und ehernen Haken häng ich dich, o meine ich weiß nicht, ob gut oder schlecht gespitzte Feder. Da sollst du viele Jahre hängen, wenn nicht übermütige Geschichtenschreiber dich herabnehmen, um dich zu entweihen. Wenn sie dir aber nahe kommen, mußt du sie warnen und ihnen zurufen, so gut du kannst:

Fort da, fort da, Schelmgesindel,
keiner soll nun mit mir schalten,
allein dies Unternehmen, merkt euch,
war für mich nur vorbehalten.

Für mich wurde Don Quijote geboren und ich für ihn: Er verstand zu handeln und ich zu schreiben, wir gehören einander. Mein Wunsch war, den Menschen die erdichteten und unsinnigen Geschichten der Ritterbücher verächtlich zu machen, die durch meinen Don Quijote schon sinken und bald ohne allen Zweifel gänzlich in Vergessenheit fallen werden.

Lebet wohl.

Die ersten gedruckten Exemplare des „Don Quijote“ erschienen 1605 in Madrid. In wenigen Wochen waren sie verkauft, und noch im selben Jahr mußten vier neue Auflagen gedruckt werden. Es war ein großartiger Erfolg, das Buch brachte viel Geld. Doch der unerwartet hohe Gewinn floß vor allem in die Kasse des Verlegers, während der damals 58jährige Verfasser des „Don Quijote“, Miguel de Cervantes Saavedra, der kaum das Brot zum Leben hatte, auch weiterhin arm blieb. Wie eine solche Ungerechtigkeit geschehen konnte? Vielleicht so, wie es Cervantes mehrfach passierte: Eines Tages – er arbeitete noch am „Don Quijote“, hatte ihn längst nicht beendet – stellte er fest, daß das Papier verschrieben, daß die Federn verbraucht waren, außerdem hatte er Hunger. Aber der Geldbeutel war leer, und trotz eifrigen Suchens fand sich auch in den Schubladen keine einzige Münze. Da war der Verleger eingesprungen, hatte dem Verfasser das unfertige Werk abgekauft. Die Summe wird gering genug gewesen sein; denn kurz nach Erscheinen des Buches soll Cervantes wieder mittellos dagestanden haben.

Aber nicht nur die Armut und der ständige Zwang, Erwerbsquellen zu finden, bedrückten Cervantes. Im gleichen Maße, wie sich der Ruhm seines Werkes mehrte, vereinsamte er. Die anderen Schriftsteller im damaligen Spanien hatten ihn, solange er sie nicht überragte, neben sich geduldet. Den Erfolg des „Don Quijote“ verziehen sie ihm nicht. Eher waren sie bereit, ihn zu belächeln oder zu verleumden, als ihn zum Freunde zu gewinnen.

Das Interesse am „Don Quijote“ erstreckte sich durchaus nicht auf den Verfasser, um sein Wohl bekümmerte sich niemand. Ein Vorfall mag das beleuchten: Wenige Jahre nach Erscheinen des Buches baten einige französische Edelleute den Bischof von Toledo, sie Cervantes vorzustellen; zuvor aber erkundigten sie sich nach seinen Lebensverhältnissen. Als sie hörten, daß er arm und alt sei, fragte einer der Franzosen: „Wie kommt es, daß ein solcher Mann keine Rente aus öffentlichen Mitteln bezieht?“ Er erhielt zur Antwort: „Wenn die Dürftigkeit ihn zum Schreiben zwingt, so mag Gott nicht wollen, daß er jemals zu Reichtum gelange. Denn solange er selber arm ist, macht er die ganze übrige Welt reich durch seine Werke.“

Vom Leben des Dichters wissen wir folgendes:

Am Fluß Henares liegt, ungefähr fünfundzwanzig Kilometer von Madrid entfernt, die kleine Stadt Alcalá. Hier wurde Cervantes 1547 geboren. Miguel war das vierte von sieben Kindern; er hatte drei Brüder und drei Schwestern. Seine Eltern entstammten angesehenen Adelsfamilien. Rodrigo Cervantes, Miguels Vater, erhielt seine vielköpfige Familie jedoch nur noch aus den dürftigen Einkünften seines mit geringem Erfolg ausgeübten bürgerlichen Berufes; er war ein Wundarzt. So wuchsen die Kinder wenig behütet heran. In späteren Jahren erzählte Miguel de Cervantes über sich selber, daß er schon früh Neigung zur Poesie empfunden habe und so wißbegierig gewesen sei, daß er auf der Straße jedes Stückchen beschriftetes Papier aufgehoben habe, um es noch im Gehen zu lesen. In den sechziger Jahren übersiedelte die Familie Cervantes nach Madrid. Hier konnte Miguel endlich die Schule regelmäßig besuchen.

Als Miguel etwa 21 Jahre alt war, verließ er das Haus seiner Eltern, von nun an sorgte er für sich selber. Zunächst trat er in die Dienste eines Kardinals, in dessen Gefolge er nach Rom reiste. Wenig später finden wir den jungen Edelmann als einfachen Soldaten in der spanisch-venezianisch-vatikanischen Galeerenflotte, die Papst Pius V. gegen die Türken schickte. 1571, in der Seeschlacht bei Lepanto, wurde Cervantes verwundet. Die zwei Kugeln, die ihn in die Brust getroffen hatten, konnten leicht entfernt werden; seine linke Hand jedoch blieb verstümmelt. Nach fünf- bis sechsjähriger Soldatenzeit, in der er weder militärischen Rang noch bemerkenswerte Auszeichnungen erworben hatte, nahm er seinen Abschied. Zusammen mit seinem jüngeren Bruder Rodrigo, der ebenfalls in Italien gedient hatte, wollte er nach Spanien zurückkehren.

Es war an einem Septembertag des Jahres 1575, als die spanische Galeere „El Sol" Italien verließ. Kaufleute und viele ehemalige Soldaten, die in die Heimat zogen, unter ihnen die Brüder Cervantes, befanden sich an Bord. Noch war Spaniens Küste nicht in Sicht, da – am 26. September – geschah das Unglück: „El Sol" stieß im Nebel auf algerische Korsaren, die das Mittelmeer nach Raub durchkreuzten. Ein kurzer Kampf – und „El Sol" war die Beute der Seeräuber. Mannschaft und Passagiere wurden durchsucht und gefesselt, die geladenen Güter flüchtig besichtigt, und weiter ging die Reise, nun jedoch mit verändertem Kurs. Die Gefangenen erwartete ein grausiges Schicksal: Im selben Augenblick, da man sie überwältigt hatte, waren sie Sklaven geworden – in Algier, wohin die Räuber sie führten, sollten sie verkauft werden.

Die Brüder Cervantes blieben in Algier. Die Sklaven dort – um jene Zeit mögen es zehn- bis zwanzigtausend gewesen sein – mußten unter der glühenden Sonne schwerste Arbeiten verrichten, dafür hatte man sie von den Korsaren gekauft. Beim geringsten Versehen drohten harte Strafen. „Kaum einer hat hier mehr seine zwei Ohren, und glücklich, wer noch aus zwei Augen sieht", schrieb einer der Sklaven nach Hause.

Einem flüchtigen Sklaven das Leben zu schenken war nicht üblich. Dennoch verschworen sich immer aufs neue fünf, zehn oder noch mehr, den Ausbruch zu wagen. Eine Gruppe mußte es immer sein, ein einzelner hätte von vornherein keine Aussicht gehabt, den Weg durch die Wüste und übers Meer zu bestehen.

Mehr als einmal hat Miguel de Cervantes Saavedra die Flucht für sich und andere geplant und vorbereitet. Hier die Geschichte der zweiten Verschwörung, für die das Jahr 1577 angegeben wird: So eintönig das Land um Algier war, zog sich doch an der Küste ein Streifen Schwemmland hin, auf dem Gärten angelegt waren. Einer dieser Gärten, der eine knappe Stunde westlich von der Stadt lag, war der Obhut eines Sklaven anvertraut. Der Sklave stammte aus Navarra, wir wissen, daß er Juan hieß. Mit ihm führte Cervantes eines Tages ein längeres Gespräch; als sie voneinander schieden, hatte Cervantes die Zustimmung des Gärtners zu seinem Plan. Vorausgegangen war, daß Cervantes' Eltern unter Mühen so viel Geld aufgebracht hatten, daß sie einen ihrer Söhne aus der Gefangenschaft loskaufen konnten. Rodrigo, der sich inzwischen auf der Heimfahrt befand, hatte versprochen, in Spanien Gönner zu suchen, die ihm die Ausrüstung eines kleinen Schiffes ermöglichten. Zu einer bestimmten Zeit, an einem verabredeten Ort, in der Nähe jenes Gartens eben, sollte das Schiff, auf dem Dutzende Sklaven die Flucht wagen wollten, vor der nordafrikanischen Küste erscheinen. Dies war der Plan, um den nun auch Juan wußte.

Das Schiff erreichte den Treffpunkt zur vereinbarten Zeit – mehrere Monate, nachdem sich die ersten eingeweihten Sklaven in einer Höhle in Juans Garten verborgen hatten. Doch der erste Landungsversuch schlug fehl: Einheimische entdeckten das Schiff und zwangen es durch ihr Geschrei zum schleunigen Rückzug. Da fand sich ein Sklave, der an dem Plan zweifelte, der, um sein eigenes Leben zu retten, die Kameraden verriet.

Dennoch wurden die Sklaven nicht getötet – bis auf einen: Juan, den sein Herr erhängte. Der Herrscher von Algier bemächtigte sich ihrer, erklärte sie zu seinem Eigentum. Dieser „König" von Algier, Hassan Pascha, war ein grausamer Mensch. Der Todesstrafe pflegte er lange Folterungen vorangehen zu lassen. In diesem Falle aber – er rechnete mit reichen Lösegeldern – siegte seine Habgier; er ließ die Sklaven leben, warf sie zunächst in den Kerker. Über Cervantes hatten die Häscher berichtet, er habe sich bei der Gefangennahme laut als den allein Schuldigen bekannt und behauptet, die anderen seien von ihm überredet worden. Hassan Pascha ließ Cervantes vor sich führen. Auch hier, obwohl ihm mit Folter und Schlimmerem gedroht wurde, blieb Cervantes bei seiner Aussage. Möglich, daß die Verwegenheit und die Treue dieses Mannes Hassan Pascha Achtung abrangen. Jedenfalls tat er ihm nichts zuleide, hatte aber fortan ein wachsames Auge auf ihn und ließ ihn in Ketten in die Festung legen. Das aber hinderte Cervantes nicht, von diesem gefährlichen Ort aus noch zwei weitere Ausbrüche vorzubereiten.

Fünfeinhalb Jahre lebte Cervantes als Sklave, bis seine Eltern das Lösegeld auch für ihn zusammengebracht hatten. Anfang 1581, nach zwölf Jahren des Leidens in fremden Ländern, nunmehr 33jährig, betrat er wieder heimatlichen Boden. Als junger Mensch war er ausgezogen, um fern der Grenzen Spaniens sein Glück zu machen und ein einträgliches Amt zu erlangen. Ärmer denn je, nun sogar verschuldet durch die Summe, die seine Freiheit gekostet hatte, kehrte er zurück. Doch in den Jahren der Prüfungen war sein Wille erstarkt, nie fand man ihn zag und kleinmütig, er wurde ein Mensch, der sich durch äußeren Schein nicht blenden ließ. Der junge Edelmann Cervantes teilte nicht nur das Schicksal der Bauern, Soldaten und Sklaven, er lernte das Leben auch mit ihren Augen sehen, mit den Augen der elendesten Menschen seiner Zeit.

Die Erfahrungen der Sklaverei hatten Cervantes mit „Geduld in Anfechtungen" ausgerüstet. Diese Geduld wurde daheim in all den folgenden Jahren, ja eigentlich bis zu seinem Ende, auf harte Proben gestellt. Anfangs hatte er gehofft, der spanische König und seine Behörden würden ihn – den tapferen Soldaten, der Leben und Gesundheit nicht geschont hatte und auch als Sklave standhaft geblieben war – beim Aufbau einer Existenz unterstützen. In dieser Hoffnung sah er sich bald getäuscht. Die Behörden wiesen ihn ab. Seinen verzweifelten Bemühungen um eine, wenn auch noch so kleine Stellung im Staatsdienst, von der er sich und seine Familie ernähren könnte, begegnete man mit gleichbleibend bedauerndem Lächeln. Ein Mensch wie Cervantes, leidenschaftlich, grundanständig, ärmlich gekleidet, war eine unbequeme Erscheinung. Schließlich, nach einigen kleineren Aufträgen, bot man ihm einen Posten an. Er griff zu – was blieb ihm sonst übrig? – und wurde Steuereinnehmer.

Steuern eintreiben, das war eine sehr unbeliebte Beschäftigung, und gewiß war sie Cervantes zuwider. Hohe Abgaben hereinzuholen, vor allem von den „dummen" Bauern, das wurde nun sein Amt. Dabei mußte er hart und unnachgiebig sein; denn der damalige spanische König Philipp II. brauchte viel Geld, das alles, kaum eingenommen, sogleich wieder in sinnlosen Kriegen verpulvert wurde. Unter der Fahne des Streites für den rechten katholischen Glauben trug der fanatische König den Krieg überall dorthin, wo sich die Völker eine fortschrittlichere Lebens- und Herrschaftsweise geben wollten. So hatte der Kampf gegen die Unabhängigkeitsbestrebungen in den Niederlanden ungeheure Summen verschlungen. König Philipp konnte seine Feinde nicht besiegen; dennoch gab er seine Absichten nicht auf. Jetzt mußten die Steuereinnehmer, unter ihnen Miguel de Cervantes Saavedra, neue Abgaben eintreiben, damit die spanische Flotte, die berühmte „Unbesiegliche Armada", gut gerüstet gegen England segeln konnte.

In dieser Tätigkeit gewann Cervantes tiefe Einblicke in die wirtschaftliche Lage der spanischen Menschen. Er sah, daß der übergroße Teil der Bevölkerung Bauern waren, die von ihrem winzigen Stückchen Pachtland kaum die eigene Familie erhalten konnten. Ihre Not dauerte ihn. Aber auch die gewerbetreibenden Spanier in den Städten, mit Ausnahme der reichen Handelsherren und der Besitzer der wenigen großen Manufakturen, lebten nicht glücklich. In ihrer wirtschaftlichen Entwicklung wurden sie behindert, während die finanzielle Belastung ins Maßlose stieg. Zugleich machte aber Cervantes eine Feststellung, die seinem so gar nicht zur Flucht aus dem realen Leben hinneigenden Charakter ganz unbegreiflich gewesen sein muß. Er bemerkte, daß die gebildeten Spanier, die die sozialen Mißstände sahen wie er selber, wenig taten, was zu einer Veränderung der Verhältnisse hätte führen können. Vielmehr wichen sie den Problemen aus und bemühten sich ängstlich, dem kirchlich-staatlichen Gericht, der Inquisition, keine Handhabe zu bieten – gab es doch zahllose Beispiele, wie die Inquisition neue Ideen und Bestrebungen unnachsichtig mit dem Tode auf dem Scheiterhaufen bestraft hatte. Daher war es auch kein Wunder, daß sich das breitere Lesepublikum mit Büchern vergnügte, die in einer Scheinwelt spielten, wo nichts an die Sorgen des Alltags erinnerte. Besonders beliebt waren unter diesen Büchern die Ritterromane, in denen die Vergangenheit auf eine falsche, verzerrte Weise verherrlicht wurde.

Die Welt der Ritterromane, deren Handlung zumeist aus der Aneinanderreihung unwahrscheinlicher Abenteuer bestand, war eine unwirkliche Welt mit überholten Vorstellungen von Ruhm und Ehre. In wesentlichen Zügen ähnelten sich all die Ritterbücher auf geradezu fatale Weise. Der als selbstlos, tapfer und stolz beschriebene Ritter zieht aus, Unrecht zu bekämpfen, und wagt unverzagt den Kampf gegen abscheuliche Ungeheuer, gleich in welcher Gestalt. Einen weiteren Teil seiner Tage verbringt er mit dem Lobpreis der Liebe. Er dichtet schöne Damen an und singt ihnen Lieder, weilt er ferne, so weiht er ihnen seine tapferen Taten. Außerdem, das sei nicht vergessen, wenn es sich ergibt, übernimmt er auch den Schutz der bedrängten Unschuld aus dem Volke.

Diese Literatur lenkte von den wirklichen Problemen der Zeit ab und verdarb den künstlerischen Geschmack des Lesepublikums. Deshalb haßte Cervantes die Ritterbücher. Sein Haß gab ihm die Kraft und – verbunden mit seinen Kenntnissen und seiner Leidenschaft – die Fähigkeit, einen großartigen satirischen Roman, eine Kampfschrift gegen die Ritterbücher zu schreiben. Dieser Roman ist der „Don Quijote".

Wir können uns vorstellen, daß Cervantes bei der Unsicherheit seiner Existenz wenig Zeit und Ruhe zum Dichten fand. So wird die Idee zum „Don Quijote" lange herangereift und im Kopfe des Dichters fast fertig gewesen sein, ehe es zur Niederschrift kam. Hiermit zu beginnen, so wird berichtet, hatte Cervantes erst Muße, als er um das Jahr 1603 wegen eines Abrechnungsfehlers aus seiner Steuereinnehmertätigkeit im Gefängnis saß. In der Kerkerzelle entstanden unter seiner Feder die

Schicksale jenes spanischen Edelmannes, der, angeekelt von der Selbstsucht und dem Hochmut seiner Standesgenossen, sich in die Welt der Ritterromane flüchtete und ihnen so ausschließlich vertraute, daß sie ihn endlich selber ins Verderben führten. Don Quijote hatte Weisheit von den Büchern erwartet und Hinweise, wie sein künftiges Leben einzurichten sei, das er dem Kampf gegen Ungerechtigkeit und Falschheit widmen wollte. Doch die Bücher gaben ihm unwirkliche Vorstellungen vom Leben und vom Erstrebenswerten. So hatte niemand Vorteil von seinen Taten. Wo Don Quijote tatsächlich Elend hätte beseitigen können, erwiesen sich seine Rittermethoden als völlig ungeeignet. Nach seinem Eingreifen fielen auf den jungen Knecht Andres die Prügel mit doppelter Wucht herab.

Der Roman verschweigt nicht, welche Arten der Ungerechtigkeit Don Quijote und Sancho Panza zu ihrem Auszug veranlaßt haben. Da ist der wohlhabende Bauer, der seinen Knecht aus Lust und Willkür halbtot prügelt; und da sind der Herzog und die Herzogin, reiche Müßiggänger, die gute Menschen gemein mißhandeln.

In Don Quijote und Sancho Panza gestaltet Cervantes echte Abbilder der besten Menschen seiner Zeit. Ihre Menschlichkeit und edle Absicht liebt der Dichter, aber er verurteilt die Vergeudung ihrer Kräfte. Das tragische Schicksal Don Quijotes als ein warnendes Beispiel, so meinte es Cervantes.

Der Roman hatte gleich bei Erscheinen die gewünschte Wirkung. Immer breitere Leserschichten fühlten sich selber in der seltsamen Narrheit des Don Quijote vom Dichter belächelt und bedauert. So trug dieses Buch viel dazu bei, daß die Ritterbücher bald anders beurteilt wurden.

Aber Cervantes hat mehr gewollt als dies. Er läßt es den sterbenden Don Quijote sagen, als er vor seiner Nichte bekennt, wie gern er seine Fehler wiedergutgemacht und Bücher gelesen hätte, „welche die Seele und den Geist erleuchten“ – Bücher, die die guten Eigenschaften im Menschen preisen und den Verstand um wertvolles Wissen bereichern. Das ist die Empfehlung, die ein weiser Mann seinen Zeitgenossen gab, eine Empfehlung, die bis heute nichts von ihrer Bedeutung eingebüßt hat. Denn der Kampf gegen das Minderwertige in der Literatur, den Cervantes vor gut dreihundertundfünfzig Jahren durch seinen „Don Quijote“ mit Leidenschaft begann, ist nicht beendet.

Zum Schluß bleibt zu sagen, daß die vorliegende Ausgabe nicht das vollständige Werk enthält. Es gab eine Reihe von Kapiteln, von denen wir annahmen, daß sie unsere Leser durch Breite und Gelehrsamkeit nicht ansprechen würden. Der Stil der alten Übersetzung von Ludwig Tieck, die wir unserer Bearbeitung zugrunde legten, ist im wesentlichen unverändert geblieben.

Alice Uszkoreit

INHALTSVERZEICHNIS

KAPITEL

KAPITEL

KAPITEL

Miguel de Cervantes Saavedra
DON QUIJOTE
Übersetzt von Ludwig Tieck
Illustriert von Gerhard Gossmann

Printed in the G.D.R.
VERLAG WERNER DAUSIEN · HANAU
ISBN 3-7684-3712-4